KB183672

무명의 끝

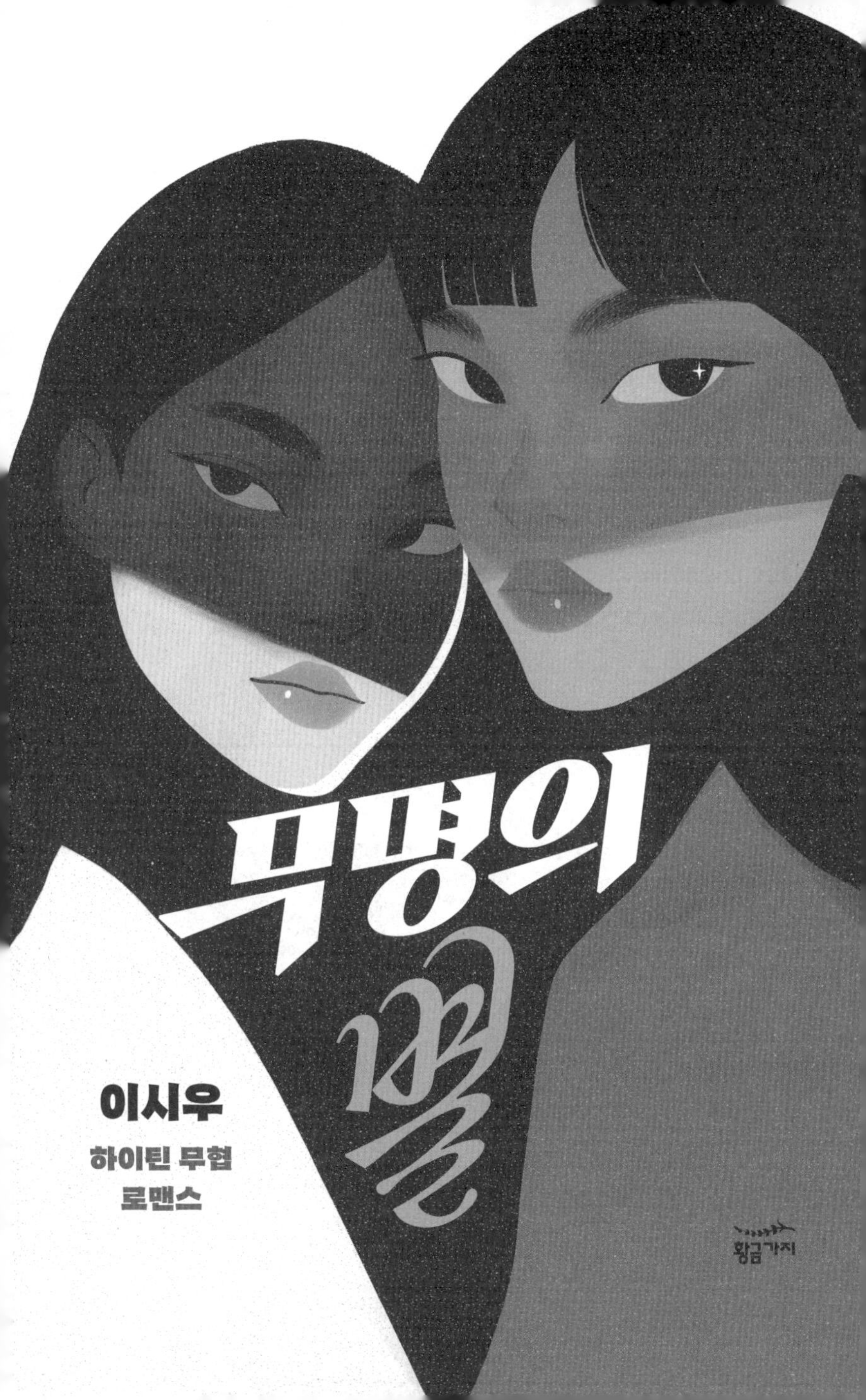
무명의 별
이시우
하이틴 무협
로맨스
황금가지

차례

1.

무명이 세상에 처음 모습을 드러낸 건 재작년 겨울이었어요. 모두가 갑작스러운 한파에 놀라 옷장 깊숙이 넣어 두었던 롱패딩을 꺼내 입고 어깨를 한껏 움츠린 채로 거리를 돌아다니던 시기였지요.

왕십리역 오거리에 있는 CCTV에 찍힌 무명의 모습이 그래서 되게 튀어 보였어요. 남들은 다 꽁꽁 싸맨 채로 밤거리를 돌아다니는데 무명은 다리가 드러나는 치마에 얇은 재킷 하나만 걸치고 있었으니까요. 얼굴을 가릴 정도로 깊게 모자를 눌러쓴 채 특유의 느린 듯하면서도 빠르고, 뒤틀린 듯하면서도 반듯한 걸음걸이로 길거리를 걸어가는 무명의 모습이 되게 멋지고 이상해 보였어요. 나중에 들은 이야기이긴 한데 무명은 그 옷이 마음에 들어서 똑같은 재킷과 치마를 열 벌도 넘게 가지고 있다고 하더라고요.

아무튼, 거기에서 교통정리를 하고 있던 경찰 아저씨 눈에도 무명이 유별나 보였대요. 도무지 수신호를 따를 의지를 보이지 않는 차량 무리를 통제하는 와중에도 눈을 뗄 수가 없었다고 하더라고요. 옷차림도 계절에 어울리지 않고 체구는 눈에 띄게 마른 데다가 걸음걸이까지 불편해 보였으니 그럴 수도 있었겠죠. 뭐 처음에는 '집을 나온 아이인가?' 하는 생각을 했다고 하더라고요. 그런데 제 생각에는 한번 보면 절대 잊을 수 없는 무명의 얼굴 때문이 아니었을까 싶어요. 왜 연예인들 보면 아무리 평범하게 꾸며도, 아니 오히려 좀 이게 뭔가 싶게 이상하게 입고 모자를 눌러써서 얼굴을 가려도 감출 수 없는 분위기가 풍긴다고들 하잖아요? 무명이 딱 그렇게 생긴 애니깐요. 하지만 그때부터 무명이 저지르려고 했던 일을 생각해 보면, 눈에 띄게 예쁘다는 사실이 꼭 무명에게 도움이 되지만은 않았을 거예요. 당장 교통경찰 아저씨가 하던 일을 미뤄 두고 멍하니 무명을 지켜보고 나중에 그걸 증언했다는 것만 봐도 그렇잖아요?

거리가 꽤 떨어져 있었는데도 시선을 느끼기라도 했는지 무명은 발걸음을 멈추었대요. 그러더니 뭔가 실수라도 했다는 듯이 고개를 흔들고 한숨을 쉬더니 유령처럼 사라졌대요. 애초에 존재하지 않았던 사람처럼 갑작스럽게요. 교통경찰 아저씨는 헛것을 보았나 싶었겠죠. CCTV 영상 기록은 교통 아저씨가 헛것을 본 것도 무명이 유령이 아니라는 것도 입증해 줬어요. 분명 잘 찍히고 있던 무명의 모습이 어느 순간 영상에서도 사라졌거든요. 몇 초 뒤 성동 경찰서 정문 CCTV에 달리는 듯한 무명의 모습이 딱 한 장 찍혔고, 잠시 후엔 경찰서 내부 당직실 영상에 나타났어요. 사실 사라진 게 아니라 그냥 좀 빠르게 움직인 거예요. CCTV가 찍지 못할 정도로 빠르게요. CCTV를 만드는 회사도 우리 같은 사람들…… 어, 그러니까 무공을 쓸 수 있는 사람들이 움직이는 속도까지는 고려하지 않았을 테니깐 어쩔 수 없는 거죠.

당직실 안에 있던 형사 다섯 명과 난동을 피워서 잡혀 온 취객 아저씨 한 명 앞에 모습을 드러낸 무명은 다시 한번 한숨을 내쉬었어요. 취객 아저씨는 갑자기 모습을 드러낸 무명의 모습에 소리를 지르면서 의자에서 떨어졌지만, 다섯 명의 형사들은 몸을 긴장하며 경계했어요.

왜 누가 불쑥 허공에서 모습을 드러낸 게 조금 당황스럽기는 해도 아주 놀랄 만한 일은 아니라는 것처럼요.

무명은 형사 중 한 명을 바라보며 무언가 말하려는 듯 입을 열려고 했어요. 하지만 형사들은 무명의 입이 다 열리기도 전에 몸을 날려 그 애를 공격했어요. 취객 아저씨의 말을 정확히 빌리자면 '그런 것처럼 보였다'겠네요.

그 뒤에 벌어진 광경을 불쌍한 취객 아저씨는 제대로 볼 수가 없었거든요. 원체 많이 취해 있어서 그랬던 것 같다고 증언했지만 사실 맨정신이었다 하더라도 무슨 일이 벌어지는지 전혀 몰랐을 거예요. '목표'를 앞에 둔 무명의 움직임은 사람의 눈으로는 좇기 힘들 정도의 속도를 내거든요. 평범한 사람의 눈에는 막연히 무언가가 움직이고 있다는 느낌과 함께 기괴한 자세로 쓰러지는 형사들의 모습만 보였을 테죠.

취객 아저씨와는 달리, 1초에 30번을 찍는다는 CCTV는 사람의 눈이 한 번 깜빡이는 순간마다 누군가를 하나씩 쓰러뜨리는 무명의 모습을 똑똑히 녹화하고 있었어요.

첫 번째 사진에는 당직실 끝에 있던 형사의 목을 움켜잡고 던져 버리는 무명의 모습, 두 번째 사진에는 정확히 2미터 길이의 책상 반대쪽 끝에 있던 형사의 가슴을 팔꿈치로 뭉개 버리는 무명의 모습이 담겨 있었어요. 에…… 그러니까 1/30초 만에 2미터를 움직였단 거니 1초면 60미터를 움직일 수 있다는 거고, 1분이면…….

무명이 올림픽에 나와서 육상 같은 걸 했다면 세상이 꽤 떠들썩해졌을 거란 이야기죠. 그렇게 5초가 채 안 되는 시간 동안 눈앞에서 네 명의 형사가 영문도 모르게 쓰러지는 걸 취객 아저씨는 멍하니 바라만 보고 있었어요.

원래 무명의 '목표'였던 다섯 번째 형사는 달랐어요. 무명이 네 번째 형사의 허리를 문자 그대로 접어 버리려는 순간에 총을 빼 들고 무명을 겨냥했어요. 무명은 손에 들린 네 번째 형사를 바닥으로 팽개치며 소리쳤죠.

"김성호 형사! 산중노인이 당신에게 베풀었던 걸 거둬들이려 한다. 당신의 공부로 대적하고 싶은가? 무지한 자들의 도구로 대적하겠는가?"

으으…… 진짜 좀 이상하지 않나요? 아니, 전 무공을 좋아해요. 무공을 익힌 사람들도, 그 사람들과 대결하는 것도 좋아하고요. 그런데 싸울 거면 그냥 입 다물고 얌전히 주먹질이나 할 것이지 왜 낯 뜨겁게 저런 이상한 소리들을 내뱉냐고요?

제가 낯 뜨거워하건 말건, 다섯 번째 형사는 무명의 말에 잠시 고민하더니 자세를 낮추고 그 애에게 덤벼들었어요. 앞의 네 명과는 비교도 할 수 없이 빠른 움직임으로요. 무명은 여태까지 무공을 펼치던 방식을 버리고 그 형사와 비슷한 수법으로 맞섰어요. 나였으면 그냥 그 멋진 발차기로 한 번에 목을 꺾어 줬을 텐데……. 그런데 제가 무명의 발차기가 되게 멋있다고 이야기했던가요? 무명의 무공 수준은 어떤 건 저보다 한 수 아래고 어떤 건 한 수 위인데 몇몇 개는, 특히 그중 발차기는 진짜 흉내도 낼 수 없을 정도로 뛰어나거든요.

하지만 발차기를 쓰지 않고도 무명은 원하던 걸 쉽게 이뤘어요. 그 형사를 엎어치기 비슷한 모양새로, 콘크리트 바닥에 내리꽂아 버렸거든요.

나중에 무명에게 듣기로는, 무명에게 공부를 가르친 자칭 '산중노인'이 자기가 지정한 목표를 처치하기 전에 저런 말을 외치라고 시켰다고 하더라고요.

참 별난 취향인 거 같죠? 그런데 우리 같은 사람들 사이에선 유별난 일도 아니에요. 사실 우리 선생님도 저런 낯 뜨거운 말씀하시는 거 엄청 좋아하셨거든요. 저 정도로 낯 뜨거운 말은 안 하셨지만 싸우기 전에 상대에게 뭐라고 뭐라고 이상한 설교하시는 걸 좋아하시긴 했어요.

여태껏 저랑 마주치고 대결했던 무공인들도 하나같이 비슷비슷한 부류들이었어요. 싸우기 전에 저 정도로까지 뜬금없는 말을 외치는 사람들은 드물었지만요.

아무튼 15초, 그중 7초는 저 낯뜨거운 대사를 외치느라 소비했죠? 그렇게 8초 만에 강력계 형사 다섯 명을 해치운 무명은 눈도 못 마주치고 몸을 웅크린 채로 벌벌 떨고 있는 취객 아저씨와 부상입은 네 명의 형사를 내버려두고 왕십리 경찰서를 떠났어요.

뭐, 이게 선생님이 경찰로부터 의뢰를 받고, 저에게 공유해 준 동영상에 찍힌 일들이에요.

선생님과 제 이야기도 들려 드릴게요.

선생님을 처음 만난 건 제가 중학교 2학년 때였어요. 선생님이 우리 집에 일주일에 세 번씩 수학 가르쳐 주시러 오셨거든요. 초등학교 때는 단 한 번도 전교 1등을 놓쳐 본 적 없었는데 중학교 들어와서 수학 때문에 성적이 떨어지기 시작하니 엄마랑 아빠는 걱정이 크셨던 모양이더라고요.

그럴 만도 한 게, 중학교 들어오니 맨날 체육 선생님들이 와서 '별아. 너는 꼭 육상, 체조, 수영, 기타 등등을 해야 해. 너만 한 재능을 가진 애는 본 적이 없단다' 어쩌고 하는 소리로 사람을 심란하게 만드는데 제가 공부에 전념할 수가 있었겠어요?

엄마랑 아빠는 선생님 학벌도 학벌이지만 저보다 한참 많은 나이와 그 좀…… 평범 이하인 외모가 제일 마음에 들었던 모양이에요. 한참 사춘기인 중학생 여자애가 괜히 과외 선생한테 쓸데없는 생각이라도 하면 곤란하다고 생각했던 모양이죠. 솔직히, 선생님을 보자마자 실망해서 그냥 집을 나갈까 하는 생각까지 들었어요.

뭐, 수업은 일단 지루하지 않더라고요. 딱 하나 거슬리는 게 있다면(못생긴 외모까지 하면 두 개지만) 선생님의 휘파람 소리였어요. 맨날 나한테 수학 문제 풀게 해 놓고선 의자에 기대앉아서 음정도 안 맞는 이상한 노래를 휘휘 부는데 어찌

나 짜증이 나던지…….

참다 참다 한 네 번째 수업 들을 때쯤에 말했죠.

"쌤! 문제 좀 풀게 휘파람 좀 그만 불어 주실래요?"

그때 선생님 표정을 다들 보셨어야 했어요. 조금은 놀란
거 같기도 하고, 조금은 무서워하는 것 같기도 하고, 조금은
기뻐 보이는 것 같기도 하고……. 아니 휘파람 좀 그만 불어
달라는 게 그 정도로 격렬하게 반응할 일인가요?

"별이 너…… 내가 휘파람 부는 소리가 들리니?"

"제 귀가 막힌 줄 아세요? 집중이 안 될 정도로 세게 불어
놓고는……."

대꾸가 없으시길래 그냥 문제 풀었죠. 적어도 휘파람은 다
시 안 불더라고요. 뒤에서 계속 부스럭거리는 소리가 나서
짜증이 나긴 했지만요.

"다 풀었어요. 봐 주세요."

"그 전에 말이야. 별아, 잠깐만 쉬었다 하자."

가뜩이나 수학 문제 풀기 싫어 죽겠는데 쉬자는 걸 제가
거절할 사람은 아니거든요.

"그러시든가요. 선생님이 쉬자고 한 거니까 나중에 엄마한
테나 이르지 마세요."

"그래. 내가 쉬자고 한 거니까……. 근데 별이 너 신기한
거 좋아하니?"

수학 과외하다 말고 이 아저씨가 뜬금없이 무슨 소리를 하시는 건가 싶었어요. 그래도 궁금하긴 하잖아요?

"신기한 거 어떤 거요? 보여 주시게요?"

선생님은 대꾸 없이 엄지와 검지로 500원짜리 크기의 동전 같은 걸 손에 쥐고 튕겨 올리셨어요. 뒤에서 뭘 그리 한참 찾나 했더니 겨우 그건가 했죠. 근데 동전을 튕기시는 속도가 되게 빠르긴 했어요. 뭐라 설명도 안 해 주시고선 계속 동전을 튕겨 올리고 허공에서 잡고, 튕겨 올리고 허공에서 잡고. 그걸 몇 번이나 반복하시더라고요.

"동전에 쓰인 글씨 읽을 수 있니?"

"아뇨. 이상한 집 그림이랑 순 모르는 한자만 쓰여 있구먼. 근데 겨우 그거 보여 주시려고 그런 거였어요?"

별것도 아닌 거에 기대했던 게 짜증이 나서 퉁명스럽게 내뱉었는데 선생님이 고개를 푹 숙이시더라고요. 괜히 미안해졌어요. 허접스럽긴 해도 아저씨가 나름 야심 차게 준비한 개인기일 수도 있는 건데…… 자기 딴에는 나랑 친해져 보겠다고 되게 열심히 준비한 걸 수도 있을 텐데…… 좀 심했나? 싶어졌지요. 한참을 바라만 보는데 선생님의 어깨가 흔들렸어요.

"쌤. 설마 울어요?"

선생님은 대꾸 없이 고개를 가로저으셨지만 딱 봐도 우는 거였어요. 세상에서 제일 소름 끼치는 게 뭔지 알아요? 나이 든 못생긴 남자가 우는 모습을 보는 거예요. 아니, 무엇보다 왜 남의 방에서 갑자기 그러냐고요. 점점 속이 불편해지는데 선생님이 큰 숨을 들이쉬더니 고개를 들고 저를 똑바로 바라봤어요.

"별아. 혹시 너 수학 말고 다른 쪽…… 공부에는 혹시 관심 없니?"

미친! 뭐래? 전 말없이 핸드폰 동영상 촬영을 켜고 선생님한테 들이댔어요.

"선생님! 녹화 시작했으니 이제부터라도 말 똑바로 하세요. 방금 뭐라고 하셨어요?"

"아냐, 별아! 네가 생각하는 그런 게 아니라!"

"그럼 뭔데요?"

그 순간 핸드폰이 제 손에서 사라졌어요. 분명 좀 전까지는 제 손에 있었는데, 선생님 손에 들려 있더라고요. 조금 어안이 벙벙하다가 바로 화가 치밀어 올랐어요.

"내놔요. 엄마 아빠…… 아니, 경찰에 신고하기 전에."

그런데 어느새 제 옆에 앉아 있던 선생님이 방 끝 책장 옆에 서 계시더라고요. 선생님은 핸드폰을 책장에 기대어 내 쪽을 바라보도록 세워 두시더니…….

"별이 네 말대로, 지금부터 내가 너한테 하려는 말과 네 대답을 녹화할게."

선생님의 말투는 진지했어요.

"그러든가 말든가. 지금 바로 신고할 테니까……"

제가 말을 다 마치기도 전에 선생님은 다시 제 옆에 앉아 있었어요. 그쯤 되니 뭔가 상황이 좀 웃기기도 하고 궁금하기도 하더라고요.

"아까 동전도 그렇고…… 가르쳐 주신다는 게 뭐 마술 같은 거예요?"

"이건 마술이 아니야, 별아. 너의 안과 밖을 단련하는 공부, 무공이라는 거야."

"남자애들이 읽는 바보 같은 소설에 나오는 그런 거요? 그런 소설에서 동전 마술이나 순간 이동 같은 건 안 나오던데?"

제 질문이 재미있기라도 하셨는지 선생님이 눈웃음을 짓더라고요.

"내가 한 건 순간 이동 같은 게 아니야. 그저 빠르게 움직인 것뿐이지."

"그냥 빠르게 움직이는 걸 왜 배워야 하는데요?"

"무공에서는 속도가 전부란다 별아. 남들보다 빨리 뜻을 세워, 빨리 생각한 뒤에, 빨리 결정을 내릴 수 있다면, 빨리 움직일 수도 있는 거거든."

"그러니깐 빠르면 뭐가 좋은데요?"

"속도는 힘을 가져다주지."

"……힘이 있으면 뭐가 좋은데요?"

"뭐든 할 수 있고! 뭐든 될 수 있지! 별아. 무공을 익혀 힘을 가진다는 건, 세상 누구에게도, 무엇에게도 영향받거나 구속되지 않고 오직 내 의지와 뜻을 따라 자유롭게 행동할 수 있다는 거야."

"그러니깐 그게 뭐가 좋은데요? 요즘 시대에 자유롭지 않은 사람들이 누가 있다고……."

"그렇지 않아, 별아. 그 어떤 부자, 뛰어난 학자, 명망 있는 기업인, 심지어 엄청난 권력자라 해도 현실 세계에선 온전히 자유로울 수 없어. 사회 속에서 관계를 맺고 있는 모두가 족쇄가 되어 서로를 속박하지. 하지만 무림인, 우리 같은 사람들, 무공을 익힌 사람들의 세계는 그렇지 않아. 힘이 있다면, 힘만 강하다면 누구라도 무엇이든 될 수 있단다. 나이가 많든 적든, 여자건 남자건, 장애를 가지고 있든 그렇지 않든 자기가 원하는 대로 얼마든지 자유롭게."

에……. 솔직히 선생님이 무슨 말을 하는지 전혀 이해할 수 없었어요. 그래도 호기심은 생기더라고요. 제가 어렸을 때 태권도 배웠다는 이야기 했던가요? 그냥 태권도를 한 정도가 아니라 굉장히 잘했어요. 재미도 있었고요. 연습 대련에서 좀 흥분해서 발차기로 저보다 두 살 많은 남자애 갈비뼈를 부러트리기 전까지는요.

'뭐 무공이라는 것도 대충 태권도 비슷한 거 아니겠어?'
선생님의 말을 듣고 그때는 딱 그 정도로만 생각했던 거 같
아요. 눈에 보이지 않을 정도로 빠르게 움직일 수 있다면 편
할 거 같기도 했고요. 전철에서 빈자리 났을 때라든지요!

어쩌면 아주 조금은 선생님이 말하는 자세가 마음에 들
었던 거 같기도 해요. 나이 많은 사람이 저한테 그런 진지한
태도로 말하는 걸 본 적이 한 번도 없었거든요.

"과외비는요? 그리고 제가 쌤한테 수업 시간에 그런 거 배
우는 거 알면 엄마가 가만 안 둘 텐데요?"

"그건…… 내가 어머님께 수업 시간을 늘리겠다고 해야겠
구나. 과외…… 그러니까 수업비는 따로 받지 않을 거란다.
이 공부에 치러야 할 대가는 그런 게 아니거든."

되게 수상하게 들리긴 했는데 뭐 그냥 알았다고 했어요.
배워 보다 지루하면 때려치우면 되는 거고요.

"그럼 내 옆에 와 서 볼래?"

"그건 또 왜요?"

"그냥…… 좀…… 금방 끝나니까 일단 와서 옆에 서 봐."

투덜대면서 몸을 일으키는데 선생님이 진지한 모습으로
핸드폰을 바라보며 오른손 검지로는 하늘을 찌르고 왼손은
'OK' 하는 모양새를 만들어서 배꼽에 가져다 대시더군요.

"비의문의 일대 제자 나 장호비는 오늘부터 권서호와 강연두의 딸 권별을 제자로 맞아들입니다. 이는 보는 이가 없어도 하늘이 보았고 들은 이가 없어도 땅이 들은 사실입니다. 자! 별아. 내 자세를 따라 하면서 방금 내가 말한 걸 네 입장에서 풀어서 반복해라."

진짜……. 그때 제가 지은 표정을 다 보셨어야 하는 건데.

"……싫은데요?"

"뭐?"

"아! 그런 바보 같은 말이랑 이상한 자세 하기 싫다고요. 쫌…… 어휴……."

"별아, 이건 네가 내 제자가 되었음을 입증해 주는 의식이야. 싫더라도 꼭 해야만……"

"쌤. 그럼 그냥 그거 안 하고요, 안 배울게요."

선생님은 어찌나 당황했던지 그 이상한 자세를 똑바로 할 생각도 못 하시너라고요. 말도 못 하고 한참을 눈알만 굴리시다가…….

"……그럼 그냥. 나를 스승으로 받아들인다고 말이라도……"

뭐 그 정도야 어려울 게 있나요?

"네. 그럴게요. 끝났죠? 어? 수업 시간 다 됐네요. 오늘 감사했습니다."

그렇게 해서 선생님은 제게 일주일에 사흘은 수학을, 이틀은 무공을 가르쳐 주시게 되었어요.

2.

무명이 무공을 익히게 된 경위는 저와 완전히 달랐어요.

어렸을 때…… 몇 살 때였는지 기억할 수조차 없을 정도로 어렸을 때 '산중노인'이라고 자기를 부르는 노인이 무명을 납치했대요. 그래서인지 무명은 부모님에 대한 기억도, 집에 대한 기억도 전혀 가지고 있지 않아요. 산중노인이 왜 하필 무명을 납치했는지도 알 수가 없어요. 무명은 태어날 때부터 양다리 길이가 서로 달랐던 자신의 신체 조건 때문이 아닐까 하고 생각하고 있더라고요.

산중노인이 무공을 가르치면서 꼭 하는 소리가 '결여가 간절함을 낳고, 간절함이 갈망을, 갈망이 힘을 가져다준다.' 뭐 이런 거였다나요.

산중노인의 정체는 알려진 바가 없어요. 누군가는 청와대 경호실로 들어가는 사람들은 모두 다 산중노인의 제자였다고도 해요. 세상을 떠들썩하게 했던 암살의 배후들이 전부 산중노인의 제자라는 이야기도 있고요. 확실한 건 산중노인은 자기의 실력보다 제자를 길러 내는 솜씨로 더 유명했다는 거예요. 그리고 그가 길러 낸 제자들은 모두 스승에게 등을 돌렸다는 것과 산중노인이 마지막으로 무공을 가르친 게 바로 무명이었다는 것도 확실하고요.

아무튼 무명에게는 안양 어딘가에 있는 비즈니스호텔 꼭대기 층 전부가 고향이고, 집이고, 학교였고, 수련장이었다 하더라고요. 산중노인은 무명이 지내는 곳 바로 아래층 전부를 쓰면서 새벽 5시에 올라와 무명을 깨워 무공을 가르쳤대요. 새벽 5시라니……. 더 웃긴 건 산중노인이 무명에게 자기를 스승이라고 부르지 말라고 했다는 거예요. 뭐라더라…….

"너는 내가 벼리는 검이다. 나는 검을 쥔 손이자 검을 품은 검집이다. 검은 의지가 없으니 검을 쥔 손을 따라 피를 거두어들이기만 하면 된다."

에…… 왜 아니겠어요.

새벽 5시에 일어나서 오후 1시까지 무공을 가르치는 거 말고는 노인은 무명이 무얼 하건 신경을 쓰지 않았어요. 학교를 보내지도 않았고, 사소한 이야기 한마디도 나누지 않았다고 하더라고요. 혹시라도 무명이 아프기라도 하면 의사만 호텔 방에 불러 주고 자기 할 일은 다 했다는 듯이 관심도 주지 않았대요. 무명이 최소한의 사회생활을 할 수 있는 나이가 되자 그나마 챙겨 주던 먹을 것도 알아서 하라고 했고요.

심지어 무명을 납치해 와서 이름도 지어 주지 않았어요.

누군가 무명을 가리키며 '이 아이의 이름은 무엇입니까?'라고 물으니 '이 아이는 이름이 없소.'라고 대답했대요. 그래서 무명의 이름이 '이름이 없다'라는 뜻인 무명(無名)이 된 거죠. 뭐…… 이쪽 사람들이 이름 짓는 게 다 그 모양 그 수준이에요. 정말 아무런 생각 없이 떠오르는 대로 속 편히 짓는다니까요?

그래도 인터넷 잘 되는 노트북이랑 한도 빵빵한 신용카드는 던져 줬더래요. 한 달에 얼마까지 써 봤다더라? 에…… 그건 솔직히 좀 부러웠어요. 무명 개는 그런 막강한 카드 가지고선 맨날 똑같은 옷이나 수십 벌씩 사고…….

흠흠. 아무튼 무명은 그렇게 기억이 처음 시작되는 날부터 매일 여덟 시간 동안 산중노인으로부터는 무공을, 인터넷과 케이블 TV로부터는 세상을 배웠어요. 왜 요새는 인터넷만 봐도 세상 모든 걸 다 알 수 있다고들 하잖아요? 한도 빵빵한 카드도 있었겠다, 사고 싶은 게 눈에 띄면 뭐든 인터넷으로 주문해서 택배로 받아 보고, 먹고 싶은 거 있음 룸

서비스 부르거나 배달시켜 먹고……. 아니 왜 말하다 보니 그리 나쁘지만은 않아 보이는 거죠?

그리 나쁘지만은 않아 보이던 무명의 삶이 깨진 건 재작년 가을쯤이었어요.

언제나처럼 새벽 5시에 노인이 무명을 깨워서 수련을 시작하겠거니 했는데 그날은 아니었대요.

"나에게 너의 절초를 펼쳐 보여라."

저게 무슨 뜻이냐면요……. 대충 오디션 프로그램 같은 데서 심사위원이 참가자에게 '제일 자신 있는 노래 불러보세요.' 하는 거랑 똑같다고 생각하시면 돼요. 무명은 잠깐 고민이 들더래요. 그러다가 예의 무명표 멋진 발차기를 몇 번 보여 줬다 하더라고요.

"……그만하면 되었다. 나를 따라와라."

노인이 무명을 데리고 호텔 밖을 나간 건 그날이 처음이었어요. 무명은 항상 호텔 방문이 열리고 누군가가 들어오는 것만 봐 왔지 자기가 그 문밖으로 걸어 나가게 되는 날이 올 거라고는 상상도 해 본 적이 없었다고 하더라고요.

그렇다면 무명은 기억이 시작되는 날부터 수년을 호텔 안에 갇혀서 살았다는 건데…… 도무지 믿기지 않는 이야기였지만 무명이 자기 입으로 그렇다 하니 그런가 보다 했죠.

노인과의 외출이 절대로 즐거운 일이 될 리는 없다는 것 정도는 예감하고 있었대요. 그러는 한편으로는 되게 설레기도 했었다 하고요.

처음 타 본 엘리베이터가 몸을 아래로 잡아끄는 감각과 처음으로 맡아 본 바깥 공기, 처음으로 타 본 자동차. 그 모든 게 얼마나 새롭고 신비하게 느껴졌겠어요? TV와 인터넷 속에서만 보던 도시를 직접 눈으로 바라보면서 무명은 무슨 생각을 했을까요?

노인이 처음으로 무명을 데려간 장소는 커다란 화물 컨테이너들이 쌓여 있는 부둣가였어요. 어지간한 방보다 큰 컨테이너 안에서 무명을 기다리고 있던 건 상처 입고 헐떡이는 남자였고요.

"이자를 죽여라. 시간은 20초를 넘기지 말아라."

무명 개가 무뚝뚝해 보이고 말하는 게 좀 뒤가 없이 직설적이고 가끔 사람을 죽이긴 해도 그렇게 대책 없이 막 나가는 애는 아니거든요? 어찌할 줄 모르고 머뭇거리는 무명에게 노인의 주먹과 질책이 동시에 날아왔대요.

"검은 생각을 하지도, 판단을 내리지도, 머뭇거리지도 않는다. 내 의지를 따라 휘둘러지거나 이 자리에서 부러져 죽어라."

노인이 십수 년간 공들여 가르치고 키워 낸 무명을 진짜로 죽일 수 있었을까요? 무명은 그럴 수 있었을 거라고 생각했나 봐요.

 이미 상처를 입었음에도 남자의 실력은 간신히 20초 안에 쓰러트릴 수 있을 정도였어요. 노인은 둘의 대결에는 관심도 주지 않고 손목에 찬 시계만을 바라보고 있었어요. 상처 입은 남자와 무명의 움직임이 만드는 소리와 노인의 손목에서 나는 가느다란 초침 소리만이 컨테이너 안을 가득 메웠어요. 그 소리가 꼭 자신에게 휘두르는 채찍 소리처럼 들렸더래요.

 매서운 반격에 몇 번은 명치를 맞을 뻔했고 한 번은 거의 눈이 꿰뚫릴 뻔했지만, 무명은 간신히 20초가 되었을 무렵에 남자의 옆구리를 걷어차 뼈째로 으스러트렸어요. 부러진 뼈에 심장이 찔려 즉사한 남자를 바라보면서도 그때는 어떤 감정도 들지 않더래요. 오직 '20초가 지났을까?' 하는 생각만이 머릿속을 꽉 메우고 있었거든요.

 한동안 무명과 시계만 바라보던 노인이 어디론가 문자를 보내고 나선 무명을 다시 차에 태웠어요. 처음으로 사람에게 무공을 펼쳐 보였을 때 느끼는 희열과 뒤늦게 밀려오는 살인이 주는 불쾌감이 뒤섞여 혼란스러워하는 무명을 노인은 말없이 호텔로 데리고 돌아왔어요.

 "열흘 뒤에 다시 그곳을 찾을 거다. 다음 상대는 오늘의 그자보다는 강할 것이니 너는 열흘 동안 더욱 발전해 있어야 할 것이다."

열흘 뒤에 무명이 마주친 상대는 이전의 남자보다는 상태가 멀쩡한 편이었대요. 실력도 한결 나았고요. 노인은 무명에게 15초를 제시했대요. 무명은 그걸 또 꾸역꾸역 해냈고요. 그렇게 10일 간격으로 대결 상대의 상태는 점점 더 멀쩡해지고, 실력은 점점 더 강해지고, 주어지는 시간은 점점 짧아지면서 무공 실력도 급속도로 발전했대요.

무명은 실력이 늘어나는 게 뿌듯했을까요? 아니면 거듭되는 살인에 죄책감을 느꼈을까요?

나중에 물어보았더니 한동안 고민하다가 대답해 주더라고요. 사람을 죽이기 싫었지만, 한편으로는 다음 외출이 몹시 기대되었다고.

완전히 미친 짓거리 같죠? 그런데 사실 선생님이 저를 가르친 방식도 저거랑 어느 정도는 좀 비슷하긴 해요.

중학교 2학년에서 3학년이 되는 1년 동안 선생님은 무공의 '기초'를 가르쳐 주셨어요. 얼핏 한 번쯤은 들어들 보셨을 거예요. '내공'이니 '경공'이니 무슨 공이니…….

무공을 배우는 데 제일 중요한 건 내공이에요. 선생님이나 무명처럼 눈에 보이지 않을 정도로 빠르게 움직이거나 맨주먹과 맨발로 사람의 뼈를 으스러트리거나 그런 주먹을 맨몸으로 받아내는 데 가장 중요한 게 내공이거든요.

연습하면 누구든 내공을 쌓을 수는 있는데 대다수 사람은 그 한계가 명확하다고 해요. 몇십 년을 꾸준히 연습해 봐야 고작 밤에 잠이 잘 오고 남들보다 술에 덜 취하고 집중력이 조금 나아지는 정도라나요? 반면 어느 정도의 내공을 가지고 태어나서 남들보다 훨씬 더 빨리 내공을 쌓아 올릴 수 있는 사람도 정말 가끔이지만 있는 거고요.

선생님의 휘파람도 내공이 어느 정도 경지에 도달하지 않은 보통 사람들 귀에는 들릴 수가 없는 방식으로 분 거였어요. '전음'이라고 하는 건데 일종의 '무공 버전 비밀 대화방'이라고 생각하시면 돼요. 저는 태어났을 때부터 어느 정도 내공을 가지고 있어서 선생님의 휘파람 소리를 들을 수 있었던 거죠.

선생님은 늘 내공을 쌓는 건 단순히 몸을 강하게 만드는 것 이상의 의미가 있다고 했어요. '빨리 뜻을 세워, 빨리 생각한 뒤에, 빨리 결정을 내릴 수 있다면, 빨리 움직일 수도 있다.' 어쩌고 하던 그런 거요.

내공이 쌓이면 몸만 튼튼해지는 게 아니라 잡념도 없어지고, 생각도 빨라지고, 머뭇거림도 없어지고 기타 등등 좋은 게 엄청 많긴 해요. 제 경우에는 당장 잠을 많이 자지 않아도 졸리거나 피곤하지 않으니 하루를 길게 쓸 수 있는 것도 좋았어요. 선생님이 내 준 수학 숙제도 하면서 덕질도 더 많이 하고 간간이 게임도 하면서 고양이 동영상 보는 시간까지 늘렸는데도 시간이 남아돌더라고요. 그 덕분인지, 아니면 선생님의 과외 실력이 좋았던 건지 수학 성적도 금세 회복되었어요. 과외를 시작하고 1년 만에 전교 1등 자리를 되찾았고요.

내공은 어떻게 쌓냐고요? 자세히 이야기해 봐야 이해도 안 될 거고 재미도 없을 것 같으니 이건 그냥 넘어갈게요. 진짜로…… 너무너무 지루한 일이거든요. 차라리 수학 문제를 열 시간 내내 푸는 게 더 재미나게 느껴질 정도로요.

전 경공을 배우는 걸 훨씬 더 좋아했어요. 무명이 카메라에나 간신히 찍힐 정도로 빠르게 움직였던 거나 선생님이 제 방에서 방정맞게 촐싹거리시던 거 기억나죠? 저는 학교 끝나고 집에 오는 길에 선생님이랑 만나서 눈 가린 채로 24층 아파트 옥상 난간을 뛰어다니는 게 특히 좋았어요. 경공 실력이 느니까 평면적인 공간에 사로잡혀 사는 보통 사람들은 답답하겠다는 생각도 들었어요. 낮은 빌딩이나 나무 위를 돌아다니다가 고양이들 실컷 볼 수 있는 것도 좋았고요.

지루하긴 했지만 내공이 쌓이니 이래저래 편한 것도 많았어요. 무명처럼 한겨울 밤에도 얇은 옷 한 벌만 입고 돌아다녀도 내공이 쌓이면 추위가 거의 느껴지지 않아요. 지금 말한 거 말고도 좋은 게 한참 더 많은데…… 대충 또 뭐가 좋을지는 상상에 맡길게요.

선생님이랑 과외 시작한 지 1년 만에 전교 1등 자리를 되찾으니까 아빠가 과외를 중단하려고 고민하시더라고요. 그래서 죽는소리도 몇 번 하고 생각지도 못하게 엄마까지 제 편을 들어 줘서 간신히 아빠 마음을 돌려놓았죠. 보기와는 달리 선생님이 우리 동네에서는 수학 과외로 좀 많이 유명한 분이었다 하더라고요.

중3 때부터 선생님은 밤에 저를 옥상으로 불러내셨어요. 그때는 제 경공 실력도 늘어서 몰래 집을 빠져나가는 건 일도 아니었거든요. 그냥 창문 열고 잠깐만 벽을 타고 휙 달리면 되는 거였죠. 아파트 밖에서 지켜보는 사람이 있었다 하더라도 뭔가 시커먼 게 벽을 타고 지나갔다고밖에는 생각 못 할 속도였을 거예요.

언제나처럼 또 지루한 내공 수련이나 경공 수련을 시키시겠지…… 했는데 그날의 수업은 평소와는 달랐어요.

"오늘부터는 나와 대련을 시작해 보자. 일단 대련하기 전에 예를 취하는 것부터 가르쳐 줄게. 오른손으로 주먹을 쥐고 왼손을 펼쳐 오른손을 감싸 쥔 채로 명치에 가져다 댄 다음에 '가르침을 청합니다.'라고 말하는 거야"

딱 거기까지만 들어도 벌써 싫더라고요.

"……그냥 대련 이런 거는 안 할래요. 그냥 지금처럼 경공이나 내공만 수련해도 충분한데 왜……."

사실 대련은 조금 해 보고 싶기는 했어요. 제 실력이 어느 정도인지 궁금하기도 했었고요. 그런데 그 이상한 동작 하며 이상한 인사 하며…… 어휴.

선생님이 평소처럼 안절부절못하시며 절 설득할 줄 알았는데 예상외로 킬킬 웃기만 하시더라고요.

"그거 안됐네. 사실 대련이라고 해 봐야 나는 피하기만 할 거였거든. 별이 네가 내 몸에 손끝이라도 댈 수 있으면 이 콘서트 티켓 줄려고 했는데."

그때는 진짜 그 뻔한 수법에 왜 넘어갔던 건지……. 그게 무슨 콘서트 티켓인지는 중요하지 않아요. 그냥…… 그때는 무조건 선생님한테 이겨서 보러 가야겠다는 생각뿐이었다고만 말할게요.

"진짜 괜찮으시겠어요? 저 맨주먹으로 학교 담벼락도 무너트린 적 있는데?"

선생님은 대꾸 없이 자세를 바로 하시며 왼손으로 오른손 주먹을 감싸 쥐고 가슴팍에 가져다 대셨어요.

"비의문의 장호비가 장호비의 제자 권별에게 가르침을 청합니다."

"……가르침을 청합니다……."

말을 내뱉자마자 선생님께 덤벼들며 할 수 있는 모든 방법과 수단을 다 써 봤어요. 하지만 아무리 해도 선생님 몸에 손을 댈 수가 없었죠. 밤 10시 정도에 시작했는데 선생님이 손을 들고 오늘은 여기까지만 하자고 말씀하실 때 시간을 보니 새벽 5시더라고요. 온몸이 땀에 흠뻑 젖고 호흡이 너무 가빠져서 숨을 쉬기가 힘들 정도였어요.

내공을 쌓은 이후로 그런 적은 처음이었죠. 사실 몸이 힘든 것보다는 너무 분하고 화가 나서 머리가 터져 버릴 것 같은 게 더 괴로웠어요. 선생님은 시종일관 못생긴 얼굴에 이상한 웃음을 띤 채로 계속 그 이상한 휘파람을 불면서 여유 있게 제 공격을 피하셨거든요.

사흘 뒤에 선생님이 다시 옥상으로 절 불러내셨을 때는 시간을 낭비하고 싶지 않았어요. 먼저 그 바보 같은 자세를 취하고선 "……가르침을 청합니다." 하는 말을 내뱉고선 미리 주머니 속에 넣어 둔 흙을 선생님 눈에 뿌리고 몸을 낮춰 다리를 노리고 덤벼들었어요.

선생님은 예상이라도 했다는 듯이 재미있다는 표정을 지으며 오른손바닥을 펼쳐 가볍게 허공을 그었어요. 그 가벼운 한 번의 동작에 공기가 압축되어 터지기라도 하듯 펑 하는 소리가 나더니 제가 던진 흙들이 보이지 않는 벽에 부딪

힌 듯 우수수 떨어졌어요. 저는 즉시 몸을 바로 세우며 멈췄
어요.

"쌤! 반칙 아니에요? 분명 피하기만 한다고 했잖아요?"

"뭐? 아니 이건……."

선생님이 변명하는 사이 빈틈을 노려서 다시 한번 땅을
박차고 덤벼들었어요. 아파트 옥상 바닥이 갈라질 정도로
힘을 줘서요. 분명히 이번의 기습으로 옷 끝자락이라도 건
드릴 수 있을 거로 생각했는데 선생님은 어느새 아파트 옥
상 난간 끝에 여유롭게 서 계시더라고요. 그리고 음정도 안
맞는 그 휘파람이 또 시작되었고요.

그날의 추격전은 새벽 5시까지 이어지지는 않았어요. 제
가 먼저 손을 들고 그만하자 했거든요.

"그런데 그 콘서트 티켓 이미 산 거잖아요? 어차피 필요
도 없는 건데 그냥 저 주시면 안 돼요?"

"무슨 소리 하는 거야, 별아. 네가 대련에서 이기지 못하면
내가 보러 갈 거야. 나도 얘네 노래 좋아해."

그제야 선생님이 음정도 제대로 못 맞추면서 맨날 엉터리
로 부는 휘파람 곡의 정체가 뭔지 알 것 같았어요.

그날 이후 3개월 동안은 수학 문제를 풀거나 내공 수련하
는 시간을 빼고는 선생님과의 '대련'에만 집중했어요. 결국
엔 이겨서 콘서트 티켓을 가졌다……고 할 수 있었더라면

좋았겠지만, 전 단 한 번도 선생님의 몸을 건드리지도 못했어요.

그래도 3개월 후에는 선생님은 대련 중에 더는 여유롭게 휘파람을 불지는 못했어요. 언제나 우리 집 아파트 옥상에서만 이루어지던 대련 무대는 아파트 단지 전체로까지 확장되었고요.

콘서트가 며칠 앞으로 다가온 날 새벽, 가쁜 숨을 몰아쉬며 패배를 곱씹다 너무 분하고 화가 나서 눈물이 날 것 같았어요. 억지로 이를 꽉 깨물며 분을 참고 있는데 선생님이 안주머니를 뒤적이더니 티켓 두 장을 건네주었어요.

"그동안 잘…… 아니, 내 기대보다 훨씬 더 잘 따라와 줘서 주는 선물이야. 두 장 줄게. 어머님한테는 내가 미리 잘 이야기해 둘 테니 제일 친한 친구랑 같이 가서 놀고 와."

"필요 없어요. 쌤한테 이기지도 못했는데 제가 왜……."

"그래? 그럼 뭐 나한테는 딱히 필요 없는 거니 그냥 옥상에 버려야겠네."

말하는 게 어쩌나 얄밉던지…….

"쌤! 쌤도 콘서트 보러 가고 싶다면서요?"

"별아. 내가 티켓을 두 장만 샀겠니?"

정 그렇다면야 사양할 건 또 아니잖아요?

"근데 콘서트 티켓 저 주시고 나면 이제 쌤이랑 딱히 대련

할 이유도 없는데요?"

"별아. 더는 나와 대련할 필요 없어. 나를 이기는 데만 집착하다 보면 네 성장의 한계도 그 정도에서 멈출 수밖에 없거든. 넌 그보다 한참 더 나아갈 수 있을 거야, 별아."

솔직히 아쉽기도 했어요. 조금만 더…… 며칠만 더…… 아니 몇 개월만 더 있었다면 선생님과의 대련에서 이길 수 있을 거라는 확신이 있었거든요.

"그럼 이제 더 이상 대련은 없어요?"

선생님은 저를 보면서 대꾸 없이 웃기만 하셨어요. 그때쯤에선 저도 이미 선생님한테 익숙해질 대로 익숙해져서 더 재미난 게 기다리고 있다는 것쯤은 짐작할 수 있었고요.

3.

중3부터 고1 때까지는 선생님을 따라 '밤 나들이'를 다녔어요. 말이 좋아 나들이지 실제로는 우리 선생님 버전의 악당 퇴치 활동이라고나 할까요? 처음에는 언제나처럼 선생님이 썰렁한 농담을 하시는 줄 알았어요.

"그걸 왜 쌤이 하는데요? 경찰은? 경찰이 상대하기 힘들면 군대도 있잖아요?"

대답 대신 선생님은 옛날, 뭐 그리 옛날은 아니고요, 제가 태어날 무렵에 있었던 일이라며 이야기를 하나 해 주셨죠.

어느 공군 전투 비행장에 있었던 일이래요. 서해랑 충청도 넓은 평야 사이 어디쯤에 있는 곳이었는데, 거기 출입구 중 하나에 할머니 한 분이 매일 아침 찾아오셨대요.

꽤 떨어진 곳에 사셨는데도 새벽같이 집을 나서서 몇 시간을 걸어가서서 무엇을 하셨는가 하면, 별다른 건 아니고 그냥 키운 채소나 산에서 캐 온 나물 같은 걸 가져다가 파셨대요. 돌아가신 할머니께 잘 못해 드린 게 떠오르는 사람들이 많았는지 아니면 그냥 착한 사람이 많았는지, 그래도 오전 시간을 넘기기 전에 다 팔아 치우시고 다시 집으로 걸어서 돌아가셨대요. 그래 봐야 얼마 되지도 않는 돈이지만요. 그런데 그게 비행단장 귀에도 들어갔나 봐요.

비행단장은 보안이니 뭐니를 들먹이며 할머니가 기지 입구 근처에도 못 오게 막았대요. 평소에는 동정 어린 시선으로 할머니를 바라보고 물이나 먹을 것도 나눠 주고 했던 초병들도 할머니를 막 대하기 시작했고요.

결국 할머니는 퇴근하는 비행단장의 차를 가로막고 사정을 봐 달라 간청하셨어요. 그런데 그때 비행단장이 말을 좀 심하게 했더래요. 비행단장이면 음…… 모르긴 해도 지위도 높고 하니 그런 할머니가 얼마나 우습게 보였겠어요?

할머니는 당장 생계가 막혔다는 걱정보다 비행단장이 바라보던 시선과 쏟아 내던 말들이 머릿속에 계속 맴돌아 잠자리에 들 수가 없었대요. 그때부터 만나는 모든 사람을 붙잡고 하소연을 하고 다니셨는데 세상 누가 그런 일에 신경이나 쓰나요?

그런데 또 우리 선생님같이 무공도 익히고 쓸데없이 동정심도 많아서 오지랖도 넓은 사람들은 왠지 모르게 시간도 남아도는 법이거든요. 할머니가 사시는 곳에 있는 노인정이었는지 마을회관이었는지 모르겠지만 다른 할머니 한 분이 그 이야기를 귀담아들으시더래요. 그 할머니는 우리 세계에서 음…… 으…… '노야차(老夜叉)'란 이름으로 불리던 분이었어요. 그리고 노야차는 우리 세계에서 무공도 엄청나고 성격도 불같고 남의 일에 참견하는 것도 무척 좋아하기로 유명하신 분이기도 했고요. 그런데 암만 남의 일에 참견하기 좋아하는 사람이라고 해도 얼굴 한 번 본 적 없는 사람 일에 보통 그렇게까지 나서곤 하나요? 궁금해서 선생님께 물어봤죠.

"그럼 그 두 분이 원래 알고는 지냈던 사이였던 거예요?"

"아니. 그때 처음 보고, 처음 이야기 나누어 봤대."

"그런데 노…… 할머니는 왜 그렇게까지 나섰던 건데요?"

"노야차는 그 할머니를 도와주고 싶었고, 도와줄 힘도 있었거든."

……아무튼, 그래서 '노야차'가 억울해서 잠도 잘 못 자는 할머니한테 이렇게 물어봤대요.

"당신이 바라는 게 뭔가요?"

나물 파시던 할머니는 그저 '사과' 받기를 원한다고 말씀하셨대요. 자기를 멸시하며 바라봤던 것과 험한 말을 쏟아냈던 것에 대한 사과요. 할머니의 말을 들은 노야차는 조금도 시간을 끌지 않았어요. 바로 비행단장을 찾아가서 정중하게, 그러니까 우리 같은 사람들의 방식으로 정중하게 이야기를 나누자고 했대요.

출근하는 비행단장 차를 발로 차서 보닛을 우그러트려 세운 다음에 뒷좌석 문을 맨손으로 뜯어낸 후 얼굴을 들이밀면서 정중하게 말한 거죠.

"당신의 시선과 말에 상처 입은 사람이 있으니 사과해요."

놀랍고 당황스럽고 두려운 와중에도 비행단장은 단호하게 거절했대요. 자기가 한 행동이 그리 잘못되었다고 생각하지도 않았고 운전병 앞에서 우스워 보이기 싫었겠죠.

"며칠 더 생각해 봐요. 다시 찾아오죠."

노야차는 3일 뒤 비행단 전 장교를 모아 놓고 연설을 하던 비행단장을 다시 찾아갔어요.

비행장의 수많은 초소와 높은 벽도 노야차가 오가는 걸 막기엔 충분하지 않았어요. 유성처럼 하늘에서 떨어져 내려와 연설대와 연단을 으깨고 모습을 드러낸 노야차는 충격에 땅바닥에 나뒹구는 비행단장을 손으로 일으켜 세웠대요.

"생각해 봤어요? 이제 사과할 마음이 드나요?"

수많은 부하의 시선을 의식하면서 비행단장은 단호하게 거절했대요. 절대로 노야차에게 굴복하지 않을 거란 소리도 하고요. 그러거나 말거나 노야차는 코웃음을 치며 올 때와 반대로 하늘로 솟구치며 사라졌죠. 며칠 뒤에 다시 들를 테니 잘 생각해 보란 말과 함께요.

바로 장교들을 불러 모은 비행단장은 기지를 봉쇄하라고 지시했대요. 헌병들에게 실탄도 나눠 주고 혹시 모를 사태에 대비해 전투기까지 준비시키고요. 상위 부대에는 기지 방어 훈련 중이라고 말했대요. 그런데 아무리 철저히 대비한다 한들 눈으로 좇을 수도 없는 대상을 막을 수는 없잖아요?

슬슬 인내심이 바닥난 노야차는 비행단장을 이전처럼 정중하게 대해 주지는 않았어요. 선생님 말로는 비행장에서 가장 중요한 건 활주로래요. 활주로가 망가지면 당장에 비행기가 뜰 수가 없잖아요? 그 비행장에 활주로가 4개인가 있었는데 그래도 '노야차가 그리 막 나가는 사람은 아니어서' 활주로 한 개만을 완전히 뒤집어엎었대요. 그게 막 나가는 게 아니라고요?

아무튼 단장실에서 무장한 헌병 몇 명과 같이 있던 비행단장을 끄집어 채고는 관제탑의 꼭대기까지 끌고 올라갔대요.

"이제는 좀 사과할 생각이 드는가?"

그래도 그 정도 위치까지 올라간 사람이면 배포가 보통은 아닌가 봐요. 그렇게 당해 놓고도 자기가 죽으면 죽었지, 노야차의 협박은 받아들일 수 없다고 거절했대요. 노야차는 조금은 궁색하게 다음에 또 찾아오겠다고 말하고 떠났지만, 그로서는 진짜 난감한 상황이 된 거죠. 비행단장을 죽이는 건 쉽지만 사과를 받아내는 건 노야차의 능력으로도 불가능해진 거잖아요?

그런데 의외의 방향에서부터 일이 해결되었대요. 전투 비행단의 활주로가 파괴되었으니 무슨 장관이니 장군이니 하는 사람들에게까지 보고가 들어갔고 비행단장은 어떤 식인지는 몰라도 노야차를 처치하기 위한 지원을 받을 수 있을 거로 생각했단 말이죠? 그런데 별이 되게 많은 상관이 비행단장에게 전화를 걸어서 '그냥 사과하라'고 했대요.

죽는 것도 두려워하지 않는 용감한 군인이라도 승진의 길이 막히는 건 무서웠나 보죠? 그렇게 해서 나물 팔던 할머니는 비행단장의 사과를 받았고, 노야차는 흡족했다고 하더라고요.

"그게 무슨 사과예요? 협박받아서 억지로 한 거지."

"그래도 나물 팔던 할머니의 기분은 풀리셨으니 다 잘된 셈이잖아?"

듣고 보니 그런 것 같기도 하더라고요.

"그런데 그 노…… 뭐라고 하는 할머니는 그럼 완전 무법자네요?"

"……무법자시긴 하지……."

"그럼 지금 '밤 나들이' 가는 게 노야차 같은 악당들을 잡으러 가는 거예요?"

선생님은 되게 난감한 표정으로 저를 한참 바라보기만 하셨어요. 알고 보니 노야차는 선생님의 선생님이었대요. 근데 그때는 말을 해 주지도 않았는데 제가 어떻게 알았겠어요?

"노야차는 무법자긴 하지만 악당은 아니야, 별아. 하지만 지금 내가…… 우리가 찾아가는 사람은 진짜…… 선을 넘었지."

그 선이라는 기준은 누가 정했는지? 선을 넘은 사람을 손봐 줘도 되는 사람은 누가 정하는 건지? 선을 넘은 사람을 손봐 주는 사람이 선을 넘으면 어떻게 되는 건지? 별의별 게 다 궁금했지만, 더 묻지는 않았어요. 당장 선생님이 악당을 만나서 손봐 주는 모습이 너무 보고 싶었거든요.

보통 '밤 나들이'를 나갈 때는 선생님 차를 타고 움직였어요. 가까운 거리면 그냥 경공으로 이동하기도 했지만요. 언제나 목적지에는 인상이 더러운…… 딱 봐도 얼굴에 '나 엄청 나쁜 놈'이라 써 놓은 듯하게 생긴 사람들이 기다리고 있었죠.

그런데 생각해 보면 좀 웃기지 않나요? 선생님이랑 서로 연락처 교환하고 인사한 다음에 '야, 내가 너 손 좀 봐 주러 갈 테니까 한강공원 잠원지구 토끼굴에서 기다리고 있어',

'ㅇㅇ' 뭐 이런 메시지라도 서로 주고받는다는 거잖아요? 아무튼…….

"비의문의 1대 제자 장호비가 도리와 이치로 형제 ××를 만류하러 왔습니다."

선생님이 말하는 게 무슨 소리냐면요. '너 내 이름 들어 봤지? 좋게 말할 때 그만 설쳐라. 아니면 혼쭐을 내줄 테니' 뭐 대충 이런 뜻이에요. 그런데 악당들이 언제 사람 말을 들어 먹는 거 본 적 있나요? 언제나 결론은 뻔했죠.

"당신이 그 명성 자자한 당산협 장호비요? 나는 도리와 이치에는 관심 없는 사람이니 그냥 가든가 다른 대화 수단을 써 보시든가."

아니, 도대체. 뻔히 싸우러 왔고, 곧 싸울 거면서 뭔 말들이 그리 많대요? 거기에 '당산협'이라니! 진짜 웃기지 않나요? 그때 선생님 사시던 동네가 당산동이었거든요. 그래서 당산에 사는 협객이란 뜻으로 별호가 '당산협'이 되신 거예요. 진짜 유치하죠. 혹시 가리봉동 같은 데로 이사라도 가면 어떻게 하려고요? 처음에 선생님이 악당과 '대화'를 하는 장소에 데리고 가셨을 때 전 선생님 별호를 듣고 빵 터져서 한참을 웃었어요.

"뭐가 그리 웃기니? 별아."

아니, 그게 왜 웃긴지 모르는 게 더 이상하다고요. 선생님은 대꾸 없이 고개만 젓고 웃음을 멈출 줄 모르는 저를 난처하게 바라보시고 악당 놈은 또 더욱더 화난 표정으로 저희를 바라보고…….

"이 아이는 나의 수제자 권별입니다. 이름을 잘 기억해 두세요. 곧 나의 명성을 뛰어넘을 아이입니다. 별아, 이제부터 내가 싸우는 걸 잘 지켜보아라."

너무 웃어서 눈물이 나오는 와중에도 고개를 끄덕였어요.

선생님은 악당에게 정중하게 인사를 건넸고, 악당 놈은 그냥 무시하면서 선생님을 공격해 들어갔죠. 그렇게 이제껏 제가 한 번도 본 적이 없고, 상상해 본 적도 없는 세계가 눈앞에 펼쳐졌어요.

그때까지만 해도 전 이미 무공으로 더 놀랄 게 없는 수준까지는 도달했다고 생각하고 있었어요. 앞으로 저보다 더 뛰어난 사람, 더 강한 사람을 만날 수는 있을지라도 저를 놀라게 할 사람은 더는 없을 거라고.

엄청난 착각이었어요. 공간과 시간의 속박에서 벗어난 사람의 움직임을 상상하실 수 있겠어요? 선생님의 동작 하나하나가 제가 인식할 수 있는 시간과 공간을 무한으로 늘려 나가며 확장하는 것처럼 보였어요. 여태까지 '대련'에서 저를 상대하던 선생님의 움직임은 아이들과 장난으로 놀아 주는 수준도 안 되었던 거죠.

처음에는 선생님의 움직임을 도저히 쫓아갈 수가 없었어요. 그래서 선생님을 상대하는 악당 놈한테 초점을 맞추었지요. 상대적으로 느려 터져서 그런 건지 그쪽의 움직임은 똑똑히 보이더라고요. 선생님의 공격을 허겁지겁 막는 모습을 보면서 거꾸로 선생님의 움직임을 추적할 수 있었어요.

무명이 처음으로 살인을 했을 때 20초가 걸렸다고 했잖아요? 선생님은 대부분 5초 안에 상대방을 제압했어요. 몸에 상처 하나 입히지 않고요. 악당 놈들은 도리와 이치는 몰라도 일단 호되게 당하고 나면 정신이 드는 것인지 선생님을 무슨 괴물이나 신 보듯이 바라보더라고요. 사실 그때 제가 선생님을 바라보는 표정도 비슷했을 거예요.

"다시 한번 부탁합니다. 내 얼굴을 보아서라도 행동을 자제해 줄 수 없겠습니까?"

겁에 질려 있던 악당 놈들은 선생님이 저 말을 하면 갑자기 사랑에 빠지기라도 한 듯 표정이 바뀌더라고요. 열렬한 고갯짓은 덤이고요.

"그냥 이렇게 끝이에요? 경찰서나 감옥에 보내고 이런 것도 없어요?"

"아무리 튼튼한 감옥이라 한들 우리 같은 사람을 가두어 둘 수는 없는 거잖아?"

"그럼 저 사람이 또 나쁜 짓 하면요? 그때마다 찾아와서 도리가 어쩌고, 이치가 어쩌고 하실 거예요?"

"정 그렇다면…… 다시 찾아가긴 해야겠지."

"그래도 여전하면요? 또 찾아가요?"

"……세 번째는 없을 거야, 별아."

그 말의 의미를 곱씹고 있는 저를 보던 선생님이 괜히 화제를 바꾸시더군요.

"그런데 내가 움직이는 건 잘 보았니?"

"아뇨. 너무 빨라서 잘 못 봤어요. 그런데 아까 쌤이 서른일곱 번째 공격하는 건 똑똑히 봤어요."

"그건 어떻게 보았니?"

"그냥…… 아까 그 아저씨가 방어하는 모습을 보니까 쌤이 그 아저씨가 특정한 방어 동작을 취하도록 몰아넣고 있는 게 보였거든요. 그런 상황에서 저라면 서른일곱 번째에 반격할 수 있겠다 하고 생각해서 좀 집중했지요."

그때 선생님 표정을 보셨어야 해요. 제가 20분 넘게 끙끙거리다 간신히 풀었을 만한 난이도의 수학 문제를 해치웠을 때 지어 보이시던 표정이 1000배로 증폭된 거 같더라니까요?

그 뒤로 선생님과 꾸준히 '밤 나들이'를 하다 보니, 점점 선생님의 움직임이 뚜렷이 보이기 시작했어요. 때때로 선생님 없이 혼자서 '밤 나들이'에 나서는 제 모습을 상상하기도 했어요. 뭐 도리와 이치가 어쩌고 하는 말은 빼고요. 선생님처럼 상대에게 상처 하나 입히지 않기는 힘들겠지만 내 나름대로 악당 놈들을 '설득'하는 거 정도는 해 볼 수 있겠다 싶었지요.

머릿속으로 선생님과의 가상 대결도 꾸준히 진행해 봤어요. 처음에는 서른일곱 번을 방어한 다음에나 반격을 가할 수 있었는데 고등학교 1학년 겨울방학쯤에는 세 번만 선생님의 공격을 막으면 바로 되받아칠 수 있겠다 싶더라고요.

그쯤 되니 손이 좀 근질거리기 시작했어요. 내공도 비약적으로 늘고 있는 게 느껴지고 경공도 한층 발전해서 전철 타고 학교 가는 거보다 사람들 눈에 띄지 않게 그냥 뛰어가는 게 훨씬 빠른 수준까지 올라섰거든요. 그게 악당이든 선생님이든 제 실력이 어느 정도인지 확인해 보고 싶어졌어요. 그렇다고 선생님께 갑자기 '쌤! 저도 '이치와 도리로' 만류한번 해 보시죠?'라고 할 수도 없는 거잖아요? 다행히 제 마음을 읽기라도 한 것인지 선생님이 직접 그런 자리를 마련해 주셨어요.

그리고 비슷한 시기에 무명도 산중노인에 맞서서 자기를 지켜야만 했고요.

4.

산중노인이 무명에게 했던 이야기 기억하세요?

'결여가 간절함을 낳고 어떻고' 하는 소리요. 원래 무공을 하는 사람들은 꼭 저런 폼 잡는 소리 하나쯤은 무슨 유행어처럼 외우고 다니면서 써먹는 법인데 그 미친 노인네는 그냥 하는 소리가 아니라 되게 진지했나 보더라고요.

노인과의 세상 나들이를 별 감흥 없이 기계적으로 해치우게 되었을 무렵의 일이래요. 마지막 상대를 해치우고 아직 열흘이 지나지도 않았는데? 하는 의문은 들었지만 무명은 그걸 입 밖에 내지는 않았어요.

"너는 오늘 검으로 완전해진다. 마지막 단계로 내게 너의 왼눈을 바쳐라."

진짜! 완전 미친 영감탱이 같으니라고……. 세상 어떤 정신 나간 사람이 눈알을 뽑아 달라 하면 '네, 알겠습니다!' 하

고 순순히 내준대요? 무명이 좀 이상한 구석은 있어도 그
정도로 미친 애는 아니거든요. 당연히 거절했대요.

무명이 처음으로 반항을 했는데도 노인은 놀란 기색도 없
이 기분 나쁜 미소를 지으며 그저 바라만 보더래요. 그러다
갑자기 기척도 없이 덤벼들었어요. 무명은 그걸 어느 정도
예측하고 있었고, 바로 대응했죠. 노인은 최근의 모습만 보
고 무명의 실력을 가늠했겠죠. 사실 무명은 갈수록 빠르게
발전하는 본 기량은 숨기고, 최소한의 실력으로만 상대를
제압하고 있었어요. 노인은 그걸 몰랐던 거예요.

왜 그런 짓을 했냐고 무명에게 물어본 적이 있어요.

"언제나 상대방에게 얕잡아 보이는 편이 낫다고 했거든."

누가 그랬냐고요? 누구긴 누구겠어요. 그때까지 무명이
대화를 나누어 본 사람이라곤 산중노인뿐이었으니 당연히
산중노인의 말이죠. 재미난 게 자기 가르침에 무명이 그토
록 충실할 거라곤 산중노인은 몰랐나 보더라고요.

산중노인의 기습은 몇 번의 공방 뒤에 무명의 발차기에
제압당했어요. 노인의 정강이뼈가 왼쪽보다 조금 더 짧은
자기의 오른쪽 다리에 부러져 나갈 때쯤에야 무명의 흥분
이 가라앉았대요.

노인은 비명을 속으로 삼키며 손을 들어 싸움을 멈추자
는 뜻을 밝혔대요. 무명이 그냥 무시하고 그때 그 영감탱이

를 죽였어야 하는 건데……. 불행하게도 한평생 노인의 뜻을 따르는 데 익숙했던 무명은 그 와중에도 바로 노인의 손짓을 따랐대요.

"……너를 세상에 선보일 때가 되었다. 명단을 줄 테니 순서대로 목표를 제거해 나가라."

자기 다리가 부러졌는데 그게 마치 밥 먹다가 돌 씹은 수준의 일인 양 되게 센 척하면서 노인이 말했어요. 무슨 명단이게요? 맞혀 보세요. 그 명단의 첫 번째에 왕십리 경찰서의 형사가 있었다는 게 힌트예요.

원래 선생님은 경찰이나 가끔은 군부대에서도 협조 요청을 받곤 하셨다 하더라고요. 무슨 생각이셨는지는 모르겠지만 왕십리 경찰서에서 '수사 협조' 요청을 받으셨을 때 선생님은 저도 같이 데리고 가셨어요. 뭐 말이 좋아 '수사 협조'지 '우리가 감당할 수 있는 일이 아니니 님이 좀 도와주세요' 같은 부탁인 거죠. 처음에 제 모습을 본 형사 아저씨가 놀라서 선생님께 뭐라고 막 하려 하시더라고요.

"이 아이는 제 수제자이고 비의문의 차기 문주 후보입니다."

그거면 모든 설명이 된다는 듯한 선생님의 태도 때문인지 형사 아저씨는 순순히 고개를 끄덕이고 나서 더 이상 저에 대해 신경을 쓰지 않으셨어요. 선생님이 뭔가 예상치도 못했던 수식어를 제게 하나 더 붙이긴 하셨는데 그때는 그냥 맨날 예의상 하는 말 중 하나겠지 하고 대수롭지 않게 넘겼어요.

형사 아저씨가 CCTV 영상을 보여 주었어요. 무명이 몇 초 만에 네 명의 형사를 쓰러트리는 모습이 담겨 있던 바로 그 영상이요. 영상에 찍힌 무명의 모습은 너무나도 비현실적이고, 기괴하고…… 아름다워 보였어요. 1초를 수백 분의 1로 나누어 인식하는 데 익숙해진 제 눈과 달리 30장의 영상으로만 담아내는 카메라에 찍힌 무명의 모습 하나하나는 마치 한 폭의 그림처럼 느껴졌어요.

무명이 저와 비슷한 나이대로 보였기 때문이었을까요? 홀린 듯이 영상을 바라보면서 '언젠가는 얘를 꼭 만나 봐야겠다'는 생각을 했던 거 같아요.

"어때 보이니?"

화면에서 눈을 떼지 못하는 저를 보면서 선생님이 물었어요. 하마터면 너무 예쁘다고 대답할 뻔했죠.

"별거 아닌데요. 저였으면 저렇게 오래 걸리지도 않았을 거예요."

제 말의 뜻을 조금 늦게 알아챈 형사가 질렸다는 표정으로 저를 노려보았어요. 무슨 징그러운 짐승이라도 보는 듯

한 눈빛이더라고요. 선생님도 난감하신 듯 저를 어찌해야 할지 모르겠다는 표정으로 바라봤고요.

"아니…… 아무튼, 저보다는 몇 수 아래인 것 같다고요."

"절대로 눈에 보이는 것만으로 상대의 실력을 평가하면 안 돼, 별아."

그리고 나선 근처 편의점에서 간식이라도 사 먹고 있으라며 저를 밖으로 내보내셨어요. 경찰서 안에서 선생님이 형사 아저씨와 무슨 이야기를 나누었는지는 모르겠지만 전 밖에서 무명과 상대하는 제 모습을 상상하고 또 그 순간이 오기를 기대하고 있었어요.

하도 오랫동안 밖에 있던 터라 그냥 집에 뛰어갈까 하고 있는데 그때야 선생님이 미안하다는 듯 손을 흔들면서 나오셨어요.

"그럼. 이제부터는 밤에 쟤 쫓아가서 '도리와 이치'로 말리실 건가요?"

"그래……. 그런데 그 아이의 무공이 좀처럼 어느 문파의 것인지 알 수가 없구나."

'문파'라는 게 뭐냐면요. 음…… 일종의 '무공을 배우는 사람들의 연예기획사' 같은 거로 생각하시면 돼요. 왜 아이돌 보면 기획사가 어디인지에 따라서 춤선도 창법도 좀 달라지잖아요? 선생님은 무명이 추는 춤, 무공을 보시고 '아,

쟤는 어디 기획사 출신이구나. 거기 가서 애들 관리 못 한다고 따지고 붙들어 잡아 혼내야지.'라고 생각하고 있었던 건데, 무명 걔가 추는 춤이 너무 이상하고 '듣보잡'이라 도무지 어디 기획사 출신인지를 모르겠다고 하시는 거예요.

"그럼 걔를 어떻게 찾으실 건데요?"

"다행히 마지막으로 살해당한 형사분은 어느 문파 출신인지를 알 것 같구나."

"에? 그 형사 아저씨가 무공을 익힌 사람이라고요. 겨우 그 실력으로요?"

선생님은 별다른 대꾸 없이 씁쓸한 표정으로 저를 바라만 보셨어요. 나중에야 알게 된 거지만 무명에게 살해당한 형사 아저씨도 산중노인의 제자였대요. 무명과는 동문이었던 거죠. 그리고 산중노인이 무명에게 건네준 명단의 인물들 모두가 다 산중노인의 제자였다 하더군요. 기껏 길러 낸 제자들 모두에게 배신당하니 이번엔 어린애를 납치해서 제자들을 살해하게 시키다니…… 진짜 정신 나간 노인네 아니에요?

그 정신 나간 노인네가 건네준 명단의 제일 첫 줄에 적힌 이름을 지우고 호텔로 돌아왔을 때 무명을 기다리고 있었던 건 노인뿐만이 아니었대요. 무명한테도 낯익은 인물이었다고 해요. 뭐 뉴스 같은 데서 자주 봤던 얼굴이라나? 우리 아빠도 집에서 어울려 주는 사람들 없을 때나 보는 뉴스 같은 걸 보다니, 무명도 참 할 일이 없었나 보죠?

하긴 노인이랑 무공 수련하는 시간 빼고는 맨날 TV보고 인터넷만 했다니…… 이걸 부러워해야 할지 안됐다고 해야 할지는 잘 모르겠네요. 아무튼, 이제껏 무명이 만나 왔고 살해해 왔던 이들과는 달리 굽은 허리에 처진 어깨, 배 나온 중년 남자의 모습이 좀 신기해 보이기까지 했었대요. 경호원처럼 보이는 세 명이 둘러싸듯 남자를 호위하는 걸 보며 무공을 모르는 사람일 거라 짐작했다고 해요.

"노사! 이 살인의 의미는 도대체 무엇입니까?"

노인에게 따지는 와중에도 중년 남자는 무명에게서 눈을 못 떼더래요. 저처럼 무명이 예쁘다고 생각했거나 한 건 아니었겠죠. 생전 처음 보는 괴물이라도 접한 듯한 표정이었을 거예요.

"살인? 회수를 말하는 거겠지. 당신들이 멋대로 감추어 둔 내 소유물을 내가 내 손으로 다시 거두어들이는 것이니 당신이 관여할 일이 아니오."

'내 손으로'라니 정말 웃기지 않나요? 모든 걸 무명한테 시켜 놓고 자기는 호텔에서 꼼짝도 안 하고 있었으면서?

"노사가 사람의 목숨을 거두니 바로 살인이라고 하는 겁니다!"

"설령 그 행위가 살인이라 한들 그것이 바로 당신들이 항상 내게 의뢰했던 것이 아니오?"

"우리가 의뢰한 건 노사의 대제자 은자의 처리였습니다. 김성호 형사의 경우는……."

"보시오. 당신들이 무어라 이름 지어 부른다 해도 그것들은 본디 모두 내가 벼려 낸 검들이오. 어떤 것은 제법 쓸만했고 어떤 것은 형편없었지. 하나 정도의 차이는 있었지만 모두 하자가 있었소. 해서 모두 거두어들이려는 것이오. 당신들이 그토록 두려워하는 은자라는 물건도 함께 말이오."

"검들!! 모두 회수한다니……. 다른……."

"언제까지 내 눈으로부터 그것들을 감출 수 있을 거로 생각했소? 당신들을 탓하지는 않겠소. 저것을 보시오! 의지도, 쓸데없는 생각에서 나오는 머뭇거림이 없지. 그저 잘 동작하는 기계 같지 않소? 당신들이 감추어 둔 하자품들을 재료 삼아 조금만 더 벼리면 완벽하게 완성될 것이오. 그때가 되면 당신들이 나의 '대제자'로 부르는 물건도 거둘 수 있을 것이오."

"노사의 다른 제자들은 정부에 스스로를 의탁하였으니 우리는 그 사람들을 지킬 책임이 있습니다! 우린 노사가 사람의 목숨을 거두는 걸 더 이상 봐줄 수도 용납할 수도 없

습니다. 지금이라도 노사의 마지막 제자를 우리에게 넘기고
뒤로 물러나도록 하세요!"

무명은 노인이 말한 '잘 동작하는 기계와도 같은 저것'이
나 중년 남자가 말한 산중노인의 '마지막 제자'가 누굴 말하
는 건지 한참을 생각하고 나서야 알 수 있었대요.

"용납? 뒤를 봐준다? 사자가 나귀 떼에 의지하고 그 허락
을 구하고 행동한다 생각하시오?"

노인은 과장되게 코웃음을 치더니 짚고 있던 목발을 들
어 무명을 가리켰어요.

"아무래도 관계를 새로 맺어야 할 때가 된 거 같군. 이 시
끄러운 나귀 떼들을 모두 처치하도록 하여라."

노인의 말이 떨어지기가 무섭게 무명은 중년 남자 뒤에
서 있던 경호원의 목을 꺾어 버렸어요. 그때까지만 해도 무
명은 노인의 검이었고 노인의 의지가 무명을 휘둘렀으니, 무
명도 반사적으로 움직이고 만 거죠.

나머지 경호원 두 명도 무공을 익힌 사람은 아니었는지,
무명의 움직임을 눈으로 좇지도 못했대요. 그 둘을 쉽게 처
리하고 마지막으로 중년 남자를 처치하려는데, 놀랍게도 전
혀 안 그래 보이던 중년 남자가 숨겨 둔 비장의 한 수를 선
보였어요. 무명이 주먹으로 세 번째 경호원의 머리뼈를 막
부숴 버리는 순간에 중년 남자는 몸을 뒤로 빼면서 양복

안에 숨겨 두었던 짧은 창을 꺼내 들었어요. 그제야 무명은 깨달았다고 하더라고요. 아! 저 사람도 무공을 익혔구나!

무명은 조금 전과는 다르게 긴장한 채로 중년 남자에게 덤벼들었어요. 하지만 중년 남자의 목표는 무명이 아니었어요. 자기에게 달려오는 무명은 신경도 안 쓰고 노인을 향해 창을 날렸는데 그 솜씨가 어찌나 빠르고 매섭던지, 무명이었다 하더라도 쉽게 피하긴 힘들었을 거라 하더라고요. 그러니 무명 때문에 다리가 부러져 목발을 짚은 산중노인은 더더욱 피하기 힘들었겠죠.

노인의 어깨에 창이 꽂히고, 노인이 억눌린 신음을 터트리고, 무명의 발차기가 중년 남자의 허리를 노려 날아들었어요. 중년 남자는 몸을 웅크리며 팔을 들어 발차기를 막으려 했어요. 그리고 그게 중년 남자가 살면서 저질렀던 마지막 실수가 되었던 거죠. 그냥 피했어야지 그걸 왜 막으려고 해서는……

방어하던 중년 남자의 팔과 허리를 한 번의 발길질로 동시에 분질러 버리고 나서야 호텔 바닥에서 힘겹게 몸을 일으키는 노인의 모습이 무명의 눈에 들어왔어요. 무명의 머릿속에는 노인을 도와주어야 한다는 생각뿐이었어요. 무명이 살면서 처음으로 남을 도와주려 했던 행동의 대가는 욕설과 손찌검이었고요.

"멍청하고 쓸모없는 것 같으니라고!"

노인의 손찌검을 피할 생각도 못 하고 있다가 무명은 불현듯 좀 전에 노인이 했던 말이 머릿속에 떠오르더래요.

'사자가 나귀에게 의지하고 허락을 구해야 하나?'

그때까지 한 번도 떠올려 본 적도 없었던 깨달음이 오더래요. 이제 노인도 무명 앞에선 한낱 나귀일 뿐이라는 걸, 더 이상 노인에게 휘둘릴 필요가 없다는 걸. 무명은 자신의 뺨을 노리고 날아오는 노인의 손목을 잡아 꺾은 뒤에 발길질로 한 번 부러트렸고 막 아물고 있던 노인의 다리를 또다시 분질러 버렸어요.

경악한 표정으로 무명을 바라보던 노인이 뭔가 말을 하려 하길래 급하게 목을 꺾어 버렸고요. 노인이 무슨 말을 하건 그걸 듣게 된다면 또다시 노인에게 휘둘리게 될 거란 게 두려웠다고 하더군요.

순식간에 시체로 뒤덮인 고향이자 집이자 학교를 보면서 무명은 무슨 생각을 했을까요? 그때 당장은 몸을 피해야 한다는 생각밖에 안 들더래요.

무명은 바닥에 쓰러진 사람들의 몸을 뒤져서 현금을 챙기고 신분증들과 신용카드들을 다 모은 다음 손에 내공을 실어 으스러트렸어요. 조금이라도 추적을 늦추고 싶었다나요? 걔가 또 범죄 드라마 마니아거든요. 주민 등록을 한 적도 없으니 지문을 지울 필요가 없어서 그건 편했다 하더라 고요.

아끼는 옷가지들과 물건들, 예의 그 신용카드를 챙겨 들고 호텔을 나서는데 그제야 자기가 어디로 가야 할지, 무얼 해야 할지, 무얼 하고 싶은지도 모른다는 게 떠올랐어요. 그때까지 무명은 단 한 번도 자기 의지를 가져 본 적이 없었어요. 노인이 휘두르는 검이 아닌 다른 존재로 살아 본 적도 없었고요. 악당이긴 해도 노인은 무명이란 검을 휘두르던 손이자 날카로운 날을 감추는 검집이었죠.

무명의 머릿속에 바로 떠오른 건 노인의 명단이었어요. 무명은 명단의 두 번째 줄을 지우기 위해 움직였어요. 노인의 말처럼 그때의 무명은 여전히 그저 잘 동작하는 기계와도 같아서였을까요? 노인이 이야기했던 것처럼 스스로를 '완벽하게 완성'되도록 벼리고 싶었던 거였을까요? 어찌 되었건 검집을 벗어난 검은 피를 보아야만 하는 법이고, 노인은 죽어서도 여전히 유령처럼 무명을 휘두르고 있었던 거죠.

5.

　무명이 명단의 세 번째 줄을 막 지웠을 때쯤에나 선생님과 형사 아저씨는 무명의 다음 목표를 알아낼 수 있었어요.

　경고하려면 형사들 말고 선생님이 직접 가는 게 나을 거라고 생각하셨나 봐요. 그래도 당연히 선생님이 저는 데려갈 줄 알았어요. 그런데 무명의 다음 목표가 이제까지의 '밤 나들이' 대상과는 달리 위험하다고 생각하신 건지, 아니면 무명이 위험하다고 생각하신 건지 저를 버려 두고 혼자 가실 눈치더라고요.

　그걸 어떻게 알았냐고요? 평소에는 그런 적이 한 번도 없었는데 수업 중에 계속 몰래 문자를 확인하시면서 제 눈치를 보셨어요. 왕십리 경찰서에 다녀온 지 얼마 지나지 않았던 시점이라 바로 알아챘죠. 그런데 저한테는 한마디 말도 안 하셨어요. 은근 짜증이 나기도 했고, 선생님 혼자서만 재미 보게 내버려 두기도 싫었고, 사실은 무엇보다 무명을 직접 만나 보고 싶어서 몰래 선생님의 뒤를 따르기로 했어요.

그런 중요한 일을 나중으로 미루진 않을 거 같아서 수업 끝나고 집에 가시는 선생님을 몰래 뒤쫓았어요. 경공으로 움직이셨으면 쫓아가기 힘들었을 텐데 다행히 차로 움직이시더라고요. 그런데 몇 번 얻어 타 보고 알게 된 건데 우리 선생님 운전 스타일이 좀…… 하여간 옆에 타고 있으면 하품이 나올 정도로 느려 터졌거든요. 가끔 뒤에서 빨리 좀 가라고 다른 차들이 막 경적도 울려 대고 할 정도였으니 말 다 했죠.

예상대로 아파트 정문을 나선 선생님의 차는 당산동 방향인 서쪽이 아니라 동쪽으로 움직였어요. 눈에 띄지 않게 빠른 속도로 인도를 내달려 뒤쫓으려 했는데 그럴 필요가 전혀 없었더라고요. 밤 11시가 넘은 시간이라고 해도 강남 고속터미널 인근 도로는 차들로 가득했어요. 그냥 밤 운동을 나온 사람처럼 신호와 신호 사이만 적당한 속도로 달려 주니 선생님의 차를 뒤따르는 건 전혀 어렵지 않았어요.

차들로 가득한 도로에서 몇 개의 신호를 지나가니 강남역 번화가가 나왔어요. 선생님은 빌딩들이 가득한 사거리를 지나 비좁은 골목길로 들어가더니 자그마한 주차장에 차를 세우셨어요. 누군가 뒤따라오고 있을 거란 생각은 꿈에도 안 하시는 것 같았어요. 주변을 두리번거리지도 않고 한동안 핸드폰만 들여다보시더니 골목길로 나아가시더군요. 뭐 지도 앱 같은 거에 주소 찍어 놓고 움직이나 보다 생각했죠.

골목이 길도 뒤엉켜 있고 언덕이 막 높아졌다 낮아졌다 하면서 복잡하기는 했지만 선생님이 움직이는 모양새 자체가 되게 이상했어요. 선생님의 뒤를 따라 똑같은 주택들 주변을 두 바퀴째 돌고 나서야 선생님이 길치, 그러니까 지도 앱이 가라는 대로 가는 것조차 따라 하기 힘들 정도의 지독한 길치라는 걸 깨달았죠.

'그냥 앞에 나서서 직접 길을 찾아 드릴까?' 하는 고민까지 들었어요. 결국엔 답답하셨는지 선생님은 한 4층짜리 되는 낮은 빌딩 벽을 가볍게 박차고 옥상으로 올라가시더라고요. 잽싸게 반대쪽 5층 빌딩 위로 뛰어올라서 몸을 숨기지 않았더라면 하마터면 들킬 뻔했어요. 선생님은 올라간 빌딩 위에서 한참을 골목길을 두리번거리며 내려다보시더니 그제야 감이 온 것인지 지붕 위로 뛰어서 움직이셨어요. 저도 거리를 두고 선생님을 뒤따라서 지붕들 위를 내달렸죠.

복잡한 골목길 안에서도 조금 유별나 보이는 단층 주택이 선생님의 목적지였어요. 저는 조금 떨어진 원룸 빌딩 옥상에서 지켜보고 있었는데 선생님이 대문 앞에서 초인종을 누르시더라고요. 웬 초인종……. 그 시간에 택배가 올 리도 없고 알지도 못하는 사람이 초인종을 누르는데 도대체 누가 문을 열어 준다고…….

제 생각대로 한참을 기다려도 대꾸가 없었는지 선생님은 이번엔 문을 쾅쾅 두드리시다가…… 아이고…… 한숨을 내쉬곤 주변을 한번 둘러본 뒤에 담을 훌쩍 넘어서 안으로 들어가셨어요. 선생님이 마당을 가로질러 현관문을 열고 집 안으로 들어가고 나니 도대체 내가 왜 따라왔을까 하는 후회가 들더라고요. '기껏 남의 집 지붕이나 구경하려고? 나도 몰래 집 안까지 쫓아 들어가 볼까?' 하고 고민하고 있는데 무공을 익힌 사람들의 귀에만 들릴 만한 익숙한 소리가 들려왔어요.

단련된 주먹이 허공을 가르고 날카로운 쇠붙이가 공기를 찢어 놓는 특유의 소리가 있거든요. 그제야 따라오길 잘했다는 생각이 들었죠. 몸을 날려서 주택 안으로 들어가려는데 퍽 하는 작은 폭발음이 안에서 들리더니, 키가 크고 깡마른 남자 한 명이 창문을 깨고 뛰쳐나와 담을 넘어 골목길을 달려가더라고요. 선생님도 바로 남자를 뒤쫓아 가시겠거니 했는데…… 어…… 제가 선생님이 지독한 길치라고 이야기했었지요? 남자의 뒤를 쫓는 듯하더니 어느새 엉뚱한 방향으로 달리고 계시더군요…….

선생님께 전화를 걸어서 위치를 알려 주려 하다가 시간을 끌면 저도 도망가는 남자를 놓쳐 버릴 거 같아서 그냥 뒤를 계속 쫓았어요. 남자의 경공 실력이 무척 뛰어나긴 했지만, 추격을 의식한 것인지 계속 골목길로만 내달려서 추격이 어렵지는 않았어요. 지붕 위 높은 곳에서 아래를 내려다보니 남자의 움직임이 눈에 잘 보이기도 했고요.

큰 길가가 나오기 직전에 있는 또 다른 주차장에서 검은색 차를 타려는 남자를 따라잡았어요. 차 문을 가로막으며 훌쩍 뛰어내리자 남자는 저를 무슨 귀신이라도 본 듯한 표정으로 보더라고요.

"너…… 네가……."

'이 아저씨가 날 어찌 아나?' 싶었는데 금세 남자가 저를 무명으로 착각하고 있다는 걸 눈치챘어요. 무명과 저는 키 차이도 좀 나고 체형도 다르고 생김새도 달랐지만 깡마른 남자가 그걸 어떻게 알았겠어요. 그냥 제 나이 또래 여자애가 산중노인의 제자를 살해하고 다닌다는 소문만 들었겠죠.

"잠깐만요, 아저씨! 저는 아저씨가 생각하는 그런 사람 아니고요. 아마도…… 도와주러 온 거……"까지 말했는데 이미 제 말을 듣고 있는 것 같지도 않았어요. 주변을 한번 둘러보더니 표정을 굳히고 깊게 숨을 들이마시며 허리띠를 풀더라고요.

'뭐 이런 변태 새끼가?'

처음에는 이런 생각이 들었는데 바로 남자의 허리띠가 사실 제 팔 길이만 한 검이란 걸 눈치챘죠. 허리띠만큼 길고 부드럽게 잘 휘는 검이요. 연검이라는 물건인데 엄청 낭창거리고 잘 휘어서 찌르는 궤도를 좀처럼 알기 힘든 무기예요. 변태는 아니었던 깡마른 남자처럼 허리띠 대용으로 차고 다니기도 하고요.

왜 검을 허리띠로 차고 다니냐고요? 아무리 무공을 익힌 사람들이 막 나가고 세상의 법을 우습게 여긴다 해도 보란 듯이 무기를 지니고 다니면 귀찮은 일이 많잖아요. 그래서 무기를 쓰는 사람들은 외투 안주머니에 넣어 다닐 수 있다거나 허리띠 대용으로 쓰면서 숨겨 다닐 수 있다거나…… 뭐 그런 무기를 선호해요. 가끔은 보란 듯이 커다란 대검 같은 걸 메고 다니는 사람도 있긴 하지만요.

변태는 아니었던 남자가 자세를 낮추며 연검을 제게 겨누니 살짝 후회가 들었어요. 갑작스럽게 이제껏 선생님과 장난스럽게 대결하는 것 말고는 누구와도 겨뤄 본 적이 없다는 게 떠올랐어요. 아니 그것보다 무기를 들고 저를 죽이려 드는 사람과도 상대해 본 적이 없다는 것도요.

"아저씨. 진정하시고. 칼 좀 내려놓고 제 말 좀 들어 보세요. 전 왕십리 경찰서에서 아저씨 동문……."

제 눈을 노리고 날아오는 연검의 칼끝을 피하느라 급히

내뱉던 말을 집어삼켰어요. 오른손잡이 남자의 사각(死角)인 왼쪽으로 파고드는데 정면으로 날아들던 연검이 뱀처럼 휘면서 집요하게 따라왔어요.

꼴사납게 주차장 아스팔트 바닥 위로 몸을 굴려 간신히 검 끝을 흘렸지만 아끼던 외투가 흙투성이가 되고 머리카락 몇 가닥이 잘려 나가는 건 어쩔 수 없었죠.

사실 무공을 익힌 사람들은 대부분 말을 잘하지도, 말하는 걸 좋아하지도 않아요. 아니 그렇잖아요? 한평생 주먹질하고 발길질하고 무기 휘두르는 법이나 배웠는데 무슨 일이 있으면 일단 싸우고 보지 무슨 말들이 그리 많겠느냐고요? 물론 우리 선생님같이 안 그런 사람들도 있겠지만요.

빠르게 몸을 일으키며 다음 공격에 대비하는데 화가 치밀어 올랐어요. 괜히 왜 답지도 않게 선생님 흉내를 내서 쓸데없는 말이나 늘어놨던 건지……. 남자는 제 설명을 듣고 오해를 풀기보다는 일단 저를 죽이고 보는 쪽이 빠르고 합리적이라 생각했던 거잖아요?

다시 한번 제 눈을 겨눈 연검을 똑바로 바라보면서 저는 숨을 깊게 들이마셨어요. 말로 이 오해를 풀자는 바보 같은 짓은 그만두고 일단 남자를 두들겨 패고 보자고 생각하니 마음이 한결 차분해지더라고요.

상대와 제가 나름 뜻이 통했던 셈이죠.

선생님이 저한테 처음으로 주먹 쓰는 법을 가르쳐 주실 때 하신 말씀이 있어요. '주먹은 발길질처럼 위력이 세지도 않고 검이나 창처럼 거리의 이점이 있지도 않고 채찍처럼 기묘함이 있지도 않다'고요.

완전 별로란 소리잖아요? 도대체 장점이라곤 하나도 없는 걸 내가 왜 배워야 하냐고요?

"주먹은 정직하고 올곧거든, 별아. 그리고 사실 내가 각술이나 병기술에 능하지는 않아서……."

주먹이 닿는 거리 한참 밖에서 날아들며 그 궤도도 좀처럼 파악하기 힘든 연검을 상대하고 있자니 딱 그때 생각이 떠올랐어요. 몸에 닿기 직전까지 검 끝을 바라보다가 아슬아슬하게 피하는 게 전부였거든요.

왜 검 끝을 봤냐고요? 처음엔 늘 배워 왔던 대로 남자의 시선에 집중했어요. '사람이 다루는 모든 도구는 시선이 향하는 곳으로 움직인다'고 배웠거든요. 남자의 시선에 집중하다 보니 그제야 남자의 한쪽 눈이 없다는 걸 깨달았어요. 아직은 그게 무슨 의미인지는 정확히 몰랐죠.

남자가 시선을 던지는 방식도 기묘했어요. 저를 바라보는 게 아니라 제 뒤의 공간 어딘가를 부유하듯 바라보는 시선이었어요. 어쩌면 연검을 다루는 사람들만의 방식일 수 있을 거란 생각이 들어서 남자의 눈이 향하는 방향 대신 어깨에 집중했어요.

검을 휘두르려면 팔을 써야 하고, 그 동작이라는 건 보통 어깨에서부터 시작되니까요. 그런데 남자의 자세가 또 기묘했어요. 어깨를 심하게 늘어뜨리고 구부정하게 튼 자세라 연검을 어떻게 휘두를지 좀처럼 짐작조차 할 수 없었어요.

결국엔 날아오는 검 끝을 보고 피하는 수밖에 없었던 거죠. 그러니 시선을 보고 피하거나 어깨를 보고 피하는 것보다 한참 반응이 느려질 수밖에요.

남자의 연검이 재차 저를 찔러 왔어요. 검 끝의 움직임을 보니 이마, 목, 심장, 세 곳을 동시에 노리고 있더군요. 목표를 예측하고 공격을 흘려 버리는데 연검이 다시 또 크게 휘면서 제 옆구리를 날아 들어왔어요.

결국 땅을 박차고 뛰어오르는 수밖에 없었어요. 제 뒤에 있던 남자의 자동차가 공격에 맞고 두 동강이 났어요. 되게 아까웠겠죠? 조금 고소하더라고요.

도약했던 제 몸이 땅에 떨어지는 그 순간, 발밑이 가장 불안해지고 재차 움직임을 가져가기 가장 까다로운 그 순간을 노리고 또다시 남자가 연검을 찔렀어요. 아까는 세 부위를 동시에 찔렀다고 했잖아요? 그게 가장 강력한 공격인 줄 알았는데 이번 게 한참 더 강하더라고요. 연검의 끝이 이마와 목, 심장, 양쪽 옆구리와 허벅지 두 곳까지 동시에 노리고 날아들어 왔어요.

　도저히 공격을 피할 방법이 떠오르지 않았어요. 그때는 본능적으로 행동했던 것 같아요. 몸을 웅크리며 뒤에 있던 두 동강 난 자동차의 문을 뜯어 방패 삼아 숨었어요. 내공이 실린 남자의 연검은 쇳덩이도 우습게 자르지만 저 역시 급조한 방패에 내공을 실으면 막을 수는 있을 거라 생각했어요.

　불행히도 제 예상은 반은 맞고 반은 틀렸어요. 방패에 가로막혀 위력이 한참 줄긴 했지만 자동차 문을 뚫고 들어온 연검이 제 셔츠와 왼쪽 어깨를 찢어 놓았거든요. 좀 웃긴 게…… 그 와중에도 집에 들어가서 엄마한테 옷 찢어진 거랑 어깨 다친 거 걸리면 난리가 나겠다는 생각이 들었어요. 다른 한편으로는 이런 식으로 시간을 끌기만 하면 선생님이 와서 어떻게든 해 주시겠지…… 하는 생각도 들었고요.

　제가 무공을 익힌 사람들은 말하는 거 별로 안 좋아한다고 그랬잖아요? 그런데 재미난 게 저희 같은 사람들은 주먹과 발, 병기를 주고받다 보면 말 한마디 나누지 않고도 서로 간에 무슨 말을 하고 싶은지 알아차리기도 해요.

　연검을 피하는 데만 급급한 제 모습을 보면서 남자의 얼굴에서 공포가 사라지더라고요. 연검의 움직임도 변했어요. 그전까지는 최대한 빨리 죽이려고 급소만을 정확하게 노리고 전력으로 날아오던 칼끝이 조금씩, 하지만 확실하게 상처를 줄 수 있는 궤적으로 움직이더라고요.

그러니깐 저한테 '겨우 그 정도였어?' 내지는 '생각보다 별로네?', '너 따위한테는 힘 쏟을 필요도 없으니 아꼈다가 아까 그 남자를 상대하는 데 써야지.' 같은 말을 건넨 거죠.

남자의 외눈에서 공포가 걷히고 노골적인 멸시의 감정이 읽히니 화가 치밀어서 참을 수가 없었어요. 선생님이 올 때까지 버티기만 해야겠다는 생각은 사라졌어요. 저는 차 문으로 급소만을 가린 채로 남자에게 덤벼들었어요.

저의 무모한 돌진을 예상이나 했다는 듯 연검은 방패 삼은 차 문을 크게 돌아 노출된 옆구리를 찔러 들어왔어요. 주먹이 정직하고 올곧다는 게 선생님 말씀이었죠. 사실 싸움에 있어서 정직함이란 곧 미숙하다는 뜻이 되기도 해요. 그리고 남자도 그렇게 생각했던 모양이에요. 하지만 오히려 그 선택이 상대의 실수였고 미숙함의 증거였어요. 차라리 연검으로 방패를 뚫었다면 전 꼼짝없이 당했을 거예요.

연검이 궤적을 바뀌면서 생긴 잠깐의 시간을 전 놓치지 않았어요. 그 찰나에 방패를 들어 올려 남자의 시선을 가리고 디딤발을 바꾸지도 않고 재차 도약해 속도를 한층 더 올렸어요.

차 문으로 시선을 가리고 있어서 남자의 표정을 볼 수는 없었지만 분명 당황했을 거예요. 확실히 상대의 무공 수준도 보통은 아니었어요. 칼끝의 방향을 단숨에 반대로 바꾸더니 뒤로 몸을 날리면서 연검을 어지럽게 휘두르며 제 돌진을 방어했죠.

그러거나 말거나…… 저는 신경도 쓰지 않고 차 문을 남자의 얼굴로 집어 던지고 주먹을 내질렀어요. 남자의 연검이 차 문을 몇 조각으로 베어 버렸어요. 제 주먹은 차 문의 잔해를 뚫고 나갔죠. 급하게 얼굴을 막으려 남자는 양팔을 들어 올렸지만 제 주먹의 힘에 튕겨 나갔어요. 턱뼈가 으스러지는 소리와 함께 주먹 끝에 묵직한 감각이 전해 왔어요. 다리에 힘이 풀린 듯 남자는 바닥으로 무너졌고요. 쓰러진 남자의 손에서 연검을 뺏어 드는 그 순간에야 선생님이 모습을 드러냈어요.

사실 주먹으로 사람을 때려 본 건 그때가 처음이었는데 후련하다거나 불쾌하다거나 하는 감정은 들지 않았어요. 과정이 어떻든 싸움의 결과가 그렇게 날 것이란 걸 이미 알고 있었거든요.

"별이 네가 여기 왜? 아니, 그것보다 네가 혈적검(血跡劍) 박세원을 해치운 거니?"

으엑…… 진짜 이름들이 하나같이 다들 왜 그 모양이야…….

"여기 저 말고 아무도 없잖아요? 별것도 아니던데요?"

선생님은 할 말을 잃은 듯 몇 번이고 나와 바닥에 쓰러져 있는 혈⋯⋯ 어쩌고 씨를 번갈아 보시더니 그냥 웃으시더라고요.

선생님이 정신을 잃은 혈 어쩌고 아저씨를 자동차 뒷좌석에 눕히고 저를 집까지 태워다 주셨어요. 선생님 차를 타고 가는 것보다야 혼자서 뛰어가는 게 훨씬 빠를 것 같았지만 전 별말 없이 순순히 차에 올라탔어요. 몰래 뒤를 밟아 따라왔다는 것에 대한 잔소리를 하실 거라 생각했는데 선생님은 무언가 생각에 잠기신 듯 한참 동안 말이 없으셨어요.

"그런데 저 아저씨가 유명한 사람인가요?"

"혈적검 박세원은⋯⋯ 검사(劍士) 중에서도 몇 손가락 안에 꼽을 수 있는 고수라고들 한다."

"그런 건 대체 누가 왜 꼽는 거예요? 꼭 무슨 맛집 순위 선정하는 거 같네."

"글쎄⋯⋯. 그건 박세원을 상대해 본 사람들이 자연스럽게 소문을 내는 게 아닐까?"

"그 사람들이 검을 쓰는 세상 모든 사람을 다 상대해 봤대요? 그게 아니라면 저 아저씨가 몇 손가락 안에 꼽을 수 있는지 아닌지를 알 수 없는 거잖아요?"

"사람들이 보는 눈은 어느 정도 비슷하잖아? 무공 성취가 높아지면 자연스럽게 상대방의 수준도 보이는 법이고."

뭐 제 주먹 한 방에 쓰러진 상대가 그 정도로 뛰어난 고수라는데 굳이 더 따질 필요는 없는 거잖아요?

"그럼 선생님은 강호…… 아니 우리 세계에서 몇 손가락 안에 뽑히시는데요?"

"나? 글쎄…… 그런 건 잘 모르겠구나."

"무공 성취가 높아지면 수준이 보인다면서요? 선생님이 상대해 봤던 사람들 수준을 보면 선생님의 수준도 짐작할 수 있을 거잖아요?"

"정말…… 잘 모르겠어, 별아. 나는…… 그저 내가 원하는 일을 하는 데 필요한 만큼의 힘은 있다는 것만 알고 있어."

얼버무리긴 하셨지만 전 선생님의 수준을 짐작할 수 있었어요. 머릿속에서 수십, 수백 번을 대련해 봤던 선생님의 무공 수준은 혈 어쩌고 아저씨보다 한참 더 뛰어났거든요. 연검을 쓰던 아저씨가 몇 손가락 안에 꼽히는 검사라면 선생님의 실력은 어느 정도일지 대충 짐작이 가잖아요?

그때 제가 궁금했던 건 '그럼 선생님과 지금 나의 실력 차이는 얼마나 날까?' 하는 거였어요. 뜻밖에도 제 궁금증에 대한 대답은 금방 찾을 수 있었고요.

6.

왜 지나고 나서야 내 삶에 그날이 어떤 의미였는지 깨닫게 되는 날이 있잖아요.

그 당시에는 여느 때와 다름없게 느껴졌지만, 한참 뒤에 되돌아보면 그날의 작은 행동, 선택, 경험들이 내 인생의 방향을 완전히 뒤틀어 버렸다는 걸 깨닫게 되는 그런 날 말이에요.

지금도 '그날' 일은 하나하나 뚜렷하게 기억나요. 고등학교 2학년 겨울방학이 시작되던 주의 첫 번째 일요일이었던 것도, 새벽 6시에 주차장에서 저를 기다리고 있던 선생님 차의 조금은 귀에 거슬리던 엔진 소리도, 조수석 문을 열고 앉았을 때 차갑게 몸에 닿아 오던 가죽 시트의 감촉도, 남은 거리는 184킬로미터라고 안내해 주던 내비게이션의 목소리 하나하나까지도요.

물론 그때는 대수롭지 않은 하루의 시작으로 여겨졌지요. 좀 별나기는 했어요. 다른 동네로 가는 거잖아요. 머릿속에서는 '도대체 선생님이 어떻게 엄마를 설득했지?' 하는 의문 가득했지만, 학종 교외 활동 간다고 하셨겠거니 넘겼죠.

"우리 문파. 비의문에 대해서 항상 궁금해했지? 마침 네게 소개해 줘야 할 분들도 있고 별이 널 궁금해하는 분들도 있으니 오늘 찾아뵙고 인사를 드리자."

"고작 인사나 하자고 184킬로미터를 가요? 전화로 하면 안 되나……."

"별이 네가 원하던 대련도 할 거야."

사실 혈 어쩌고 아저씨를 물리치고 나서부터는 계속 내 무공이 어느 정도인지, 어디까지 통할지를 확인해 보고 싶은 생각뿐이었어요. 그런데 선생님이 또 너무 정확하게 제 속마음을 꿰뚫어 보는 것 같아서 기분이 좀 그렇더라고요.

"대련……. 제가 언제 그런 거 하고 싶어 했다고……."

저는 대충 구시렁대며 이어폰을 꺼내 도착할 때까지 노래나 들을 생각이었어요. 하지만 선생님이 고속도로 교차로에서 몇 번이나 엉뚱한 길로 들어서고 내비게이션의 도착 예정 시간이 9시에서 9시 반을 넘어 10시로 늘어나는 걸 보고 있자니 이대로 가만있으면 안 되겠다는 생각이 들었어요. 결국엔 지나가는 모든 교차로마다 신경을 곤두세우며 선생님께 올바른 길을 알려 드렸죠.

결국 출발 후 두 시간쯤 지나서 둘 다 지칠 대로 지쳐서는 바다 위를 지나는 기다란 다리 한가운데에 있는 휴게소에 들어가서 이런저런 군것질을 하면서 쉬기로 했어요. 무공을 배운 이후로 그 정도로 힘들어 본 건 처음이었다니까요.

"근데 쌤. 그 혈 어쩌고 아저씨랑 왕십리 경찰서 형사 아저씨가 같은 문파 출신이라고 하셨잖아요? 그런데 그 두 사람이 사용하는 무공은 전혀 다르지 않아요? 한 명은 검을 쓰고 한 명은 유도 비슷한 거하고."

"김성호 형사님 특기는 따로 있어, 별아. 사실 김성호 형사의 배경이나 신분은 모두 거짓으로 만들어진 거거든."

"거짓 신분이라고요? 왜 그런 게 필요했는데요?"

"김성호 형사는…… 스승을 배신하고 경찰에 투항한 사람이거든."

"그럼 그 아저씨를 자기 선생님한테서 숨겨 주려고 거짓 신분을 만들어 준 거예요?"

"스승과 그의 적 양쪽 다라고 하는 게 더 정확하겠다."

"도대체 뭐 하는 문파길래……"

"정확히 말하면 문파는 아니야. 차라리…… 선생과 제자로 이루어진 용병 집단이라고 하는 게 더 맞겠지."

"용병이면 돈을 받는 군인이잖아요? 어디 전쟁터라도 나가는 사람들인가 보죠?"

"전쟁을 만드는 사람에 더 가깝다고 할 수 있겠다. 김성호 형사의 스승은 제자를 길러 내어, 우리 같은 사람들의 힘을 악용하려는 사람과 그에 맞서는 사람 모두에게 힘을 빌려주었거든. 예를 들면, 정적을 암살해 달라는 정치인의 의뢰를 받는 동시에 그 암살 대상에게 신변 보호 의뢰를 받기도 하는 거지."

"그런데 그런 사람이면 경찰이나 선생님 같은 사람이 가만히 안 놔뒀을 거 아니에요?"

"그게…… 십수 년 전 김성호가 경찰에 투항하고 얼마 지나지 않아, 그 악명 높던 스승과 제자들이 약속이나 한 듯 사라져 버렸어."

"다른 사람이 해치운 거 아닐까요? 선생님이나 노야차처럼 무법자이긴 해도 악당은 아닌 사람들이 이 세상에 더 많을 수도 있잖아요."

내 말에 선생님은 웃음을 터트리셨어요.

휴게소를 나와 갯벌이 길게 이어지는 바닷가를 한참을 더 달려 멀리 조그마한 섬이 보이는 작은 부둣가에 도착하니 10시가 조금 넘은 시간이었어요. 차들이 제법 많이 서 있더라고요.

"우리가 제일 늦은 거 같은데…… 여기서부터는 배를

타자.”

선생님이 어딘가에 전화를 걸자 모자를 깊게 눌러쓴 아저씨가 작은 쪽배를 몰고 와, 저희를 섬으로 데려다주더군요. 잘해 봐야 우리 학교 네 개 합친 것만 한 크기의 섬이었는데 가운데에 넓은 광장이 있고 그 주변으로 지어진 지 얼마 안 되어 보이는 깔끔한 건물 세 채 정도가 광장을 둘러싸고 있었어요.

광장에 들어서니 스무 명 정도의 사람들이 선생님과 저를 맞아 주었어요. 몇 명이나 되는 낯선 사람들이 동시에 선생님께 인사를 하고 저에 관해 물어보고 자기소개하는 걸 듣고 있자니 정신도 없고 누가 누구인지도 모르겠더군요. 꼭 명절에 친척 집 가서 친한 척하는 수많은 낯선 친척들을 맞이하는 기분이 들었어요.

하나 같이 자기 별호만큼은 꼬박꼬박 말했는데 무슨 검과 무슨 권과 무슨 협객 씨들이 어찌나 많던지……. 그런데 선생님 옆에서 건성으로 인사를 하는 와중에도 광장 너머에서 저를 바라보는 두 명의 모습이 눈에 띄었어요. 한 명은 휠체어를 탄 할아버지였고 한 명은 눈빛과 표정이 엄청 무서운 할머니였는데, 딱 보는 순간 선생님이 이야기해 준 노야차가 누구인지 알겠더라고요.

노야차로 보이는 할머니가 손짓하자 선생님이 양해를 구

하고 어디론가 사라지셨어요. 그렇게 진짜 알지도 못하는 사람들 사이에 혼자 있자니 뻘쭘해서 뭘 어찌해야 할지를 모르겠더라고요.

다행히 선생님이 사라지니 다른 사람들도 흥미를 잃고 핸드폰을 들여다보거나 아는 사람끼리 이야기를 나누기 시작했어요. 휠체어를 탄 할아버지 빼고요. 그 할아버지가 휠체어를 밀어 부드러운 흙이 깔린 광장을 가로질러 제 쪽으로 다가오는데 문득 '저 할아버지도 무공을 익힌 사람일까?' 하는 의문이 들더라고요.

"호비의 제자 권별. 이야기 많이 들었다. 만나서 반갑구나."

"어……. 안녕하세요."

할아버지는 자기가 누구라고 말도 안 하고 대뜸 제 이름부터 불렀지만, 외우기도 힘든 별호를 또 듣지 않아도 되니 그건 좋았어요. 그런데 제가 너무 할아버지의 휠체어를 뚫어지게 쳐다봤나 봐요.

"휠체어에서 눈을 못 떼는구나. 다리를 못 쓰는 상대와 대결해 본 적은 없나 보지?"

질문에는 가시가 있었지만, 눈웃음이 가득한 할아버지의 표정에서 별다른 악의가 없다는 걸 알 수 있었어요.

"아, 아뇨. 그냥……."

"단순한 휠체어처럼 보이지만 사실 이건 내 무기다."

"휠체어가 무기라고요?"

"그래. 상대방이 나를 얕잡아 보게 만들고, 방심하게 만들 수 있으니 그보다 더 훌륭한 무기를 찾기 힘들 정도지."

"얕잡아……. 전 그런 생각 안 했는데요."

"그렇다면 권별 네겐 내 무기가 별 효용이 없을 수도 있겠구나. 하지만 궁금할 테지? 저기에 탄 채로 어떻게 무공을 펼칠 수 있을까? 어떤 무공을 사용할까? 그런 것도 내게는 도움이 되지. 익숙하지 않고, 예측할 수 없는 것에 사람은 약해지니 말이다."

여전히 휠체어를 어떻게 무기로 쓴다는 건지 알 수는 없었지만, 할아버지의 말이 그럴듯해서 고개만 끄덕였어요. 선생님도 늘 그러셨잖아요, '누구라도 무엇이든 할 수 있다'라고.

익숙한 헛기침 소리에 뒤를 돌아보니 선생님이 이상한 표정으로 나를 바라보고 계시더라고요. 어느새인가 사람들은 사라져 있었고요.

"문주님. 이 아이가 제가 말한 별입니다. 별아, 이분이 비의문의 문주……."

"우린 이미 인사를 나눴지? 시간이 촉박하니 서둘러 일정을 진행하도록 하자."

"네, 알겠습니다. 별아, 우리도 대련장으로 들어가자."

선생님이 할아버지, 아니, 비의문주에게 인사를 하고 저를 가장 큰 건물로 데려갔어요.

"그럼 이제부터 만화에서처럼 무술 대회 같은 거라도 하는 거예요?"

"그런 거…… 아니, 의외로 비슷할 수도 있겠구나. 아무튼 이제부터 세 명의 사람과 돌아가며 대련을 하게 될 거야."

"그 세 명이 누군데요? 아까 저분…… 비의문주님이랑도 하나요?"

"그건 아니고……."

뭐 그 세 명이 누구인지 중요한 건 아니잖아요. 선생님이 또 바보 같은 별호를 말해 주신다고 한들 그게 누구였는지 기억날 것 같지도 않았고요. 건물 안에는 아까 인사를 나누었던 사람들이 이미 들어와 기다리고 있었어요. 은은한 조명이 켜진 건물 중앙은 텅 비어 있었고요.

선생님과 제 뒤를 따라 비의문주와 노야차가 들어오더니, 출입문이 닫혔어요.

"장호비! 네 제자는 준비되었느냐?"

갑자기 노야차가 큰 소리로 외쳤어요. 건물 안에서 웅성거리던 사람들의 목소리도 잦아들었어요. 모든 사람이 저를 바라보고 있었죠. 긴장된다기보다는 흥분이 됐어요.

"스승님. 제 제자 권별은 준비가 되었습니다."

선생님이 대답하자 노야차가 고개를 끄덕이고 다시 외치

듯 말했어요.

"그럼 지체 없이 시작하도록 하자. 비의문의 삼대 제자 이지성은 앞으로 나와 권별을 상대하도록 해라!"

노야차의 말에 요란한 색으로 염색한 선생님 또래의 아저씨가 건물 한가운데로 나왔어요. 보라색처럼 보였는데 창문을 뚫고 들어온 햇살에 비추니 또 초록색처럼도 보였어요. 나머지 사람들이 건물의 가장자리로 물러서더니, 자연스럽게 나와 머리를 염색한 아저씨만 서로를 마주 보고 서 있게 되었죠.

— 나랑 대련하던 방식 기억하지? 네 무공의 성취를 보려고 하는 거니까 너무 긴장할 필요 없어. 절대 대련 상대를 상처 입히지 말고. 저번처럼 턱을 박살 내거나······.

선생님이 전음으로 계속 당부를 하셨지만 전 건성으로 고개만 끄덕이며 마주 선 상대를 관찰했어요. 지금껏 만나 봤던 사람 중에서도 손에 꼽을 만큼 키가 크고 덩치도 좋더라고요.

— 그리고 내가 포권하면서 인사하는 거 가르쳐 줬지?

진짜 하고 싶지는 않았지만 보는 눈들도 많고 해서 오른손으로 주먹을 쥐고 왼손으로 감싸는데 염색한 아저씨 눈이 동그래지더니 엄청 재미난 거라도 본 것처럼 크게 웃음을 터트리더라고요.

"으하하! 호비 형, 도대체 애한테 뭘 가르친 겁니까?"

영문도 모르고 주변을 둘러보니 몇 사람들은 수군거리고 몇 사람들은 억지로 웃음을 참고 있고 몇 사람들은 대놓고 웃느라 정신이 없어 보였어요. 그제야 선생님이 여태껏 절 속여 왔다는 걸 알 수 있었죠.

그러니깐 포권이라는 건 원래 청나라 때 레지스탕스 활동을 하던 사람들이 서로의 신분을 확인하기 위해 하던 비밀 인사에서 유래된 거래요. 그러니 중국 쪽 문파라면 포권으로 인사를 할지도 모르겠지만…… 어쩐지 선생님 말고 이런 식으로 인사하는 사람 못 만나 봤더라니! 대부분은 예의를 갖출 일 있으면 그냥 고개를 숙여서 인사한다고요!

"왜? 멋있잖아?"

선생님의 말투가 너무 진지해서 더 화가 났어요. 제 얼굴은 벌겋게 달아오르고, 염색한 아저씨는 웃느라 정신을 못 차릴 지경이었죠.

"쓸데없는 짓은 그만들 해!"

그때 노야차가 버럭 소리를 질렀어요. 솔직히 조금 고마웠어요. 노야차의 엄포가 무서웠는지 염색한 아저씨가 숨을 고르고 정중한 태도로 저처럼 오른손 주먹을 왼손으로 감싸며 인사하더군요.

"남모왕(藍毛王) 이지성이 권별 님에게 가르침을 청합니다."

놀리듯 빈정대는 말투도 짜증 났지만, 별호는 더 어처구니가 없더군요. 수많은 무슨 권과 무슨 검과 무슨 무슨 협객들을 만나 봤지만 이름도 들어 본 적 없는 나라의 왕님까지 나올 줄은 상상도 못 해 봤거든요.

— 별아. 예의를…….

가능한 최고로 무서운 눈빛으로 선생님을 한번 노려봐 주고 요란한 머리색을 한 아저씨한테 고개를 까닥했어요.

"반포고등학교 2학년 권별입니다! 저보다 나이 많은 사람을 가르쳐 보는 건 처음이지만 열심히 해 볼게요."

사람들이 혀를 차거나 웃음을 터뜨리는 소리가 들렸어요. 선생님은 난감한 표정을 지었고, 노야차는 저를 노려봤어요. 어찌나 무섭게 보던지 나중에 선생님한테 눈빛으로 공격하는 무술도 있냐고 꼭 물어봐야겠다는 생각까지 들었어요.

남들이 그러거나 말거나 아저씨는 어느새 웃음기가 사라진 얼굴로 고개만 끄덕이더군요. 아저씨의 눈동자가 향하는 방향을 보고 바로 속셈을 짐작했어요. 고갯짓이 끝나자마자 아저씨는 바닥을 기듯 몸을 낮추곤 제 다리 쪽으로 덤벼들었어요.

처음 무공을 배웠을 때쯤 선생님이 이야기해 주신 게 있어요. 앞으로 저를 상대로 접근전을 펼치려는 남자들을 많이 만나게 될 거라고요. 저를 붙잡고 힘 싸움으로 끌고 가면 자기가 유리할 거라 생각한다는 건데…….

정말 제가 힘 싸움에서 질 정도로 힘이 약할까, 하는 의문이 들지만 별개로 저도 접근전이 훨씬 좋긴 해요. 힘들게 움직일 필요 없이 편하게 바로 주먹을 꽂아 넣을 수 있잖아요.

그러니까 상대의 속셈은 아마 이런 거였을 거예요.

'쟤는 권법으로 유명한 장호비의 제자니까 분명 단거리 주먹질에 능할 거다. 자세를 낮춰서 주먹이 닿지 않는 무릎 아래로 접근해 들어가면 당황할 게 분명하다. 그때 하체를 붙잡고 힘 싸움으로 끌고 가면 완전 식은 죽 먹기겠지?'

뭐 누구든 싸움을 시작하기 전에는 그럴싸한 계획 하나쯤은 가지고 있는 거잖아요. 주먹에 얼굴이 뭉개지기 전까지는 말이죠.

"그만! 거기까지!"

저는 똑같이 몸을 낮추며 주먹을 내질렀죠. 내뻗은 주먹이 달려오던 상대의 코 바로 앞까지 도달한 그 순간 선생님의 고함이 터져 나왔어요. 아저씨의 요란한 머리카락들은 제 주먹의 압력에 밀려 뒤로 흩날리고, 그 너머의 유리창들은 부서질 듯이 떨리고 있었죠. 선생님은 내가 혈 어쩌고 씨의 턱을 으깨 놓은 것처럼 이 아저씨의 얼굴도 뭉개 놓을까 봐 걱정이 되었었나 봐요. 도대체 나를 뭐로 보고…….

아저씨가 마른침을 삼키며 제 눈치, 아니 제 주먹의 눈치를 보며 아주아주 조심스럽게, 천천히 몸을 일으켜 세웠어요. 그리고 정중하게 고개를 숙여서 인사를 하는데 아까와는 완전히 다른 눈빛이었어요.

지켜보던 사람들의 웅성거림도 커졌어요. 좀 전까지 나를 죽일 듯 노려보던 노야차의 눈빛도 조금은 달라졌고요.

"잘했다, 별아. 조금 쉬었다가 다음 상대를……"

"쉴 필요 없어요. 그냥 빨리하죠. 앞으로 두 명만 더 이기면 되는 거잖아요?"

선생님이 잠깐 고민하시다가 노야차를 바라보았어요. 노야차는 말없이 고개를 끄덕였어요.

"이대 제자 김익은 앞으로 나와 권별을 상대해라!"

노야차의 말이 끝나니 한 대학생쯤 되어 보이는 잘생긴 남자애가 걸어 나왔어요.

— 별이라고 했지? 아직 어리고 여자인데도 진짜 대단하다. 난 네 나이 때 네 실력의 절반도 못 미쳤던 거 같아. 대련 끝나고 나서도 계속 서로 잘 지내 보자.

한 마디만 나눠 봐도 이 사람이 내 친구가 될지 적이 될지 알게 될 때가 있잖아요. 김익이란 남자애가 그랬어요. 이 전음만으로도 잘 지내 볼 생각 따위가 전혀 들지 않더라고요. 좋은 사람인 척하면서도 자기가 저보다 우월하다는 듯한 태도잖아요?

그래서 그냥 전음을 씹었어요.

"김익이 반포여협에게 가르침을 청합니다."

내 무시에 기분이 상한 건지 빈정대는 말투였어요. 사람들 사이에서 웃음이 터져 나왔고요. 둘러보니 선생님도 킬킬거리고 계시더군요. 김익의 인상을 수정했어요. '잘 지내볼 생각이 없는 애'에서 '반 죽여 놔야겠는 애'로 말이죠.

'너 아까 아저씨랑 달리 봐주지 않을 거다! 선생님이 말리든 말든 얼굴에 주먹을 처박아 줄 거야.'

물론 속으로만 생각했죠. 고개만 까닥한 다음 바로 땅을 박차고 뛰어나갔어요. 아까 아저씨가 했던 걸 그대로 흉내 내 본 거죠. 김익도 그쯤은 예상하였던 것 같고요.

상성이 안 좋다……는 표현을 흔히 쓰잖아요. 김익과 제가 그랬어요. 저는 빠르고 직선적인 공격이 특기인데 김익은 속임수와 회피에 능했어요. 제가 흥분해서 날린 공격들을 몇 번 흘려 피한 김익의 얼굴에 여유로운 웃음이 맴돌더군요. 싸움에서는 먼저 흥분한 사람들이 지는 법인데, 너무 흥분해서 자제해야겠다는 생각도 그땐 안 들더라고요. 더 강하게, 더 빠르게 주먹을 내지르는 데만 몰두했죠.

김익이 피하기는 진짜 잘 피하더군요. 그런데 아무리 잘 피한다 해도 반격을 하지 못한다면 무슨 소용이 있겠어요?

점점 더 거세지는 제 공격에 김익의 얼굴에서 여유가 사라졌어요. 무공이 약한 몇몇 관중들은 제 권압을 견디지 못하고 몸을 움츠리기까지 하더군요.

"그만해! 별아, 네가 이겼어!"

제 주먹이 김익의 얼굴 한가운데를 관통하기 직전에 선생님이 저와 김익의 사이를 가로막고 제 팔을 붙잡으시며 말씀하셨어요. 처음과는 달리 식은땀을 흘리면서 창백해진 김익의 얼굴을 보고 있자니 웃음이 나오더군요. 제 표정이 마음에 안 들었는지 절 바라보는 노야차의 눈빛은 한층 매서워졌고요.

아까와는 달리 저도 노야차의 눈을 똑바로 노려봤죠. 노야차와 제 눈치를 보던 선생님이 헛기침을 하기 전까지요.

— 조금 흥분을 가라앉히자. 아직 한 명 더 남았잖아?

— 흥분 안 했어요. 별것도 아닌 상대였는걸요.

선생님은 말없이 고개만 끄덕이더니 노야차와 눈짓을 나누더군요.

— 계속할 수 있겠니? 기운이 없으면 조금 더 쉬었다가……

— 아뇨, 딱 좋아요. 이제 한 명만 남았잖아요?

— 그래…… 싸움에는 기세도 중요한 거니까…….

선생님은 제게 다가와 저와 마주 보고 서셨어요.

"제 수제자 권별의 마지막 상대는 바로 저 장호비입니다.

비의문의 일대 제자 장호비가 장호비의 제자 권별에게 가르침을 청합니다."

음……. 그 뒤의 일들은 다 조금 꿈결 같아서 기억이 정확하지는 않아요. 얼떨떨해하는 저를 상대로 선생님이 조금의 장난기도 없이 포권례를 취한 거랑 저도 건성으로 인사를 하고 조금은 경계하듯 선생님과 가벼운 주먹을 주고받은 것 정도는 기억나네요.

그리고 몇 번의 공방이 이어지고 나서 선생님이 제 생각 그러니까 제 머릿속에서 절대 이길 수 없는 괴물처럼 군림하던 가상의 선생님보다 한참 약하다는 것을, 이대로라면 결국엔 제가 선생님을 꺾을 거라는 걸 깨달았다는 것도요.

휴게소를 떠날 무렵 선생님이 이런 말을 하셨어요.

"별아. 꼭 오늘뿐만이 아니더라도…… 네가 계속 주먹의 길을 걸어간다면 꼭 기억해 둬야 할 게 있는데……."

처음에는 선생님이 늘 하시던 오글거리는 소년 만화 대사 같은 이야기나 듣게 될 것 같아서 무시하려고 했었어요. 그런데 차 앞에서 한참을 멈추어 서서 저를 바라보시는 모습이 제대로 듣지 않으면 출발을 안 하실 것 같더라고요.

"뭔데요?"

"그 어떤 상대를 만나든, 싸움의 결과가 어찌 나든, 네가 살아 있고 포기하지만 않는다면 그건 절대 패배가 아니야.

아직 이겨 가는 과정인 거지."

"꼭 무슨 신발 광고 문구 같네……. 질 생각 없으니 걱정하지 마세요."

그때는 선생님이 제 실력을 너무 얕잡아 봐서 쓸데없는 걱정에 그런 말을 하시는 거라고 생각했어요. 하지만 그때까지 한 번도 본 적 없었던 표정으로 저와 대적하는 선생님의 모습을 보니 그제야 선생님이 제게 패배를 가르치려고 결심했다는 걸 깨달았어요.

몇 달 전, 아니 몇 주 전의 저였다면 대결의 결과는 선생님의 뜻대로 나왔을 거예요. 그날의 내가 과거의 내가 아니었던, 그날의 선생님은 내 머릿속에서 몇 년을 우러러보며 언젠가 꺾을 수 있기만을 간절히 원했던 신과 괴물이 아니었어요. 처음 몇 번의 공방 동안 선생님과 저는 완벽한 거울상처럼 대칭을 이루었어요. 언제나처럼 선생님이 문제를 던지고 저는 답을 내놓는 식으로 대결이 펼쳐졌어요.

하지만 선생님이 던진 몇 번의 난제를 해결하고, 선생님의 진짜 모습을 깨닫게 되니 균형추가 반대로 기울기 시작했어요. 시험 삼아 내지른 한 번의 주먹, 의도하지 않고 가볍게 내디딘 작은 발걸음, 슬쩍 던져 본 작은 속임수 동작 하나하나에도 선생님은 대응하기 힘들어하셨어요.

몇 초, 어쩌면 몇 분의 시간이 흐른 뒤에는 선생님은 제 공격 하나하나를 간신히 받아 내기 위해서 애쓰고 계셨고…… 저는 아직도 선생님을 이겨야 할지 말아야 할지를 결정하지 못해 갈팡질팡하고 있었어요.

주먹을 내지르는 와중에도 제 머릿속에는 선생님을 이기고 싶다는 마음과, 선생님만큼은 영원토록 저보다 강한 사람으로 남아 있어 줬으면 좋겠다는 마음과, 이 많은 사람 앞에서 선생님을 꺾을 수는 없다는 마음과…… 온갖 설명하기 힘든 마음들이 뒤섞여 머리가 터질 것 같았어요.

생각이 정리되기 전에 몸이 먼저 반응해 버렸죠. 머뭇거림을 포착한 선생님이, 가장 단순하고, 직선적이며, 효율적이고, 빠른 주먹을 제 얼굴로 날렸어요. 어떤 속임수도 없었죠. 그리고 저는 그보다 더 빨리 움직여 공격을 흘리며, 왼쪽 팔꿈치로 선생님의 갈비뼈를 으스러트리면 된다는 해답을 내놨어요. 하지만 제 다리는 땅에 붙은 듯 멈추어 섰죠. 저도 모르는 새 절대 하고 싶지 않았던 말이 흘러나왔어요.

"……졌습니다."

"감사합니다. 정말…… 훌륭한 가르침이었습니다."

— 별아, 정말…… 정말 대단했어. 정말…… 앞으로 1년…… 아니 몇 개월만 더 정진한다면 너는 나를 뛰어넘을 거야. 그리고 나보다 한참 더…….

선생님의 목소리는 감격으로 떨리고 있었어요. 감정을 추스르기가 힘드신 건지 심호흡을 몇 번 하시곤 붉어진 눈가를 소매로 훔쳐 내시더군요. 선생님의 기대보다 제가 훨씬 더 강했기에 감격했고, 제가 어느새 그만큼 성장했다는 것에 감동했고, 그런데도 결국엔 본인이 저를 이겼기에 벅차올랐던 거였어요.

저희를 둘러싼 사람들의 웅성거림이 커졌어요. 노야차는 씁쓸한 표정으로 저희를 한 번 쓱 바라보더니 건물 밖으로 걸어 나가더군요.

"여러분! 보셨듯이 제 제자 권별은 비의문의 그 어떤 제자 못지않게 훌륭한 공부를 쌓아 올렸습니다. 하여 저는 불의한 행동으로 계승의 자격을 잃어버린 저 대신 권별을 비의문의 정통을 이을 계승자로 추대합니다!"

갑작스러운 선생님의 선포에 머리를 한 대 맞은 듯한 기분이 들었어요. 그때까지 들어 본 적도 없던 이야기잖아요? 갑자기 내가 뭘 계승한다고? 선생님이 말한 불의한 행동은 또 뭐고요?

비의문주가 휠체어에 깊이 몸을 파묻으며 고개를 끄덕였어요. 남모왕 아저씨는 절레절레 고개만 흔들더군요. 김익은 얼굴이 붉게 달아올라 무언가 할 말이 있는 듯 입을 달싹였고요. 그리고 저는…….

"누가…… 제가 언제 그런 거 한댔어요?"

"뭐? 별아, 비의문주는……."

"비의문주가 뭔데요? 선생님이 왜 제가 뭘 할지 결정하시는 건데요? 무엇이든지 원하는 대로 자유롭게 할 수 있는 게 무공이라면서요?"

"……별아."

"쌤, 피곤해요. 그냥 집에 갈래요. 안 데려다주실 거면 저혼자 갈게요."

누군가 소리를 지워 버리기라도 한 듯 숨소리 하나 들리지 않는 건물 안에서 비의문주가 휠체어를 밀어 선생님께 다가왔어요.

"권별과 호비, 너희들은 오늘 많은 일을 치렀다. 피곤할 테니 일단 돌아가도록 해라. 못다 한 이야기와 결정들은 나중으로 미루어도 상관없다."

선생님이 비의문주에게 허리를 숙여 인사를 하고 전음으로 무언가 이야기를 나누는 듯하더니 저를 데리고 섬을 나섰어요. 선생님은 부두로 가는 배 안에서도 집으로 가는 차 안에서도 계속 제게 말을 걸고 싶은 듯 보였지만 저는 이어폰을 꽂고 눈을 감은 채 자는 척만 했어요.

말없이 고개를 숙여 인사를 나누고 집으로 돌아왔는데 선생님과의 다음 수업 시간이 예전처럼 기다려지지가 않았어요. 선생님을 다시 볼 생각을 하면 얹히기라도 한 듯 속이 답답해졌죠.

그런데 선생님을 다시 만난 건 뜻밖의 일 때문이었어요.

화요일 보충수업 마치고, 과외를 쨀까 말까 고민하면서 교문을 나서는데 김익 그 미친놈이 학교 애들에게 별이 아니냐면서 친한 척을 하고 있었어요. 게다가 짜증 나는 건 애들은 김익 얼굴만 보고 웅성거렸다는 거예요.

— 장 사형이 너 도와준다고 끼어들지만 않았으면 내가 이겼을 거야. 아무리 제자가 예쁘고 소중하다고 해도 문주를 뽑는데 그런 식으로 하면 안 되지.

애들 앞에선 웃는 얼굴로 착한 척하면서 전음으로 말 같지도 않은 시비를 거는데 처음엔 귀찮다는 생각뿐이었어요.

— 뭐 어쩌라고? 약해 빠진 주제에. 그리고 내가 문주니 뭐니 그런 거 한다고나 했어?

가운뎃손가락 한 번 들어 주고 몸을 돌리는데 김익이 보란 듯이 애들에게 말을 걸더군요.

"난 이제 별이랑 할 이야기 있어서 같이 가야겠다. 너희들 집에 갈 때 조심해서 가. 요새 이 동네 치안이 안 좋다고 해서 걱정이야."

대놓고 저한테 시비 거는 거잖아요? 내가 안 따라오면 애들에게 해를 입히겠다 뭐 그런 협박이죠. 무시하려고 했지만 그 정도로 나오니 도저히 그냥 넘길 수 없었어요. 선생님께 몸이 아파서 오늘 수업은 못 하겠다고 문자 보내 놓고 선생님과 '밤 나들이' 가며 봐 두었던 한강변의 으슥한 장소로 김익을 불러냈어요.

김익이 뭐라 뭐라 한참 헛소리를 지껄이긴 했는데 별로 귀담아듣지는 않아서 기억도 안 나네요. 그렇게 야비하게 시비를 걸어 놓고선 예의는 차리고 싶었던지 또 가르침을 구하네 어쩌고 하는데 저는 대꾸도 안 하고 명치에 주먹을 꽂아 넣었어요.

김익도 영 약하기만은 한 건 아니라 급하게 방어는 했지만 제가 왼손으로 목덜미를 움켜잡는 건 막을 수 없었죠. 주먹에 내공을 거의 싣지 않은 채로 김익의 뺨을 계속 때리고 또 때렸어요. 김익의 볼이 터져 나가고 눈 옆이 찢어졌을 때 선생님이 나타나 제 손목을 움켜쥐셨어요.

김익에게 허리를 숙이고 뭐라고 사과하는 선생님을 바라보니 미안하기도 하고, 화가 치밀기도 했어요. 입을 굳게 다문 채 저를 한 번 더 바라보시곤 말없이 몸을 돌려 주차장으로 걸어가시는 걸 보니 처음으로 선생님이 무섭게 느껴지기도 했어요.

"⋯⋯뭐요! 할 말이 있으면 그냥 하세요!"

— 비의문에 대한 건은⋯⋯ 내가 잘못했다. 별이 네 의사를 물어보지도 않고 내 욕심만 앞세워 그러는 게 아녔어⋯⋯. 하지만⋯⋯.

……사실 비의문주가 되건 말건 별 상관도 없었어요. 그때는 그 자리가 정확히 어떤 의미인지는 몰랐어도 제게 안좋은 자리였다면 선생님이 저를 거기에 앉히려 하지도 않았을 거란 것도 알고 있었고요. 제가 섬에서 선생님께 그런건…….

— 별이 네 무공이 아무리 뛰어나다 하더라도 오늘 같은 행동은 절대 하면 안 되는 거야!

"무공은 내 의지와 뜻을 따라 자유롭게 행동할 수 있기 위해서 배우는 거라면서요? 무엇이든 할 수…….'

"이게 네 의지와 뜻을 따른 행동이었니? 너보다 약한 사람을 모욕하고 일방적으로 폭행하는 게 별이 네가 원하는 거였어?"

"그렇다면요? 그게 제가 원하는 거였다면요?"

"그렇지 않아, 별아. 그건 네가 자유롭지 않은 감정의 노예였다는 이야기밖에는 되지 않아."

"쌤이 대체 저에 대해서 뭘 안다고요? 저보다 한참…….'

튀어나오려는 말을 억지로 삼키고 고개를 떨군 채 한참을 주차장에 서 있었어요.

"별아, 비의문에 대한 건…… 정말 내가 미안해."

"쌤. 그냥 이 이야기 그만 해요. 비의문, 무공, 그런 것들 이제 좀 지겨워요. 오늘 진짜 힘드니까 수업은 쉴게요. 그리고…… 그냥 앞으론 수학 공부나 해요…….”

“그래. 수학 공부. 알았다. 별아.”

그게 선생님과 나눈 마지막 대화였을 줄 알았더라면, 그 순간에 내뱉지 못한 말들이 이후로도 계속 머릿속에서 맴돌며 저를 괴롭힐 줄 알았더라면…… 제가 진짜로 선생님에게 하고 싶은 말을 할 수 있었을까요?

선생님이 언제까지나 선생님으로 있어 줄 거라 생각했는데 그게 아니어서 너무 무서웠다고, 선생님을 이길 수 있었는데 일부러 져서…… 선생님을 속여서 미안했다고…….

7.

머뭇거리고, 망설이고, 분노하고, 고민하다 보니 어느새 목요일이 돌아왔어요. 하루 더 수업을 쨀까 고민이 들더라고요. 선생님께 연락하는 게 싫어서 그냥 될 대로 되란 심정으로 수업 시간을 기다렸어요. 늦어도 수업 시작 10분 전에는 꼭 도착하시던 선생님이었는데 그날은 도무지 오실 생각을 안 하시더라고요.

방에 들어온 건 엄마였어요. 사정이 생겨서 수업을 다음으로 미뤄야겠다고 선생님이 연락하셨더라고요.

"안 좋은 일 있는 건 아니시겠지? 그러고 보니 장 선생님이 이런 적 처음 아니니?"

엄마의 괜한 말에 불안하기도 했지만, 화가 나기도 했어요. 평소처럼 저한테 연락하면 되는 거잖아요? 혹시 선생님이 무명의 다음 목표에 경고하러 가신 걸까? 그 사람이 꽤 먼 곳에 사는 사람인 건가? 뭔가 일이 잘 안 풀린 걸까? 주말 일이 아니었다면, 아니, 김익 놈이랑 화요일에 바보 같이 어울리지만 않았다면 저도 선생님을 따라갈 수 있었겠죠. 그게 더 화가 나더라고요.

금요일이 지나 토요일이 되도록 선생님께 연락은 없었어요. 예정된 수업 시간은 또다시 돌아왔고요. 눈을 감고 방에서 지난주의 대련을 하나씩 떠올려 보고 있는데 노크 소리와 함께 방문이 열렸어요. 점심에 약속 있다고 나가셨던 엄마가 이상한 표정으로 핸드폰을 들고 문 앞에 서 계시더군요. 어찌할 줄 모르는 표정의 아빠와 함께요. 저도 모르게 시간을 확인해 봤어요. 수업 시간이 20분도 넘게 지나있더군요.

"왜요? 쌤 오늘도 못 오신대요?"

"별아, 놀라지 말고 잘 들어……. 장 선생님이 안 좋은 일을 당하셨대……. 아빠가 너 빈소까지 태워다 줄 거야. 아빠 따라가서 당산, 아니, 장 선생님 잘 모셔다 드리고 와."

멍하니 고개만 끄덕였어요. 엄마가 골라 준 옷으로 갈아입고, 엄마가 아빠한테 귓속말로 뭐라 하는 걸 지켜보다, 아빠를 따라서 엘리베이터를 타고 주차장으로 내려가서, 조수석에 올라타 안전벨트를 매고, 아빠가 내비게이션에 '영등포 병원'을 입력하는 걸 바라보는데 아무런 감정도 들지 않았어요. 차창 밖으로 늘어선 자동차들이 꼭 거대한 관들의 행렬처럼 보였어요.

아빠가 장 선생님이랑 과외한 지도 벌써 4년이 다 되었다며 말을 건네어 보았지만, 건성으로만 대답했어요. 머릿속을 가득 메운 의문들에 사로잡혀 있었거든요.

왕십리 경찰서 CCTV 속의 여자애가 선생님을 살해한 걸까? 아니면 그 여자아이의 목표가 경고를 하러 온 선생님을 살해한 걸까? 꼬리에 꼬리를 물고 이어지던 의문은 곧 수많은 '만약 ……했더라면'으로 바뀌어서 저를 괴롭혔고요. 만약 선생님께 내 실력을 숨기지 않았더라면 선생님은 나를 데려가셨을 테고 어쩌면 돌아가시지도 않았을 텐데, 만약 선생님께 화를 내지 않았더라면, 만약 김익을 그렇게 심하게 때리지 않았더라면, 만약…….

장례식장에 도착하니 섬에서 만났던 얼굴들이 하나둘씩 보였어요. 비의문주는 휠체어에 앉아 복도 끝 창가만 바라보고 있었어요. 신발을 벗고 빈소로 들어가니 충혈된 눈을 한 남모왕 아저씨가 뛰쳐나와 내 손을 잡았어요.

아빠가 가로막듯 나서 남모왕 아저씨와 인사치레를 서로 주고받았어요. 빈자리에 앉으니 일하는 사람이 음식을 차려 주더라고요.

"장 선생님 지인분인가 보다. 어째 별이 널 다들 아나 보구나……."

"그런가 보네……."

비의문 사람 중 몇몇이 저를 아는 체하고 싶어 하는 듯했지만 그럴 기분이 들지 않아서 밥공기만 뚫어지게 바라봤어요.

예쁘게 생긴 아주머니 한 분이 다른 사람들과 달리 테이블에 앉은 사람들의 등을 마구 때리며 웃고 있더군요. 비의문 사람들이 험악한 표정으로 바라봤지만 신경도 안 쓰이는 듯 웃고 술을 마시고 쌍욕을 내뱉고 있었어요.

너무 뚫어지게 바라봤나 봐요. 제 시선을 느꼈는지 인상을 살짝 찌푸리고 저를 바라보시더라고요. 잠시 후, 아주머니가 굳은 표정으로 저에게 걸어왔어요. 그러더니 피하기 힘들 정도의 속도로 빠르게 제 손을 잡았어요. 피할 생각도 없었지만 말이에요. 아주머니가 고개를 숙였고 곧이어 손이 축축해졌어요. 아주머니는 어깨가 심하게 흔들릴 정도로 크게 울음을 터뜨렸어요. 좀 전까지 웃고 있던 사람이라곤 믿기지 않는 모습이었죠. 아빠는 난처한 표정으로 저와 아주머니를 번갈아 바라보았어요.

"네가…… 그 사람의…… 별이구나."

심하게 갈라진 목소리였어요.

"그토록 자랑스러워하던 제자이니, 네가 그이의 복수를

직접 하겠지. 저 잘난 비의문에서도 흉수를 모르는 것 같으니 쉽지만은 않겠구나. 좀스럽게 나에 대한 원한을 아직 품고들 있어서 말하지 않는 것일지도 모르겠지만.'

뜻밖의 말에 말문이 막혔어요.

"유성검! 비의문은 사사로운 복수는 용납하지 않는다."

우리 둘의 대화를 듣고 있던 남모왕 아저씨가 소리쳤어요. 예쁜 아줌마는 피식 웃음을 터트리며 남모왕 아저씨에게 중지를 들어 올려 보였고요.

"그이처럼 한심한 소리만 하기는. 내게도 그랬던 것처럼 힘이 없어 못 하는 건 아니고? 별아, 복수라는 건 어렵지 않아. 그이가 마지막으로 갔던 장소로 가. 조금이라도 강해 보이는 사람은 모두 죽여. 그이보다 강한 사람은 거의 없었을 테니. 아니, 한심할 정도로 착한 사람이었으니 다른 게 낫겠어. 사람들을 쉽게 속이고 이용하려고 드는 놈들도 모두 죽여. 조금이라도 수상하다 싶으면 다 해치워 버려. 계속 죽이고 또 죽이다 보면 그중 하나는 그이의 흉수일 테지?"

스스로가 내뱉는 말에 도취한 듯 예쁜 아줌마의 얼굴이 붉게 달아올랐어요. 조금은 기뻐 보이기까지 하더군요. 아줌마에게서 '복수'라는 단어를 들으니 오싹한 기분이 들었어요. 여태까지 한 번도 생각해 보지 못했던 일이었지만 조금은 무섭기도, 어쩌면 조금은⋯⋯ 마음에 들기도 했어요.

— 별아. 잠깐 복도로 나와 볼래?

처음 듣는 전음이었지만 꼭 선생님의 것 같았어요. 복도에서 비의문주가 절 보며 손짓하고 있었어요.

마치 전음을 듣기라도 한 표정으로 우리 둘을 번갈아 바라보는 아줌마에게서 벗어나 복도로 나섰어요. 비의문주는 아무 말도 하지 않고 휠체어를 밀어 막다른 복도로 향했어요.

"네가 원하는 게 뭐니?"

"모르겠어요. 그냥 선생님이 어디에서…… 누구한테……왜……."

"우리 세계에서는 '왜?'가 중요하지 않아. 그 질문에 대한 대답은 항상 '약했기 때문에, 느렸기 때문에'라는 대답으로 귀결되거든."

"선생님은…… 절대 약하지 않으셨어요."

비의문주는 대꾸 없이 어깨만 으쓱해 보였어요.

"지난주에는 왜 호비에게 일부러 져 준 거니?"

"그냥…… 제가 이기면 안 될 거 같아서."

비의문주가 작게 웃음을 터트렸어요.

"호비는 별이 널 자랑스러워하면서도 동시에 무서워했단다. 널 충분히 가르치지 못할까 봐, 혹시라도 잘못된 길로 인도할까 봐."

"선생님이 그러셨다고요……?"

"모두 쓸데없는 두려움이었지. 목적지에 닿기 전까지는 지금 걷고 있는 길이 잘못된 길인지 옳은 길인지 알 수 없는 법인데……."

대꾸 없이 고개만 내젓다가, 문득 뭔가 떠올랐어요.

"그때 선생님이 섬에서 불의한 행동으로 자격을 잃으셨다고 하셨는데……."

"그건 호비의 일방적인 주장일 뿐이다. 호비는 죄책감에 스스로 만들어 낸 족쇄를 차고 싶어 했지."

"그게 무슨 뜻이에요?"

"조금 전, 호비의 부인을 만나 보았지?"

전 말없이 고개만 끄덕였어요.

"내게서 멀쩡한 두 다리를 빼앗고 이 멋진 휠체어를 선물한 게 호비의 부인, 유성검이다."

마치 재미있는 이야기라도 한다는 양 비의문주는 입꼬리를 올렸어요.

"그럼 선생님 성격에 죄책감을 가지시는 게 당연하죠."

"유성검에게 패한 것은 내가 약하기 때문이다. 그걸 호비가 미안해할 필요가 없지. 휠체어가 썩 맘에 들기도 하고."

"……모르겠어요."

"호비가 약하지 않았다는 걸, 호비가 틀리지 않았다는 걸, 호비가 좋은 선생이었다는 걸 증명하고 싶니? 아니면 호비처럼 스스로 만들어 낸 죄책감의 족쇄를 차고 싶은 거니?"

"그것도 모르겠어요. 그냥…… 그냥 선생님이 왜, 무엇 때문에 돌아가셨는지 알고 싶어요. 어쩌면 복수를 하고 싶은 건지도……."

"그게 네 의지라면 그것도 좋겠지. 이걸 받아라."

비의문주가 품에서 동전을 꺼내어 건넸어요. 선생님이 처음으로 제게 무공을 펼쳐 보이셨던 날 가지고 놀던 그 동전이었어요.

"통영으로 가라. 호비는 죽기 전 통영 중앙 경찰서의 곽빈 경위라는 이를 찾아갔다."

머릿속으로 비의문주가 알려 준 지명과 이름들을 거듭 외우는 와중에도 궁금증이 생기더라고요.

"그런데 남모왕 아저씨가 그런 건 용납을 못 한다고……."

"현 문주와 차기 문주의 뜻이 일치하는데 비의문의 그 누가 감히 거기에 토를 달 수 있지?"

아마 그때가 처음이었을 거예요. 비의문의 문주를 하는 것도 썩 나쁘지만은 않겠다는 생각이 들었던 게.

여전히 뭐가 뭔지 모르겠다는 표정의 아빠를 따라 장례식장을 나와 집으로 돌아오면서 계속 걱정했던 건 '어떻게 엄마 아빠를 설득하지?' 하는 거였어요. 선생님의 복수를 하겠다는 이유를 대진 않겠지만, 다른 이유로라도 저 혼자 꽤 오래 집을 떠나 있겠다는 계획을 두 분이 허락할 리가 없잖아요? 허락하든 안 하든 무조건 집을 나가고, 그전에 그냥 엄마한테 말만 해 놓기로 했죠.

제가 죽지만 않는다면 방학 중에는 선생님 복수도 해치우고 다시 돌아올 수 있을 테고, 사과하거나 혼나는 건 그때 가서 하면 그만이니까요.

아빠한테는 이야기하기가 뭐해서 엄마만 따로 제 방으로 불러서 며칠 정도 집 나가서 혼자 볼일을 봐야겠다고만 이야기했어요.

"장호비 선생님 일 때문에 그런 거니? 네가 직접 나서는 건 비의문의 뜻이야?"

그런데 엄마가 이런 질문들을 던질 줄은 진짜 상상도 못 했어요.

"그 사람들은 상관없어. 그냥…… 그건 내가 해야 할 일이니까."

내가 이런 대답을 할 줄도 몰랐고요. 엄마가 아니라 꼭 선생님이나 비의문 사람들과 대화하는 기분이었죠.

"그럼 좋아. 아빠한테는 엄마가 적당히 말해 둘게. 엄마 카드 줄 테니까 그거 써. 잠은 번듯한 데서 자고 숙박비 빼고는 하루에 10만 원 이상 쓰지 마. 매일 점심 저녁으로 어디에 있는지, 무사한지 전화해."

넋이 나가서 고개를 끄덕이는 와중에도 장호비 선생님이
어떻게 해서 우리 집에 오게 된 건지, 어떻게 4년이나 수업
을 이어 갈 수 있었는지, 왜 아빠가 항상 엄마한테 주눅이
들어 있던 건지를 뒤늦게 이해할 수 있었어요.

8.

불쑥불쑥 머릿속에서 떠오르는 생각과 뒤따르는 감정을 억누르려고 통영까지 가는 버스 안에서 계속 집중했던 건 두 가지였어요. 어떻게 곽빈 경위를 만날 건지. 혹시 휴가라도 갔으면 연락처는 어떻게 받아 낼 건지.

다섯 시간도 넘게 걸려 도착해 보니 그게 쓸데없는 걱정이었다는걸 바로 알게 되었죠. 경찰서는 통영 버스 터미널에서 별로 멀지 않았는데, 버스에서 내리는 순간부터 그쪽 방향에서 시끌시끌한 소리가 들려왔거든요. 요란한 사이렌 소리와 취재하러 온 사람들이 내는 소리였어요. 왕십리 경찰서 사건이 떠오르더군요.

'그 여자애가 또 경찰서를 습격한 걸까? 그럼 선생님은 곽빈 경위에게 경고를 하러 갔던 걸까?'

그런데 경찰서는 그곳에 없었어요. 있었다가 없다고 해야 할까요. 경찰서가 서 있던 자리가 폐허가 되었거든요. 그 주변에는 통제선이 쳐져 있었고, 기자들이 사진을 찍거나 마이크를 들고 카메라를 바라보며 빠르게 말을 쏟아 내고 있더라고요. 새벽 무렵에 요란한 굉음과 함께 경찰서가 무너져 내렸다 하더군요. 왕십리 경찰서에서 있었던 일과 비슷하기는 했지만…… 흠…….

'발차기가 아무리 강하다 하더라도 경찰서를 통째로 무너트릴 정도라고?'

두 개의 사건은 비슷한 듯 미묘하게 다르잖아요? 오가는 경찰 중에 아무나 붙잡고 혹시 곽빈 경위님 아시냐고, 아는 사이인데 꼭 만나 봐야 한다고 물어봤죠. 대부분 귀찮다는 듯 대꾸도 안 하고 지나쳤어요. 사실 이해가 가긴 하죠. 진짜 아는 사이였으면 전화를 했겠지…….

— 너도 무공을 익혔구나. 곽빈 경위와는 무슨 사이니?

그 순간, 몇몇 사람들에게 둘러싸인 남자가 전음을 선네왔어요. 회색 양복에 안경을 쓰고 있었는데, 신기할 정도로 평범한 얼굴이었지만 어딘지 되게 호감이 가는 사람이었어요. 경계하는 마음은 없었지만 남자의 두 눈이 멀쩡한지부터 살폈어요. 그땐 그게 무슨 의미인지도 잘 몰랐지만요.

— 볼일 있어서 왔어요. 그러는 아저씨는 곽빈 경위랑 무슨 사이인데요? 아니, 것보다 누구세요?

남자는 대꾸 없이 멀리 떨어진 방향을 가리켰어요. 따라가니 부둣가더라고요. 주변을 두리번거린 남자는 둘만 남은 걸 확인하고 길게 숨을 몰아 내쉬었어요.

"미안. 내 내공 수위가 너처럼 높지 못해서 전음을 그렇게 오래 하지는 못하겠다. 먼저 내 신분부터 밝혔어야 하는 건데 너무 힘들어서 그랬어. 좀 양해해 줘. 일단 난 이상하거나 수상한 사람은 아니고……."

그리고선 저한테 명함을 건네줬어요. '통영 시의원 이은성'이라고 적혀 있더군요. 수상한 사람은 아닌 것처럼 보였어요. 엄마 아빠는 맨날 TV 보면서 정치인들이 진짜 수상한 놈들이고 나쁜 놈들이라고 하시긴 했지만요.

"곽빈 경위랑은 오래전부터 알고 지내던 사이야. 그렇다고 둘이 서로 친구라고 하기는 어렵고. 그냥 업무적으로 아는 사이? 아무래도 의원직에 있다 보니 각계각층의 사람들이랑 많이 어울리게 되거든? 그래도 나는 곽빈 경위랑 좀 친하다고 생각은 하는데 곽빈 경위도 똑같이 생각할지는 모르겠다. 아무튼 이건 함부로 말하긴 그렇지만 곽빈 경위 찾는 너한테는 해 줘야 하는 게 맞겠지. 아직 사상자 명단이 다 집계되지는 않았는데 아무래도 곽빈 경위가 실종된 거 같아."

저절로 한숨이 나왔어요. 일이 생각대로 다 쉽게 풀릴 거라곤 생각하진 않았지만 집을 나선 첫날부터 이렇게 꼬일 줄은 상상도 못 했거든요.

"너도 무슨 일로 곽빈 경위를 찾는 건지 말해 줄래? 나도 민감한 정보까지 이야기해 줬잖아. 아주 자세히는 아니어도 뭐라도 좋으니깐."

"아⋯⋯. 음⋯⋯. 전⋯⋯ 제 문파의 일 때문에 곽빈 경위를 찾아왔어요."

어디까지는 이야기를 해도 되고, 어디까지는 안 되나 고민하며 말을 끄는데 정치인 아저씨는 그냥 고개만 끄덕이고 더 이상 캐묻지는 않더라고요. 뭐 정치인들이 엄마 아빠 말처럼 완전 나쁜 놈은 아닌 것 같다⋯⋯ 이런 생각이 들었어요.

"너도 우리 세계 사람이니 왕십리 경찰서 일은 들어 봤겠지? 아무리 무공을 익힌 사람들이 거칠 게 없다고들 하지만 국가 기관에 그런 테러를 가하다니⋯⋯. 이번 테러도 그 사건 범인이 저지른 것 같지 않아? 무공 수위가 얼마나 대단해야 건물을 무너뜨릴 수 있는 건지. 나도 어렸을 때 잠깐 무공을 익히긴 했지만, 이런 게 가능할지는 몰랐어. 이 정도의 무공을 익히려면 진짜 상상도 못 할 재능과 수련이 필요하겠지?"

묻지도 않은 말을 계속 내뱉는 정치인 아저씨를 보다가

불쑥 의문이 떠오르더라고요.

"어렸을 때요? 그럼 지금은 안 하세요?"

표정이 어두워지는 아저씨의 얼굴을 보니 괜한 질문을 했나 싶더라고요.

"내 소질이 부족했거든. 결국엔 스승님을 실망시키고 쫓기듯 도망치듯 문파를 떠났어야 했어."

아저씨의 말에 선생님 생각이 떠오르는 걸 억지로 눌러 참고 고개만 끄덕였어요.

"내가 말이 너무 많았지. 아무래도 하는 일이 그렇다 보니……."

"오래전부터 아는 사이면 곽빈 경위님 전화번호 아세요?"

"그게…… 전화를 안 받더라. 어…… 이 이야기는 너만 좀 알고 있어 줄래? 원래 그러면 안 되는 거지만 너무 걱정돼서 위치 추적을 해 봤어. 합법적인 일도 아니고, 간단한 일도 아니니 꼭 비밀을 지켜 줘. 아무튼 몇 시간 전, 통영 CC 부근이 마지막이었어. 그다음부터는 전화를 꺼 놓은 것 같아."

"어……. 고맙습니다. 그런데 제가 여기 처음이라 통영 CC가 뭔지를 잘 몰라서요."

"아, 컨트리클럽, 그러니까 골프장이라고 생각하면 돼. 어차피 통영에 골프장은 하나뿐이니 찾기 쉬울 거야. 택시 타면 30분인데 너는 경공이 뛰어날 테니 뛰어가는 게 빠를 수도 있겠다. 여긴 산지가 많아서 사람들 눈 피하기도 좋거든."

정말 감사하다는 말로 끝없이 이어지려는 정치인 아저씨의 말을 끊고 떠나려 했어요.

"……부탁 하나만 하자. 아까 내 명함 잘 가지고 있지? 곽빈 경위 어디 있는지 알게 되면 나한테도 이야기해 줄래? 꼭 위치뿐만이 아니라 뭐라도 중간에 알게 된 거 있으면 연락해 줘."

"……네, 그럴게요. 그럼 저 가 보겠습니다."

"아, 혹시 필요한 거나 부탁할 거 있어도 편하게 나한테 연락해. 그래도 같은 길을 걸었던 사람들인데 서로 돕고……."

저는 정치인 아저씨의 장광설에서 도망치듯 '네네' 하고 대답하며 그 자리를 떠났어요. 정치인 아저씨의 기대와는 달리 평범하게 택시를 불러 탔고요. 엄마 카드도 있겠다, 앞으로 무슨 일이 벌어질 줄 모르는데 괜히 힘을 뺄 필요는 없잖아요?

건네받은 곽빈 경위의 번호로 전화를 걸어 전화기가 꺼져 있다는 안내 멘트를 듣고 잠깐 멍때리고 있다 보니 골프장 로비에 도착해 있더군요.

한산한 로비에 들어서는데 접수대에 앉은 언니들이 저를 보는 표정이 이상했어요. 형식적으로 인사는 하는데 딱 봐도 절 무서워하는 게 분명했거든요. 누군가는 다급하게 전화기를 들고 어딘가로 전화를 걸었고요.

"저기……."

"고객님. 잠시만요. 곧 맞이하실 분들 나오실 거거든요."

날 맞이한다고? 내가 올 줄 어떻게 알고? 이런 생각들을 하고 있는데 로비의 안쪽으로 철제문이 천천히 내려왔어요. 데스크에 있던 언니들은 내 눈치를 보며 황급히 '직원 전용'이라고 쓰인 문 뒤로 사라졌고요. 텅 빈 로비를 보며 어처구니없어하는데 2층으로 올라가는 회전 계단 위에서 양복을 입은 덩치 큰 남자 넷이 뛰어내려 저를 포위하듯 둘러쌌어요.

"네가 아무리 실력이 뛰어나다 한들 이렇게 대담하게 나올 줄을 몰랐다. 그런데 그렇게 행패를 부려 놓고 우리가 대비하고 있을 줄은 몰랐나 보지?"

새벽 4시에 일어나서 다섯 시간 버스 타고 통영 와서 무너진 경찰서 구경한 게 무슨 대단한 행패라고? 상황이 이해되지 않아 멍하니 서 있는데 네 명이 돌아가며 그 듣기 싫은 별호들을 대며 자기소개를 하고 '가르침' 어쩌고 하더군요. 네 명이 나 하나를 공격하면서도 체면은 따졌던 거죠. 진짜 그런 게 멋있다고 생각들 했나 보죠?

네 명을 동시에 상대하는 건 처음이었지만 뭐 겁을 먹었거나 한 것은 아니었어요. 도대체 이게 무슨 상황인 건지 궁금한 게 제일 컸죠. 로비에 있는 엘리베이터 문 두 개와 안내데스크와 천장에 매달린 샹들리에를 부숴 먹고, 남자 두 명의 코뼈를 무너트리고 나머지 두 명은 바닥에 때려눕혀 기절시키고 나서야 혈 뭐시기 아저씨와 대면했을 때의 일이 떠올랐어요.

그러니까 이 사람들도 저를 무명이랑 착각하고 있었다는 걸 말이에요. 싸우기 전에 깨달았으면 더 좋았을 텐데……. 뭐 저질러 버린 건 어쩔 수 없는 거잖아요? 제가 말을 했다 한들 그게 통했을 거란 보장도 없고요.

이 난장판을 어떻게 수습해야 하지? 일단 도망칠까? 고민하던 찰나에 가슴에 'Manager MIN'이란 명찰을 달고 정장을 입은 남자가 저를 똑바로 바라보며 천천히 계단을 걸어 내려왔어요. 발걸음만 봐도 이전에 상대했던 네 명과 수준이 다른 고수라는 걸 알 수 있었어요.

"큰 오해가 있었군요. 우리 직원들이 고객님을 다른 사람으로 착각한 것 같습니다. 하지만 그렇다 하더라도 이건 좀…… 과한 것 같군요."

남자가 부서진 로비 이곳저곳을 둘러보며 말하는데 괜히 미안한 마음이 들었어요.

"그게…… 이 사람들이 먼저 공격하지 않았더라면……."

"위에서 CCTV로 지켜보고 있었습니다. 고객님이 먼저 공격을 한 것으로 보였습니다만."

아니! 난 네 명을 상대해야 했는데 선수를 칠 수도 있는 거 아니에요?

"어떻게 서로 오해를 풀 의사가 있으신지요? 아니면 우리가 입은 손해에 대한 청구를 따로 해야만 할까요?"

솔직히 한번 붙어 보고는 싶었지만, 그래도 다른 목적이 있어서 거기까지 간 거잖아요?

"사실 전 물어볼 게 있어서 여기 온 건데요. 대답만 해 주시면 얌전히 갈 거예요."

남자가 고개를 끄덕이며 손짓하니 아직 정신을 잃지 않은 두 명이 쓰러진 두 명을 둘러업고 '직원 전용' 문 안으로 사라졌어요.

그러곤 부서진 데스크 뒤에서 의자 두 개를 가져오더니 텅 빈 로비 중앙에 서로 마주 보게 놓더군요. 남자가 의자를 가리키고선 저를 기다리지 않고 먼저 앉았어요. 뭐⋯⋯ 거리낄 게 있나요. 남자의 반대편 의자에 저도 털썩 주저앉았죠.

"고객님이⋯⋯ 흠⋯⋯ 아직 존함을 듣지 못해 계속 부적절한 호칭을 사용하는 무례를 부디 용서해 주시길."

"그런 이름은 없고요. 그냥 별이라고 부르세요."

"이름이 없는 별이라⋯⋯ 무명성(無名星)님이셨군요. 만나서 반갑습니다."

뭐라고 정정을 해 줄까 하다가 참았어요. 친하지도 않은 사람한테 이름으로 불리는 것보다는 민망하긴 해도 별칭으로 불리는게 낫겠다 싶었고…… 무엇보다 '무명성'이 '반포여협'보다는 한참 낫잖아요?

"그럼 저는 아저씨를 뭐라고 불러야 할까요?"

"일각에선 저를 봉황련주라 부르기도 합니다만 이곳에서는 그저 지배인이라고 불리니 무명성 님도 저를 지배인이라 불러 주시면 됩니다."

골프장 매니저니 지배인이 맞기는 하겠지만 진짜 그런 단순한 의미였을까요?

"무슨 질문이기에 이 먼 곳까지 찾아오시게 된 것인지요?"

"통영 경찰서 곽빈 경위를 찾으러 왔어요. 오늘 아침까지 여기 있었다고 들었거든요."

지배인 아저씨가 고개를 끄덕였어요. 내 질문이 무엇인지 알았다는 의미인지 아니면 곽빈 경위가 여기 있었다는 걸 긍정하는 것인지 모호하더라고요.

"제 질문에 대한 충분한 대답은 아닌 것 같군요. 좋습니다. 두 가지 방법을 제안드릴 수 있을 것 같습니다. 원칙대로라면 무명성 님이 우리 클럽에 끼친 피해액을 정산해서 청구하는 게 우선이겠습니다만……."

"어……. 그거 10만 원 가지곤 안 될까요? 더 넘어가면 매일 조금씩 나눠서 드릴 수는 있을 거 같은데……."

뭐, 엄마가 돈을 어디에 쓰라고는 안 했잖아요? 지배인 아저씨의 눈동자가 커지더니 입꼬리가 가볍게 떨리더군요. 꼭 웃음을 참는 것처럼 보였어요.

"서로 간의 오해로 벌어진 불미스러운 일이니 그 건은 없던 거로 하지요. 하지만 우리 클럽에 닥친 위기를 해결하기 위해 어렵게 채용한 네 명의 고수분들이 모두 무명성 님에게 당해 버렸으니 그것만은 그냥 넘기긴 어렵겠군요."

'그 사람들이 고수라고요?' 물론 입 밖으로 내뱉지는 않았어요. 선생님, 아니, 혈 뭐시기 아저씨, 아니, 하다못해 김익에 비교해도 실력이 한참 못 미쳐 보였는데……. 지배인 아저씨는 내 생각을 읽기라도 한 거 같더군요.

"물론 무명성 님의 탁월한 실력에 견주어 보면 고수라는 표현은 조금 과장된 게 아닐까 싶습니다만…… 이런 시골에선 그만한 인재도 구하기가 쉽지 않답니다. 그런데 그렇게 어렵게 모셔온 분들을 저 지경으로 만들어 놓으시다니……."

"아……. 그것도 죄송합니다……."

지배인 아저씨가 고개를 가로저었어요.

"첫 번째 제안은 이 모든 것을 없던 것으로 하는 대신 이대로 돌아가 주시라는 것입니다. 물론 무명성 님 같은 탁월한 분이 이런 먼 곳까지 힘들게 오셨는데 같은 길을 걷는 사람의 도리로 섭섭지 않게 접대는 해 드리겠습니다. 통영은 관광하기 좋은 곳이지요. 무명성 님의 목적이 무엇이었든 간에 이곳에 머무르시면 즐기시는 데 부족함이 없도록 편의를 봐 드리지요."

'아무것도 안 하는데 왜?' 또다시 내 생각을 읽기라도 한 듯 지배인 아저씨가 말을 이어 갔어요.

"대신 무명성 님이 궁금해하는 곽빈 경위의 행방에 대해선 단 한마디도 들으실 수 없을 겁니다. 또 이곳 통영에서 관광 이외의 행동을 하려고 하신다면 저 역시 가만히 보고 있지만은 않을 테고요."

내가 한 거 다 없던 일로 해 줄 테니 조용히 놀다가 꺼지란 뜻이었어요.

"두 번째는요?"

"무명성 님이 우리 클럽의, 저의 친구가 되어 달라는 제안입니다."

"그건 쉽……."

"우리 같은 사람들에게 친교라는 것은 보통 사람의 그것과는 조금 다른 무게감을 가지지요. 친구가 어려움에 처해 있다면 그 처지를 외면하지 않고 적극적으로 나서 주는 게 친구의 의무가 아닐까요?"

그러니까 아까 제가 해치운 네 명의 고수…… 아저씨들의 역할을 대신해 달라는 거였지요.

"지배인님을 도와준다면, 친구가 된다면, 제가 원하는 대답은 확실히 들을 수 있는 건가요?"

지배인 아저씨가 무언가를 고민하는 듯 한참 동안 턱을 쓰다듬었어요.

"실례가 되지 않는다면 무명성 님이 이곳 통영까지 오신 진짜 목적과 곽빈 경위를 찾은 이후 이어 갈 행적에 대해 여쭈어보아도 될까요?"

"……선생님이 이곳에서 돌아가셨고, 선생님의 마지막 행적을 알고 있는 사람이 곽빈 경위예요."

지배인 아저씨가 고개를 끄덕였어요.

"애도를 표합니다. 무명성 님 같은 분을 제자로 두었다니 스승님께서는 참으로 자랑스러우셨을 게 분명하군요."

"고맙습니다. 그런데 제 질문에 대한 답은……."

"스승의 복수에 나선 제자를 돕는 것은 친구로서 당연히 해야 할 일이지요."

"좋아요. 그럼 친구 해요. 그전에 도대체 날 누구로 착각한 건지부터 이야기해 주시고요."

"좋습니다. 혹시 산중노인이라는 자에 관한 이야기를 들어 보셨던가요?"

지배인 아저씨는 무명과 산중노인에 관한 이야기를 길게 이어 갔어요. 선생님께 들었던 것과는 많이 달랐지만 그게 중요한 건 아니니까요.

"그럼 그 무명이라는 애가 무슨 행패를 부렸는데요?"

"제 지배하에 있는 업소마다 찾아가 '은자(隱者)'에 관해 물어보더군요."

"은자? 숨은 사람이라는 뜻이죠?"

"몇 해 전부터 경남 일대에서 전설처럼 떠돌던 소문이 있습니다. 사문과 스승을 저버린 자가 신분을 숨기고 이곳 어딘가에 은거했다고 하더군요."

"되게 평범해 보이는 이야기인데요? 그게 왜 전설씩이나……."

지배인 아저씨가 어깨를 으쓱해 보였어요.

"우리 세계에서는 소문이라는 게 늘 과장되지 않습니까? 옛 의협의 후손이라며 섬에 숨어 사는 문파가 있다는 전설, 일개 개인으로 대한민국 공군 병력 전체와 맞설 수 있다는 고수에 관한 전설 같은 거 말입니다. 은자 역시 그 비슷하게 과장된 이야기를 가지고 있습니다."

제 정체를 이미 알고 있다는 듯한 말이잖아요? 노야차 이야기도 그렇고요. 지배인 아저씨는 말하는 것보다 더 많은 걸 아는 듯했어요. 어쩌면 숨기고 있는 게 더 많을지도 모르겠고요. 그걸 따지고 싶어서 입이 근질거렸지만 꾹 참고 고개만 끄덕였어요. 은자가 바로 무명의 목표이자 마지막으로 선생님이 찾아갔던 사람이라는 생각이 들었죠.

"그러면 무명이라는 애가 여기로 찾아오면 막아 달라는 말씀인 거죠?"

"그렇습니다."

"그런데 왜 걔가 지배인 님 업소를 찾아다닌 건데요?"

"무명성 님처럼 제게 물어보고 싶은 게 있었나 보지요."

"왜 하필 지배인 님한테 물어보려는 건데요? 그리고 그냥 저한테처럼 걔한테도 대답해 주시면 되는 거 아니에요?"

계속 이어지는 질문에 지배인 아저씨는 난처한 표정이었어요.

"그자가 저와 제 조직에 피해를 준 시점부터 서로 이치를 따질 입장은 아니게 되었으니까요. 왜 저한테 그 질문을 하려고 하는 것인가…… 저 역시 소문을 달고 사는 사람이라고만 대답하겠습니다. 남들보다 은자에 대해 조금 더 많은 걸 알고 있다는 과장된 소문 말이지요."

어찌 되었건 저로서는 손해 볼 게 없는 제안이었어요. 무명이든 은자든 곽빈 경위든 모두 선생님의 죽음과 연관된 사람들이니 말이에요.

"그럼 이제 제가 뭘 어떻게 해 드릴까요?"

"먼 길을 오셨는데 일단 쉬고 식사부터 하셔야 하지 않을까요?"

사실 그때까지 숙소를 어떻게 구할지 아무 생각 없었거든요. 그런데 지배인 아저씨가 직접 안내해 준 방이 말이죠…… 진짜 좋았어요.

옛날에 가족 여행 갔을 때 아빠가 큰맘 먹고 잡았다고 몇 번씩이나 자랑했던 호텔 방하고도 비교가 안 될 정도로요. 무슨 침대가 제 방만 하고 TV도 엄청 크고…… 심지어 욕실에도 우리 집 마루에 있는 것보다 더 큰 TV가 달려 있더라니까요.

아! 그리고 음식도요. 노크 소리가 들려서 문을 열었더니 안내 데스크에서 봤던 언니가 여전히 겁에 질린 표정으로 절 보고 있더라고요. 방으로 식사를 가져다주겠다고 메뉴를 고르라는데 뭐가 뭔지 하나도 알 수 없어서 그냥 첫 번째 걸 시켰단 말이죠? 그렇게 오리고기를 처음 먹어 봤는데 그게 그렇게 맛있는 줄은…… 흠, 아무튼…….

그렇게 방에 짐도 풀고 식사도 하고 작은 수영장만 한 욕조에 물 받아 놓고 TV도 보고 엄마한테 문자도 보내 놓고 쉬고 있는데 방에 있는 전화기가 울렸어요.

"쉬고 계실 텐데 죄송하지만 도움이 필요할 것 같습니다."

지배인 아저씨가 부른 방에는 수많은 모니터가 골프장 곳곳을 비춰 주고 있었어요. 그리고 그중 하나의 화면에 나무 위에서 로비를 바라보고 있는 무명의 모습이 보였고요.

"7번 홀입니다. 이곳에서 좀 떨어진 곳이지요. 옆에 호수와 커다란 모래밭이 보이지요?"

지배인 아저씨가 골프장 전체 지도를 가져와서 위치를 알려 주더군요. 지독한 길치였던 선생님한테 하도 시달려서 제가 길 하나는 되게 잘 찾거든요. 머뭇거림 없이 창문을 열고 숙박동 건물 밖으로 나섰어요.

밤 10시가 조금 넘은 시간이었고 골프장의 조명을 모두 꺼 놓았는데도 잔디의 결 하나하나가 보일 정도로 달빛이 밝았어요.

무명은 7번 홀 옆 호수에서 눈을 감고 명상을 하고 있었어요. 아마 곧 다가올 싸움에 대비해 기운을 모으고 있었던 거겠죠. 수면에 반사되는 달빛을 등진 무명은…… 음…… 검정 스키니 진에 헐렁한 카키색 야상을 입고 등 뒤엔 짐이 가득 들어차 있는 자기 몸만 한 커다란 가방을 메고 있었어요. 군인 아저씨들이 쓸 것 같은 원기둥 모양의 가방을 멘 채 웃기게 생긴 빵모자를 깊이 눌러썼는데 모자챙 아래로 드러난 턱이 되게 날카로워 보이더라고요.

좀 웃긴다는 생각도 들었어요. 어쩌면 걔가 선생님을 죽였을지도 모르는 거잖아요? 그런데 전 개 옷 입은 거랑 얼굴만 유심히 보고 있고……

남들처럼 가르침 어쩌고 하는 말을 하고 싶지는 않았지만 그렇다고 기습을 하는 건 또 아니라고 생각했어요. 뭐라도 말은 해야겠다 싶었는데 암만 궁리해 봐도 적당한 말이 떠오르지 않았어요. 무명과 한 열 걸음 떨어진 장소에 멈추어 서서 헛기침을 몇 번 했더니 그제야 무명이 눈을 뜨고 몸을 일으켜 저를 바라보더군요.

"네가 무명이지? 너한테 물어보고 싶은 게 있는데."

"비켜. 안 그러면 죽인다."

그게 우리 둘이 나눈 첫 대화였어요. 되게 낭만적이죠?

9.

호비 선생님을 처음 만났을 때도 저는 선생님이 제 '선생님'이 될 거란 걸 알 수 없었어요. 뭐 아무래도 상관없지만 비의문의 그 재수 없는 김익 놈을 만났을 때도 걔랑 나랑 그렇게 서로를 미워하게 될 줄 전혀 몰랐고요. 그러니 무명을 처음 마주치고, 홀린 듯 얼굴을 훔쳐보고, 처음 대화를 나눈 그 순간에도 걔가 내 평생의 지기가 될 거란 걸 어찌 알았겠어요?

'뭐래?'

그러니깐 무명이 건넨 첫마디를 듣고 딱 저 생각이 들었거든요? 평소 같았으면 그냥 주먹질부터 시작했겠지만, 선생님의 원수를 갚는 걸 그렇게 막무가내로 하고 싶지는 않았어요. 일단은 무명이 선생님을 해친 범인이었을 가능성부터 확인해야겠다고 생각했어요. 뭐 우리 둘 모두한테 무척이나 다행이었던 결정인 셈이죠.

"묻는 거에만 솔직하게 대답하면 바로 비켜 줄게. 안 그러면 나도……."

거기까지 말하는데 무명이 등을 보인다 싶더니 무명의 짧은 쪽 다리가 창처럼 내 몸을 찔러 왔어요. 뭐 저야 조심하고 확실히 하고 어쩌고 하고 싶었을지라도 무명 걔는 그럴 생각이 전혀 없었던 거죠.

그런데 발차기가 아무리 빠르다 하더라도 주먹보다 빠를 수는 없는 법이거든요? 평소에 선생님의 주먹에 익숙해진 제 눈에는 기세가 만만치 않다고 한들 수월하게 피할 수 있을 것으로 보였어요. 바로 몸을 뒤로 날려서 발차기의 사정거리 밖으로 벗어났어요. 하지만 걔 다리가 쭈욱 늘어나는 듯하더니, 재차 안으로 파고들며 제 명치 쪽을 찔러 오더라고요.

급하게 팔을 들어 올려 막아 보았지만, 발차기의 위력에 밀려나 호수 옆 모래밭에 꼴사나운 자세로 내다 꽂혔어요. 통증보다는 짜증이 확 밀려오더군요.

'넌 죽었다!'

무명은 모래밭에 파묻힌 저는 쳐다보지도 않고 냅다 숙박동으로 달려갔어요. 내공을 끌어올려서 모래밭을 박살 내며 뛰쳐나와 바로 뒤쫓았죠. 무명의 경공 실력은 저보다는 조금 뛰어났지만, 등에 멘 무거운 가방이 발목을 잡았나 봐요. 무명은 숙박동에 반절도 못 가고 저한테 따라잡혔지요.

나란히 달리며 바로 팔꿈치를 무명의 얼굴로 날렸어요. 무명은 예상했다는 듯 달리는 자세 그대로 몸을 뒤로 눕혀 피하더니 한쪽 다리를 축으로 삼아 회전하며 제 발목을 걸어찼고요.

저도 걔를 멈추는 게 목적이라 피하는 대신 똑같이 발차기로 맞받았어요. 발차기가 제 장기는 아니어도, 아주 못하지는 않거든요? 내공을 실은 서로의 다리가 맞부딪히는 접점에서 공기가 터져 나가는 커다란 폭발음이 났어요. 만만치 않을 거라고 생각은 했었지만 예상을 훨씬 뛰어넘는 위력이더라고요. 딱딱한 쇳덩어리에 정강이를 부딪힌 듯한 통증에 신음이 터져 나오는 걸 억지로 눌러 참으며 가까이 파고들어 연속으로 주먹을 찔러넣었어요.

싸움의 양상은 섬에서 김익 놈과 붙었을 때와 비슷하게 흘러갔어요. 하지만 무명은 김익이 아니었기에 결과는 달랐죠. 처음에는 무명이 제 주먹질을 아슬아슬하게 피하고만 있다고 생각했어요. 그런데 문득 이런 생각이 들더라고요. '얘를 때려서 심하게 상처를 입히면 어떡하지?'라는……. 그 바람에 생긴 잠깐의 틈을 놓치지 않고 무명이 몸을 내 쪽으로 밀어 넣었어요.

서로의 얼굴이 맞닿을 정도로 가까워진 순간 무명의 체취가 확 풍겨 왔어요. 어…… 뭐 향기롭다거나 그런 건 전혀 아니었고요. 그때는 걔가 계속 노숙하고 다닐 때라…… 그렇다고 악취가 났다는 건 아니고요.

풀과 흙냄새가 섞인 풋풋한 체취가 느껴진 순간 갈고리처럼 억센 무명의 손이 제 오른 팔목을 잡았어요. 오른손이 부러질 각오를 하고 있는데 제 몸이 허공을 날고 있더군요.

'왜지? 날 다치게 할 수도 있었는데 왜 던지고만 만 거지?'

무명은 절 냅다 던지고 다시 숙박동으로 달려가고 있었어요. 저보다는 지배인 아저씨를 찾아가, 질문의 대답을 듣는 게 우선이었던 거예요.

허공에서 빠르게 자세를 바로잡고 땅을 박차고 다시 무명을 추격했죠. 또다시 무명은 그리 먼 거리를 움직이지 못하고 저한테 따라잡혔고요. 몇 걸음 이내에 무명의 등을 잡아챌 수 있는 거리쯤 도달했을 때 긴 한숨과 함께 무명이 멈추어 섰어요.

등에 멘 커다란 가방을 내려놓고 끈을 풀더니 안에서 제 팔꿈치만 한 짧은 검 두 개를 꺼내 들더라고요.

"마지막 경고다. 이번에도 방해하면 진짜로 죽인다."

그런데 제가 눈이 되게 좋다고 이야기했었던가요? 그날 달이 엄청 밝기도 했지만…… 무명이 검을 꺼내던 그 짧은 순간에 가방 안에 뭐가 들어 있는지 제가 똑똑히 다 봤단 말이죠?

온갖 잡동사니에 옷가지에 되게 귀엽게 생긴 메이크업 파우치랑 아빠가 캠핑 가서 쓸 거라고 사 놓고서는 한 번도 쓴 적이 없는 것과 똑같이 생긴 돌돌 말은 침낭이랑, 반 애들이 들고 다니는 휴대용 게임기랑 무명이 꺼내든 두 자루의 검보다는 조금 더 긴 검 한 자루와…… 그 사이에서 눌러 터져 납작해진 모닝빵들이 가득 든 커다란 비닐봉지가 있었어요. 그 왜 있잖아요. 귀찮을 때 전자레인지에 데워서 잼 발라 먹는 그 조그마한 모닝빵들 말이에요!

'가방 속에 닌텐도랑 모닝빵이랑 헬로키티 파우치를 들고 다니는 애가 정말 선생님을 죽였을까?'

그건 모르는 일이죠? 우리 세계에서는 누가 무엇을 할 수 있을지 아무도 모르는 법이니까요. 그런데 잠깐 싸운 것뿐이었지만 무명이 저를 대하는 방식은 이상했어요. 처음 싸울 때만 해도 그래요. 아직도 입이랑 옷에서 흘러나오는 모래가 짜증 나긴 했지만, 애초에 저를 죽이려고 했었으면 그렇게 밀치기만 하지는 않았을 거예요. 제 손목을 잡고 집어던졌을 때는 어떻고요? 물론 무명이 이미 여러 사람을 죽였다는 건 알고 있었어요.

하지만 선생님이 무명의 목표는 아니었잖아요? 무명이 목표를 해치우는 데 방해가 될 수는 있었겠지만 그렇다고 무명이 선생님을 죽였을 거란 생각은 도저히 들지 않았어요. 하지만 확신은 할 수 없었죠.

"우리 이럴 필요 없어. 은자를 찾고 있는 거지? 내가 도와줄 수 있는데."

뭔가 되게 놀란 표정을 지을 줄 알았는데 무명은 말없이 더 해 보라는 듯 절 바라보기만 했어요. 전 여전히 머리카락에 남아 있는 모래들을 대충 털어 내고 말을 이어 갔어요.

"아까 말했듯이 내 질문에 대답만 해 주면 돼. 그럼 나도 널 도와줄게."

여전히 말없이 고개만 끄덕이더군요. 질문을 해 보라는 의미였어요.

"이 근처에서 최근 일주일 동안 나와 같은 무공을 사용하는 사람을 만난 적 있어?"

"너와 같은 무공이 뭔데?"

"그러니까 주먹 위주로 되게 단순하고 직선적으로 공격하는 그런 거…… 잘 생각해 봐. 한 40대에서 50대 정도 되는 되게 못생긴 아저씬데……."

선생님의 모습을 떠올리니 갑작스럽게 울컥 치밀어 올라오는 게 있어서 이를 꽉 깨물어야만 했어요.

"그런 사람 만난 적 없어. 그리고 어제까지 난 계속 광주

132

쪽에 있었어. 여기 통영은 오늘 도착한 거야."

정말일까? 그 말이 사실이라면 선생님을 죽인 사람은 무명이 아닌 거죠. 하지만 너무 간단하게 의문이 풀리는 것 같다는 생각에 너무 쉽게 믿어서는 안 된다는 경각심이 들었어요.

"광주에 있었다는 말, 증명할 수 있어?"

무명이 말없이 고개를 끄덕이고선 가방 안에 검들을 다시 집어넣고 무언가를 한참 뒤적였어요. 뭘 찾고 있나 했는데 한 뭉치나 되는 영수증들을 꺼내 들더니 제 발치에 던지더라고요.

"날짜랑 장소 확인해 봐."

도대체 왜 영수증을 바리바리 챙겨 다니고 있는 거래요? 그래도 날짜와 시간을 보니 최근 일주일 동안 걔는 삼시 세끼를 편의점에서 다 때우고 있었더라고요. 아침에 무슨 점포에서 도시락 사 먹고 점심 무렵에 또 무슨 점포에서 도시락에 각종 반찬 시리즈들 사 먹고…… 무슨 무슨 점포라고 쓰여 있는 걸 봐도 어디인지는 모르겠지만, 뭐 검색만 해 봐도 나오는 걸 가지고 사기를 쳤을까요?

"이제 네가 은자에 대해서 대답해 줄 차례야."

"어……. 사실 나는 모르고……. 답을 가지고 있는 사람이 자기가 내 친구라 하거든? 그러니까 일단 나랑 같이 가자."

영수증을 무명에게 다시 던져 주며 대답하니 한동안 고
민하더라고요.

"좋아. 그럼 앞장서."

고개를 끄덕이고 다시 한번 꼼꼼하게 온몸에 묻은 모래
들을 털어 내는데 무명은 뭔가 갑갑했는지 되게 못마땅한
표정으로 저를 바라보았어요. 뭐 급한 건 너지 하는 이런
생각으로 더 천천히 몸을 털었죠. 그리고선 너무 빠르지 않
은 속도로 숙박동으로 달려갔어요. 무명은 말없이 제 뒤를
따라왔고요.

그때 생각은 이랬어요. 무명이 선생님을 죽이지 않았을
거란 가능성이 큰 것 같았지만, 영수증 정도로는 완벽하게
증명할 수는 없다고요. 밤에 움직였다면 광주에서 통영까
지 왔다 가는 게 아주 불가능하지도 않은 일이고요. 또 무
명의 목표라는 사람이 선생님의 죽음에 연관되었을 가능성
이 더 커지기도 했어요. 그러니까 무명을 제 감시하에 두면
서도 무명의 목표물을 쫓을 방법이 있다면, 그게 최선이 아
니겠어요?

CCTV로 우리 둘을 보고 있었던 건지 로비에는 이미 지
배인 아저씨가 나와 있더라고요. 아까와는 달리 화난 얼굴
로 저와 무명을 쏘아보는 지배인 아저씨의 얼굴을 보니 일
이 생각대로 쉽게 풀리지는 않을 것 같았어요.

흔히들 '싸우기도 전에 지고 들어간다'고들 하잖아요? 어쩌면 제가 지배인 아저씨의 화난 얼굴을 보며 미안함을 느낀 그 순간에 이미 앞으로 벌어질 싸움의 승패가 결정되었을 거예요.

사실 무명을 데리고 온 건 저한테도 물론 도움이 되지만 제 딴에는 지배인 아저씨를 도와주려고 그런 건데, 지배인 아저씨는 실망했다고, 무명성 님에게 섭섭하게 대접한 게 있냐고 하더라고요. 잘못한 건 없다고 생각했지만 계속 듣고 있으니 미안해서 얼굴도 못 들겠더라고요. 괜히 아까 먹은 오리고기 생각도 나고…….

무명이 나서서 무언가를 말하려 하자 지배인 아저씨가 손을 들어 제지했어요. 말이 제지했다는 거지 풍기는 기세는 '한 발짝만 더 움직이면 가만두지 않겠다'는 쪽에 더 가까웠죠. 무명은 지배인 아저씨가 얼마나 강한지, 자기가 감당할 수 있는 상대인지를 머릿속에서 재고 있었을 테고요. 무명은 입을 꾹 다물고 둘을 바라만 보고 있는 저를 의식하는 것 같았어요. 결국엔 지배인 아저씨의 말을 따라 멈추어 서더군요.

아마 싸움이 벌어지면 제가 지배인 아저씨의 편을 들 거로 생각했겠죠? 그때는 진짜로 그랬을 거 같고요.

"실망스럽고 조금은 배신감도 드는군요. 무명성 님은 제게 갚아야 할 빚을 지신 셈입니다."

아니! 무슨 셈이 그래요? 무명이 쳐들어오는 걸 막아 달
라고 부탁을 했고 방식이 어떻게 되었든 그 부탁은 들어준
셈이잖아요? 그런데 이런 말은 꼭 나중에 가서 떠오르더라
고요……. 그때는 그냥 바보처럼 고개만 끄덕였죠.

"은자의 행방이 궁금한 거지?"

무명이 고개를 끄덕였어요.

"네가 끼친 피해를 갚기 위해 두 개, 네 질문에 대한 답의
대가로 두 개, 총 네 개를 요구하겠다."

"그 시점은? 지금은 목표가 있어 당신 요구를 들어줄 수
가 없다."

"그 정도 편의는 봐주지. 내게 진 빚을 갚는 시점은 네 목
표 달성 이후로 해도 좋다."

"그럼 좋다."

아니, 뭐 이런 말도 안 되는 소리를 하는 거죠? 먼저 답을
들려 주면, 무명이 뭐 때문에 지배인 아저씨의 부탁을 네 개
나 들어주겠어요? 정말로 이해가 안 되지 않아요? 나중에
지배인 아저씨에게 따로 물어보았더니, 자신의 것을 내어주
는 대가로 부탁을 청하는 사람은 그걸 강제할 수 있는 수단
도 있는 법이라네요. 뭐, 그러시다니…….

"대답을 듣기 전에 네 무기 중 하나를 내놓아라."

이건 또 뭔가 하고 있는데 무명이 그 커다란 가방을 열어서 뒤적거리더니 아까 보았던 검 세 자루를 꺼내 놓더군요. 저한테 휘두르려고 했던 짧은 검 두 개와 모닝빵 봉지를 짓누르고 있던 장검 하나를 놓고 고민하던 무명은 그중 장검을 지배인 아저씨에게 건네주었어요. 검집에서 검을 뽑은 지배인 아저씨는 검날을 두 손가락으로 한번 훑어보았어요.

"훌륭한 검이다. 소리도 대장간의 제품이군. 이걸로 빚 하나는 제하도록 하겠다."

무명은 알겠다는 듯이 고개를 끄덕였어요. 좋은 검 득템하셨으니 기분이 좀 풀리셨겠지 싶었죠. 그런데 지배인 아저씨가 오른손으로 검날을 꽉 쥐더라고요.

놀라서 소리를 지르기도 전에 검날이 먼지처럼 바스러져서 바닥에 흘러내렸어요. 한 번도 본 적이 없는 무공이긴 했지만, 그것 때문에 놀란 건 아니었어요. 도대체 저렇게 망가트릴 거면 왜 그걸 달라 한 거냐고요. 지배인 아저씨는 안내 데스크 뒤에 있던 진공청소기로 바닥에 있는 먼지를 치우고 남은 검집을 부러트려 쓰레기통으로 집어넣더니 어이없어하는 저를 보고 웃더군요.

"체면이라는 것도 있고…… 일단 기분이 좋거든요."

암만 봐도 지배인 아저씨가 어떤 방법으로든 제 생각을 읽는 게 분명하다는 확신이 굳어졌어요.

"따지고 받을 것에 대해 논하는 건 이쯤 하고 이제 두 분이 원하는 대답을 드려야겠지요?"

지배인 아저씨는 저와 무명을 모니터가 많이 있던 방으로 데려갔어요.

"이런 걸 운명이라 해야 할까요? 이름도 비슷한 무명성 님과 무명 님 두 분이 쫓고 있는 눈앞의 목표는 서로 다를지라도 그에 도달하는 길은 같은 지점에서 시작한답니다."

도대체 왜 이리 말을 빙빙 돌려서 이상하게 하는 건지⋯⋯.

"바로 은자의 정체와 위치를 알려 드리고 싶지만 제게도 입장이 있습니다. 대신 두 분이 궁금해하는 것에 대해 답을 가지고 있는 사람을 알려 드리지요. 바로 곽빈 경위입니다. 지금 그는 미륵도에 있는 안가에 몸을 숨기고 있습니다. 단 하나의 대답으로 두 개의 질문을 만족시키다니, 참 기이하면서도 흡족한 경험이군요."

어쩌면⋯⋯ 아니 확실히 지배인 아저씨는 그때 이미 제 정체에 대해 알고 있었을 거예요. 저에게 무명을 상대하게 한 것도 어쩌면 지배인 아저씨의 계획이 아니었을까 하는 의심이 들었죠. 이 사람이 무엇을 얼마나 알고 있을까 하는 것보다는, 무엇을 얼마나 감추고 있는 것이 더 궁금해졌어요. 도대체 꿍꿍이가 뭘까요?

지배인 아저씨가 곽빈 경위가 숨어 있는 안가의 위치를 말해 주자 복잡한 내 머릿속 사정 따위는 신경도 쓰지 않고 무명이 가방을 둘러메고 방을 나서려 했어요.

"잠깐만! 너도 나랑 같은 사람을 쫓고 있는 거잖아! 그럼 나랑 같이 가!

무명이 발걸음을 멈추어 서서 저를 바라봤어요. 제 제안이 가치가 있는지 고민하는 듯한 눈빛이었어요. 지배인 아저씨는 뭐가 그리 재미난지 완전 구경꾼처럼 팔짱까지 낀 채 우리를 바라보고 있더군요.

"사실…… 내 목적도 네가 쫓는 은자와 연관이 있어. 그러니 나랑 같이 행동하는 게 너한테도 여러모로 이득일걸?"

아, 그런데…… 무명 걔 눈빛이요. 진짜 속을 알 수가 없어요. 눈을 보고 있으면 무슨 생각을 하는지, 어떤 기분인지, 이런 게 전혀 읽히지 않고 그저 빨려들 것만 같단 말이죠? 어떤 대답을 할지 몰라 막 두근거리면서 바라보고 있는데 걔는 한참을 절 바라만 보더니, 고개를 끄덕였어요. 그리고선 바로 길을 나설 기세로 몸을 돌리더라고요.

"그럼 가자."

"잠깐만. 시간이 너무 늦었잖아. 이 시간에 찾아가면 역효과만 날걸? 낮에 찾아가는 게 나을 거야."

솔직히 진짜…… 죽을 것처럼 피곤했거든요. 무공을 익히고 난 이후에 그렇게 잠이 간절해 봤던 건 그때가 처음이었을 거예요. 무명은 또 한참 저를 바라만 보았어요.

"그럼, 아침 6시에 아까 로비에서 만나."

세상에! 아침 6시가 낮이에요?

뭐 그때의 제가 그런 걸 따지고 들 상황은 아니었죠. 그리고 무명은 또 몸을 돌려 어디로 가더라고요. 보나 마나 노숙할 게 뻔하잖아요? 걔 몰골이 어디 제대로 된 데서 자는 사람의 모습이 아니었다고요. 거기에 실실거리는 지배인 아저씨도 꼴 보기 싫었어요. 전 무명을 붙잡고 지배인 아저씨에게 이렇게 말했죠.

"지배인 아저씨, 이제 우리 모두 친구인 거죠? 저 그럼 통영에 있는 동안 그냥 계속 여기서 지내고 싶은데 괜찮죠? 그리고 무명한테도 방 하나 내주셔야죠. 설마 친구라고 해놓고 나 몰라라 하며 무명이 어디서 이상한 데 자게 할 생각은 아니시죠?"

제 말을 들은 지배인 아저씨의 표정을 보셨어야 해요.

다음 날 10분 일찍 로비로 나갔는데도 무명이 이미 작은 백팩만 메고 저를 기다리고 있었어요. 나중에 들은 이야기인데 지배인 아저씨가 무명에게는 저처럼 좋은 방을 내주지 않고, 직원 휴게소에서 지내라고 했다나 봐요. 은근히 뒤끝이 있다 싶었죠.

어제와는 다르게 제대로 씻고 꾸민 무명의 모습을 보니 괜히 기분이 이상해졌어요. 자꾸 의식이 되고 몇 번이나 무명의 얼굴을 거듭 바라보려는 걸 억지로 눌러 참아야 했어요. 괜히 걔가 날 볼 때 이상한 표정을 짓고 있거나 하면 어쩌지? 걱정돼서 숨을 참고 최대한 멀쩡한 얼굴을 해 보려다 너무 화난 것처럼 보일까 싶어 괜히 볼에 바람을 넣고 여기저길 두리번거리는 척했어요. 얼마 안 가 택시 한 대가 도착했어요. 지배인 아저씨가 불러 준 거겠죠. 택시에 타서 저는 기사가 듣지 못하도록 무명에게 전음을 날렸어요.

— 너…… 은자 찾으면 그 사람 죽일 거야?

무명은 또 한참이나 말없이 저를 바라만 보다, 그래, 죽일 거야, 하고 짧게 대답하더라고요. 정말이지, 그때 무명은 뭘 물어보면 한참 뜸을 들이고 나서야 대답했어요. 답답할 정도로요.

그 이유는 나중에 알게 됐어요. 그때까지 무명이 다른 사람하고 나누어 본 대화라는 건 산중노인의 살인 지시, 누군가의 저주나 원망, 그리고 생명을 구걸하는 내용이 전부였어요. 그러니 제가 뭘 물어볼 때마다 어떻게 대답해야 할지, 뭐라고 해야 저에게 좋은 인상을 줄지, 자기 말투가 너무 딱딱한 건 아닌지 고민하느라 정신이 없었다고 하더라고요.

그걸 몰랐던 전 나만 무명을 의식하고 있는 줄 알고 안절부절못했던 거고요.

숨 막힐 듯 어색한 분위기에 속이 터질 거 같아서 차라리 경공으로 가자고 할걸 후회가 들더라고요. 그래서 무명이 갑자기 내게 말을 걸자 너무 놀라서 헉 하고 소리를 지를 뻔했어요.

"이거 먹을래? 유통 기한 아직 안 지났어."

어제 무명의 가방에 있었던 눌러 터진 모닝빵이었어요. 사실 전 아침 5시에 방문 앞에 놓인 토스트를 이미 먹고 와서 배가 부른 상태였거든요. 그런데 기대와 두려움이 공존한 표정으로 가늘게 입을 떨며 눈을 내리깐 채로 빵을 내미는 무명을 보니 도저히 거절할 수가 없었어요.

"어. 그래, 잘 먹을게."

맛도 없고 질기기만 한 모닝빵을 질겅질겅 씹으면서 무명에게 뭐라고 더 말을 건네야 하나 고민하고 있는데 택시가 멈추어 섰어요.

"여기에서 더는 못 가요. 길이 험해서……."

무명이 예의 그 어마무시한 신용카드를 꺼내니 기사 아저씨가 인상을 확 찌푸렸어요.

"아니, 카드는 곤란합니다. 새벽부터 콜 불러서 왔더니 나가는 손님도 없는 곳에……."

무언가 불평을 한참 더 늘어놓을 듯한 기사 아저씨의 기세는 무명이 가방에서 꺼내든 5만 원짜리 돈뭉치에 곧장 틀어 막혔어요. 무명은 5만 원짜리 한 장을 꺼내서 건네더니 뒤도 안 돌아보고 내리더라고요. 전 얼떨결에 거스름돈 챙겨서 나왔고요.

"이쪽이야. 경계하고 있을 테니 숲 쪽으로 우회하자."

무명은 제 대답을 기다리지 않고 숲으로 뛰어 들어갔어요. 걔가 또 뭐 하겠다고 하면 머뭇거리는 게 전혀 없거든요. 어제보다 몸이 가벼워진 무명의 뒤를 따르는 게 쉽지는 않았어요. 승부욕이 생겨서 힘을 끌어모아 바짝 뒤를 쫓는데 발목 부근에 이상한 감촉이 느껴졌어요.

끈 같은 게 끊어져 나간다 싶더니 귀를 찢을 듯한 폭발음과 함께 나무 사이에서 수백 개의 쇠 구슬이 날아오더군요.

— 대인지뢰야! 그대로 멈춰!

몸을 웅크리며 두 팔을 들어 올려 방어하는 순간 무명이 제 앞을 막아섰어요. 어느샌가 뽑아 든 한 쌍의 검으로 허공에 곡선을 그리며 수백 개의 구슬을 두 동강 내는 순간 머리 위에서 강철 그물이 떨어져 내려왔어요.

"위를 봐!"

무명에게 외치고 그물의 범위 밖으로 몸을 날리는 제 눈에 나무 뒤에 숨어 있는 사람들이 보였어요. 커다란 총을 들고, 방독 마스크를 쓰고, 검은 옷을 맞춰서 입은 사람이 요. 이건 또 무슨 이상한 문파 사람이지 싶었는데, 가슴에 쓰여 있는 글자를 보니 '이상한 문파' 사람들이 아니라 '경 찰'이라는 걸 알 수 있었어요.

— 무명성 너는 피해 있어. 날 쫓아온 사람들이니 내가 처리할게.

무명의 전음을 듣고 두 가지 의문이 떠올랐어요. 하나는 만난 지 얼마 되지도 않는 나를 왜 지켜 주냐는 것이었어요. 내 실력이 자기보다 못하지 않다는 걸 알고 있을 텐데? 그때 는 무명이 내게 잘 보이고 싶어 필사적이었다는걸 전혀 몰 랐거든요.

사실 중요한 건 두 번째 의문이었어요. 왕십리 경찰서 사 건 이후, 경찰이 무명을 추적하고 있다는 건 분명했지만 통 영에서 무명의 목표는 곽빈 경위가 아니라 은자였어요. 지배 인 아저씨에게 듣기 전까지 무명은 곽빈 경위가 누군지도 모 르는 것처럼 보였고 경찰 역시 무명이 통영에 도착한 걸 알 리가 없잖아요? 그렇다면 과연 경찰이 대비하고 있던 게 무 명이 맞았을까요? 분명 오해가 있을 거라는 생각이 들었죠.

대인지뢰도, 그물도 무위로 돌아가자 팔뚝만 한 총을 꺼 내 든 경찰들이 사방에서 좁혀 들어왔어요. 무명도 그에 맞 서 두 자루의 검을 등 뒤로 숨기며 경찰 한 명 한 명을 바라 봤고요. 제가 잠깐만 머뭇거려도 무명의 손에 들린 두 자루의 검은 춤을 출 것이고 기세등등하게 우리를 포위한 경찰들은 다들 시체가 될 게 분명했어요. 내가 당장 이 상황을 정리하지 않는다면요.

— 잠깐만! 무명 네가 생각하는 그런 상황 아니야! 이 사람들은 경찰이야! 곽빈 경위를 지키려고 하는 거지, 너를 쫓아온 게 아니라고!

— 어느 쪽이든 상관없어. 귀찮으니 다 해치우고 곽빈을 뒤쫓아도 되는 일이야.

— 아니⋯⋯ 제발 날 믿고 좀 맡겨 줄래? 지금 이 사람들을 해치우는 게 중요한 게 아니라, 곽빈 경위를 만나서 은자의 위치를 파악하는 게 중요하잖아. 그냥 기다리고 있으면 내가 알아서 해결할게.

그때는 제 전음을 들은 무명이 어찌 나올지 알 수 없었어요. 내가 생각해도 설득력이 약한 거 같은데 쟤한테 이게 먹힐까? 쟤가 나를 어떻게 믿고?

— 좋아. 그럼 내 도움이 필요하면 전음을 해. 가까운 곳에 있을 테니까.

그러니까, 무명이 그렇게 순순히 제 말을 따라 바로 물러날 줄은 전혀 몰랐죠. 꼭 내게 잘 보이기 위해서만 했던 행동은 아니었을 거예요. 막 나가는 것처럼만 보여도 의외로 합리적인 면도 많은 애거든요.

이제 경찰들과 원만히 대화로 해결하면 될 거란 생각이

들었어요. 저는 그물이 떨어진 위치에서 꼼짝도 안 한 채로
양손을 들어 올렸어요.

"잠깐만요. 저 경찰 아저씨들이 생각하는 그런 사람 아니
에요. 곽빈 경위랑……."

그 순간 제게 다가오던 경찰의 총구에서 수많은 고무공들
이 터져 나왔어요. 대비하고 있었다면 충분히 피할 수 있을
속도였는데, 항복하겠다고 양손까지 들은 고등학생에게 경
찰이 총을 쏠 거라고 누가 상상할 수 있겠냐고요. 반사적으
로 몸을 한껏 웅크렸지만, 고무공들이 옷을 찢어발기고 온
몸을 때리며 피부를 할퀴는 것은 피할 수 없었죠.

"맙소사……. 이 거리에서 고무 산탄에 직격당했는데도
멀쩡하다니!"

멀쩡하다니! 저기요? 양팔이 떨어져 나갈 것 같고 속이
울렁거려서 토할 것 같은 걸 억지로 참고 있거든요?

"김 경위 미쳤어? 그냥 비무장 상태에 어린 여자애잖아?
갑자기……."

정상적인 사람이면 당연히 저래야 하잖아요? 그런데 절
쐈던 경찰은 손에 든 총을 재장전하더군요.

"어린 여자애? 비무장 상태라고? 맨손으로도 우리 전부를
산 채로 찢어 죽일 수 있는 괴물이야."

아니……. 그 말을 하는 경찰 아저씨를 좀 매우 아프게 때

려 주고 싶다는 생각은 조금 했지만 결코 찢어 죽이고 싶다거나 하지는 않았는데요?

"두 손 들어서 항복했잖아요! 싸우러 온 거 아니라고요!"

"뭐라는 거야?"

그때 보니, 경찰의 귀를 막고 있는 귀마개가 보이더라고요. 무공 중에는 고함으로 고막을 터뜨리는 것도 있는데 그에 대비한 거였어요. 사자후(獅子吼)라는 건데……. 무공 이름처럼 사자 울음소리를 성대모사하는 건 아니고 내공을 실어서 소리를 버럭 지르는 거라고 생각하시면 돼요.

경찰은 총을 들어 제 얼굴을 겨누자 조금, 아니, 조금 많이 찢어 죽이고 어쩌고 하는 일이 꽤 매력적으로 느껴졌어요. 아주 잠깐이지만요. 저는 경찰이 방아쇠를 당기는 걸 보고 바로 몸을 위로 날렸어요. 그러고는 허공에서 이제껏 한 번도 해 본 적이 없던 일을 시도했죠.

네, 바로 사자후요. 원래는 세상에 그렇게 볼품없고 쪽팔리는 것도 없다고 생각해서 절대 안 쓰겠다고 다짐했거든요. 근데 그땐 뭘 가리고 어쩌고 할 처지가 아니잖아요? 저는 단전에 내공을 한껏 실어 힘껏 고함을 내질렀어요.

"곽빈 경위! 난 장호비의 제자 권별입니다! 선생님의 마지막 행적에 관해 물어보고 싶은 게 있어 찾아왔습니다!"

아래를 내려보니 제가 주변에 있던 경찰 여덟 명이 구역

질을 하거나 귀를 막고 바닥을 구르고 있었어요. 에……
뭐…… 조금 기분이 후련하기는 했어요. 지면에 내려서서
아까 제게 총을 쐈던 경찰에게 다가갔어요.

"이제 내가 뭐라고 했는지 똑똑히 들었죠?"

그래도 아저씨가 억지로 몸을 일으켜 세우며 다시 저한테
총을 겨누는데 조금 짜증이 나려고 하더라고요. 경찰 아저
씨의 손에서 총을 뺏어 두 동강을 내 주었죠.

"귀가 잘 안 들리나 본데 한 번 더 말해 줄까요?"

제게 총을 뺏긴 경찰이 몸도 제대로 못 가누는 와중에 허
리춤에서 짧은 단검을 꺼내 들었어요. '진짜 쉽게 풀리는 일
이 하나도 없구나……' 싶었는데 숲에서 다른 경찰 아저씨
두 명이 더 걸어 나왔어요.

"그만! 다들 들었지? 오해가 있었던 모양이다. 저 아이는
우리가 대비하던 사람이 아니야."

새로 나온 경찰 아저씨가 단검을 든 경찰 아저씨에게 다
가가 귀마개를 벗기고 말했어요.

"곽 경위님 그래도……."

"자네가 자네 입으로 말했잖아. 저 '여자애'가 그럴 마음이
있었다면 자네들은 이미 다들 산 채로 찢겨 죽었을 거야."

그러고선 방독 마스크를 벗으면서 제게 고개를 끄덕였어
요. 잠을 제대로 못 잔 건지 핏발이 일어선 눈에 초췌한 인

상의 아저씨였어요.

"장호비 님에게 너에 대해 이야기 많이 들었다. 권별, 맞지? 일단 안전가옥으로 가서 마저 이야기하자."

'안전가옥'이라는 게 으리으리한 별장 같을 거라고는 기대하지는 않았어요. 하지만 아빠가 집에서 할 거 없으면 맨날틀어 놓는 TV 프로그램에 나오는, 산에 사는 이상한 아저씨들이 집이랍시고 대충 지어 놓은 듯한 비닐하우스가 나올 거라고는 진짜 상상도 못 했단 말이죠? 그 안으로 저를 안내한 곽빈 경위가 편하게 앉으라고 무슨 목욕탕 의자 같은 걸 내주는데 정말이지…….

"자네들은 좀 나가 있어. 둘이서만 나눌 이야기가 있어."

다른 경찰 아저씨들은 저의 사자후에 신나게 토하기라도한 것인지 하나같이 눈이 충혈되어 있었어요. 다들 못마땅한 표정으로 저를 노려보고 있어서 부담스러워 죽을 것 같았는데 곽빈 경위와 둘만 남게 되니 한결 마음이 편해지더군요.

"네 스승인 장 대협 일은 안타깝게 생각한다. 내가 빈소에 갔어야 하는 건데 내 사정이…….

딱히 뭐라 대답할 말이 떠오르지 않아 고개만 끄덕였어요.

"은자에 관해 물어보러 나를 찾아온 거지? 장호비 님의 원수를 갚으려고."

"네. 선생님을 죽인 게 은자인가요?"

"그전에 넌 여기 혼자 온 거니? 아니면 비의문 사람들과
함께 온 거니?"

그게 도대체 왜 중요한 건가? 일단 혼자 온 거라 했어요.

"혼자라고······. 그렇다면 미안하지만 이대로 돌아가 줘.
어디 가서 누구한테도 내가 여기 있다는 거 말하지 말고."

"네?"

아니, 이건 또 뭔 소리래요?

"적어도 비의문 사람들과 함께 왔어야지. 너 혼자서 무얼
하겠다고······."

말을 하는 곽빈 경위의 다리가 떨리고 있었어요. 누구한
테 쫓기는 사람처럼 주변을 두리번거렸고요.

"은자를 두려워하는군요?"

"그럼 넌 안 두려워? 국회의원 4명과 그 가족들 살해하는
전 과정을 녹화해서 자랑스레 국무회의장에 틀며 계속 자
길 찾으면 대한민국 행정부와 입법부의 씨를 말리겠다 협박
하는 미치광이가 안 두렵냐고?"

뭐라 할 말이 없어 말없이 곽빈 경위를 바라만 보고 있었
어요.

"그렇게 쳐다보지 마. 애초부터 은자의 신원을 털어놓는

게 아니었어. 정부도 온갖 수단을 동원해서 그 미치광이를 막으려다 결국 포기하고 신원을 감춰 주는 데 협조하라는데 나 따위가 뭘 해 보겠다고. 제길. 장호비 님이라면, 그 정도로 신적인 무공을 가진 장호비라면 은자를 상대할 수 있을 줄 알았지. 그런데……."

선생님의 최후에 대한 대답을 들은 셈이었어요.

"제발 돌아가 줘. 네가 장호비 선생처럼 은자에게 살해당하는 것도 두렵지만 그 후에 화가 난 은자가 할 짓은 더 두려워. 이대로 내가 영원히 숨어서 누구에게도 입을 열지 않으면 은자는 나나 내 가족을 건드리지 않을 거야."

한심함인지 연민인지 분간할 수 없는 감정이 치밀어 올랐어요. 곽빈 경위를 더 설득해 봐야 하나 고민이 들었어요. 제 무공이 아무리 뛰어나다고 한들, 제가 그 어떤 수단을 쓴다고 한들 곽빈 경위의 마음을 되돌릴 수는 없어 보였지만요.

─ 무명성. 어떻게 돼 가고 있어?

전음을 듣자 무명은 내가 쓸 수 있는 모든 수단을 넘어서는 과격한 방식으로라도 곽빈 경위의 마음을 되돌리려 할 거란 걱정이 들었어요. 그리고 전 무슨 수를 써서든 그걸 막아야 한다는 생각도요.

─ 곽빈 경위는 은자에 대해 아무것도 몰라.

무명이 쉽사리 수긍하지 않을 것 같았어요. 당장이라도 안가에 쳐들어오면 이들을 어떻게 지킬 수 있을지 고민이 들었어요.

— 알았어. 일단 아까 택시 내린 곳에서 만나자.

그런데 의외로 쉽게 포기하더라고요. 작별 인사를 할 기분도 들지 않아 그냥 자리에서 일어서려는데 곽빈 경위가 말했어요.

"너희 세계 사람들이 어떻게 행동하고 생각하는지 나도 어느 정도는 알고 있어. 정말 꼭 장호비 님의 복수를 하고 싶은 거라면…… 노야차를 데려와. 그때는 나도 적극적으로 돕도록 할게."

대꾸 없이 안전 가옥을 나오는 절 곽빈 경위가 불러 세웠어요.

"여길 알려 준 건 봉황련주지? 조심하는 게 좋을 거야. 봉황련주는 나 같은 일반인에게 위해를 가하는 위험인물이 아니지만, 그 행동 원리를 도무지 알 수 없는 사람이야. 선행을 하는 것 같다가도 이유도 없이 터무니없는 짓을 저지를 때도 있어."

봉황련주라면 지배인 아저씨를 말하는 거겠죠? 속을 알 수 없는 사람이라는 것 정도는 이미 알고 있었어요. 그냥 고개만 끄덕인 후에 저를 무슨 괴물 보듯 하는 경찰들을 지나쳐 무명과 만나기로 한 장소로 달려갔어요.

길 한가운데서 멀뚱히 서 있을 줄 알았는데 무명은 간이 의자를 펴 놓고 앉아서 핸드폰을 들여다보고 있었어요.

"정말 아무것도 모르더라고……."

고개를 들어서 절 빤히 바라보는 무명의 표정 없는 얼굴을 보니 거짓말을 하는 게 괜히 미안했어요.

"할 수 없지. 다른 방법으로 은자를 추적하면 돼."

"다른 방법? 그 지배인 아저씨한테 다시 도와 달라고 해야 하나?"

"무명성 너는 몰라도 그 사람은 믿을 수 없어."

"그럼……."

"여태까지 내가 써먹은 방법이 있어."

"그 방법이 뭔데?"

"말로 설명하긴 좀 길고 복잡해."

"좋아. 너 하자는 대로 할게. 그럼 어디로 가야 해?"

"먼저 해야 할 일부터 하자."

"그게 뭔데?"

무명은 세상에 그렇게 바보 같은 질문은 처음이라는 듯이 나를 빤히 바라보았어요.

"점심도 먹고…… 네 옷도 새로 사야지. 계속 그러고 돌아다닐 거야?"

고무공에 맞아 벌겋게 부어오른 상처는 금방 가라앉았지만, 무명의 말대로 찢어지고 너덜거리는 옷이 거슬리긴 했어요.

"일단 통영으로 가자."

그런데 아무리 콜을 넣어도 택시가 잡힐 것 같지 않더라고요. 뭐 결국엔 포기하고 통영 시내까지 그냥 뛰어가기로 했죠.

무명의 진짜 속도를 확인해 보고 싶은 생각도 있었어요. 그때까지도 완전히 무명을 신뢰하고 있지는 않았거든요. 혹시라도 다시 무명과 싸우게 될 수도 있는 거니 실력을 좀 파악해 놓는다고 해서 나쁠 건 없잖아요?

음…… 그런데 최대한 빨리 달려 산 두어 개를 넘어갔을 때쯤 확신이 오더라고요. 경공으로는 절대 무명을 따라잡을 수 없을 것이라는 확신이요. 이미 승부가 났는데 굳이 제 실력을 계속 노출할 필요는 없는 거잖아요? 일부러 숨이 찬 듯 속도를 확 줄이니 무명도 제게 맞춰 달려가는 기세를 죽이더군요.

통영 번화가에 도착한 건 12시가 조금 안 되는 시간이었어요.

"일단 옷부터 사자. 저 가게가 좋아 보인다."

무명이 제 대답도 기다리지 않고 들어간 곳은 엄마도 노티 난다고 싫어할 만한 스타일의 매장이었어요. 당황하며 무명을 뒤따라 들어갔는데 걔 행동이 조금 이상하더라고요. 진열된 옷에는 시선 한번 주지 않고 매장 안 구석구석을 훑어보고, 종업원들 한 명 한 명도 유심히 바라봤어요.

"일단 애 사이즈에 맞는 재킷 다 꺼내주세요."

매장 관찰을 끝내고 갑작스럽게 내뱉은 무명의 말에 응대하러 온 종업원도 당황하고 나도 당황했죠.

"야…… 나 그렇게 많이 살 돈 없어……."

"괜찮아, 난 돈 많아. 나 때문에 옷 찢어졌으니 사 줄게."

"아니, 그래도 어떻게 그래……."

몇 번을 사양해도 너무 고집이 세더라고요. '뭐 사 준다니 입어나 볼까?' 이러고 있는데 종업원들이 계속 우리 눈치를 보면서 할 말이 있는 듯 쭈뼛거리더라고요.

"음……. 아무래도 무명성 너한테 여기 옷은 어울리지 않는 것 같다. 다른 데 가 보자."

그날 거기 있는 옷 가게란 가게들은 모두 들른 거 같아요. 무명은 가게를 들어갈 때마다 매장과 종업원을 관찰하고 조금 무리하다 싶은 요구를 하고 그때의 반응을 살폈어요. 옷 가게 종업원들의 반응도 한결같았고요.

"아무래도 여기에서 찾기는 틀린 거 같아. 그래도 옷은 사야 하니깐 저기 가 볼까? 무명성 너는 오히려 남자 옷들이 잘 어울릴 거 같은데……."

그제야 애가 단순히 나한테 옷을 사 주려고 이러는 건 아니란 걸 알 수 있었어요. 그런데 뭐 남자 옷? 하……. 다른 친구들이 자기 좋아하는 남자 연예인 사진 보여 주면서 '별이 너도 이렇게 꾸미면 어떻냐느니?' 하면서 괜히 치대고 할 때 무공을 배운 걸 엄청나게 후회했단 말이죠? 차라리 무공을 배우지 않았더라면 힘 조절하는 거 고민할 필요 없이 속 편히 그냥 때려 줄 텐데…… 하고요. 날 자기들 남자친구 대용을 삼으려는 속셈이 뻔히 보이잖아요?

그런데 무명이 골라 주는 옷을 계속 입고, 무명은 '이건 잘 어울린다', '저건 좀 별로인 거 같다'며 열심히 피드백을 주는 걸 보니 그냥 별생각 없이 내게 어울리는 옷을 골라 주려는 것도 같았어요. 엄마랑 백화점 갔을 때도 그렇게 열심히 옷을 골라 본 적은 없었다니까요?

마침내 계산대 위에 몇 벌의 재킷과 상의와 바지까지 올려놓자 무명이 예의 그 막강한 신용카드를 꺼내 들었죠.

"그런데 이 많은 걸 어떻게 다 들고 돌아다니려고?"

"당장 입을 거는 여기서 갈아입고 나머지는 골프장에 택배로 보내면 돼."

어느새 골프장 주소까지 외웠는지 참……. 결제하고 택배 보낼 옷들을 고르고 영수증까지 꼼꼼히 챙기는 무명을 좀 얼떨떨하게 바라만 보게 되더라고요.

"배고프지? 이제 밥 먹으러 가자. 점심도 내가 사 줄게."

무명을 적으로 간주하면서 관찰하고 실력을 숨기고 했던 제가 부끄러워지더라고요. 경찰에게 습격당했을 때 저를 보호해 주던 무명의 모습도 떠오르고……

"……그런데 나한테 왜 이렇게 잘해 줘? 우리 이제 만난 지 하루도 안 됐잖아?"

괜한 부끄러움이 충동적인 질문을 던지게 만들었던 걸까요? 무명도 갑작스러운 질문에 뭐라 대답해야 할지 몰랐던지 한동안 멍하니 내 얼굴만 바라봤어요. 전 그때까지 무명이 아예 감정 표현을 못 하는 사람인 줄 알았단 말이죠. 그런데 무명이 부끄러운 듯 입매를 올리고 눈을 가늘게 뜨며 웃음을 터트리는 순간 진짜 심장이 터질 것 같았어요.

"어제 무명성…… 네가 그랬잖아. 이제 우리 모두 친구라고……."

평생을 저주와 원망과 강요와 애원의 말만 듣고 살았던 사람에게 제가 별생각 없이 내뱉은 말이 어떤 의미로 받아들여졌을지, 어떤 족쇄가 되었을지 그때까지도 전 전혀 몰랐었어요.

"무명성 너는 내 첫 친구이니 내가 해 줄 수 있는 건 다 해 주는 게 당연한 거 아냐?"

무명의 대답이 내게 어떤 의미가 될지도 그때는 몰랐어요. 그저 바보처럼 땅을 보며 고개만 끄덕였죠.

"그런데 내 이름…… 무명성 같은 게 아니라. 권별이야. 그냥 별이라고 불러."

"응. 아까 경찰들한테 말하는 거 들었어. 나도 너한테 가르쳐 줄 이름이 있었으면 좋겠다."

괜히 민망해져서 그냥 고개만 계속 끄덕이다가…….

"그냥 했던 것처럼 무명이라고 부를게. 그게 이름인 거지?"

무명도 말없이 고개만 끄덕였어요.

"그런데 식당은 어디로 갈 거야? 아까처럼 일단 들어가서 볼 거야?"

"그럴 필요 없어. 미리 골라 둔 데가 있거든."

무명이 고른 식당은 4층짜리 건물을 통째로 쓰는 중국집이었어요. 딱 봐도 되게 고급스러워 보이더라고요. 식당이나 옷 가게 같은 곳을 고르는 기준이 도대체 뭔지 궁금해지더군요. 그런데 종업원이 별다른 호기심이나 의아한 기색을 드러내지 않고 독방으로 안내해 달라는 무명의 말에 순순히 따를 때, 그 기준이 뭔지 조금은 알 것 같았어요.

당장 배 속에 뭐라도 넣고 싶었지만, 그보다 더 무명이 여태껏 써 왔다던 '방법'이 무엇인지 이제 곧 알 수 있겠다고 하는 기대가 커졌어요.

10.

보통은 걸음걸이만 보아도 그 사람이 무공을 익혔는지 아닌지 알 수 있어요. 하체가 안정되어 있는 게 중요하다느니, 걸음걸이는 앞쪽이 먼저 땅을 디뎌야 한다느니 하는 소리가 있긴 한데, 그냥 딱 걷는 것만 봐도 알아요. 통영 경찰서에서 전음을 날렸던 아저씨도 그렇게 절 알아봤겠죠.

식당 종업원도 무명과 제 걸음걸이를 유심히 지켜보다가 먼저 다가와 응대를 하더군요.

예전에 선생님이 '우리 세계에서는 나이가 많건, 어리건, 여자이건, 남자이건 아무런 제약도 없다'고 이야기하셨다고 했잖아요? 이런 고급 식당에 어린 여자애 둘이 들어와 무리한 요구를 해도 전혀 이상하게 여기지 않는 사람이라면? '우리 같은 사람들'이 익숙한 게 분명한 종업원은 우리를 맨 꼭대기로 안내해, 방 안의 둥근 탁자 위에 메뉴를 올려놓고 방

한구석에서 말없이 서 있었어요.

"특별히 좋아하는 음식 있어?"

"아니. 나 중국 요리는 먹어 본 게 별로 없어서."

"그럼 이참에 다 먹어 보자."

전 다 먹어 보자는 게 그냥 이것저것 많이 시켜 먹자는 뜻인 줄 알았지, 문자 그대로 메뉴에 있는 모든 음식을 다 시키자는 건 줄은 몰랐단 말이죠? 그런데 무명이 메뉴판에 있는 음식을 하나씩 다 가져다 달라고 해도 종업원은 당황해하는 것 같지 않더라고요.

잠시 뒤 음식이 하나둘씩 들어오는데 탁자가 한 열 명이 앉아도 충분할 만큼 컸는데도 접시를 둘 자리가 금방 부족해지더라고요.

그런데 무명 걔는 나오는 음식을 거의 안 먹었어요. 무슨 하얀색 빵 같은 거만 조금 뜯어 먹고 고기 같은 건 조금 뒤적거리다 말고…… 걔가 왜 그렇게 말랐는지 알 것 같더라니까요? 저는 뭐 이것저것 열심히 집어 먹었죠. 아직도 음식들이 한참 더 나올 분위기인데도 배가 부르더라고요.

"이젠 진짜 더 못 먹겠다. 남은 거 어떡하지?"

"여기서 알아서 하겠지. 다 먹었으면 그만 갈까?"

할 일이 있어서 온 게 아니었나? 진짜 밥만 먹으러 왔나? 그런데 무명이 종업원에게 손짓하더니 식당의 책임자를 불러오라고 말했어요. 무슨 인형 같은 이상한 웃음만 짓고 있던 종업원이 처음으로 당황스러운 표정을 짓더라고요. 하지만 종업원은 바로 웃음을 되찾고서는 잠시 기다리라는 말과 함께 사라졌어요. 그 뒤 중년 남자가 들어왔죠. 안정된 발걸음으로, 앞발로 땅을 먼저 디디면서요.

"귀하신 분들이 이 먼 곳까지 찾아 주셨는데 미처 인사를 못 드렸군요. 식사는 만족스러우셨나요?"

습관적으로 맛있었다고 대답하려 하는데…….

"그게 문제예요. 음식 남은 거 보이죠? 맛이 너무 없어서 거의 먹을 게 없네요."

아니……. 난 그럭저럭 맛있게…… 배부르게 먹었는데?

괜히 속이 거북해지면서 무명과 중년 남자를 번갈아 바라보며 눈치만 보게 되더라고요. 중년 남자는 애써 표정을 유지했지만, 화가 나 있는 게 뚜렷이 보였어요.

"그거…… 참 안타까운 일이군요. 같은 길을 걷는 자매님들에게 실망을…….

"도대체 누가 당신 자매라는 거예요?"

노골적으로 코웃음을 치며 중년 남자에게 시비를 거는 무명을 보면서 깨달았죠. 저도 막 나가는 면이 있긴 하지만, 무명은 진짜 뒤가 없는 애라는 걸요.

"적당히 하지. 무얼 원하는지는 몰라도 여긴 네가 함부로 시비를 걸 만큼 만만한 곳이 아니……."

"아니, 만만한 곳이라 생각하고. 그래서 이미 함부로 시비를 걸고 있는 건데?"

그쯤 되니 저도 될 대로 되란 생각에 그냥 의자에 털썩 주저앉았죠. 상황이 어찌 될지 지켜나 보자고요.

중년 남자는 그런 저를 한번 바라보고 다시 무명을 바라보았어요.

"도대체 무슨 생각인지 모르겠군. 너희 둘 중 누가 먼저 나를 상대할 거냐?"

"네 상대는 나 하나다."

중년 남자는 어깨에 힘을 주며 이빨을 꽉 깨물었어요.

"난 유선문의 청마객 유진선이다. 너의 이름을 밝혀라."

"누구의 무엇도 아닌 이름 없는 이다."

뭐, 언제나처럼 그렇게 싸움은 시작되었어요.

그때까지 전 제 상대 중 누구도 불쌍하다고 생각해 본 적 없었거든요? 그런데 중년 남자가 품에서 꺼내 들려던 짧은 단검 두 자루가 어느새 무명의 손에 넘어가고, 그 단검들이 중년 남자의 양손에 한 자루씩 박혀 들어가고, 남자가 신음을 참으며 몸을 낮추어 무명의 다리로 덤벼들고, 무명이 양손으로 남자의 목 뒤를 움켜잡으며 무릎으로 남자의 얼굴을 찍어 올리고, 코뼈가 무너진 남자가 억지로 무명의 손을 떨쳐 내려다 열 손가락 모두가 으스러지고, 남자의 목을 잡은 손을 푼 무명의 오른발이 남자의 정강이뼈를 분질러 버리는 모습을 보고 있으니…… 어우…….

그대로 뒀다간 정말 큰일이 날 거 같았어요. 김익을 두들겨 패던 저를 말리던 선생님 심정이 딱 이런 거였을까요? 막 의자에서 몸을 일으키는데 무명이 갑작스럽게 멈추더군요. 무명은 그제야 숨을 고르며 피를 뱉어 내는 남자를 물끄러미 바라만 보았어요.

"원하는 게 무엇이냐? 너와 같은 고수가 왜 이런……."

"은자에 대해 무얼 알고 있지?"

남자는 멍한 표정만 지어 보였어요.

"은자? 그건 그냥 떠도는 이야기……."

"은자의 정체는? 은자에 대해 알고 있을 만한 사람은?"

"난 몰라! 그저 그런 소문 말고는 들어 본 적도 없어!"

"그거참 안타깝네."

무명이 남자를 죽일까 봐 긴장하며 바로 말릴 준비를 하는데, 무명은 의외로 그냥 몸을 돌리더니 가방을 챙겨 들더군요.

"그럼 가자."

전 바보처럼 고개만 끄덕이고 무명을 따라갔어요. 너무 미안해서 바닥에 쓰러진 남자를 바라볼 수도 없었어요. 부러진 뼈를 맞추며 우리를 노려보는 남자의 눈빛이 칼처럼 등 뒤에 와서 박히는 기분이 들더군요.

새삼 무명이 왕십리 경찰서에서 무슨 짓을 저질렀는지가 떠올랐어요. 어쩌면 좀 더 일찍 무명을 말릴 수도 있었을 거란 후회도 들었고요.

"이게…… 네가 말한 방법이야?"

한동안 말도 없이 무명을 따라 통영 시내를 걸어가다 불쑥 질문을 던졌어요.

"그래."

"저 사람은 은자에 대해 전혀 모르고 있던데?"

"그래. 그럴 거라 생각했어."

"그런데 왜?"

제 말투에 섞인 비난의 기운을 느꼈는지 무명의 표정이 어두워졌어요.

"소문을 퍼뜨릴 테니까. 누군가 은자를 찾고 다닌다고. 이 방법이 최선이야. 운이 좋으면 은자를 찾을 수도 있고, 적어도 은자에 대해 알고 있는 사람을 찾을 수도 있어. 반대로 그 사람들이 우리를 찾아오게 할 수도 있고."

무명은 조금은 화가 난 듯, 조금은 두려운 듯 길게 대답했어요.

"그래도 그렇게……까지 할 필요는 없었잖아? 그냥 그 아

164

저씨를 제압하고 질문하는 정도로도 충분했을 거야."

어쩌면 저는 무명에게 선생님과 같은 모습을 기대했던 건지도 몰라요. '도리와 이치' 어쩌고 하는 이상한 말 하는 건 별로였지만, 선생님이라면…… 누군가를 다치게 하지 않고도 원하는 걸 얻어낼 수 있지 않았을까요?

"내 방식이 마음에 들지 않는다면…… 최대한 조심하도록 애써 볼게. 그래도 상대가 언제나 오늘처럼 쉽지는 않을 거야."

무명의 말투에 가슴이 찔리는 듯한 기분이 들었어요.

"그래도 노력은 해 볼 수 있잖아. 네가 힘들면 내가 대신해도 되고."

무명은 불만 가득한 표정으로 고개만 끄덕였어요.

"그럼 이제 또 어디로 갈 거야?"

"오늘은 이쯤이면 됐어. 이만하고 돌아가자."

둘 사이에 흐르는 불편한 기류 때문에 숨이 막힐 것 같았는데 다행히 골프장으로 돌아가는 택시는 금방 잡히더라고요.

"아침에 나한테 은자를 죽일 거냐고 물어봤잖아?"

"어……."

"권별, 너는 어떻게 할 건데? 넌 은자를 왜 찾고 있는 건데?"

그때까지도 저는 선생님의 원수를 갚는다는 것의 의미가

정확히 무엇인지 그저 회피하려고만 하고 있었어요. 일단 원수를 찾고 나면 모든 게 알아서 다 해결될 거란 듯이요.

"그 사람은 내 선생님의 원수야…… 찾게 되면 나도 해야 할 일을 할 거야."

이를 깨물며 또박또박 내뱉는 내 대답에 무명은 그저 고개만 끄덕였어요.

숙소로 돌아와 내일 아침 똑같은 시간에 로비에서 만나자고 약속을 하고 직원 휴게실로 걸어가는 무명의 뒷모습을 보고 있자니 무슨 말이라도 해야 한다는 생각이 들었어요. 그리고 어쩌면 제가 이제껏 살면서 했던 것 중 가장 용기 있었던 행동이었을지도 모를 일을 저질러 버렸죠.

"저기…… 거기 직원 휴게실 안 불편해? 그냥 나랑 방 같이 안 쓸래? 침대도 많이 남고 넓어서 서로 불편하지도 않을 건데?"

갑작스러운 저의 제안에 무명은 조금 당황한 것처럼 보였어요. 꼭 기분 나쁘지 않게 거절할 수 있는 대답을 고르는 것처럼 보이기도 했고요. 무명의 입에서 대답이 나올 때까지의 매분 매초가 영원처럼 길게 느껴지더라고요.

"그래. 좋아. 고마워."

고작 그 말 하려고 이렇게 뜸을 들였다고?

그런데 무명의 얼굴을 보니 그 세 단어를 고르는 데 얼마나 많이 고민했을지 알 것 같더라고요.

엄마에게 안부 전화하면서 최대한 그럴듯하게 거짓말을 지어내고 있는데, 무명이 커다란 배낭을 메고 방에 들어왔어요. 저는 건성으로 내일 또 전화하겠다며 전화를 끊고, 무명이 가방에서 짐을 꺼내 가지런히 늘어놓는 걸 넋을 놓고 보고만 있었죠. 그러다 낮 동안 한 번도 느껴 보지 못한 어색함이 밀려와 먼저 씻고 오겠다고 중얼거리며 도망치듯 욕실로 들어갔어요.

오래 있지도 않은 것 같았는데 무명의 짐은 방 구석구석에 깔끔하게 정리되어 있었어요. 제 짐은 아직도 가방에 아무렇게나 처박혀 있다는 게 괜히 좀 부끄럽기도 했고요.

무명은 제게 말없이 미소를 보낸 뒤에 또다시 가방에서 꺼낸 한 뭉치의 영수증들을 정리하기 시작했어요. 도대체 왜 저렇게 영수증에 집착하는 걸까요?

"아무래도 오늘은 엉뚱한 곳에서 너무 시간을 많이 쓴 거 같아. 내일부터는 어디 갈지 미리 좀 정해 놓자."

방문? 무슨 방문? 아, 찾아가서 행패 부리는 거? 무명은 제 대답을 기다리지 않고 노트북 인터넷으로 위성 지도를 띄워 통영 시가지를 확대했어요.

"무슨 기준으로 정할 건데?"

"무공을 익힌 사람들은 돈이 있는 곳에 몰리기 마련이야.

일단 여기가 괜찮아 보여."

'황금방'이라는 금은방이었어요.

"왜 하필이면 거긴데?"

"다른 곳은 대로변에 있어."

"그게 왜?"

"외딴곳에 있는 게 심리적으로도 안정되고, 퇴로를 확보하기에도 괜찮으니까."

도망칠 길을 확보하는 거에는 대로변이 낫지 않나 싶었지만 애가 저보다 훨씬 전문가일 테니 그러려니 했죠.

"그리고 여기도 적당해 보인다."

무명이 다음으로 지목한 곳은 '황금방'에서 얼마 떨어지지 않은 스포츠용품점이었어요.

"스포츠용품점? 돈이 있는 곳에 몰린다며? 이런 데도 돈을 잘 벌어?"

"아니. 여기 간판 아래 야구복 입고 있는 마네킹 손가락 모양 보이지? 이건 매화당하고 관련이 있는 곳이란 뜻이야."

문파 이름이 매화당이 뭐예요, 정말. 그런데 비의문도 그런 표식이 있을까 궁금해졌어요.

"그리고 여기도."

이번에 가리킨 곳은 낚시용품점이었어요. 이번에도 이유가 궁금했지만 물어보지 않고 그냥 고개만 끄덕였어요.

"내일 세 곳 다 들려?"

"아니. 일단은…… 황금방에만. 하루에 한 곳 이상 가는 건 의미 없을 거 같아. 소문이 퍼지는 데 시간이 필요하거든."

그렇게 여유를 부려도 될까 초조하긴 했지만 무명의 말은 설득력이 있어 보였어요.

"그리고 권별 너의 방식에 대해서 말인데……."

"내가 사람들을 상대할게. 질문은 네가 해."

"좋아. 그런데 어떻게 상대를 굴복시킬 건데?"

사실 그 문제를 깊게 고민하지는 않았어요. 무명처럼 사람을 잔인하게 상처 입히고 싶지 않다는 정도로만 막연히 생각하고 있었죠.

"뭐 적당히 실력의 격차를 보여 주면……."

"이 사람들은 절대 쉽게 굴복하지 않아. 어지간한 방법으로는 패배를 인정하지 않고 끝없이 저항할걸?"

순간 김익의 뺨을 때렸던 일이 떠올랐어요.

"그럼 일단 제압하고…… 뺨을 때리는 정도는?"

무명은 표정을 일그러트리며 고개를 가로저었어요.

"그건 너무 위험해. 소문을 퍼트리려면 상대를 살려는 둬야 할 거 아냐?"

"아니……. 내공을 싣지도 말고 그냥 가볍게 뺨만……."

"그럼 명예가 더럽혀졌다고 생각하고 그 자리에서 자살하거나 죽을 때까지 저항할 가능성이 커. 나도 해 봤거든. 내 앞에서 혀 깨물고 죽어 버리더라."

별일 아녔다는 듯 너무나 덤덤한 무명의 말투가 거슬렸어요. 하지만 그보다는 기껏 하겠다고 나서 놓고서는 그럴듯한 대안을 제시하지 못하는 제가 답답한 마음이 더 컸어요.

문뜩 노야차의 이야기가 떠올랐어요. 비행단장을 굴복시키기 위해서 활주로를 때려 부수었다는. 부서진 통영 경찰서를 보고 감탄하던 정치인 아저씨의 모습도 떠올랐고요.

"무공을 익혔다고 해도 맨주먹으로 건물 벽을 부수는 게 쉬운 일은 아니지?"

"글쎄? 난 사람한테만 무공을 펼쳐 봤지 가만히 있는 물건에 써 본 적은 없어서……."

"일단 내일 가서 내가 한번 내 방식대로 해 볼게. 안 통하면 네가 나서도 돼. 그래도 오늘처럼 너무…… 심하게 하지는 마."

한동안 제 말을 생각해 보던 무명이 알았다고 짧게 대답했어요. 그다지 정교하다고는 할 수 없는 계획을 세우고 나자 또다시 어색함이 밀려오더군요.

다행히 노크 소리와 함께 저녁 식사가 배달되었어요. 오늘은 무명이랑 나누어 먹어야겠다고 생각하면서 문을 열었는데 웬걸, 어제와 똑같은 메뉴 2인분이 준비되어 있더라고요. 지배인 아저씨에 대한 인상이 조금은 나아졌다고 말할 수 있었으면 좋겠지만 그때는 저와 무명의 행동을 하나하나 다 감시한다는 생각에 꺼림칙한 마음이 더 컸어요.

무명은 역시나 음식을 진짜로 조금만 먹더라고요. 이후 무명이 씻으러 욕실로 들어가고 저는 리모컨으로 TV 채널을 뒤적이고, 씻고 나온 무명과 서로 채널을 양보하려 예의 바른 말을 주고받다, 결국엔 별로 보고 싶지도 않은 쇼핑 채널을 둘이서 멍하니 보고 있다가, 무명이 별안간 전화기를 들어 도대체 저런 걸 누가 사나 궁금했던 휴대용 안마기를 주문하는 걸 멍하니 바라보다가, 주문을 마친 무명이 방바닥으로 내려와 내공 수련을 하는 걸 보고 화들짝 놀라 나역시 내공 수련을 하고⋯⋯. 뭐 그러다 새벽 3시가 넘어 무명이 잠깐 눈을 붙인다고 하길래 저도 따라서 잠이 들었어요.

다음 날 아침 택시를 부르려 하는데 무명이 저를 저지하더군요. 소문이 퍼질수록 우리를 찾으려는 사람들이 많아질 테니 은밀하게 경공으로 이동하는 게 좋을 것 같다고요.

금은방에 도착하니 8시가 채 안 된 시간이었어요. 얼마안 가 종업원들로 보이는 사람들이 가게 문을 열고 들어갔어요.

"어때 보여?"

"아직 모르겠어. 저 사람들은 아닌 거 같은데."

9시가 넘어가니 커다란 검은색 승용차가 가게 앞에 멈추어 섰어요. 요란한 색의 양복을 입고 가슴팍까지 오는 긴 지팡이를 든 여자가 가게 안으로 들어갔고요. 무명에게 물어볼 필요도 없었어요. 지팡이를 무기로 쓰는 무공을 익힌 사람이었어요.

"들어가자."

저와 무명이 반쯤만 열어 둔 셔터를 젖혀 올리고 가게 안으로 들어서니 종업원들은 당황했고, 지팡이를 든 여자는 억지웃음을 짓더군요.

"아……. 이런 곳에서 같은 길을 걷는 분들을! 아직 가게 시작할 시간은 안 되었는데 안쪽에서 조금만 기다려……."

"중요한 이야기 할 게 있어서요. 저분들 잠깐 가게 밖으로 내보내 주실래요?"

"네? 그게 무슨 말……"

"지금부터 제가 여기에서 좀 행패를 부릴 건데 저 사람들이 괜히 휘말려서 다치기라도 하면 곤란하잖아요?"

지팡이를 든 여자는 말문이 막힌 듯 멍하니 서 있기만 했어요.

"뭐 좋아. 토 좀 한다고 죽는 건 아니니까."

내공을 끌어 올리며 입을 크게 벌리자 무명과 지팡이를

든 여자는 반사적으로 몸을 굳히면서 충격에 대비했어요. 경찰과 싸울 때 쓴 절반도 안 되는 힘으로 사자후를 내질렀는데도, 가게의 모든 유리 진열장이 깨지면서 보석과 시계가 바닥으로 흘러내렸어요.

종업원들은 다리가 풀려 바닥에 쓰러져 있었지만, 다행히 구토하거나 귀에서 피가 나는 사람은 없어 보였어요.

"다들 여기서 나가!"

아무렇지도 않은 듯 서 있는 무명과 대조되게 지팡이에 힘겹게 기대 자세를 바로잡으며 여자가 소리 질렀어요.

"대단한 내공이구나! 너 같은 실력자와 만난 적도, 원한을 맺은 기억도 없는데 무엇 때문에?"

종업원들이 바닥을 기듯이 가게 밖으로 나가고 셔터 문까지 내리자 여자가 제게 말했어요.

"만난 적 없는 것도 맞고 원한을 맺지도 않은 것도 맞아요. 그냥 제가, 아니, 우리가 묻는 말에 대답만 해 주면 조용히 갈 거예요."

"내게 이런 모욕을 주고 순순히 넘어갈 수 있을 것 같으냐!"

지팡이를 든 여자가 다리에 힘을 주며 나를 노려봤어요. 무명은 이거 봤냐는 듯한 표정이고요.

"어휴……. 여기 금고 있죠? 그거 되게 튼튼하겠죠?"

"뭐?"

돌발적인 질문에 여자의 시선이 잠깐 등 뒤로 돌아갔죠. 가게 안 깊숙한 곳에 문이 있더라고요. 아주 잠깐이었지만 전 놓치지 않았어요.

"좀 비켜 봐요. 무명, 너도. 처음 써 보는 건데 맞으면 언니는 절대 무사하지 못할 거예요."

멋있어 보이려고 처음이라고 했어요. 무공을 배우고 나서 몇 개월 지난 다음에 해 본 거거든요. 그때 실력이 부쩍 늘어서 궁금하고 신나는 마음에 빌려 본, 남자애들이 보던 소설이랑 만화에 별 이상한 기술이 다 나오는데, 장풍…… 비슷하게 손에서 뭐 나가는 것도 따라 해 보니까 되더라고요.

바로 선생님을 불러 자랑했죠. 새로운 무공을 만들어 낸 것 같다면서요. 그러고는 저녁에 힘들게 모아 둔 벽돌이랑 큰 돌 앞에 5미터쯤 거리를 두고 섰어요. 발끝에서부터 내공을 끌어 올려서 허리를 거쳐 손끝으로 쏘았어요. 뭐, 잘 기억은 안 나는데 바보 같은 소리도 질렀을지도……. 으스대며 선생님을 바라봤는데…….

"하려는 게 이런 거지?"

선생님은 저보다 훨씬 더 빠르고 가볍게 손끝을 내질렀어요. 위력은 저보다 훨씬 약했어요. 부서진 돌무더기 사이에 조그만 구멍이 퍽하고 뚫리는 정도였어요.

"뭐야? 쌤도 할 줄 아는 거였어요? 그런데 왜 진작 안 가르쳐 주고?"

"별아. 네가 지금 1초에 주먹을 몇 번이나 뻗을 수 있다고 생각하니?"

"그걸 세 봤나……. 뭐, 엄청 많이 내지르겠죠."

"아까 장풍 내쏠 때 몇 초나 걸렸지?"

"1초는 조금 더 걸린 거 같은데요."

"그 속도라면 무공을 익힌 사람 중 그걸 못 피할 사람은 1000명 중 한 명이 될까 말까 할 거야."

그러니까 제가 내공을 끌어올리는 동안, 때려 줍쇼 하고 가만히 멈춰 있을 사람은 아무도 없었을 거란 말이었어요. 그 후로 써 본 적이 없긴 하지만 마침 내 내공을 과시할 때가 찾아 온 거죠. 전 다시 한번 1000명 중 한 명도 맞지 않을 바보짓을 했어요.

속도도 위력도 그때와는 비교도 되지 않을 정도로 발전했기에 꽤 위협이 됐던 모양이에요. 여자는 완전히 질린 표정으로 입을 열었어요.

"원하시는 게 뭡니까? 저는 당신과 같은 고수를 적대할 생각이 없습니다."

무명이 나서서 어저께 중국집에서 했던 질문을 반복했어요. 대답은? '당연히 모른다', '소문은 들어 봤다' 뭐 그런 거 아니었겠어요? 자기 대답을 마음에 안 들어 할까 무서웠는지 여자는 계속 눈치를 살폈지만, 우리야 뭐 딱히 대답을 원하는 거는 아니었으니 순순히 금은방을 나섰죠.

"그럼 오늘은 여기까지만 하는 거야?"

"그래. 볼일만 보고 숙소로 돌아가자……."

그런데 그 볼일이라는 게 끝도 없이 이어지는 쇼핑일 줄 누가 알았나요. 어쩐지 기분 좋은 표정이라더니. 처음엔 무슨 의미가 있나 싶어서 얌전히 따라만 다녔는데 오만 잡동사니들을 사서 그 큰 가방에 쑤셔 넣고 택배로 보내고…….

아, 그리고! 그놈의 영수증! 진짜 하나하나 열심히 챙기더라고요.

저녁을 먹고 나서도 쇼핑은 끝없이 이어졌어요. 쇼핑 중독자인가 싶었는데 그 순간 무명이 제 눈치를 살피고 얼굴을 붉히더니, 그만 돌아가자고 하더군요.

그래도 하루 같이 보냈다고 전날보다는 훨씬 무명을 대하는 게 편했어요. 숙소에서마저 쇼핑하는 건 절대 싫어서 적당히 예능프로 하는 거 멋대로 틀었는데 무명도 말없이 옆에서 지켜보다가 시시한 이야기들 몇 마디씩 주고받기도 했고요. 에……. 꼭 친구 집 놀러 가서 하루 자는 분위기 같더라고요.

"그런데 아까 그 기술은 별이 너희 문파 비전인 거야?"

"비전? 아, 그건 그냥 해 본 거야. 봐서 알겠지만, 쓸모 있는 건 아니야. 내공 과시할 때나 좋지."

"아냐, 정말 멋졌어. 무공을 익히지 않은 사람들을 대량으로 죽일 때 효율적일 것 같아."

눈을 빛내며 칭찬이라고 그런 말을 입에 올리는 무명을 보니 새삼 애가 무슨 짓을 하고 다녔던 건지, 무슨 짓을 하려고 하는 건지가 떠오르더라고요. 갑작스럽게 어색해져서, 저는 급하게 화제를 돌렸어요. 마침 계속 궁금했던 게 있었거든요.

"그런데 영수증은 왜 그렇게 모으고 다니는 거야?"

"음······. 말하자면 긴데······."

말없이 계속하라 독촉하는 저의 태도에 무명은 이야기를 이어 갔어요. 그 왜 산중노인이 무명을 데려와서 무공을 가르치고 살인을 시키고 한 바로 그 이야기요. 무언가에 홀린 듯 몇 시간이 지나도록 무명이 산중노인에게서 벗어난 대목까지 듣고 있는데 갑자기 영수증에 대한 게 궁금해지더라고요. 무명이 해 준 이야기를 요약하자면 산중노인이 무슨 유령 회사를 세우고 자기 전 재산을 다 거기에 묻어 두었다 하더라고요. 카드는 그 회사의 법인 카드라고 하고요. 그래서 무명이 쓰고 돈을 쓰고 다니면 그걸 회사 운영비로 청구하고 그걸 증빙하기 위해 영수증이 필요하다 했어요. 사실 듣고도 무슨 말인지 이해가 잘 안 되었어요.

알 듯 말 듯 해서 인상을 찌푸리는 절 보며 무명이 어깨를 으쓱해 보였어요.

"사실 나도 잘은 모르는데 어렸을 때부터 산중노인한테 그렇게 하라고 배웠어."

"그 회사는 뭐 하는 회산데?"

"뒤처리를 하기 위해 만들었다고 했어. 거기서 일하는 사람들은 자기들이 무슨 일을 하고 있는지, 누구 밑에서 일하고 있는지도 정확히 모른대. 그냥 치울 거 있다 말하고 위치 알려 주면 그걸 치워 주고, 필요한 거 있을 때 말하면 구해다 주기도 해. 어떨 때는 그냥 사소하게 택배 보낸 거 받으러 갈 때도 있고. 영수증……. 이것도 처리해 주고."

사람을 죽이고 전쟁을 만들어 내는 산중노인이 세운 회사. 그런 회사에 뒤처리를 부탁하며 날 친구라 부르고 내게 잘해 주는 살인자 무명…….

무명을 어떻게 대해야 할지 정말 모르겠더라고요. 입을 다문 제 눈치를 보던 무명은 조용히 내공 수련에 들어갔어요. 저도 복잡한 머리를 정리하기 위해 무명을 따라 수련하기 시작했고요. 다음 날, 조용히 나갈 준비를 하는 무명의 발소리에 깨어나 별다른 말 없이 따라 갔죠.

그날의 목표는 '매화당'이 관리하는 스포츠용품점이었어요. 기세등등하게 저와 무명을 맞아 준 매화당 사람들을 보니 검이니 창이니 하는 무기들도 일단은 '스포츠용품'은 맞는 것 같더군요.

스포츠용품점에 금고 같은 게 없을 테니 전날과 같은 방법을 쓸 수는 없겠지만, 제 실력을 확실히 과시하긴 해야 할 방법이 필요했어요. 시도해 볼 만한 방법이 있긴 했죠.

지배인 아저씨가 무명의 '좋은 검'을 받아 놓고선, 보란 듯이 부숴 버렸던 거 기억하세요? 신기하긴 했지만, 우리 같은 사람들의 세계에서 그런 일은 마술 따위가 아니라 내공을 이용한 것일 게 뻔하잖아요? 내공을 흘려서 어쩌고 하는.

매화당 사람들의 몽둥이며 창이며 검을 지배인 아저씨처럼 바스러트려 준 후 한마디 해 줬죠.

"다음에는 아저씨들 팔 잡고 할 거예요?"

물론 말도 안 되는 협박이죠. 내가 뭐가 좋다고 털투성이 아저씨들 팔을 잡아. 으엑…….

팔이 바스러지는 게 싫었던 건지, 힘의 격차를 인정한 건지 매화당 사람들은 서로 눈치를 보다가 순순히 원하는 게 뭐냐고 물어왔어요. 그리고 또 무명이 나섰죠. 대답은? 모른다는 말뿐이었지만 뭐 원하는 건 얻은 셈이니깐요.

그 뒤로는 어제와 같았어요. 네, 쇼핑이요! 조금 어울려 주다가 숙소로 돌아와서는 한결 더 편하고 친밀하게 대화를 했죠. 그다음 날에는 낚시용품점을 갔는데…… 처음에는 도대체 왜 그런 데를 골랐는가 싶었는데, 계산대에 있는 할아버지가 낚싯대를 휘두르는 걸 보니 이유는 몰라도 맞게 골랐다는 건 알 수 있었어요.

낚싯대를 그런 식으로 무기로 쓸 수 있을 거라고는 상상해 본 적이 없었지만, 무공이 이상하고 특이하다고 꼭 센 건 아니거든요. 결국 낚싯대 할아버지는 자기 낚싯줄에 온몸이 꽁꽁 묶여서 무명과 의미 없는 질문과 대답을 주고받아야만 했어요. 그 뒤 무명의 쇼핑은 또다시 이어졌고요.

조금 기운이 빠졌어요. 도대체 내가 여기서 뭘 하고 있는 거지? 이런 짓들을 하는 게 진짜 은자를 찾는 데 도움이 되긴 하는 건가? 선생님의 원수를 갚겠다고 이 먼 곳까지 와서 무명이 기껏 무중력 의자 따위를 고르는 걸 한 시간도 넘게 지켜보고 있어도 되는 건가?

제 기분을 눈치챈 것인지 그날 쇼핑은 길게 이어지지 않았어요. 식사하고 나오는 길까지도 무명은 제 눈치를 계속 보더라고요. 결국 제가 먼저 답답해서 입을 열었죠.

"가기로 했던 데 다 갔잖아. 그런데 뭐가 되긴 하나 싶어."

"걱정할 거 없어. 다 잘되고 있으니까."

"당장 내일 어디 갈지도 못 정했잖아? 다음엔 어디 갈 건데? 뭐, 천원 숍, 떡볶이집, 네일숍? 그런데 어딜 가도 다들 모른다고 하면? 어차피 어디서든 모른다는 대답만 할 게 뻔한데?"

"네 말대로 네일숍에 먼저 갈걸 그랬다. 아무튼 어디 갈지 정할 필요는 없어."

"그게 무슨 소리야? 무명 네가 이렇게 하자고 했잖아? 이제 와서 포기하는 거야?"

— 더는 우리가 찾아갈 필요가 없다는 이야기야. 뒤쪽.

그 전음에 흠칫 놀라 내공을 끌어 올려 감각을 돋웠어요. 딴에는 저희 뒤를 몰래 밟고 있던 정체 모를 여덟 명의 발소리가 들리더라고요. 무명에게 짜증을 낸 게 미안해졌어요.

— 이제 어떡하지? 여기서 할까? 사람들도 많은데?

— 아니. 이목이 있으니까 절대 여기서는 덤비지 않을 거야.

— 그럼 어디서?

"좀 있으면 해가 지겠는데. 그전에 저거 안 타 볼래?"

무명이 가리킨 건 시내에서 좀 떨어진 바닷가 옆 산을 가로지르는 케이블카였어요.

"어. 그래. 재밌겠다. 타 보자."

무명은 어색하게 연기하는 절 보고 웃더니 갑자기 경공을 펼쳐 움직이기 시작했어요. 저도 급히 뒤를 따랐고요.

— 너무 빠르게 가지 마. 우리를 쫓아올 수 는 있을 정도로만 움직이자.

뒤를 흘긋 돌아보니 추적자들은 숨을 헐떡이고 있더라고

요. 평소보다 한참 느리게 움직여 언덕에 있는 케이블카 승차장에 도착하고 나니 어느새 해가 떨어져 있었어요.

케이블카 승차장은 운행 시간이 끝나 텅 비어 있었어요. 추격자들이 모습을 드러내자 무명은 멈춰 선 케이블카의 지붕 위로 몸을 날렸고, 저도 바로 그 뒤를 따랐어요. 추적자들은 서로 시선을 교환하더니 더는 숨기지 않고 우리를 따라 오더라고요.

— 제법인데?

짓궂은 웃음을 띤 무명의 얼굴을 보고 있으니 괜히 두근거려 시선을 돌렸어요. 추적자들이 케이블카의 지붕에 내려서는 걸 기다렸다가 무명은 산을 가로지른 굵은 와이어 로프 위를 내달려 갔어요.

— 계속해 보자! 어디까지 따라오나.

이제껏 본 적 없던 표정의 무명을 한동안 바라보다 반대쪽 로프 위를 내달렸어요. 로프는 발을 간신히 올릴 만한 너비였지만 충분했어요. 발아래에서 스쳐 지나가는 노을에 물든 산자락과 통영 밤바다의 모습에 홀려 추격자가 따라온다는 것도 잊을 정도였어요. 로프를 이어 주는 커다란 철제 탑에 나란히 멈추어 선 무명과 저는 로프 위를 기듯이 위태롭게 걸어오는 네 명의 추적자들을 기다렸어요.

— 경공 실력이 나쁘지 않은데. 은자의 부하일 수도 있겠어.

— 저게 나쁘지 않은 실력이라고?

뭐, 무명이 그렇다면 그런 거겠죠. 무명의 로프 위 네 명은 제가 서 있는 쪽으로 건너뛸 엄두는 안 나는지 우스꽝스럽게 줄 위에 나란히 서서 무명을 마주 보았어요.

"보란 듯이 활개 치고 다닐 때부터 보통 실력은 아닐 거라 짐작은 했지만, 다리도 성하지 않은 것 주제에 경공이 제법 이긴 하구나."

그 말을 듣고 순간 이성을 잃었던 것 같아요. 무명과 마주 선 남자의 도발이 끝나기도 전에 저는 로프를 박차고 허공에 떠오른 후 지상의 먹이를 노리는 매처럼 남자를 향해 내공을 한껏 실어 몸을 내려꽂았어요.

로프가 크게 출렁이자 케이블카와 추적자들의 몸이 불안하게 흔들거렸어요. 남자가 균형을 잡는 사이, 주먹질 단 한 번으로 남자의 이를 모조리 으스러뜨려 버렸죠. 두 번째 주먹으로는 남은 평생 끄집어내는 게 불가능할 정도로 남자의 코뼈를 얼굴 깊숙이 처박았어요. 뒤에 있던 또 다른 추격자가 품에서 짧은 단검 두 개를 꺼내 들기에 비명을 내지르는 남자의 머리를 움켜잡고 집어 던졌죠. 뒤에 서 있던 추격자는 단검을 포기하고 급히 얼굴이 무너진 남자를 받아 들었어요. 그 때문에 내공이 실린 제 주먹이 배에 꽂히는 걸 피할 수 없었고요.

"권별, 그만해. 네 방식은 이런 게 아니잖아?"

어느새 제 앞의 로프에 올라타선 추락하는 두 명의 추적자를 낚아챈 무명이 차분하게 말을 건넸어요. 그 말투 때문인지 더 화가 치밀더라고요.

"넌 저런 말 듣고도 아무렇지도 않아?"

"어떤 말?"

남자가 한 말을 또다시 내뱉기는 싫어서 입을 꽉 다물었어요. 들끓는 내공을 진정시키면서 감정을 가라앉혔죠. 경공 실력이 부족해서인지 케이블카 승차장에 머물러 있던 나머지 네 명은 어느새 몸을 돌려 도망가고 있더군요. 로프에 간신히 매달려 있는 두 명은 공포에 질린 눈초리로 저와 무명을 바라보고 있었고요.

그제야 내가 왜 그리 흥분했을까? 하는 생각이 들었어요. 나한테 욕을 한 건도 아닌데? 아무렇지도 않게 사람을 죽이고 또다시 아무렇지도 않게 사람을 죽일 수도 있는 무명에게 한 말인데?

그래요. 수많은 사람을 죽인 살인자 무명. 내가 이성을 잃고 도를 넘어선 행동을 하려 하자 먼저 나서서 날 말려 준 무명. 나를 처음 사귄 친구라 생각하고 나를 위해 무엇이든 해 주고 싶다는 무명. 내 친구…….

치밀어 오르는 감정을 억지로 누르고 있는 제 귀에 무명이 손에 잡힌 추적자들을 차분하게 추궁하는 목소리가 들려왔어요. 추적자들의 입에서 나온 건 언제나처럼 뻔한 대답이 아니라 특정한 장소였고요.

뭐 중국집에 스포츠용품점에 낚시용품점에 어쩌면 네일숍까지…… 다음에 어디를 또 가자 해도 놀랄 일은 없을 거라 생각했거든요? 그런데 추적자의 입에서 나온 다음 장소는 진짜 상상도 못해 봤어요. 왜 그 있잖아요. 가족들끼리 쇼핑 가서 당장 필요도 없는 물건들까지 잔뜩 사 오게 만드는, 전국 어디에든 한 곳씩은 꼭 있는, 종일 바보 같은 유치한 노래 들어놓는 대형 마트 말이에요!

무명의 손에서 풀려난 추적자들이 다급히 도망가는 모습을 한참 동안 바라보다 무명에게 물어보았죠.

"저 말이 진짜일까? 저렇게 순순히 대답해 주는 게 진짜 수상한데."

"아마도. 아니, 거의 확실히 함정일 거야."

"그럼 안 가는 게 낫지 않나?"

"아니. 무조건 가야지. 이렇게 수고스럽게 함정까지 파서 우리를 상대하려는 사람이라면 은자 본인이거나 그와 관련이 있는 사람일 가능성이 크지 않겠어?"

그럴듯한 소리 같았어요. 조그만 구멍가게 가서 행패 부리는 것보다야 기왕 할 거 좀 제대로 된 데서 하는 게 더 낫겠단 생각도 들었고요.

"그럼 내일은 거기 가는 거겠네……."

"뜸 들일 필요 없잖아? 이마트 영업 시간 아직 한참 남았어."

11.

　좀 전의 제 돌발적인 행동이 신경 쓰여서 마트로 달려가는 내내 무명이 의식되었어요. 머릿속을 떠나지 않는 걱정도 하나 있었고요.

　여태껏 무명과 저는 자그마한 규모의 업장에, 사람이 뜸한 시간에 은밀하게 찾아가 행패를 부렸다고요. 그런데 아직 한창 영업 중인 마트에 가서 행패를 부린다면? 인터넷에 '이마트 행패녀'로 동영상 나돌아 다니면서 영구 박제 당하기 딱 좋을걸요?

　다행히도 이런 제 걱정은 금방 해소되었어요. 환한 이마트 안으로 들어서는 그 순간에 맞추기라도 한 듯 스피커에서 흘러나오던 바보 같은 음악 소리가 멈추었어요. 그러더니…….

　['이름 없는 고객'님과 동행께서는 지금 4층 고객 센터로

방문하여 주시기 바랍니다. 다시 한번 안내 말씀드립니다. '계산에 착오'가 발생하였으니 '이름 없는 고객'님과 동행께서는 지금 4층 고객센터로 방문하여 주시기 바랍니다.]

안내 방송치고는 되게 이상한 내용이었지만 저와 무명 말고는 아무도 신경 쓰지 않는 것처럼 보였어요. 말없이 무명에게 어떻게 할 거냐는 눈짓을 보내자, 무명은 별말 없이 고개만 끄덕이더니 에스컬레이터에 올라타더군요. 무명을 뒤따르니 안내 방송은 더 이상 흘러나오지 않았어요.

천장 위에서 우리를 노려보는 듯한 CCTV를 턱짓으로 가리켰어요. 무명도 알고 있었다는 듯 고개를 끄덕이더군요. 감시받고 있다는 생각에 신경이 곤두서서인지 매장 입구에 서 있는 직원도, 1층 푸드 코트에서 매운 어묵을 파는 아주머니도 모두 다 수상해 보이더군요.

4층까지 올라가니 한쪽에는 주차장 입구기, 한쪽에는 굳게 닫힌 문이 있었어요. 천장에 달린 CCTV 바라보며 양팔을 으쓱 들어 올렸더니 닫혀 있던 문이 열렸어요.

"무명 님과 일행분? 이쪽으로 들어와요."

깔끔한 정장을 입은 키가 크고 호리호리한 체형의 언니였어요. 꾸며 낸 듯 가식적인 웃음을 띤 얼굴이었는데 눈에는 웃음기가 전혀 없더라고요.

— 엄청난 고수야. 조심해 권별.

— 그래. 나도 눈치챘어.

그 언니는 등을 보이는 것 정도는 꺼릴 것도 없다는 듯 태연하게 앞장서 걸었거든요.

정장을 입은 언니를 따라 들어간 곳은 천장이 높은 커다란 물류 창고였어요. 바닥의 먼지 자국에서 좀 전까지만 해도 짐들이 빼곡히 쌓여 있었던 걸 알 수 있었죠. 급하게 공간을 만들기 위해 치워 둔 커다란 상자들이 사면의 벽들을 가득 메우며 쌓여 있었어요. 비의문의 대련장이 떠오르는 모습이었죠.

그 안에서 무명과 저를 기다리고 있던 건 네 명의 남자였어요.

"그럼. 내 역할은 공간을 제공하고 안내하는 데까지니 여러분의 원활한 계산을 위해 이만 자리를 비켜 드릴게요."

정장을 입은 언니는 저와 무명에게 눈웃음을 쳐 보이고선 물류 창고를 떠나갔어요. 잔뜩 긴장하며 그 언니와의 싸움을 대비하고 있었는데 조금 당황스럽더라고요.

"너희들 중 누가 무명이냐?"

유달리 화가 난 아저씨가 앞으로 나서며 말했어요.

"나다."

"나는 유선문의 유진오다."

그런데 어휴……. 무명을 바라보는 표정이며 말투가 어찌

나 살벌하던지 완전히 잡아먹을 기세더라고요.

"며칠 전 네가 불구로 만들어 놓은 청마객 유진선은 내 동생이다."

아, 그것참⋯⋯. 모든 상황이 한 번에 이해가 되더라고요. 복잡한 감정으로 무명과 유선문의 아저씨를 번갈아 보는데 무명은 알겠다는 듯 또 말없이 고개만 끄덕이더군요.

"매화당주 고성이다."

다음 차례에 자기를 소개한 사람은 낯빛이 창백하고 무뚝뚝한 표정의 아저씨였어요. 무슨 농구 선수처럼 키가 컸는데 등 뒤에는 거의 머리끝에서부터 발목까지 내려오는 기다란 물건을 천에 감싸 메고 있더라고요.

— 유선문에 매화당이면 우리한테 원한을 가질 만한 사람들이잖아? 이번에도 은자와는 상관없는 사람들일까?

— 그럴 수도 있지만 모두 상당한 거물들이야. 이만한 고수들이 고작 개인적인 원한 때문에 서로 힘을 합쳐서 우리를 공격했을까?

무명의 말도 일리는 있어 보였어요.

"아, 나는 둘과 달리 딱히 너희들에게 개인적인 감정은 없는데⋯⋯ 비즈니스가 좀 있어서 말이야. 아무튼, 비도 심우라고 한다."

키가 작고 통통하게 생긴 아저씨가 연신 땀을 닦으며 자기를 소개했어요. 창고 안이 조금 덥기는 했지만 무공을 익힌 사람이 그렇게 쉽게 땀을 흘리진 않거든요? 체질인가 하는 고민을 하고 있는데 마지막 사람이 이번에는 반걸음 정도 우리 앞으로 걸어 나오며 팔짱을 끼고선 심우 아저씨한테 턱짓을 해 보였어요. 마치 자기소개를 대신 해 보라는 듯이요. 심우 아저씨는 노골적으로 한숨을 푹 쉬었어요.

"그리고…… 내 옆에 계신 이 고명하시고 유명하신 양반은 스스로를 신산객(神算客)이라 불러 달라 하신다. 이름은 뭐 직접 듣고."

"구호성이다. 셈을 하는 데 항상 어긋남이 없어 신산객이라 불린다."

"아무도 그렇게 안 불러. 그러니까…… 자칭이야, 자칭."

자칭 신산객은 심우 아저씨가 간죽대는 게 신경도 안 쓰인다는 듯이 저를 그저 뚫어지게 바라보고 있었어요. 묘하게 신경이 쓰이기는 했어요. 아까 우리를 안내했던 언니도 그렇고, 그 언니 정도는 아니더라도 유선문의 아저씨나 매화당주나 땀 많은 심우 아저씨는 딱 보는 순간 바로 고수임을 알 수 있었거든요.

무공 실력은 감추고 싶다고 쉽게 감춰지지 않아요. 아무리 노력해도 은연중에 강함이 드러나요. 만화나 드라마 같은 데에서 여주인공에게 안경 하나 씌워 놓고 못생긴 '설정'이라고 우겨 봐야, 보는 시청자들 눈에는 그냥 예뻐 보이듯이요.

그런데 신산객이라는 사람은 아무리 보아도 실력이 뛰어난지 아닌지는커녕 애초에 무공을 배우긴 한 건지 도무지 분간이 안 되었어요. 서 있는 자세도 영 엉성하고, 시선은 어디를 보는지도 명확하지 않게 흐리멍덩하고, 말하는 목소리에는 힘이 하나도 없고…….

— 이 넷 중에서는 신산객이라는 사람이 제일 약해 보인다.

— 내 생각도 그래. 하지만 매화당주나 유선문, 비도 심우는 권별너나 나만큼은 아닐지라도 무시할 수 없는 고수들이야.

우리가 전음을 주고받는 동안 신산객을 제외한 나머지 세 명도 서로 눈빛을 주고받으며 비밀 얘기로 바빴죠.

"네 이름은?"

신산객이 맥 풀린 목소리로 던진 갑작스러운 질문에 모두의 시선이 제게로 향했어요. 그러고 보니 저만 '그놈의!' 자기소개를 안 했다는 게 떠오르더라고요.

"에…….'어떤 사람'은 절 무명성이라고 부르더군요. 이름은 별이에요."

"무명성과 무명이라…….잘 기억해 두도록 하지."

신산객이 두 손가락으로 자기 이마를 두드리며 말했어요. 무슨 저 나이에 중2병 걸린 것도 아니고…….

"허례허식은 여기까지만 하지. 서로 갚고 받아야 할 게 한

가득하니."

매화당주가 까랑까랑한 목소리로 말하자 유선문의 아저씨와 심우 아저씨가 몸을 한껏 긴장시켰어요. 무명과 저도 말없이 고갯짓을 주고받고는 싸움을 시작할 준비를 했고요.

"신산객! 네 계산이 네 주장만큼 정확한지 확인해 보겠다."

유선문의 아저씨가 재킷 안주머니에서 짧은 단검 두 자루를 꺼내 들고 으르렁댔어요.

"내 계산은 항상 정확해. 당신들이 내가 시킨 대로 따라 주기만 한다면 오늘 우리 넷은 모두 원하는 걸 얻을 수 있어."

신산객은 여전히 긴장감 없는 목소리로 느릿하게 말했어요.

"거참, 지금부터 싸우려는 사람들끼리 뭐 이리…… 다정스럽게 말들도 많으실까."

심우 아저씨가 툴툴대는 말투로 제 속마음을 그대로 대변해 주는 듯한 말을 내뱉었어요. 그러고선 한 번의 손짓으로 열 손가락 사이마다 쇠공을 가득 끼워 넣고 두 번째 손짓에 여덟 개의 쇠공을 무명에게 쏘아 냈어요.

미륵도에서 경찰이 설치해 놓은 함정에서 발사된 쇠공보다 숫자는 한참 적었지만 실린 힘과 속도는 비교할 수가 없었어요. 무명이 몸을 뒤로 던지며 등에 멘 가방에서 검을 꺼내 드는 순간 매화당주와 유선문이 일제히 무명에게 몸을 날렸어요.

무명의 검이 쇠공들을 잘라 내는 소리를 들으며 몸을 던지려는데 이번에는 제 쪽으로 쇠공들이 날아왔어요. 매화당주와 유선문은 애초부터 저는 관심에도 없었다는 듯 저를 그냥 스쳐 지나갔고요.

맨손으로 쇠공을 막을 엄두까지는 나지 않아서 예전에 옥상에서 선생님이 제가 던진 흙을 막은 것처럼 허공에 대고 내공을 분출했어요. 여섯 개까지는 막았는데 남은 쇠공 두 개가 방어막을 뚫고 미간과 단전으로 날아드는 건 어쩔 수 없었고요. 급하게 몸을 허공으로 날리는데 그 아래로 심우 아저씨가 저를 지나쳐 가더군요.

순식간에 무명은 세 명의 상대와 마주하게 되었어요. 매화당주가 등 뒤에서 풀어낸 기다란 강철 채찍과 무명의 검이 서로 부딪히고 유선문의 단검 두 자루가 그 사이를 파고들고 심우의 쇠공이 또다시 무명에게 날아들 준비를 하는 게 보였어요. 저는 급하게 몸을 돌려 무명을 도우려 했어요.

— 내게서 눈을 떼지 마라.

그때까지 의식도 안 하고 있던 신산객의 전음이 차가운 물처럼 몸을 파고들어 왔어요. 여전히 구부정한 자세로 저를 바라보는 신산객의 눈빛에 온몸에 잔털이 하나씩 일어서는 기분이 들었어요.

— 등 뒤의 싸움에 정신이 팔려 생긴 네 빈틈을 노려 목숨을 취할 기회가 있었으나 한 수를 양보했다. 고맙게 생각해라.

아니, 누구 마음대로 양보래? 속으로는 울컥했지만 신산객의 말은 허언이 아니었어요. 무명과 나머지 셋에 정신이 팔린 틈을 노려 신산객이 저를 공격했더라면 미처 대적할 수가 없었을 건 분명했거든요. 명백한 실수였던 거죠.

저는 작게 고개를 끄덕이고 신산객을 마주 보았어요. 선생님과 상대했을 때도 느껴 본 적이 없는 기분이 들었어요.

그러니까…… 무방비한 자세의 신산객에서는 어떤 허점도 보이지 않았어요. 그 무방비한 자세, 도대체 어떻게 제 공격에 대응할지 짐작도 가지 않는 자세가 문제였어요. 제가 어떤 공격을 하든 어떤 속임수를 쓰든 모두 신산객의 반격에 무산될 것만 같다는 생각이 들었어요.

등 뒤에선 무명의 검과 세 명의 고수가 지닌 무기들이 현란하게 맞부딪히는 소리가 끊임없이 들려왔지만 제가 할 수 있는 거라곤 제자리에 못이라도 박힌 듯 꼼짝도 못 한 채로 신산객의 눈을 바라보면서 무기력하게 다음 공격에 대비하는 것뿐이었어요.

대결에 들어가면 대치하는 두 명 중 누군가는 항상 먼저 공격할 권리를 갖게 돼요. 나머지 한 명은 상대의 공격을 받아칠 수밖에 없고요. 선생님이나 혈 뭐시기 아저씨와의 대결 정도를 제외하고선 전 항상 먼저 공격할 권리를 가진 상태에서 싸움을 풀어 나갔어요. 먼저 공격하고, 반격할 여지를 주지 않고 또 공격하고, 또다시 공격하다 보면 늘 이겨 있곤 했거든요.

신산객은 저에게 치명적인 공격을 가할 기회를 얻었지만 한번 양보를 해 주었어요. 제가 고마워할 일은 아니었죠. 그것을 전음으로 알림으로써 신산객은 싸움에서 저보다 유리한 고지를 선점했거든요.

허점을 명확히 알고 있었고, 그걸 노려 공격할 수도 있었지만 그러지 않았다는 걸 애써 알려 주기까지 하는 사람이라면 일단은 저보다 우위에 있는 사람이라고 생각하는 게 맞잖아요?

그때는 방어를 굳히고 신산객의 공격을 받아칠 준비를 하는 게 당연한 선택처럼 느껴졌어요. 그런데 암만 기다려 보아도 신산객은 먼저 공격을 펼칠 것처럼 보이지 않았어요. 위험을 무릅쓰고 먼저 공격해야 하나 고민하는 와중에 등 뒤에서 다시 한번 요란하게 쇠붙이들이 맞부딪히는 소리가 들려왔어요. 날카로운 쇳조각이 부서지면서 돌에 박히는 듯한 소리가 뒤따랐고요.

무명의 검이 부러졌나? 걱정되어 확인하고 싶었지만 신산객에게서 시선을 뗄 수가 없었어요. 그 잠깐의 머뭇거림을 놓치지 않고 신산객의 무릎이 움찔거렸어요.

'이제 공격하려나 보다. 이 사람도 나처럼 맨몸으로 싸울까, 아니면 무기를 쓸까? 무기를 쓰면 어디에 감췄지? 눈에 안 띄는 걸 봐서는 분명 숨기기 쉬운 짧은 병기일 텐데. 그러면 내 가까이 파고들어서 공격하겠지? 근거리 전투라면 나에게 나쁠 게 없으니까, 최초의 일격만 피하면 돼. 일부러 허점을 내보여서 가벼운 상처쯤은 감수하고 빠르게 제압하는 게 나을 수도 있어.'

뭐 그런 생각을 하며 받아칠 준비를 하는데 신산객의 움직임이 바로 멈추었어요. 도대체 이게 뭐 하자는 건지 답답하기도 하고 화가 치밀기도 해서 하마터면 내공의 흐름이 뒤틀릴 뻔했어요. 그렇지만 제가 신산객에게 선공을 가할 논리는 여전히 부족했어요.

신산객의 자세. 여전히 무언가 허술해 보였지만 하체를 단단히 굳힌 채로 상체를 이완한 신산객의 자세는 공격을 하기에도 들어온 상대를 받아치기에도 최적의 자세였거든요. 특히 저처럼 짧은 거리에서 주먹을 날리는 상대를 대적하기엔 더할 나위 없이 좋은 방어 자세였어요. 한마디 말도, 격렬한 움직임도 없이 서로를 노려보면서 최소한의 움직임만을 가져가는 저와 신산객과는 달리 등 뒤에서 무명과 그 상대들이 만들어 내는 소리는 점점 더 격렬해져 갔어요. 쇠붙이들이 빠른 속도로 공기를 찢어 놓을 때 나는 핑 하는 소리와 둔중한 무언가가 공기를 뒤흔들며 내는 '후웅!' 소리가 어우러지는가 싶더니 누군가 억눌린 호흡을 내뱉는 소리가 들려왔어요.

'무명의 신음이었을까? 암만 들어도 남자 목소리 같았는데? 신음은 남자든 여자든 다 비슷하잖아. 무명의 신음이라면 상황이 좋지 않다는 뜻일까? 아무리 무명이라도 저런 고수들 셋을 동시에 상대하는 건 무리지 않았을까? 지금이라도 신산객에게 등을 내주고 무명을 돕는 게 맞는 걸까?'

짧은 순간 생겨난 수많은 의문과 그 의문들이 만들어 낸 머뭇거림을 신산객은 놓치지 않았어요. 정확하게 저와의 거리를 한 걸음 반 줄이고 발뒤꿈치에 무게 중심을 실은 채로 팔을 교차하여 재킷 안에 집어넣고 있더군요.

그러니까…… 거리가 문제였어요. 신산객의 무기가 무명이 사용하는 것 같은 길이의 검이라면? 단 한 번의 도약만으로 미처 대처하기도 전에 제 사정거리 밖에서 저를 공격할 수 있는 거리였거든요. 신산객이 제게 한 수를 양보해 주고 난 다음 전음을 날렸을 때보다 더 당황스러웠어요.

완벽한 패배. 제가 생각할 수 있는 모든 상황에 다 대비한다 해도 신산객이 가지고 있는 이점들이 더 많아 보였어요. 하지만 마냥 당할 수는 없는 거잖아요?

여차하면 팔 하나쯤은 잘릴지도 모르겠다는 생각이 들었어요. 아니, 그 정도면 다행이라고 하는 게 정확한 표현이었을 거예요. '팔을 내주고 돌진 속도를 늦춘 후 최대한 거리를 좁혀 내 사정거리에서 반격을 가하자!' 그게 제 머릿속에 세워진 계획이었어요. 각오를 굳히니 오히려 마음이 편해지더군요.

하지만 신산객은 움직이지 않았어요. 그 모든 이점에도 불구하고 말이에요.

도대체 왜? 머릿속이 터질 것만 같았어요. 등 뒤에서는 무명이 내지르는 비명 소리가 언제라도 들려올 거 같았어요.

언제까지 그러고만 있을 수는 없잖아요. 전술을 다시 수정해야만 했어요. 무모할지라도…… 아니! 무모한 행동을 해야만 이 상황을 벗어날 수 있다는 게 너무나도 명확해 보였어요. 선생님이 언제나 말씀하셨듯이 결국엔 속도가 관건이었어요. 신산객이 가지고 있는 모든 이점을 무력화시키거나 최소한 억제할 수 있을 만한 속도.

망설임도, 머뭇거림도, 걱정도 모두 한편으로 치우고 신산객의 얼굴을 바라보았어요. 신산객의 방어가 가장 엄중한 곳, 그렇기에 오히려 마음속의 대비가 가장 덜 되어 있을 곳, 제가 볼 때 너무나도 뻔해 보이는 목표. 단 그 한 곳만을 노리고 몸을 날리려 했어요. 팔 하나, 아니 양팔을 모두 잃는다고 하더라도 신산객에게 더 큰 타격을 가할 수만 있다면 상관없었어요.

이런 제 결심에 화답하듯 등 뒤에선 날 선 검이 살과 뼈를 가르는 소리와 함께 서로 다른 두 명의 목소리가 내는 비명이 터져 나왔어요. 그건 무명의 비명은 아니었어요. 저도 모르게 입가에 미소가 떠올랐어요. 저는 한결 명확해진 상황을 추진력 삼아 몸을 날리려 했어요.

"나의…… 아니 우리의 패배다. 너희가 원하는 정보를 내가 알고 있는 범위 내에서 충실히 제공할 테니 부디 목숨만은 살려 주길 바란다. 그리고 나는 모욕적인 언사는 개의치 않으나 신체에 위해가 가해지는 것을 극도로 꺼리는 편이니 되도록 쓸데없는 폭력과 구타도 지양해 주길 바란다."

신산객은 갑작스럽게 태도를 바꾸어 두 손을 치켜들고 너무도 당당하게 패배를 시인했어요. 울화가 치밀더군요. 진짜 뭐 이딴 놈이 다 있어? 하마터면 그대로 몸을 날려 주먹을 얼굴에 꽂아 넣을 뻔했어요. 하지만 제가 먼저 신경 써야 할 건 등 뒤의 무명이었어요.

고개를 돌려 보니 온몸이 땀으로 흠뻑 젖은 심우 아저씨가 땅바닥에 주저앉아 가쁜 숨을 몰아쉬고 있었어요. 매화 당주 고성은 토막 난 강철 채찍의 자루만을 힘겹게 든채 입가에 피를 흘리고 있었고요. 상태가 가장 안 좋은 건 유선문의 유진오였어요. 어깨 부분의 살이 한 움큼 잘려 나간 채로 바닥에 쓰러져 있더군요. 다행히 목숨에는 큰 지장이 없어 보였어요.

그 세 명 사이에서 무명은 가볍게 숨을 몰아 내쉬며 우뚝 서 있었어요. 이마에 옅은 땀방울이 맺혀 있더군요. 별거 아니었다는 듯 나를 보며 고개를 끄덕이는 무명의 모습에 압도당해 숨이 막힐 것만 같았어요.

"구호성! 이딴 게 신산을 자처하는 네놈의 계획이었냐?! 우리 셋은 사지로 몰아넣고 너는 아무것도 안 하고 구경만 하는 것이?"

울분에 차 내뱉는 심우 아저씨의 말이 어느 정도는 공감이 가더라고요. 실제로 신산객이 한 거라곤 저랑 마주 보고서 있었던 것뿐이잖아요?

"계획은 완벽하나 수행하는 게 머저리들이면 어쩔 수 없는 법이지. 말해 보아라, 심우! 분명 내가 이 둘 중에 한 명을 혼자 상대할 테니 셋이 나머지 한 명을 빠르게 제압하라고 했었지? 나는 그 계획을 충실히 수행했다. 손에 꼽는 고수라 자처하는 너희 셋이서 힘을 합쳐 놓고선 저 한 명을 제압하지 못한 것이 어찌 내 잘못이란 말이냐?"

음······. 그 말을 듣고 보니 또 그런 것 같기도 같았어요. 심우 아저씨도 어느 정도는 납득했는지 그저 숨만 몰아쉬며 더 말을 안 하더라고요.

"그리고 내가 또 뭐라고 했지? 내 상대의 시선을 붙들어 둘 테니, 너희들이 대치가 어찌 흘러가고 있는지에 관한 정보를 주지 말라고 하지 않았느냐? 너희가 한심하게 소리를 지르지 않았어도 나는 무명성을 꺾고 너희를 도와줄 수 있었을 거다. 너희의 싸움 양상에 대한 정보를 가진 게 나뿐이었다면 그건 크나큰 이점이 되었을 테니까. 반면 무명은 너희 공격에 당할 때도 단 한 번의 신음도 흘리지 않더군. 자! 말해 봐라. 내 계획에 어떤 허점이 있었단 말이냐? 계획을 수행하면서 잘못을 저지른 건 나냐? 너희들이냐?"

"혼자서 상대를 하긴……. 기껏 여자애 하나가 무서워서 눈치 보며 견제만 한 주제에……."

"무공뿐만 아니라 안목도 형편없는 놈이군. 나와 호각으로 상대할 수 있는 상대를 '기껏 여자애'라고 표현하다니……."

심우의 말에 발끈하려는 찰나에 신산객이 나서서 절 추켜세워 주더라고요. 자기 자랑도 섞여 있긴 한데. 진짜 이쯤 되니 이 사람은 뭔가 싶더라니까요?

"그리고 기껏 눈치와 견제라고? 하긴 너 따위가 선(先)의 후(後)를 잡으려는 나와 후(後)의 선(先)을 잡으려는 무명성 사이에서 이루어진 공방을 이해할 만한 지성이 있을 거라 기대하긴 힘들겠지."

'선의 후'가 뭐고, '후의 선'이 뭐냐고요? 저도 몰라요. 그때도 몰랐고 지금도 무슨 소리인지 도무지 모르겠어요.

— 별아. 더 시간을 끌면 안 돼. 내 상태를 신산객이 눈치채면 상황이 또 변할 거야. 어서 은자에 대한 정보를……

그때, 무명의 전음이 들렸어요. 차분해 보이는 모습과는 달리 다급하고 불안정한 전음이었어요.

"두 분 싸우는 건 나중에 마저 하시고요. 약속대로 묻는 것에 대한 대답 먼저 해 주세요. 우리가 원하는 건 은자에 대한 정보예요."

"구호성! 너는 그분에 대해 말할 권리가 없다."

신산객의 항복 선언이 떠올랐는지 심우가 다급히 외쳤어요.

"무명성과 무명은 들을 권리가 있다. 저들이 무슨 질문을 할 것인지도 내 계산 범주 안에 있다. 일주일 뒤 통영시청 3청사 그랜드볼룸에서 모임이 있을 거다. 너희 둘과 통영에 도착한 또 다른 고수에 대한 대책을 논의하는 자리다. 그곳에 가면 대답을 찾을 수 있을 거다."

이렇게 고생을 시켜 놓고 고작 그거? 은자의 정체나 위치도 아니라? 또 다른 고수는 또 누구며? 저 말이 거짓말이 아닌 증거는? 따지고 들 게 너무 많았어요.

— 그거면 됐어. 빨리 여길 떠나자.

하지만 제가 막 입을 열려 할 때 또다시 무명의 전음이 전해졌어요.

"뭐…… 좋아요. 그럼 갈게요."

무명이 몸을 날려 물류 창고를 나가자 나도 바로 뒤를 따랐어요. 등 뒤에서 신산객의 시선도 신경 쓸 여력이 없었어요. 무명이 너무 걱정되었거든요.

물류 창고 밖에는 양복 입은 언니가 우리 둘을 기다리고 있었어요.

"너희 둘 진짜 대단하네? 근데 그쪽은 괜찮겠어?"

우리는 대꾸 없이 경공을 펼쳐 보통 사람의 눈에 띄지 않을 속도로 아래층으로 내려갔어요. 이마트 밖으로 나오는데는 몇 초의 시간도 걸리지 않았어요. 무명의 질주는 인적이 드문 도로에서 멈추었어요. 그러더니 구토하듯 길게 숨을 몰아 내쉬며 무너져 내렸죠. 저는 무명의 몸을 급하게 안아 들었어요.

붉게 충혈된 무명의 눈에서 피눈물이 흘러내렸어요.

12.

무명은 겉보기엔 멀쩡해 보였어요. 어디 하나 긁히거나 찢어진 곳도 없었거든요. 문제는 뒤틀려 버린 내공의 흐름이었어요. 그리고 우리 같은 사람에게 그건 팔다리가 잘린 것보다 더욱 심각한 부상이고요.

안고 있는 무명의 몸이 떨리며 들썩였어요. 평소보다 몇 배, 아니 몇십 배는 빠르게 심장이 뛰어서였을 거예요.

흔히들 '몸의 상처는 언젠가 낫지만, 마음의 상처는 절대 치유되지 않는다.'라고 하잖아요. 우리에겐 내공이 마음과 같은 거예요. 그리고 내공은 혈관을 따라 몸을 돌며 자동차보다 빨리 달리거나 맨주먹으로 벽을 무너뜨릴 수 있는 힘을 주고요. 그런데 그런 내공의 흐름이 정상적인 것에서 벗어나 폭주를 한다면? 우리에게 힘을 주는 내공이 거꾸로 우리의 몸을 해치기로 작정한다면? 듣기 힘들고 보기 힘든 것들도 듣고 보게 해 주는 내공이 그 감각을 뒤틀고 왜곡해 보고 듣게 한다면요?

"난 당신의 검이 되기 위해 모든 일을 다 했어! 그게 세상을 이롭게 하는 거라고 믿었어! 수없이 많은 사람을 해치웠어. 당신의 명령에 따라 죽인 사람이 내 부모인 걸 알았을 때도, 원망 한마디 안 했고!"

제 품 안에서 몸을 비틀며 무명이 텅 빈 허공을 향해 소리를 질렀어요. 그렇게 무명이 격렬한 감정을 드러낼 만한 사람은 딱 한 명, 이미 자신이 직접 죽여 버린 산중노인뿐이었죠. 이걸 진정시키지 못한다면 무명은 온몸에서 피를 토해 내다가 쓰러져 죽을 거예요.

저도 내공이 급격히 늘어나기 시작했던 고1 무렵에 같은 경험을 했어요.

이상한 소리가 들려오고, 낯선 시선이 느껴지는 게 시작이었어요. 사람이 있을 리가 없는 곳에서 누군가 저를 지켜보고, 둘러싼 고층 아파트가 저를 감시하는 것 같고, 알 수 없는 말을 내뱉으며 무언가 등 뒤를 스쳐 지나갔죠.

집에 들어와 불을 끄고 침대에 누웠는데 머리맡에서 킥킥대는 소리가 들렸어요. 무언가 잘못 들었나 싶었죠. 그때 즈음 제 청력은 비약적으로 발달해서 조금만 집중하면 벽 너머에서 속삭이는 소리까지 들을 수 있는 정도였지만 이상한 소리의 정체를 알고 싶지 않았어요.

저를 놀리기라도 하듯 바로 앞에서 짧은 날숨과 함께 웃음소리가 들려왔어요. 벌떡 일어서는데 피투성이가 된 아이가 얼굴을 들이밀었어요. 주먹을 내질러 보았지만, 방 안의 빈 공기만 가를 뿐이었어요.

선생님이 없었더라면 저는 그렇게 미쳐서 주변의 모든 걸 파괴하고 죽었을 거예요.

내공의 흐름이 뒤틀렸다는 건 자기의 몸이 감당할 수 있는 것보다 더 큰 내공을 무리하게 끌어다 썼다는 뜻이에요. 그때 저는 선생님을 이겨 보기 위해서 온갖 힘을 다 끌어다 썼거든요. 도움을 청하는 전화를 받고, 선생님은 새벽같이 달려와 저를 아파트 옥상으로 데려가셨어요. 그러고는 저를 억지로 앉히시고 뒤에 앉아서 제 등에 손을 올리셨어요. 온갖 기괴한 존재들이 절 비웃고 조롱하고 위협하고 있는 가운데 선생님의 목소리는 너무나 미약했어요. 그래도 선생님 특유의 느릿하고 다정한 목소리는 또렷이 들려왔죠.

"별아, 지금 네 눈에 보이고 귀에 들리는 것은 모두 거짓된 것들이야. 내 목소리에만 집중해."

부끄럽지만 선생님의 위로에 대한 제 대꾸는 욕설이었어요. 차마 글로 옮겨 적기 힘든 수준의 욕설이요. 하지만 선생님은 저를 비난하시지 않으셨어요.

"네가 느끼는 감정도 모두 거짓된 것들이야. 네게 위협이 되는 것들은 모두 네가 해치울 수 있는 것들이야."

그 말이 마음에 들었어요. 날 위협할 수 있는 것들은 모두 내가 해치울 수 있는 것들뿐이다.

그 생각 하나에 몰두하며 모든 감각을 차단했어요. 선생님도 같은 말을 주문처럼 반복하셨고요. 단 하나의 생각에 집중하다 보니 어느새 제 등에 얹힌 선생님의 손길과, 그를 통해 들어오는 선생님의 내공이 느껴졌어요.

처음엔 몸속에서 날뛰던 흐름이 선생님의 내공에 맞섰어요. 눈을 감고 있는데도 제 내공을 억누르려 애쓰는 선생님의 이마가 찌푸려지는 것과 맺힌 땀방울이 흘러내려 차가운 옥상에 떨어지는 것이 뚜렷이 보였어요. 그렇게 긴 싸움이 시작되었어요.

무명도 그때의 저와 같은 싸움에 막 들어섰던 거고요.

"당신의 뜻이라면 세상 모든 이를 내 손으로 죽일 수도 있었어! 그런데 당신이 나를 손가락질하고 비난해!"

"무명아, 괜찮아. 지금 네가 보고 듣고 있는 건 다 존재하지 않는 거야. 네 앞에 있고 널 안고 말을 건네고 있는 건 나야. 별이야."

무명의 얼굴에 어리둥절한 표정이 스쳐 지나갔어요. 뒤틀린 감각에 시간과 공간조차 좀처럼 파악이 안 되었겠죠.

"난…… 별이…… 하지만……."

"괜찮아. 내가 도와줄게. 눈을 감고 내 목소리와 널 안고 있는 내 팔의 감각에만 집중해. 내가 널 낫게 할 수 있어."

퍼뜩 놀란 듯 무명은 몸부림을 쳤어요. 하지만 내공이 실리지 않은 무명의 움직임은 그 애의 몸을 꽉 끌어안은 저의 손힘에 쉽게 제압되었어요. 왠지 눈물이 날 것 같았어요. 무명이 이렇게 된 건 나를 위해 고통을 애써 참으며 무리했기 때문이었거든요.

"당신의 말대로 내가 당신에게 내 눈을 내줬더라면…… 그랬다면 여전히 당신에게……."

"계속 나한테만 집중해. 지금 네 눈에 보이고, 들리는 것들은 모두 가짜들이야. 나만…… 내 목소리만 진짜니까……."

무엇보다 중요한 건 그때의 옥상처럼 무명이 제게만 집중할 수 있는 안전한 장소를 찾아야 하는 거였어요.

"권별! 너도 결국엔 나를 버리겠지! 나를 친구라 해 놓고선 쓸모가 없어지면 내칠 거야! 내가 너의 검으로 쓸모가 없어지면……."

"그렇지 않아. 넌 검 같은 게 아니라 내 친구야. 난 너를 버리지 않을 거야. 절대로."

그때는 말하면서도 그게 제 진심인지 몰랐어요. 어떤 말이라도 해서 무명을 안심시키고 싶었을 뿐이에요.

생각대로 케이블카 탑승장은 조용하고 안전해 보였어요. 저는 신중하게 무명을 안아 든 채로 로프 위를 조심스럽게 가로질러 바다 위에 걸려 있는 케이블카까지 갔어요. 거기라면 누구의 눈에 띄지도 않고, 방해도 받지 않을 거란 판단이었어요. 착지할 때 우리 둘의 무게에 케이블카가 작게 좌우로 흔들렸어요. 짧은 신음이 무명의 입에서 흘러나왔어요.

"괜찮아. 내가 바로 널 낫게 해 줄게."

사실 확신은 없었어요. 그날 전 옥상에 해가 뜰 무렵에나 정신을 차렸죠. 선생님은 얼굴을 잔뜩 일그러뜨리신 채 저를 바라보고 있었고요.

"별아. 정말 다행이다. 네 내공이 뛰어나서 다행이었지……. 정말 내가……."

결국에 호비 선생님은 울음을 터트리셨어요. 내공의 흐름이 뒤틀린 사람들이 멀쩡해지는 경우는 극히 드물다는 걸 그때 들었어요.

선생님이 했던 걸 떠올리며 무명을 케이블카 지붕에 억지로 앉히고 저도 마주 앉았어요. 얼굴을 바라보며 끌어안듯 무명의 등에 손을 올려 보았지만 좀처럼 내공의 흐름이 느껴지지 않더군요.

'내가 뭘 잘못했지? 선생님은 되게 간단하게 하신 것 같던데……' 절 보는 무명의 텅 빈 시선이 너무 무서웠어요.

"별아. 내 손 어딨어?"

그제야 떠오르는 게 있어서 무명의 상의를 걷어 올렸어요. 찬 공기에 노출된 무명의 등의 잔털들이 가늘게 떨리는 게 보였어요.

"이제 내공을 불어 넣을게. 거스르거나 맞서려 하지 말고, 그냥 받아들이면 돼. 뭐라도 느껴지면 말을 해 줘."

나뭇등걸처럼 차디찬 무명의 등으로 내공을 내보내 봤지만 일이 제대로 된다는 느낌은 없었어요. 그때 갑작스레 무명이 오른손을 뻗쳐 제 왼손을 꼭 마주 잡았어요.

"한 가지만 약속해 줘. 넌, 무명성 권별 너는 평생 내 친구인 거지? 나를 버리지 않을 거지?"

"그래. 절대 안 버려. 무명과 나…… 권별은 평생 친구일 거야."

추궁하던 내게 바짝 들이댄 무명의 입술 사이에서 달콤한 향이 풍겨 왔어요. 길게 뻗친 다섯 손가락으로 내 손가락을 얽어맨 무명의 왼손에서 미약한 내공의 흐름이 느껴졌어요.

무명은 점점 더 몸을 기대어 왔어요. 맞잡은 손에서 느껴지는 열기에 왠지 모르게 몸이 달아오르는 기분이 들었어요. 무명이 희고 긴 검지를 놀려 제 손등을 쓰다듬었어요.

"너랑 맞서지 않을게, 별아."

무명의 입이 거의 제 얼굴에 맞닿을 정도로 다가왔어요. 심장이 터질 것처럼 빠르게 뛰어서 숨을 몰아 내쉬며, 창백하고 도톰한 무명의 입술에서 억지로 시선을 틀어 하늘을 바라보았어요.

통영 밤바다 위에 펼쳐진 이름 모를 별들이 쏟아지듯 눈에 내려와 꽂혔어요. 무명과 맞추기 위해 한껏 확장한 내공의 흐름이 모든 감정과 감각을 터무니없이 커다랗게 증폭시켰어요. 그 모든 것에 압도당하지 않기 위해 눈을 감았어요.

그때부터 제가 집중한 건 맞잡은 손의 온기와, 미약하게 들이마시고 내쉬는 무명의 숨결과, 거기에 맞추어 작게 떨리던 그 애 몸의 진동뿐이었어요.

어느새 우리 둘의 호흡은 한 몸인 듯 완벽한 박자를 만들어 내었어요. 견디기 어려울 만큼 딱딱하고 차디찼던 무명의 맨 살결에 온기가 돌아오며 부드러운 감촉이 느껴졌어요. 먼저 정신을 차린 건 무명이었어요. 무명은 아쉬운 듯 맞잡은 손을 한번 쓰다듬고 풀더니 어깨를 제 맞은편 어깨에 부드럽게 부딪혀 왔어요.

"이제 괜찮아, 별아."

목소리도, 제게 말을 건네는 방식도 가늘게 눈웃음치는

태도도 모두가 다 이전과는 미묘하게 달랐어요. 어느새 해가 떠올라 수면에 반사되어 눈이 부시게 빛이 났어요. 차분한 무명의 목소리를 듣고 왈칵 터지는 눈물을 참으려고 애쓰며 아무렇지 않은 척하려고 했어요.

"······."

일부러 센 척하며 뭔가 말을 하려 해 보았지만 그런 제 시도는 저를 끌어안는 무명의 손길에 가로막혔어요. 그리고 제 입술에 맞닿는 무명의 입술과 부드러운 혀의 촉감에도요.

무공을 제대로 익힌 후 처음으로, 제대로 숨을 쉴 수가 없었어요. 심장이 터질 것 같았고 어떻게 반응을 해야 할지 알 수가 없었어요. 입맞춤은 오래가지 않았어요. 아쉬움인지 안도감인지 모를 감정이 그 뒤로도 계속 제 입을 틀어막았어요.

"정말 고마워, 별아. 일단 돌아가자. 아직 내 몸이 완전하지 못해서 이대로 있는 건 위험해. 가서 오늘 들은 정보를 평가하고 다시 계획을 짜야 해."

평소의 무명이 돌아온 것 같았어요. 제 반응에 실망한 거였을까요? 제가 어떻게 했어야 맞는 거였을까요? 여전히 쉴 새 없이 두근거리는 심장 때문에 뭐라 대답하기도 힘들었어요. 갑자기 내공이 뒤틀린 사람들은 평소와는 다른 행동을 하기도 한다는 게 떠올랐어요. 여러 감정이 서로 뒤섞여 충돌했어요. 어쩌면 실망감이 가장 컸을지도 모르겠네요.

택시를 잡아타고 숙소로 돌아오는 동안 우리 둘 사이엔 숨 막히는 침묵만이 맴돌았어요. '내가 뭘 잘못했던 걸까? 지금이라도 무명에게 무슨 말을, 무슨 행동을 해야 하는 건가? 내가 그걸 정말 원하고 있는 걸까? 내가 그래도 되는 걸까?' 온갖 의문들에 짓눌려 버릴 것 같았어요.

간신히 용기를 내 말을 걸어 보려 하는데 무명이 쓰러지듯 침대로 몸을 던졌어요. 깜짝 놀라 달려가려는 제 귀에 무명의 규칙적인 숨소리가 들려왔어요. 무명은 그냥 너무나도 지치고 힘들었던 거였어요. 여태까지의 온갖 망상과 고민들이 부끄럽기도 하고 하찮게 느껴지기도 했어요. 억지로 마음을 다잡고 저도 침대 위로 몸을 던졌어요. 둘 다 옷을 갈아입지도 않았고 씻지도 않았다는 생각이 잠깐 스쳐 지나갔던 거 같아요. 그리고 그때까지 경험해 본 적 없는 죽음과도 같은 잠이 몰려왔고요.

13.

"일어나, 별아."

여기가 어디인지, 내가 누구인지, 밝은 표정으로 나를 깨우는 사람이 누구인지 파악할 수 없을 정도로 깊은 잠에 빠져 있다가, 퍼뜩 밀려오는 자각에 놀라서 한동안 할 말을 잃었어요. 절 바라보는 무명의 표정은 이전과는 확연히 달랐어요. 시계를 보니 오후 7시쯤이었는데, 이미 씻고 왔는지 무명의 몸에서는 좋은 향기가 났어요. 깊은 잠에 빠지기 전에 저를 무섭게 하고 동시에 설레게 했던 고민과 질문들이 또다시 제 머릿속을 헝클어트릴 것 같았어요.

"어젯밤 얻은 정보를 확인해 보자."

"여태까지 하던 거 계속할 필요는 없는 거지?"

경쾌한 무명의 목소리에 제 목소리도 한결 밝아졌어요.

"그래. 확인을 해 봐야겠지만 우리가 찾던 것에 아주 가까워진 건 확실한 거 같아."

이유는 묻지 않았어요. 대답하는 무명의 태도에서 그 애가 그걸 얼마나 정확하게 확신하고 있는지 알 수 있었거든요.

문득 무명이 절 대하는 모습, 무명을 대하는 제 모습에서 짧은 하루 동안 저를 괴롭혔던 의혹들에 대한 답 역시도 알 수 있을 것만 같았어요. 우리 둘은 절대 이전과 같을 수 없을 거라는 걸. 그 변화가 저를 두렵게 할 수는 있어도 제가 바랐던 것이기도 하다는걸.

"알았어, 그러면 뭐부터 할까?"

"시간이 얼마 남지 않았으니까 우선 통영 시내로 가자."

서두르는 무명을 따라 제대로 씻지도 못하고 통영 시내에 도착하니 오후 8시가 조금 지나있었어요.

"서점 문 닫을 시간이 얼마 안 남았네."

"서점?"

저녁 대신으로 산 호떡을 우물거리던 무명은 시장 입구에 있던 2층 건물을 통째로 쓰는 서점을 가리켰어요. 1층은 전면 유리로 내부가 훤히 보이는 구조였는데, 2층은 창문 하나 없더군요. 이제까지의 흐름이라면 2층에 또 뭐가 있을 게 뻔했어요. 저는 핫도그를 두 입 만에 해치우고 입을 열었어요.

"그러면 저기선 뭐할 건데?"

216

"저긴 서점으로 위장한 정보상의 거처야. 일단 9시에 문 닫을 때 들어가면 누군가 널 막아설 거야."

"야…… 잠깐……. 나 혼자 간다고?"

무명은 조금 부끄러운 듯한 표정으로 고개를 끄덕였어요.

갑자기? 여태처럼 무명이 계획을 세우고 행동하는 걸 내가 옆에서 적당히 맞춰 주는 게 아니고?

"정보상들에게 이미 내 얼굴이 팔려서, 내가 가면 일이 꼬일 거야. 사실…… 이런 방법도 있긴 한데……."

말끝을 흐리며 무명이 왼손으로 얼굴을 한번 훑어 내렸어요. 처음에는 뭘 한 거지 싶었는데 자세히 보니 바로 차이점을 알 수 있겠더라고요. 무명이 턱이 되게 날렵하다고 이야기했었던가요? 근데 턱이 되게 동그스름하게 바뀌었더라고요. 눈꼬리가 길게 이어져 날카로워 보였던 눈매도 좀 더 동글동글하게 바뀌어 있었고요. 무엇보다 얼굴색이 완전히 바뀌어 있었어요. 미묘한 차이들이 겹치니 무명을 잘 모르는 사람이라면 다른 사람이라고 착각할 수도 있겠다 싶더라니까요?

"완전 신기하다! 그 정도면 괜찮을 거 같은데? 근데 그거 어떻게 하는 거야?"

"그건 나중에 가르쳐 줄게. 별로 대단한 무공도 아니라서 별이 너라면 금방 따라 할 수 있을 거야."

무명이 눈웃음을 치며 대답했어요.

"그런데…… 정보상들이라면 이미 나에 대한 정보도 서로 공유했을 거야. 내 운기변검술에 대한 대응도 이미 하고 있을 테고. 아마 입구에서 바로 나인지 알아볼 가능성이 커."

운기변검술이란 뭔가, 그리고 무명인 걸 알아보면 무슨 문제가 있나 싶었지만 금세 답을 찾았어요. 얼굴을 바꾼 건 내공을 이용해서 또 뭔가를 했던 걸 테죠. 무명이 여기 와서 하고 다녔던 행동을 생각하면 무명을 마주치거나 그에 관심 있는 사람들이 무명을 기억 못 할 리도, 좋은 감정을 가질 리도 없다는 게 뻔하고요.

"정보상…… 이면 정보를 파는 사람들? 거기에서 우리가 들었던 이야기가 사실인지 물어보면 되는 거야?"

"비슷해. 대신 이 사람들이 원하는 대가는 돈이 아니라 정보야. 그 사람들은 별이 널 처음 보는 거잖아? 대상을 파악하고 평가하고 분류하는 데 단련된 사람이라 보자마자 별이 네가 얼마나 고수인지 알아볼 거야. 그렇다면 널 파악해 두는 게 그 사람들에게는 제일 귀한 정보가 될 거고. 아마 네가 뭘 물어볼 때마다 그 사람들도 네 신상에 대한 질문 하나씩을 할 거야……. 근데 그걸 곧이곧대로 다 말해 주면 곤란해."

무명은 계획을 세우는 듯 인상을 찌푸린 채로 혼자 중얼거렸어요. 갑자기 그동안 무명이 단 한 번도 저에 대해 물어본 적이 없다는 사실이 떠오르더군요. 저는 무명의 미치광이 사부에 관한 이야기나, 무명이 저질렀던 일들에 대해 시시콜콜 들어 알고 있는데……

처음부터 무명은 제게 감추고 있는 것이 아무것도 없었어요. 저는 무명에게 그 무엇도 내보이지 않았고요.

"난 비의문의 그…… 몇 대 제자였다던 장호비 선생님한테 무공을 배웠어. 난 잘 모르겠지만 비의문 사람들은 나를 차기 문주 후보로 생각하고 있고. 그리고 나 반포 고등학교 다녀. 내년에 3학년 돼."

발작적으로 터져 나온 제 말에 무명은 큰 충격을 받은 듯 보였어요. 갑작스럽게 밀려들어 온 정보를 받아들이지 못해 혼란스러운 듯도 했고요.

그러다 무명의 얼굴에 미소가 돌아왔어요. 왜인지 눈가가 촉촉해 보였어요.

"알려 줘서 고마워. 그런데 그건 그 사람들한테 알려 주기엔 너무 가치가 큰 정보들이야."

"정보에도 가치가 있어?"

"그럼. 자기들이 준 것에 비해 얻은 정보의 가치가 덜하다고 생각하면 정보상들은 추가로 질문을 할 거야."

"그걸 판단하는 건 순전히 그 사람들 마음이고? 그냥 우기면 어떡해?"

"그렇게 나오지는 않을 거야. 서로가 공평한 거래였다고 납득을 하는 게 중요하잖아?"

그러니까 이런 거예요. 힘을 가진 사람들이 거래가 불공평했다고 생각한다면 무슨 일이 벌어질까요? 뻔하잖아요? 그 사람들은 정보 그 자체를 무기로 삼는 사람들인데 맨날 자기 고객들과 싸움박질만 벌일 수도 없는 거고요.

"그냥 그 사람들한테 은자의 정체를 바로 물어보면 되는 거 아냐?"

"이미 시도해 봤어. 줄 수 있는 정보를 모두 다 내주었는데, 답은 '모른다'였어. 거짓말일 수도 있겠지만 모른다는 사실을 알려 주는 대가가 터무니없이 커서 오히려 사실인 것 같았어. 자신이 무능하다는 사실을 광고하는 셈이 되니까. 확실히 하려고 다른 수단도 써 봤는데 그만한 '희생'을 치르고도 끝까지 모른다고 하는 거 보니까 분명해 보여."

봤죠? 정보상에게 다른 수단으로 희생을 강요할 사람이 무명뿐만이 아니라는 건 너무 뻔하잖아요? 우리는 저에 대한 정보 중에 무엇이 지킬 가치가 있는지, 무엇을 내어줘도 괜찮은지를 정하기 시작했어요. 그리고 제가 물어볼 질문에 대한 것도요.

"되도록 '예', '아니오'로 대답할 수 있게 질문해. 그래야 너도 '예'나 '아니오'로 답할 수 있는 질문을 받을 테니까. 그리고 제일 중요한 게……."

무명은 정보상에게 제가 적이 아니고 고객이라는 걸 증명하는 방법에 대해 설명해 주었어요. 손님 하나 받는 데 참 까다롭다는 생각도 들었지만, 뭐 이쪽 사람들이 유별난 게 하루 이틀인가요?

무명의 설명이 끝나고 어느 정도 안심이 될 만한 계획도 세우고, 만약에 무슨 사태가 벌어졌을 때 무명이 절 도와줄 방법에 대한 것까지 세세하게 정하고 나니 서점 문 닫을 시간이더라고요.

"좋아. 다녀올게."

무명은 말없이 고개만 끄덕였어요. 이미 잠갔는지 제가 앞에 서 있는데도 자동문은 열리지 않았어요. 양손으로 억지로 여는데 유니폼을 입은 아저씨가 저를 막아섰어요.

"손님. 영업 끝났습니다."

제가 정보상의 손님임을 입증하기 위해서는, 소수(素數)로 된 문답을 주고받아야 해요.

"정말요?"

3은 소수죠. 하지만 너무 평범한 질문이라는 생각에 바로 후회가 됐어요.

"시장을 가로질러서 오신 건가요?"

13······.

"볼 게 많더라고요."

7······.

"통영 밤하늘이 왜 아름답다 생각하시나요?"

17······.

글자 수를 맞추는 것도 까다로운데 적당한 대답이 떠오르지 않았어요. 괜히 입에 침이 말랐어요. 아저씨는 대답을 재촉하듯 저를 빤히 바라만 보다가 조금씩 몸을 긴장시키더군요. 금방이라도 공격할 듯한 기세였어요.

이쯤 하면 제가 알 거 다 알고 찾아왔다는 거쯤은 증명됐잖아요? 도대체 이 바보 같은 의식에 무슨 의미가 있다고······.

하지만 이 사람들이 안 이랬던 적이 있나요. 이런 시대에 선생님의 복수를 하겠다고 여기까지 온 저도 다를 게 없죠, 뭐. 호비 선생님도, 무명도 말이에요. 무명을 생각하니 자연스럽게 어젯밤의 일이 머릿속에 떠올랐어요.

"통영 밤하늘엔 이름 모를 별들이 빛나고 있기 때문입니다."

정보상은 한참을 말없이 저를 바라보기만 했어요. 글자 수 세는 게 이렇게 오래 걸리나 할 정도로요.

답답함을 참지 못하고 한마디 내뱉으려 하는데 정보상이 몸을 돌려 매장 안으로 들어갔어요.

"이쪽으로."

정보상은 2층의 '제2창고실'로 저를 안내했어요. 방 안에는 책으로 가득 찬 키 큰 선반들이 빼곡했고, 그 사이를 헤치고 나아가니 마주 보도록 의자가 배치된 책상이 있었어요. 그 위에 조그만 카메라와 마이크가 놓여 있었고요.

정보상과 저는 책상을 가운데에 두고 마주 앉았어요.

정보상에게 먼저 질문을 해야 하는 건 저예요. 제 질문에 대한 대답의 값어치를 판단한 다음, 정보상이 적절한 보상을 이끌어 낼 만한 질문을 하는 식인 거죠. 무명과 제가 밖에서 한참을 고민했던 첫 질문은 이거였고요.

"저에 대해 알고 있나요?"

"귀하의 이름과 별호는?"

"권별이에요. 어……. 그…… 무명성이라고 부르기도 하고요."

"귀하가 이곳에서 무슨 일을 하고 다니는지는 정도는 알고 있소."

이게 끝인가요? 그런데 '알고 있소'에 '귀하'라니 말투는 갑자기 왜 저 모양인 거죠?

"2주 뒤에 통영시청 그랜드볼룸에서 무공을 익힌 사람들의 모임이 있다는 게 사실인가요?"

"귀하의 문파는? 소속은?"

"문파는 말해 줄 수 없어요. 소속은 반포고등학교이고요."

무명의 말로는 문파를 말해 줄 수 없다는 사실 그 자체도 정보상에겐 가치 있는 정보가 될 거라고 하더군요. 그런데 정보상은 제가 다니는 학교 이름에는 별 가치가 없다고 생각한 모양이에요.

"귀하는 무공을 누구로부터 사사받았소?"

"……수학 과외 선생님이요."

"2주 뒤가 아니라 정확히 5일 뒤에 모임이 열리오."

혹시나 해서 질문에 함정을 넣어 보았지만, 정보상은 넘어가지 않았어요. 그것만으로 정확한 정보를 가지고 있는 것으로 판단하기엔 이르지만요.

"그 모임의 목적은 뭔가요?"

"귀하의 신상에 대해 알려 줄 수 있는 걸 하나씩 나열해 주시오."

여태까지와는 다른 방식이었어요. 저에게 정보를 하나씩 받고, 충분하다 싶으면 답을 주겠다는 거겠죠.

"무공을 배운 지는 이제 4년쯤 다 되어 가요."

"……."

"고등학교 2학년생이고요."

"……."

무명은 제 신상 정보를 되도록 아껴 두라 했지만 제가 봐도 이런 시시껄렁한 정보만으로 질문에 대한 답을 들을 수 있을 것 같진 않았어요.

선생님이나 문파의 이름 정도는 말해 주는 게 좋지 않을까? 고민하는데 문득 쓸모가 있을 것 같은 정보가 하나 떠올랐어요.

"얼마 전에 그…… 변…… 혈적검 박세원 씨를 이긴 적 있어요. 맨주먹으로요."

"……."

또다시 긴 침묵이 이어졌어요. 이걸로도 충분하지 않았나? 도대체 뭘 더 말해야 하지? 그런데 정보상 아저씨의 충격을 받은 듯한 표정을 보니 여태까지와는 다르다는 걸 알겠더라고요. 더 많은 정보를 달라는 게 아니라 놀라서 할 말을 잃은 거였어요. 제가 빤히 바라보자 정보상이 마른침을 한 번 삼키고, 그 정도면 충분하다는 듯이 고개를 끄덕이더군요.

"비의문이 개입할 것이라는 정보가 있소. 거기에 맞서 싸울 것인지 비의문의 뜻을 따를 것인지에 대한 논의가 오갈 것이오."

뜻밖의 이름에 이번엔 제가 놀랐어요. 모임에 온다는 사람들은 제가 비의문 소속이라는 걸 어떻게 알았을까요? 선생님의 복수를 하기 위해 제가 이곳에 왔다는 걸 알고 있는 건 무명과 지배인 아저씨뿐이었어요.

"그 정보는 지배인…… 봉황련주가 퍼트린 건가요?"

"우리도 정보의 출처는 특정할 수가 없소."

무명의 말대로라면 '정보상이 모른다'는 정보도 가치가 있었어요.

"그 모임에 은자도 오나요?"

"그것도 모르오."

정보상은 역질문을 하는 대신 계속해서 순순히 답을 해 줬어요. 혈적검을 이겼다는 정보가 그 정도로 큰 가치를 지녔던 거죠. 하지만 듣는 정보가 많을수록 도리어 제 마음은 답답해졌어요.

"은자의 정체를 모르기 때문에 모임에 은자가 오는지 안 오는지 알 수 없어서 모른다고 하는 건가요? 아니면 은자의 정체는 알긴 아는데 말 그대로 은자가 그 모임에 올지, 안 올지 자체를 모른다는 건가요?"

답답한 마음에 결국 모호하기 짝이 없는 질문들을 했어요. 무명이 되도록 피하라고 했던 방식의 질문들이요.

"……귀하의 문파를 알려 주시오."

답답해서 그냥 문파를 말해 줄까 생각했어요. 비의문이 개입했다고 사람들이 모이는 걸 알고 있는 정보상이 제가 비의문이라는 걸 모르는 게 말이 되나요? 정보를 확실히 하기 위해서 그런 걸까요? 뭐 하나 확실한 거 없이 이런 식의 문답으로는 불확실한 것만 늘어날 것 같았어요. 답답한 마음에 무명이 그랬던 것처럼 '나도 다른 수단을 써 볼까?' 하는 생각도 잠시 들었어요. 하지만 무명이 절 여기 보낸 건 모임에 대한 정보를 얻기 위함이었어요. 은자에 대한 게 아니라요.

"말해 줄 수 없어요."

"좋소. 그럼 오늘의 거래는 여기까지겠군. 귀한 정보를 공유해 주어 감사하오."

"아…… 네……. 저도 감사합니다."

딱히 귀한 정보를 얻은 것 같지도 않았고 고마운 마음도 들지 않았지만, 아무튼 인사는 그렇게 했어요. 서점을 나오자 길 맞은편 카페에서 기다리고 있던 무명이 다가왔어요.

"방에 돌아가서 마저 이야기하자. 잠깐 살 것들만 좀 사고."

막 이야기를 털어놓으려고 하는데 무명이 가로막았어요. 근데 또 뭘 산다는 건지……. 분명 또 이상한 안마의자나 인형이나 게임기 같은 걸 사겠거니 생각했지요.

그런데 따라가 보니 교복점이었어요. 아니 웬 교복?

"너 입어 보고 알아서 사 올래? 난 시장 가서 뭣 좀 더 먹고 있을게."

"별이 너도 입어 봐야 해."

"내가 교복을 왜?"

"이제 우리를 경계하는 사람들이 늘었을 거야. 지금처럼 돌아다니면 기습당할 수도 있어. 둘 다 위장해야 해."

"얼굴 바꾸는 것 정도로는 안 돼? 그거 배우기 쉽다며?"

"사람들은 우리 생김새를 기억하지 않아. 10대 후반 여자애들 두 명이 돌아다닌다는 걸 기억하는 거지. 얼굴도, 머리도, 옷 스타일도 바꿔야 해."

무슨 뜻인지는 알겠어요. 그렇지만, 왜 굳이 남자애 교복을 입어야 하는 거죠?

가게에 들어선 무명은 남자 교복을 여럿 집더니 저한테 대보느라 열심이었어요. 자기 거는 신경도 안 쓰고요. 저는 적당히 장단을 맞추어 주다가 결국 답답함을 이기지 못하고 무명에게 전음을 보냈어요.

— 그런데 정보상 아저씨도 그 모임에 은자가 관련되어 있는지는 모른다고 하더라.

— 그럴 것 같았어. 그런데 여기 교복 핏이 별로다. 남자 옷인데도 팔다리 기장이 짧네. 수선해야 하나?

— 이상한 이야기도 하던데. 비의문, 그러니까 내 문파가 개입했대. 거기에 대해 대책을 세우려고 모이는 거고. 통영에서 너랑 내가 벌인 일이 비의문의 짓이라고 생각하는 걸까?

— 아닐걸. 나도 네가 밝히기 전까지는 네가 거기 출신인지 전혀

몰랐잖아.

— 그러면 일단 그 모임이 은자와 관련이 있는 것 같기는 하지? 그러고 보니 신산객이 또 다른 고수가 있다고 말했잖아, 그게 혹시……

— 잠깐만. 더 자세한 이야기는 돌아가서 하자.

그제야 교복점 주인의 곱지 않은 시선이 느껴지더라고요.

"그러면 여기 있는 교복들 종류별로 수선해서 이 주소로 보내 주세요."

언제나처럼 무명의 통 큰 소비가 교복점 주인의 표정을 밝게 만들었어요.

교복을 직접 들고 오지 않고 택배로 주문하니 무명의 옷 입히기 놀이를 피할 수 있어서 좋더라고요. 우리는 숙소로 돌아가 계속 대화를 이어 갔어요.

"그 모임이 은자의 함정일 가능성은 없을까?"

"아마도. 누군가를 함정에 빠뜨릴 목적이었다면, 정보상이 대답을 해 주었을 거야."

"그럼 역시 그 모임에 우리도 가야겠지? 초대장 같은 게 있어야 하나? 아님 여태껏 그랬던 것처럼 쳐들어가야 하나?"

"모임에 몇 명이나 있을지 모르니 쳐들어가는 건 최후의 수단으로 생각하자. 우선 초대장을 구하거나, 아니면 잠입해 보는 걸로."

그런데 어떻게 초대를 받는다는 거지? 이미 모임에 초대 받은 고수 아무나 붙잡고 '제가 님들이 대책을 세우려고 하는 통영에서 깽판 쳤던 애고요. 또 마침 님들이 걱정하는 비의문 소속의 사람인데 초대장 좀 주시겠어요?' 하고 말해야 하는 건가?

"아직 시간이 있으니 모임 장소에 한번 가 보자. 그 전에 운기변검술도 배우고."

마치 제 생각을 읽기라도 한 듯한 무명의 말에 그냥 고개만 끄덕였어요. 그 후 사흘 동안 무명과 저는 방 밖을 나가지 않았어요. 운기변검술을 익히고 내공 수련을 하고 같이 TV를 보고…….

'내가 무명을 대하는 태도를 바꿔야 하는 건가? 뭔가를 더 해야 하는 건가?' 하는 생각도 불쑥불쑥 들었어요.

하지만 무명이 저를 대하는 태도는 훨씬 편해진 거 빼고는 케이블카에서 밤을 지새운 이전과 큰 차이가 없었어요. 저한테도 그 정도가 좋았던 거 같아요.

음. 하루는 무명이 하도 우겨서 머리를 자르기도 했어요. 가방에 왜 미용 가위가 있는 건지.

그…… 무명의 되게 예쁜 단발머리만 봐도 걔 미용 실력은 짐작할 수 있거든요. 제 머리를 망칠까 걱정하거나 한 것은 아니었어요. 걔가 칼 쓰는 것만 봐도 손놀림이 보통 정교

한 게 아니라는 것쯤은 짐작할 수 있었거든요. 그런데 화장실 거울로 제 머리를 바라보면서 심각한 표정을 지었다가 눈치채기도 힘들 정도로 살짝 가위질을 하고 또 심각한 표정을 짓는 걸 거듭하는 무명을 보고 있자니 귀엽기도 하고 설레서 집중할 수가 없었어요. 내 목과 얼굴에 살짝살짝 닿는 손길에 괜히 얼굴이 달아오르기도 했고요.

억지로 분위기를 바꾸려고 말을 걸었어요.

"근데 너무 짧게는 자르지 마. 난 너처럼 단발 잘 안 어울린단 말이야."

"그래도 남자처럼 보일 정도는 잘라야지. 많이 해 봤으니깐 걱정하지 마, 별아."

영원히 끝날 것 같지 않던 가위질도 결국에는 멈추었어요. 무명은 거울에 비친 제 모습을 만족스러운 듯한 미소를 띠면서 한참이나 바라보더군요. 저도 거울 너머에 비친 무명의 얼굴을 홀린 듯 바라보았고요.

운기변검술에도 익숙해져서 별 어려움 없이 내 얼굴에 자체 '포샵질'이 가능해졌을 때쯤이었을 거예요. 둘이서 수다를 떨다가 갑자기 의문이 들더라고요.

"그런데 은자를 처리하고 나면 무명 넌 뭐할 거야?"

별다른 생각 없이 던진 질문이었는데 무명은 멍한 표정으

231

로 한동안 말을 잇지 못하더라고요.

"글쎄, 모르겠어. 난…… 지시받은 일 말고 해 본 게 없어서."

'지시받은 일', 명단에서 사람 이름을 지워 나가는 행동.
살인…….

"그런데 이제 그런 걸 시키는 사람은 없잖아? 그런데 굳이
그걸 따라 은자를 죽일 필요는……."

돌발적으로 내뱉은 말의 무게에 스스로 짓눌려 저는 더
이상 말을 이어갈 수가 없었어요.

"별아, 그건 내가 해야 하는 일이야. 은자가 어떤 사람인
지, 어떤 짓을 저질렀는지 너도 이젠 알고 있잖아?"

너무나 차분하고 확신에 찬 무명의 대답에 대화를 이어
가기가 힘들었어요. 화제를 돌리려 TV를 켰는데 마침 연예
인들이 세계 여행 다니는 프로가 나왔어요. 문득 어떤 생각
이 들더라고요.

"그럼 그 뒤엔……. 우리도 저렇게 세계 여행 같은 거 안
다녀 볼래? 나 의대만 가면 휴학해도 괜찮다고 엄마가 그랬
거든."

"여행? 난 늘 여기저기 돌아다니긴 했는데……."

여행이라는 단어 자체가 생경한 듯 무명은 당황한 표정이
었어요.

"……그래도 별이 너랑 같이 다니면 그것도 좋겠다."

"그럼 오토바이 같은 걸로 다니자. 나 의대 가서 우리 선생님처럼 과외하면 그 정도 돈은 금방 벌 수 있어."

"오토바이? 그 정도 살 돈은 이미 있는데……. 그런데 그거 경공보다 느리지 않아?"

"아냐. 내가 계산해 봤는데…… 우리보다 빠른 오토바이도 많더라고. 그리고 계속 경공을 쓰면 힘들기도 하고 재미도 없잖아?"

처음 무명의 동영상을 보고 홀린 듯 몇 번이나 다시 돌려 보며 그 속도를 계산했던 게 생각나서 괜히 부끄러워졌어요.

"그래, 좋아. 그럼 그러자."

그제야 그때까지의 모호함이 사라지는 기분이 들었어요. 어떻게든 모임에 들어갈 수 있을 거고, 그 모임에서 은자에 대해 알아낼 거고, 은자를 결국엔…… 처리할 거고, 집으로 돌아가서 나는 의대에 갈 거고, 무명은 더는 산중노인의 명단을 따라 살인을 하지 않을 거고, 무명과 나는 같이 여행을 다닐 거다…… 라는 미래가 너무나 당연해 보였어요.

그리고 다음 날 교복이 도착했지요. 이제는 모임 전 준비를 위해 통영시청으로 가야 할 시간이었어요.

14.

뭔가 '우리 같은 사람들'의 모임을 하면 되게 비밀스럽게 이루어질 것 같잖아요. 그런데 통영시청에 들어서니 떡하니 모임을 안내하는 푯말이 붙어 있더라고요?

아, 당연히 '통영에서 깽판 치는 여자애들 두 명과 비의문의 간섭에 대해 논의하는 모임' 같은 식으로 노골적으로 적혀 있던 건 아니고요.

푯말에 '내방 VIP 응대를 위한 협의체 구성의 건'이라고 적혀 있더라고요. 그 밑에는 장소랑 주최자 이름이 적혀 있었어요. '이은성'이라는 이름이었는데 묘하게 들어 본 것 같다는 생각이 들었거든요? 한참을 들여다보며 기억을 되짚고 있는데 긴장한 듯한 무명의 전음이 들려왔어요.

— 계단 위. 한참이나 우릴, 아니 널 바라보고 있어. 아는 사람이니?

시선을 돌리니 양복 입은 아저씨들이 서 있었어요. 그 한 가운데서 저를 유심히 바라보는 얼굴을 보니 그제야 이은성이라는 이름을 어디에서 들었는지 떠올랐고요. 눈이 마주치자 회색 양복 아저씨는 이제야 알겠다는 듯 사람 좋은 미소를 띠고 제게 다가왔어요. 바로 통영 경찰서에서 만났던 '시의원 이은성'이었어요.

"낯은 익은데 누구인지 떠오르지 않아서 한참을 봤네! 반갑다. 아……."

— 미안. 역용술(易容術)을 펼치고 옷까지 바꿔 입은 건 신분을 감출 필요가 있어서 그랬던 걸 텐데. 내가 생각이 한참 짧았어. 와, 그런데 정말 완전 다른 사람처럼 보이는구나. 잘생긴 남자 학생 둘이 시청엔 왜 왔나 해서 바라본 건데 그게 너였다니! 난 내공이 부족해서 역용술을 펼쳐 봐야 그냥 인상 좀 찌푸린 것처럼 보이는 정도로 그치는데.

처음 만났을 때처럼 전음은 끝도 없이 이어졌어요. 저걸 어떻게 끊나 고심하는 제 옆에서 무명은 정치인 아저씨를, 특히 눈 부분을 유심히 노려보고 있었어요. 어째 무공 버전 포샵질을 부르는 이름이 무명과는 다르다 싶었지만 이 판에 무슨 국어대사전 같은 게 있는 것도 아니니 그냥 그러려니 했었죠.

— 누구? 아는 사람?

자신을 노려보는 무명에게, 정치인 아저씨는 눈웃음을 지으며 고개를 끄덕여 주었어요.

"아, 그래. 친구도 같구나. 흠, 그런 사이구나. 사실 네 친구랑 나는 만난 적이 있거든. 서로 나눌 정보도 있어서 말이야. 아직 통성명은 못 했지만. 그러니 너무 경계하지 않아도 돼. 내가 너희들처럼 실력이 뛰어난 사람도 아니잖아? 마침 곽빈 경위에 대해서…… 여기서 말하기는 좀 곤란하구나. 내 사무실이 3층에 있는데, 그리 갈까?"

— 말하는 거와 달리 절대 무공이 낮은 사람이 아니야.

눈치를 보며 뭐라 대답을 해야 할지 고민하는 제게 무명의 전음이 들려왔어요.

— 어떡하지. 따라 가지 말까? 그런데 아까 보니 모임 주최자에 이 아저씨 이름이 쓰여 있던데.

— 모임의 주최자가 이 사람이라고?

무명이 더더욱 의심스럽다는 듯 정치인 아저씨를 바라봤어요. 정치가 아저씨는 자길 경계할 필요가 없다며 '자기가 일단은 시의원이라느니, 직장에서 수상한 일을 벌이겠냐느니, 여긴 CCTV도 많아서 막 나갈 수도 없다느니' 하며 끝없는 수다로 우리를 안심시켰어요.

— 말하는 대로 일단 따라 가 보자. 나한테 통영 CC 가 보라고 알려 준 사람도 저 아저씨고.

— 그럼 대화는 내가 할게.

— 그럴게.

우리가 무슨 대화를 나누었는지 알지도 못하면서 정치인 아저씨는 머리를 위아래로 끄덕거렸어요.

"그래, 그래. 이야기 잘된 거지? 부담가지지 말고 일단 내 사무실로 올라가자."

또다시 길게 이어지는 수다를 들으며 정치인 아저씨의 뒤를 따라 사무실로 들어가니 창문을 등진 커다란 책상과 그 앞에 마주 보고 놓인 긴 소파 두 개가 있었어요.

"편하게들 앉아. 뭣 좀 마실래? 아무래도 자리가 자리인지라 지금은 비서가 없어서 차는 내가 타 줄 건데 맛은 없을 거야. 하하. 아무래도 너흰 차보단 음료수가 낫겠지? 일단 냉장고에서……."

"당신이 주최하는 모임의 주제가 우리라는 건 알고 있어?"

돌발적인 무명의 질문에 나도 정치인 아저씨도 돌이 된 듯 굳어 버렸어요.

"그래, 솔직히 말해 줘서 고맙다. 그럴 것 같긴 했었어. 그러고 보니 아직도 이름을 모르네?"

"아, 전 권별이에요."

음료수는 까맣게 잊은 듯 의자에 몸을 깊숙이 파묻은 정치인 아저씨는 푸근한 미소를 지으며 고개를 끄덕이더니 무명을 바라보았지요. '그럼 네 이름은 뭐니?'라는 듯한 태도였지만 무명은 거기에 어울려 줄 생각은 없어 보였어요.

"짐작하고 있었다면서 왜 그 사실을 감추고 있었지?"

"잠깐만, 잠깐만……. 우선 너희를 비난하거나 할 생각은 없다는 걸 분명하게 하자. 조금 과하긴 했지만 어쨌든 정당한 대결인 이상 이 세계 사람들이 그걸 이해 못할 리도 없고. 하지만 일단은 나도 이곳 시의원이고, 분란이 일어나면 중재해야 하는 처지야. 특히 외지 사람들이 사건을 일으켰다면 더더욱 나서야만 하고. 그래서 모임을 주최한 거야."

너무 장황해서 무슨 말인지 완전히 이해되지는 않았지만 꽤 그럴듯하긴 했어요.

"우리가 은자를 죽이려는 건 알고 있나? 은자에 대해 무얼 알고 있지? 아니면 당신이 은자야?"

또다시 단도직입적인 질문에 놀라 빤히 무명의 얼굴을 바라보고 있는데 정치인 아저씨는 말없이 고개만 끄덕였어요.

"너희들이 은자를 찾고 있다는 것도 들어서 알고 있어. 그런데 소문대로라면 은자는 이미 잠적한 사람이라고들 하잖아? 풀숲을 건드려서 뱀을 튀어나오게 하려는 건 알겠지만 이미 몇 년을 숨어 지낸 뱀이 그 정도에 모습을 드러낼까?"

말은 많았지만 그 안에는 무명의 질문에 대한 제대로 된 대답은 없어요. 무명도 그걸 느꼈는지 재차 입을 여는데 정치인 아저씨가 제지하듯 손을 들어 올리고 저를 바라보았어요.

"그런데 그 전에 곽빈 경위를 만났는지, 만났다면 무사한지를 대답해 주지 않겠니? 그의 안위가 염려되어서 말이야."

별생각 없이 대답해 주려다 순간 떠오르는 게 있어 말을 삼켰어요.

— 어떡하지? 이런 것도 대답해 주면 안 되나?

— 딱 질문에 대한 대답만. 어디서 만났는지나 무슨 이야기를 들었는지는 말하지 마.

정치인 아저씨는 바쁘게 우리 둘을 번갈아 바라보더니, 제가 대답을 하기 전에 입을 열었어요.

"전음을 나누는 걸 보니 말하기 뭔가 내게 말하기 힘든 사정이 있다는 거 알겠다. 그래도 직접 만나도 보았고 무사히 잘 있는 거지? 만약 안 좋은 일이 있었더라면 네가 이야기해 주었을 테니까."

나도 모르게 고개를 끄덕였어요.

"그래, 그 정도면 충분해. 정말 다행이다. 잘됐지 뭐야. 지금 어디 있는지도 말해 주기 곤란한 거지? 곽빈 경위가 자기 위치를 드러내길 꺼리는 거겠지?"

또다시 별생각 없이 고개를 끄덕일 뻔했지만 단호한 무명의 눈빛을 마주하고 멈출 수 있었어요. 무명이 입을 열었죠.

"원하던 답은 다 얻었지? 이제 당신이 대답할 차례야."

"대답? 아, 은자……."

정치인 아저씨는 이제까지와는 달리 짧은 대답만을 흘려놓고 생각에 잠긴 듯 고개를 끄덕였어요. 그 모습이 마음에 들지 않는지 무명은 얼굴을 찌푸리고 정치인 아저씨를 노려보기 시작했고요.

"이렇게 하면 어떨까? 너희들도 그 모임에 참가하면? 거기라면 너희들이 찾고자 하는 질문에 대한 답도 있지 않을까?"

원하던 바이긴 한데, 은자에 대한 문답을 나누다가 갑자기 왜 이야기가 이렇게 진행되는 걸까요?

"아, 물론 너희들이 그 자리에 그대로 오면 곤란할 거란 건 알아. 일 좋게 해결해 보려고 하는 내 처지도 좀 곤란하고 말이야. 내가 데리고 다니는 아이들이 좀 있는데 말이지, 그러니깐 일종의 인턴십 같은 걸로 말이야. 너희들도 거기에 어울려서 그날 같이 들어오면 어때? 물론 지금도 훌륭한 위장이긴 한데 말이지, 그래도 너희 둘만 있으면 여전히 너무 눈에 띌 테니까."

— 잘된 거 아냐? 네 말대로 잠입을 할 수 있게 됐잖아?

— 그렇긴 한데 수상해. 그 대가로 이 사람은 무얼 얻을 수 있다는 거지?

"우선 피해를 봤다는 사람들의 이야기도 듣고, 적당히 내가 달래기도 한 뒤에 여론이 진정되면 너희를 정식으로 소개할게. 굳이 싸울 필요 없이 말로 해결하는 게 제일 낫잖아? 아니면 우리…… 아니, 너희 방식대로 그 자리에서 비무로 풀어도 되고."

"그게 가능할 것 같아? 내가 벌인 일에는 오해의 여지가 없어. 명확한 의도를 가지고 행했던 거거든."

찌르듯 직설적인 무명의 질문에 정치인 아저씨의 입꼬리가 올라갔어요.

"그 모임에서 논하고자 하는 건 너희 둘에 대한 것뿐만이 아니거든? 훨씬 더 큰, 더 위험한 공동의 적일지도 모를 존재가 나타났는데 굳이 오래된 적과 화해를 할 기회를 걷어차서 적의 수를 늘릴 필요는 없는 거잖아?"

무명이 더 해 보라는 듯 고개만 끄덕였어요.

"악명 높은 비의문의 고수가 찾아왔다고 해. 요구할 게 있다고. 너희도 비의문이 다른 문파를 어떻게 취급하는지는 들어 봤겠지?"

'비의문의 고수'라는 건 저를 말하는 게 아니었던 거였어요.

— 문파의 누가 또 여기에 온다는 이야기를 들은 적 있어?

— 아니. 사실 나 그 사람들이랑 딱히 친하지도 않아서…….

도대체 누구지? '사사로운 복수'는 용납할 수 없다고 했던 남모왕 아저씨? 아니면 그 누구한테라도 절대 '고수'라고 불리긴 힘든 김익? 누구든 그 사람들이 왔다는 건 선생님의 장례가 끝났다는 뜻이겠죠. 문득 그 생각이 들자, 가슴 한쪽을 둔탁한 것에 얻어맞은 듯한 기분이 들었어요. 그 때문에 인상을 찡그렸던 건데 정치인 아저씨는 다르게 해석했나 봐요.

"그래, 나도 딱 권별, 너랑 같은 기분이야. 그런 질 나쁜 사람들하고 엮이고 싶은 사람이 누가 있겠어?"

"아직 은자에 대한 답은 듣지 못했는데?"

정치인 아저씨의 미소는 한층 진해졌어요.

"결국엔 다 연결되지 않겠어? 애써 풀숲마다 찾아다닐 필요 없이 한곳에 모은 후에 찌른다면? 뱀이 튀어나올 확률은 더 높아지지 않을까?"

일리가 있다는 듯 무명이 고개를 끄덕였어요.

"그리고 숨어 지내는 사람들의 심리에 대해 내가 좀 잘 아는데. 별안간 외지에서 고수들이 자기 은신처 근처에서 모습을 드러내고 거기에 대응하기 위한 큰 모임이 열린다면 어쩔 수 없이 호기심이 생기기 마련이거든? 어쩌면 아니, 확실히 은자 본인도 거기에 숨어들어 올 거야."

— 지금까지 들었던 이야기랑 다 일치하잖아. 네 생각은 어때?

— 어찌 되었건 모임에 참석할 생각이었으니. 이 사람 말대로 하

자. 그래도 의심스러운 점이 많아. 계속 경계해야 해.

무명의 태도가 좀 과하다 싶긴 했지만 조심해서 나쁠 건 없으니까요.

"잘 이야기된 거지? 좋아, 그러면 딱 지금 그대로 입고 와. 우리 애들하고 잘 어울리거든. 그리고 만날 시간하고 장소 알려 줄 테니 아무나 전화번호 좀 줄래?"

뭐라 상의하기도 전에 무명이 자기 핸드폰을 꺼내서 정치인 아저씨에게 번호를 보여 주었어요.

"좋아. 늦어도 오늘 저녁까지 정해서 알려 줄게. 그럼 모임 날 다시 보자. 알아서들 잘하겠지만 몸 상태 관리들 잘 하고. 난 어렸을 때……."

— …… 그냥 나가자.

'준비를 철저히 하고 몸 관리를 잘하는 데 수면의 중요성'이 어쩌고 하며 끝없이 이어질 것만 같던 정치인 아저씨의 수다는 아무 대꾸 없이 걸어 나가는 무명 때문에 끊겨 버렸어요. 미안하기는 했지만 저도 고개만 꾸벅하고는 무명을 쫓아 나갔고요. 하지만 나가는 길에도 정치인 아저씨의 입은 쉬지 않았어요.

"아, 근데 냉장고에서 음료수 꺼내 준다는 거 깜박했네?"

정치인 아저씨한테 다시 연락이 온건 우리가 저녁 식사를 마치고 숙소로 돌아가고 있을 무렵이었어요. 질릴 정도로 핸드폰 화면을 가득 메운 의미 없는 문자들 속에서 대충 장소와 시간만을 찾아보았지요. 시간은 이틀 뒤, 아침 9시, 모임 한 시간 전이었죠. 장소는 오늘 정치인 아저씨를 만났던 시청 1층 계단 앞에서.

그날이 되기 전까지 우리 둘은 방 안에서 여태 그랬던 것처럼 웃고 떠들었어요. 그저 편안하기만 했어요. 다가오는 모임에 대한 두려움도, 거기서 아무것도 찾지 못할지도 모른다는 걱정도 느끼지 못했죠.

모임이 열리는 날 아침에 무명은 모든 짐을 챙겼어요.

"무슨 일이 있을지 모르는 거잖아?"

조금 예민한 게 아닐까 싶었지만 조심해서 나쁠 건 없잖아요. 무명에 비하면 단출하기 짝이 없지만 저도 가지고 온 짐을 모두 챙기고 숙소를 나섰어요.

저희는 일부러 시간에 딱 맞춰 들어갔어요. 무명이 그렇게 하자고 했죠. 출근 시간이라 그런지 갑자기 쌀쌀해진 날씨에 두꺼운 외투를 껴입은 수많은 사람이 오가고 있었어요.

정치인 아저씨는 제 또래의 남자애 두 명과 함께 약속장소에서 기다리고 있었어요. 한 명은 그냥 평범한 인상이었는데 나머지 한 명은 얼굴도 잘생기고 키도 저보다 크더라고요. 사실 얼굴을 유심히 보거나 할 생각은 아니었는데, 그 쪽에서 계속 절 뚫어지게 보니 마주 쳐다보지 않을 수가 없 더라고요. 왜인지 어디선가 한 번 본 얼굴 같았어요.

"아침들은 먹고 나왔지? 모임이 길어질 거 같아서 점심 도 시락은 인원수보다 충분히 많이 준비했는데 이 사람들이 원 체 오고 가는 게 자유분방해서 충분할지 모르겠다. 일단 회 관 가서 준비 먼저 하고 있자."

정치인 아저씨치고는 짧게 인사말을 늘어놓더니 남자애 들이랑 눈빛을 나누더군요. 전음이라도 나누나 싶었죠.

잘생긴 남자애가 따라오라는 듯 손짓하고는 빠르게 앞장 섰어요. 걔를 따라 도착한 회관은 무슨 결혼식장처럼 두툼 한 천이 덧대어지고 좌우로 열리는 커다란 문이 있는 넓은 곳이었어요.

"무기는 여기 맡겨. 오해는 마. 들어오는 사람 모두 무기는 다 여기 둘 거니까. 규형아, 네가 좀 수고해 줄래?"

평범하게 생긴 남자애가 짧게 대답했어요. 아니 그런데 앞 뒤가 안 맞는 일 아닌가요? 무기를 들고 다니는 사람이 한 두 명도 아니고, 아예 처음부터 가지고 오지 말라고 하든가.

— 어떡하지? 난 무기가 없지만…….

— 별일 아니야.

무명은 배낭의 내부를 규형이에게 보여 주고는, 자주 쓰는 짧은 칼 두 자루와 단검 몇 자루를 건넸어요. 규형이는 조심스럽게 무기를 받아들고는 입구 양옆에 늘어서 있던 커다란 선반 중 하나에 집어넣었고요.

"존함…… 이름이 어떻게 돼?"

"이름 없는 이……. 무명이다."

아무래도 또래한테는 존함이니 별호니 하는 걸 입에 올리기 부끄러웠나 보죠? 규형이는 커다란 견출지에 무명의 이름을 적고 선반에 붙여 두었어요.

"네 것도 줄래?"

"나? 난 주먹밖에 안 쓰는데. 가방 안 보여 줘야 해?"

"안에 보여 주기 싫으면 보안 검색대로 돌려 볼게. 무명…… 님은 일단 의원님 따라서 안으로……. 진영, 좀 도와줘."

진영이라 불린 애가 보안 검색대 위에 제 가방을 올려놓았어요. 왜 그 공항에서 쓰이는 엑스레이 검색대 같은 거 있잖아요? 다른 건 특별히 눈에 띄지 않았는데 비의문주에게 받은 동전이 너무 확연히 보이더라고요.

"저건?"

"규형아, 다 같은 편이잖아? 너무 깐깐하게 굴 필요 없어. 작정하고 무기를 숨기고 들어오면 막을 방법도 없잖아. 할 거 했다는 인상만 주면 되지. 오시는 손님들 체면만 세워 주면서. 무슨 소리인지 알지?"

어느새 제 옆으로 온 아저씨가 사람 좋은 미소를 띠며 보안 검색대의 엑스레이 화면을 유심히 지켜보고 있었어요. 규형이는 아저씨를 무슨 연예인처럼 바라보더라고요.

"그럼 권별이랑 무명이는 모임 동안 내 옆쪽에 앉아만 있자. 일단은 아무 말도 하지 말고 진행되는 거 지켜만 보고 있으면 돼. 규형이는 입구에서 지금처럼 이렇게 수고해 주고. 우리 진영이는……."

"내가 뭘 해야 할 건 없잖아요? 적당히 눈치껏 어울리고 있을게요."

퉁명스러운 진영이의 대꾸가 마음에 안 들었을까요? 이은성 아저씨와 진영이 사이에서 무언의 대화가 오고 갔어요. 딱딱하게 굳은 진영이의 얼굴과 달리 아저씨의 얼굴에선 미소가 사라지지 않았고요.

"그래, 그럼 나랑 규형이 둘이서 수고 좀 하자. 일단 너희 셋은 저기 앞 연단 옆 의자에 앉아 있을래? 나랑 규형이가 손님들 맞을게."

저와 무명은 그 말에 따라 조그마한 의자에 앉았어요. 진영이는 우리 옆에 있는 의자의 구석에 주저앉아 고개를 푹 숙이고 있었죠.

30분쯤 지나자 사람들이 하나둘씩 회관으로 들어왔어요. 이은성 아저씨는 호들갑스럽게 인사를 건네고, 규형이는 막

들어선 손님들의 짐을 검사하고 무기에 이름표를 붙여 선반에 보관했죠.

몇몇은 이미 알고 있는 사람들이었어요. 요란한 옷을 입고 지팡이를 건네는 황금방의 언니라든지, 우스꽝스러울 정도로 길어서 선반에 올려 둘 수도 없어 규형이를 한참이나 고민하게 했던 낚싯대를 들고 온 할아버지는 멀리서도 한눈에 알아볼 수 있겠더라고요. 커다란 키의 매화당주도 보였어요. 무명이 토막 낸 채찍을 고친 건지 바꾼 건지 아무튼 멀쩡한 채찍을 규형이에게 건네더라고요. 하지만 지배인 아저씨나 신산객, 심우 아저씨, 그리고 이마트에서 마주친 언니는 보이지 않았어요.

— 저 아저씨 많이 다친 것 같았는데 다 나았나 보다.

— 별이 네 뜻대로 힘을 조절했으니까.

무명은 조금은 불만스러워 보였어요.

혹시나 우리를 알아보지 않을까 걱정했지만 손님들은 우리에게 시선 한 번을 주지 않더라고요. 정치인 아저씨와 인사를 나누거나 자기들끼리 떠드느라 바빴고, 가끔 몇 명이 연단쪽으로 다가오긴 했는데 진영이와 전음을 나누는 것처럼 눈빛을 교환하는 게 전부였어요.

어느덧 회관 안이 절반쯤 차고 더는 손님들이 오지 않을 기미였어요. 사람들의 목소리가 높은 천장에 반사되며 웅성거림만 커졌지요.

"유감이다. 내 무공이 부족해서⋯⋯."

갑자기 제 앞에 그림자가 드리워져 고개를 들어 보니 매화당주가 앞에 서 있었어요. 우리 정체를 알아챘나 싶어 무명에게 눈짓하는데, 진영이가 몸을 일으켜 인사를 했어요. 매화당주는 우리 쪽으로는 시선 한 번 주지 않고 진영이와 한참 전음을 나누는 듯했고, 입구에 서 있던 정치인 아저씨는 그런 둘을 유심히 바라보고 있었죠. 매화당주가 돌아가고 나자 정치인 아저씨가 연단에 올라가 마이크의 전원을 켰어요.

"개회 시간이 아직 조금 남았지만 오실 만한 분들은 다 모이신 거 같으니 시작할까요?"

참 유별나다 싶었죠. 사실 무공을 익혔다면 굳이 사자후를 쓰지 않더라도 크게 목소리를 내는 게 어려운 일도 아니거든요.

"제가 오늘 점심 도시락을 150명분을 준비했는데요. 간신히 부족하지는 않은 것 같아서 다행입니다. 집행 예산이 허락하는 한도 내에서 가장 비싼 것으로 골랐으니 이따가 양껏 드셔 주시면 감사하겠습니다."

별로 웃기지도 않는 농담에도 몇 명이 화답하더라고요. 산발적으로 회관 이곳저곳에서 웃음소리가 터져 나왔어요. 그에 맞추어 규형이는 회관의 문을 천천히 닫기 시작했어요.

"대부분의 형제자매님이야 저에 대해 이미 알고 계시겠지만 그래도 처음 뵙는 분들을 위해서 간단히 제 소개……."

그때, 반쯤 닫힌 회관 문 사이를 뚫고 들려오는 발걸음 소리에 이은성 아저씨의 말문이 틀어 막혔어요.

음……. 우리 같은 사람들이 쌓은 내공의 수위가 높아지면요, 그걸 밖으로 발산할 수도 있어요. 평소라면 굳이 그러고 다니지는 않는데 뭔가 좀 '내 내공이 이 정도로 세다!' 하고 과시할 필요가 있을 때면, 그러니깐 싸우기 직전이라든가 말이죠, 다들 은연중에 그런 걸 한단 말이죠?

저나 무명처럼 내공이 높다면 그 기운에서 상대의 수준을 짐작해 볼 수는 있을지라도 거기에 쉽게 놀라거나 위압되지는 않아요. 그런데 회관 문 너머에서 들려오는 발소리와 함께 뿜어져 나오는 기운은 꽤 멀리에서 접하는 것인데도 살이 베여서 떨어져 나갈 거 같은 기분이 들었어요.

저만 그렇게 느낀 건 아니었을 거예요. 회관 안에 모인 사람들이 일제히 몸을 돌려 반쯤 닫힌 회관 문 너머를 응시했거든요. 옆에서 무명이 바짝 몸을 긴장하는 것도 느껴졌어요. 이은성 아저씨는 뭐가 그리 재미난 건지 미소가 한층 진해졌고요.

회관에 정적이 짙게 깔렸어요. 거슬리는 끼익 소리와 함께 문이 열렸고요. 커다란 창을 들고 그 뒤에 우뚝 서 있던 손님이 규형이와 몇 마디를 주고받은 뒤 규형이에게 창을 내던졌어요. 손님의 손짓은 가벼웠지만, 규형이는 양손으로 힘겹게 창을 받아서 들며 비틀거렸어요. 그러더니 결국 무게가 버거운 듯 창을 떨어뜨렸어요. 둔중한 쿵 소리와 함께 회관 바닥이 가볍게 울렸어요.

— 저 사람이 비의문의 고수? 네가 아는 사람이야?

— 그래…….

잘 안다고 할 수도 없고, 여기에서 마주칠 거라 생각하지도 못했던 바로 그 사람이었어요.

15.

노야차는 바닥에 나뒹구는 자신의 창에는 관심도 없다는 듯 성큼성큼 연단 쪽으로 걸어갔어요. 회관 안의 모든 사람이 말문을 잃고 노야차만을 바라보았어요. 연단 앞에서 조금 떨어진 곳에서 행진을 멈춘 노야차는 쏟아지는 사람들의 시선을 온몸으로 받으며 고개를 쳐들고 의자에 털썩 주저앉았어요.

"그럼. 오늘 모임에서 가장 중요한 VIP께서도 친히 내방해 주셨으니 회의를 진행해 볼까요? 일단 제가 진행을 할 텐데 하실 말씀이 있는 분들은 언제라도 자유롭게 손을 들어서⋯⋯."

말이 채 끝나기도 전에 노야차의 손이 번쩍 올라갔어요. 이은성 아저씨도 당황했는지 그 사람 좋던 미소가 부자연스럽게 뒤틀리더라고요.

"……비의문의 노야차께서 하실 말씀이 있다 하시니."

"나 따위를 상대한다고 협의체를 만드신다 어쩐다 하는 수고로움을 좀 덜어 드리지요. 내 제자 장호비가 여기에서 살해당했습니다. 그 흉수를 내놓으세요. 그러면 당신들이 경망스럽게 굴지 않아도 얌전히 사라져 드리지요."

"우선 고 장호비 대협의 명복을 진심으로 빕니다. 여기 계신 모두 그 고명을 접해 본 적이 있지요. 저도 항상 장 대협을 한번 만나 뵐 기회가 있기를 바랐었고요. 하지만 노야차 선생님, 장 대협이 이곳 통영에서 변고를 당하게 되었다는 명확한 증거를 가지고 계십니까? 또한 흉수라는 표현은 다소 부적절하다고 여겨집니다. 여기 계신 분들 모두 걸어가는 이 길의 끝에 무엇이 기다리고 있을지 각오를 다지셨을 겁니다. 일신의 기량이 부족하여 조금 일찍 그 여로를 마치게 되었다고 한들 그 종국을 초래한 상대를 흉수라 비난하여 색출하고자 하는 것은 외람된 행동이 아닐까 합니다."

하여간 왜 저렇게 어렵게 배배 꼬아서 말을 하는 건지……. 아저씨의 말뜻은 이런 거예요. '여기 있는 사람이 장호비 선생님을 죽였다는 증거 있어? 그리고 그게 사실이라고 해도 우리 같은 사람들이 서로 죽고 죽이는 일은 늘 있는 거잖아? 장호비 선생님의 실력이 부족해서 당한 건데 왜 따지고 그래?'

맞는 말일지도 모르겠지만 그래도 화가 치밀어 오르더라고요. 손을 들고 반박해야 하나? 고민하던 찰나 노야차가 입을 뗐어요.

"조그마한 섬들 사이에 옹기종기 모여 사는 시시껄렁한 사기꾼, 살인자, 협잡꾼의 무리 중에 내 제자를 공부로 꺾을 수 있는 자가 있다? 지나가던 개도 코웃음을 칠 이야기군요."

정치가 아저씨가 뭐라 대답하기도 전에 매화당주가 몸을 일으켜 세우며 노야차에게 호통을 쳤어요.

"문파의 허명을 업고 위아래 없이 설치는구나. 통영의 수많은 고수 중에 네 제자를 상대할 이가 하나도 없었을 거라 생각하느냐?"

"그래, 통영의 소위 고수라 칭하는 이 중에 내 제자의 흉수가 있긴 하다는 뜻이군요. 귀하의 이름은?"

"매화당주 고성이다!"

"고성. 네가 내 제자의 흉수인가? 아니, 감히 너 따위가 그럴 수 있었을 리가 없지. 내 제자의 옷 끝이라도 건드려 볼 만한 실력을 갖추었는지 먼저 확인을 해 봐야겠구나."

으으……. 이게 도대체 무슨 게임하다가 부모님 안부 물어보는 수준의 대화인가요? 좋게 좋게 이야기하면 안 되나요? 연세도 지긋하신데. 두 분의 유치하기 짝이 없는 대화를 듣고 있자니 제가 다 부끄럽더라고요. 정치인 아저씨도 비슷하게 느꼈나 봐요.

"두 분 선배님들 제발……. 명망이 자자한……."

정치인 아저씨의 말이 채 마무리되기 전에 노야차가 의자에서 몸을 일으켰어요. 당연히 매화당주는 호기롭게 자기 이름을 밝힌 뒤부터 계속 경계를 놓지 않고 노야차를 바라보고 있었거든요? 그런 게 매화당주뿐만은 아니었을 거예요. 저와 무명을 포함한 회관 안의 모든 사람이 노야차의 움직임만을 주목하고 있었지요.

모두가 노야차가 먼저 공격할 것이라고 예측하고 있었어요. 언제 시작할까. 얼마나 빠를까? 그런데 노야차는 천천히 걸어갔어요. 경공을 쓰지 않고 평범하게요. 실망한 듯 혀를 차는 사람이 있는가 하면 안도의 한숨을 내쉬는 사람도 있었어요. 아마 모두 노야차에게는 매화당주를 공격할 의사가 없다고, 그렇다기엔 너무 느리다고 생각한 것 같아요. 하지만 저는, 저만은 노야차의 발걸음에서 시선을 떼지 못하고 있었지요.

선생님이, 그리고 제가 주먹을 날리기 전에 걷는 방식과 완전히 똑같았거든요.

그 걷는 방식을 보법이라고 불러요. 걷는 법이 다르면 얼마나 다르고 같으면 얼마나 같냐고 생각할 수도 있지만 보법에 따라 바위도 무너트릴 만한 힘을 주먹에 실을 수도 있고, 자동차보다 더 빠르게 달릴 수도 있어요.

노야차가 걷는 걸 보니 그 보법이 누구로부터 저에게 전해진 건지 바로 알 수 있겠더라고요.

물론 자세한 움직임은 달라요. 선생님은 경쾌하게 튀어나가듯 움직이고, 저는 걸음마다 힘을 더해 점점 가속을 붙여 나가죠. 그래도 공통점은 있어요. 선생님이 가장 중요하게 가르쳤던 것도 그것이고요. 바로 속도요! 그런데 노야차의 속도는 선생님과 저와는 완전히 달랐어요.

그 느긋해 보이는 걸음에 매화당주 고성까지 코웃음을 치는데 갑자기 노야차와 매화당주의 거리가 확 줄어들었어요. 노야차가 속도를 높인 건 아니었어요. 노야차는 계속 느긋하게 걷고 있는데 매화당주와 노야차 사이의 공간이 축소된 것처럼 보였어요.

매화당주가 반응하기도 전에 그의 목에 노야차의 깡마르고 길쭉한 다섯 손가락이 파고들었어요. 순식간에 기도가 막힌 매화당주는 소리 한 번 지르지 못하고 양팔로 자신의 목을 움켜쥔 노야차의 왼팔을 움켜쥐었고요. 노야차의 자유로운 오른손은 천천히 움직였어요. 무공을 배우지 못한 사람들이라도 우습게 피할 수 있을 정도로 천천히요. 하지만 매화당주는 피하지 못했어요. 노야차의 오른손이 매화당주의 복부에 닿자 커다란 가죽 북이 찢어지는 듯한 불쾌한 소리가 울리고 매화당주의 몸이 축 늘어졌어요.

암만 생각해 보아도 그 순간에 벌어진 일을 도대체 이해할 수가 없었어요.

"너는 흥수가 아닌 게 분명하구나. 그 실력으론 내 제자의 그림자도 쫓을 수 없었을 테니."

노야차가 코웃음을 치며 매화당주의 목을 움켜쥔 손을 뿌리쳤어요. 축 늘어진 매화당주의 몸이 정치인 아저씨가 서 있는 연단 쪽으로 날아갔죠. 몸을 날린 정치인 아저씨가 양팔로 매화당주를 안아서 바닥에 눕혀 주더군요.

"괜찮으십니까? 선배님?"

이미 의식을 잃었는지 매화당주는 대답하지 못했어요.

— 대단한데? 저 사람이 별이 네 대사부야?

상황이 혼란스럽기도 했고, '대사부'란 뜻을 몰라서 그저 멍하니 무명을 바라만 보았죠. 노야차의 근처에 있던 사람들은 어느새 한참이나 거리를 벌리고 물러서 있었고요.

"그 아이의 선량함과 협의를 너희 천한 것들이 이용하지 않았다면 길가의 벌레만도 못한 네놈들 따위에게 호비가 당했을 리는 없을 터. 너희들의 시시껄렁한 공부를 파악할 게 아니라 그 비루함의 정도를 검증해 봐야겠구나."

빈정거리며 내뱉은 노야차의 매도에 회관 안의 웅성거림

은 더 커져만 갔어요. 어떤 사람들은 노야차의 눈에 띄는 게 무서워서인지 고개를 숙이고 땅만을 바라보고 있었고 어떤 사람들은 시뻘겋게 달아오른 얼굴로 노야차를 노려보았지요.

"내 공부가 귀하의 그림자도 쫓지 못할 정도로 미천하다 해도 내 사는 곳을 이리 모욕하는 걸 참을 수는 없소. 노야차, 당신의 명망이 아무리 대단한들 혼자인 당신을 이곳의 수많은 고수들이 두려워하기만 할까!"

기나긴 낚싯대를 휘두르던 할아버지가 노야차를 노려보면 단어 하나하나를 짓씹듯이 느릿하게 내뱉었어요.

"이곳에 모인 형제자매들이여! 이런 모욕을 어찌 참고 넘길 수 있겠소! 지금 이 자리에서 모두의 힘을 합쳐 이 무도한 자를 대적하지 않는다면 어찌 우리가 자랑스럽게……."

"하!"

드라마처럼 과장된 손뼉을 치고 웃음을 터트린 노야차에 낚시꾼 할아버지의 연설은 가로막혔어요.

"제법 봐줄 만한 세 치 혀를 가진 선동가가 있었구나!"

낚시꾼 할아버지의 연설과 노야차의 인정에 감화받은 것인지 회관 안에 모인 사람들의 태도가 돌변했어요. 모두의 시선이 무기를 두고 온 선반 쪽으로 향하더라고요.

"네놈들이 모두 힘을 합쳐 동시에 덤벼든다면 수고롭게

손을 쓸 필요도 없겠구나. 우선 삼분지 이 정도만을 저세상으로 보내 주겠다. 그때까지도 나서지 않고 남아 있는 비겁자 무리 중에 내 제자의 흉수가 있을 가능성이 클 테니. 그럼 누가 먼저 용감하게 나서 헛된 죽음을 맞이할 테냐?"

노야차의 터무니없는 협박이 먹힌 것인지 회관 안의 모든 사람이 멈춰 섰어요.

대충 봐도 회관 사람들은 100명은 훨씬 넘어 보였어요. 과연 이 사람들이 모두 노야차를 대상으로 협공을 펼칠까요? 그리고 노야차는 자신의 말대로 그 많은 사람을 동시에 상대할 수 있을까요? 정말 그렇게 흘러간다면 전 누구의 편에 서야 할까요?

노야차의 말대로 저 사람들 대부분은 선생님의 죽음과 아무런 상관도 없을 거잖아요? 그런데 그런 사람들을 노야차가 살해하는 걸 지켜 보고만 있어야 할까요?

고민하고 있는데 노야차가 작게 한숨을 내쉬었어요.

"비루하기 짝이 없는 놈들뿐이군."

노야차의 얼굴엔 진심으로 실망스러운 기색이 가득했어요. 어디 큰길에서 택시라도 부르듯 노야차가 천천히 왼손을 들어 올리자 꽤 멀찍이 있던 낚시꾼 할아버지가 '컥!' 하는 비명을 지르며 그 자리에서 굳어 버렸고 노야차가 지루하다는 듯 오른손을 들어 올렸어요.

음……. 그때까지만 해도 무공을 배우면서 별별 걸 다 봐서 놀랄 일이 없을 거라고 이제는 없을 거라고 생각했거든요. 그런데 그 모든 걸 잊을 정도로 압도적이고 아름다운 장면은 그때가 처음이었어요. 치켜든 왼손에 화답하듯 높게 올린 노야차의 오른손이 교향곡 지휘자의 손놀림처럼 천천히 움직이자 선반 옆에 곱게 놓여 있던 노야차의 커다란 창이 허공에 떠올랐어요.

모든 사람이 홀린 듯 노야차의 손놀림에 맞추어 움직이는 창을 바라보고 있었지요.

"와라!"

짧은 명령이 노야차의 입을 떠나자 선반에 기대어 있던 창이 매끈하게 공기를 가르며 허공을 날았어요. 누군가의 입에서 탄성이 터져 나왔어요.

한 번도 상상해 본 적이 없는 경지를 처음 목격하고 느낀 순수한 경외감 때문이었을 거예요. 터무니없이 천천히, 하지만 절대 피할 수 없을 것 같은 단호한 움직임으로 낚시꾼 할아버지의 심장을 향해 달려드는 창을 보며 저도 똑같은 기분을 느꼈거든요.

무방비하게 자신에게 예견된 죽음을 선사하러 날아오는 창을 바라보던 낚시꾼 할아버지가 퍼뜩 정신을 차리고 짧은 욕설을 내뱉고선 이를 꽉 깨물더니 창끝을 향해 몸을 날려 간결한 동작으로 창의 허리를 후려쳤어요. 그 움직임에 감탄한 듯 작은 환호성이 울려 퍼졌어요. 노야차는 비웃는 듯한 짧은 웃음소리로 화답했고요.

그 뒤 노야차의 움직임을 눈으로 좇을 수 있었던 사람은 거의 없었을 거예요. 어느새 몸을 날려 허공을 가르던 창을 손에 쥐고 창 자루로 할아버지의 다리를 후려쳤어요. 그러고는 희롱하듯 넘어진 할아버지의 심장과 오른쪽 어깨 끝을 번갈아 겨누었어요.

"너는 어떤 면으로 보아도 부족하군. 일단 무죄다."

창끝에 어깨를 뚫린 낚시꾼 할아버지의 비명이 회관 안을 가득 메웠어요.

"또 어디 용감한 형제자매들은 더 없으신가?"

권태로운 표정으로 창을 뽑아 들어 피를 털며 노야차가 말했어요.

그러곤 대혼란이 벌어졌어요. 몇 명이나 되는 고수들이 동시에 노야차를 공격해 들어가고, 노야차는 거기에 어울려 창으로 현란하게 춤을 췄죠. 난장판도 그런 난장판이 없었어요.

그제야 노야차가 무슨 짓을 벌이고 있는 건지 알 수 있었어요. 저와 무명이 여태까지 해 왔던 것과 별 차이가 없었어요. 터무니없이 더 요란스럽고 규모도 컸지만요. 이은성 아저씨가 '풀을 건드려 뱀을 튀어나오게 한다'고 했던가요? 노야차가 하는 건 풀…… 아니, 숲에 불을 질러서 뱀을 태워 죽이려는 거였어요. 거기에 있는 다른 무고한 이들이 상처를 입건 타 죽건 신경도 안 쓰고요.

아무리 저와 무명이 비슷한 일을 해 왔다고 해도 그냥 지켜만 볼 수는 없었어요. 몸을 일으켜 노야차를 말리려 하는데 무명이 만류했어요.

—저길 봐.

무명이 가리킨 건 연단에 선 정치인 아저씨였어요. 온갖 고성과 비명, 쇠붙이 소리가 가득한 회관 안에서 혼자만 느긋하게 노야차가 만드는 불협화음을 감상하고만 있더군요.

아니, 자기가 중재를 하겠다고 마련한 자리잖아요? 저게 무슨 태도죠? 제가 한마디 하려고 나서는 순간, 이은성 아저씨는 마이크를 입가로 가져갔어요.

"여러분! 일단 진정을 좀 하시지요!"

목소리에 내공을 실었는데 마이크까지 쓰자 고막이 터져 나갈 것만 같았어요. 효과는 확실했죠. 노야차를 포함한 모든 사람이 싸움을 멈추고 인상을 찌푸린 채로 정치인 아저씨를 바라보았거든요.

"선배님, 조금만 진정하시고 제게 말할 기회를 주십시오! 우리가 굳이 피를 볼……"

"네놈은 누구냐? 이름과 사문을 밝혀라!"

"저는 이곳 통영의 시의원인 이은성이라 합니다. 제 부족함으로 문파에서 쫓겨나 부득이하게 사문은……."

"네놈 같은 고수가 이런 곳에서 정부의 개 놀음이나 하며 입만 나불대고 있다니. 수상하기 짝이 없구나!"

주변에 쓰러진 수많은 고수를 내버려 두고 노야차는 아저씨에게로 몸을 날렸어요.

놀랍게도 노야차의 창끝은 언제 꺼내 들었는지 보지도 못했던 정치인 아저씨의 짧은 검에 가로막혔어요. 묘하게 무명이 늘 들고 다니는 두 자루의 짧은 검과 비슷해 보이더라고요.

"호오……."

노야차가 흥미롭다는 듯 짧은 탄성을 내뱉었어요. 그리고선 손을 풀어 검날에 얽매인 창을 바닥에 떨구었어요. 아저씨의 설득이 먹힌 거냐고요? 그럴 리가 있나요…….

바닥으로 떨어진 창은 바로 다시 떠올라 노야차의 손으로 돌아갔어요. 노야차는 한 손은 창의 허리를, 나머지 한 손은 창의 끝을 강하게 움켜쥐고선 찔렀어요. 동시에 몇십, 아니 어쩌면 몇백 곳을 노리며 무수한 찌르기가 쏟아졌지만 정치인 아저씨가 휘두르는 검날에 일일이 가로막혔고요.

그래도 모두 막아 낼 수는 없었던 모양이에요. 미처 방어

하지 못한 옆구리가 노야차의 창끝에 노출됐어요. 이대로 끝이 나나 싶었는데 어느새 규형이가 무기를 꺼내 들어 가로막더군요.

솔직히 좀 놀라웠어요. 아니, 너무나 평범해 보였던 애였는데 말이죠. 우리 옆에서 멀뚱멀뚱 구경만 하던 진영이도 뭔가 마음에 안 드는지 한숨을 내쉬고는 일어났어요. 짧게 숨을 고르는 노야차 앞에 이은성 아저씨를 중심으로 뭉친 3명이 마주 섰어요.

"얘들아, 너희까지 이럴 필요는……."

타이르듯 말하는 아저씨를 무시하고 규형이가 기다란 막대기 같은 걸 꺼내 들었어요. 뭔가 복잡한 조립 절차를 거치더니 기다란 막대기는 조그마한 훌라후프 같은 모양으로 변했어요. 뭐, 진짜 훌라후프는 아니었고요. 손잡이 부분 말고는 전부 다 날카로운 날이었거든요.

진영이도 혐오스럽다는 듯 이은성 아저씨를 한번 노려보더니 짧은 단검 두 개를 꺼내 들었어요. 어느새 제각기 무기를 꺼내 든 셋을 보니 기분이 별로였어요. 다른 사람들은 무기를 입구에 놓고 오게 하고 왜 자기들만? 주최 측이라 그런 건가요?

저만 그런 생각을 한 게 아닌가 봐요. 노야차에 대한 적의는 사그라지고, 어느덧 의심스럽다는 듯이 정치인 아저씨를 바라보는 사람이 늘었어요.

"이건 또 뭐 하는 짓이냐? 아이들을 방패 삼는다 한들 내가 신경이나 쓸 거 같으냐?"

"그래! 너희들은 물러나! 그리고 선배님, 제발 조금만 진정을……."

또다시 아저씨의 말은 마무리되지 못했어요.

노야차가 허리를 축으로 삼아 왼쪽에서 오른쪽으로 쓸 듯이 창을 휘둘러 베어갔거든요. 진영이는 몸을 낮추며 짧은 단검 두 개를 교차해 공격을 방어했어요. 노야차의 기세를 감당하기 힘에 부쳤는지 몇 걸음이나 뒤로 물러나긴 했지만요.

아저씨도 몸을 뒤로 날려 노야차의 창끝을 피했지만, 규형이는 그러지 못했어요. 방패처럼 치켜든 규형이의 무기가 몇 조각으로 끊어져 바닥에 떨어졌어요. 창끝에 닿지도 않았지만 규형이의 입에서는 한 움큼의 피가 구토하듯 흘러내렸고요.

노야차의 공세는 멈추지 않았어요. 휘청거리며 자세를 바로잡으려는 진영이를 창 자루로 후려쳐 날려 버렸거든요.

"그만해, 얘들아! 너희가 대적할 수 있는 상대가 아니다."

그 당시에도 이상했어요. 왜 쓸데없는 말을 하는 걸까요? 모두 들으라는 듯 굳이 소리를 치는 걸까요? 말은 저렇게 하면서, 왜 노야차의 공격을 막아 주려고 하지 않는 걸까요?

노야차의 공격은 끊임없이 이어졌어요. 규형이와 진영이를 각각 회관의 끝자락으로 날려 버리고 아저씨의 얼굴을 향해 창을 찔러 넣었어요.

제가 주먹을 쓰는 방식, 호비 선생님으로부터 배운 바로 그 방식으로요.

이은성 아저씨는 노야차의 찌르기에 실린 기세에서 벗어날 수 없을 것 같았어요. 창끝이 향하는 방향에 놓여 있는 모든 것을 부숴 버릴 것만 같은 그 기세에서. 그러나 지금까지와 다른 모습이 펼쳐졌어요. 이제까지와는 확연히 다른, 기묘한 보법을 쓴 아저씨가 노야차의 등 뒤로 돌았어요. 그러고는 짧은 검으로 노야차의 목을 베어 갔어요. 너무 놀라 소리를 지를 뻔했죠.

— 난 노야차를 도와주러 간다!

그때는 노야차의 머리가 잘리는 걸 두고 볼 수 없다는 생각뿐이었어요. 자신의 목을 노리는 검날을 기다렸다는 듯 노려보는 노야차의 싸늘한 시선도, 정치인 아저씨의 발놀림을 유심히 지켜보는 무명의 시선도 모두 놓칠 정도로요.

무명이 바로 절 뒤따랐어요. 노야차는 창을 거두어들여 창 자루로 자신의 목을 노린 정치인 아저씨의 검을 후려쳤고요. 두 무기가 맞닥뜨린 허공에서 터져 나온 파공성이 회관의 유리를 깨뜨렸어요. 그 순간.

"얘들아! 그럴 필요 없어! 너희라도 몸을 피해!"

에? 이건 또 뭔 소리지? 저희한테 한 말 맞죠? 그 순간 노야차가 맨주먹으로 정치인 아저씨를 후려쳤어요. 역시나 익숙한 방법이었죠. 그리고 결과도 익숙한 모습이었고요.

화급히 검을 거두고 양팔을 치켜들어 노야차의 주먹을 막아 보았지만, 정치인 아저씨는 비틀거리며 회관 끝까지 밀려났어요. 그리고 노야차가 우릴 노려보며 소리를 질렀지요.

"정말이지 정부의 개답게 수하들을 줄줄이 달고 다니는구나!"

말도 안 되는 오해잖아요! 저희는 노야차를 도와주려고 했단 말이에요! 하지만 무명의 얼굴을 꿰뚫어 버릴 듯이 날아드는 노야차의 창끝에 대고 속 편히 그럴 말을 하고 있을 겨를은 없었어요.

누구를 말려야 하지? 일단 노야차의 창부터 막아야 하나? 짧게 머뭇거리는 순간에 무명은 눈에 익은 움직임으로 노야차의 뒤로 돌아갔죠. 놀랍도록 정치인 아저씨와 닮은 움직임이었지만 그때는 깨닫지 못했었죠.

하지만 아까와는 양상이 달랐어요. 직선으로 찔러 가던 노야차의 창끝이 우뚝 멈추더니, 뒤로 돌아서는 무명의 몸을 베었어요. 무명을 지키려 주먹으로 창을 후려쳐 진로를 바꿨어요. 노야차의 창 자루가 또다시 경로를 틀어 제 발을 얽듯 휘감아 오더군요. 균형을 잃고 넘어지는 제 몸을 받치 며 무명이 노야차에게 수많은 발차기를 날렸고 노야차는 태연하게 무명의 공격을 모두 흘려 버렸고요.

"너는 산중노괴와 무슨 관계냐!"

무명을 노려보는 노야차의 얼굴엔 이제까지의 오만하다 싶을 정도로 여유가 넘치던 표정은 사라지고 없었어요. 마 치 징그러운 벌레를 보기라도 한 듯 혐오가 가득한 표정이 었죠. 상황이 단단히 꼬인 것 같았어요. 나서서 정리해야만 한다는 생각이 들었어요. 그런데 제가 미처 나서기도 전에, 무명이 입을 열었어요.

"난 그가 벼리던 검이다."

그냥 있는 그대로의 사실을 말하는 거였어요. 거기에는 자부심도, 부끄러움도, 후회도, 그 어떤 감정도 섞여 있지 않았거든요.

"그럼 부려져 세상에서 사라지도록 해라."

노야차가 담담하게 선언했어요. 달라진 건 말투뿐만이 아 니었죠. 줄곧 놀리듯, 즐기는 듯 유쾌했던 태도가 완전히 사 라졌거든요. 몇 명이 쓰러진 사람들을 부축해 회관을 벗어 났어요.

다른 사람들은 관심도 없다는 듯 노야차는 무명만을 노

려보았고요. 조금이라도 늦으면 큰일이 벌어질 것만 같았
어요.

"잠깐만요! 저 호비 선생님 제자 권별이에요! 기억 안 나
세요? 그때 섬에서 한 번 뵈었잖아요!"

노야차의 얼굴에 기묘한 표정으로 기억을 되짚는 듯 제
얼굴을 노려보셨어요. 얼굴 모양을 바꾸고 있다는 게 떠올
라 바로 원래의 얼굴로 되돌리자 노야차의 표정이 한층 더
험악해졌어요.

"네가 왜 산중노괴가 만들어 낸 요물…… 네 스승의 원수
와 어울리고 있는 것이냐? 네 스승 호비가 저것으로부터 사
람들을 지키기 위해 이곳까지 왔다가 변을 당한 걸 모른단
말이냐?"

"알고 있어요! 무명이 호비 선생님을 해치지 않았다는 것
도 알고 있고요! 선생님의 원수는 따로 있어요! 무명은 제
가 원수…… 은자를 쫓는 걸 도와주고 있는 거고요!"

"어찌 스승이나 제자나 한결같이 사이(邪異)한 것들에 이
끌리는지……. 저것들은 언제나 요사한 말로 사람들을 기만
한다. 네가 알고 있다 믿는 것이 진실이라는 걸 어찌 장담할
수 있겠느냐? 비켜서라, 권별."

노야차의 말투는 슬픈 것처럼, 또 조금 지친 것처럼 들리
기도 했어요. 하지만 무명을 노려보는 기세는 한층 더 험악

해졌지요.

— 미안한데. 나는 급히 좀 가 봐야 할 거 같아. 곽빈 경위가 위험에 처했다는 연락을 막 받았거든. 한시가 급해.

정치인 아저씨는 일방적인 전음을 날리고 두 명의 인턴들마저 버려 둔 채 회관을 빠져나갔어요. 하지만 따질 겨를이 없었어요. 창을 오른쪽 겨드랑이에 끼고 뒤쪽 무릎에 체중을 실으며 몸을 긴장시키는 노야차의 자세는 제가 늘 봐 왔고, 배웠고, 사용하는 자세였거든요. 최소한의 동선으로 가장 파괴적인 공격을 가할 때 쓰는 바로 그 자세요.

— 별아…… 어떻게…….

무명의 시선이 제게 향하는 틈을 노야차는 놓치지 않았어요. 그 누구의 눈으로도 쫓을 수 없는 한 줄기 빛이 노야차가 서 있는 곳에서 무명에게로 연결되는 듯했어요. 창날이 노야차와 무명 사이에 놓인 허공에 빛줄기를 그렸죠.

무명이 아무리 빠르다 해도 절대 막을 수 없는 속도였어요. 창이 정확히 무명의 심장을 관통하는 직선을 그리려는 찰나, 제 주먹은 노야차의 어깨로 이어지는 또 다른 선을 그렸죠.

선생님이 즐겨 말씀하시던 이야기가 있죠. 공격이 제아무리 빠르다고 해도, 그에 대비하고 있는 자보다는 빠를 수 없다고.

노야차의 자세를 본 순간, 저는 무명을 공격하려던 노야차의 의도를 읽었어요. 저는 노야차의 공격과 완전히 같은 방식으로 준비했죠. 단, 위력보다는 속도에 치중했어요.

노야차는 창끝을 거두어 왼쪽 팔꿈치를 들어 제 주먹을 막았어요. 꼭 무슨 두꺼운 쇠문을 때린 것 같더군요.

"이건 내가 장호비에게 건넨 공부로구나. 장호비의 제자인 네가 나의 수법으로 나를 공격하다니."

뭐라 변명도 할 수 없었어요. 노야차의 눈치만 봤죠. 화를 내는 것처럼도, 감탄한 것처럼도 들리는 말투였어요. 하지만 노야차의 표정은 험악하지 않았어요. 꼭 재미난 걸 본 사람처럼 미소까지 짓고 있었거든요.

"죄송해요. 너무 급해서……. 그래도 제발 제 이야기 좀 들어 주세요! 무명이가 바로 공격하지 않았잖아요! 아까도 저한테 물어보느라 틈을 보인 거고요! 선생님 말씀대로 무명이가 선생님을 그렇게…… 하여간 못된 애라면 뭐하러 그렇게 위험을 무릅쓰겠냐고요!"

"……."

노야차는 제 말을 곱씹듯 한참이나 물끄러미 절 바라만 보았어요. 의외로 말이 좀 통할지도 모르겠다고, 선생님께 듣던 것보다는 더 상식적인 사람일 수도 있다는 생각이 들던 순간.

"……호비가 내지른 주먹의 끝에는 머뭇거림을 보이면 안 된다고 말하지 않았느냐?"

"네?"

들은 적이 있는 말이긴 한데, 질문이 너무 뜬금없잖아요?

"내 한 번 무기를 내뻗으면 반드시 무언가를 부수어야 한다 가르쳤다. 너도 똑같은 가르침을 받았을 것이다. 호비가 너를 두고 하나를 가르치면 백을 배운다고 입만 열면 칭찬했었으니 네가 그걸 모를 리는 없겠지. 그런데 감히…… 네가 손끝에 사정을 두어 나를 능멸하다니."

아니, 자길 공격한 것 때문이 아니라 봐준 것 때문에 화를 낸다는 게 말이 되나요?

"네 미천한 공부로 내 성취가 이리 모욕받는 걸 도저히 두고 볼 수가 없구나!"

실망과 짜증이 가득 섞인 표정으로 노야차가 왼팔을 들어 올렸어요. 보이지 않는 손이 옷자락을 잡아당기기라도 하듯 몸이 노야차에게로 끌려갔어요. 다리에 내공을 실어 바닥에 꽂아 넣고 버텨 보려 하는데 전혀 소용없었어요. 단단한 대리석 바닥이 노야차에게 끌려가는 제 발끝에 쪼개져 파이며 갈라지는 걸 보고 바로 저항을 포기하고 반대로 끌려가는 힘을 추진력 삼아 덤벼들었지요.

노야차는 이미 예측하고 있었고요. 달려오는 저와의 간격을 확 줄이며 주먹을 제 얼굴로 꽂아 넣었어요. 이대로라면 머리가 통째로 뚫려 버리겠구나…… 싶었는데 무명의 발차기가 노야차의 팔로 날아들었어요. 노야차가 그걸 막는다 싶더라니 어떻게 했는지도 모르게 무명와 저는 서로 다른 방향으로 내동댕이쳐졌어요.

"호비는 스스로의 힘에 제약을 가했다. 그런 호비를 상대로 잠시 우세했던 걸 믿고 교만을 떨다니 가소롭기 짝이 없구나. 너 따위가 호비의 복수를 하겠다고 나서는 걸 감히 넘겨보아 줄 순 없다. 지금이라도 돌아가라!"

"……누가 당신 허락 따위가 필요하대!"

"네게는 복수를 할 힘도 나를 막을 힘도 없는데, 내가 허하지 않는 걸 어찌 거스르겠다는 것이냐!"

또다시 노야차의 호통이 싸움의 시작을 알리는 신호가 되었어요. 이번에는 그 신호에 제가 먼저 반응했다는 게 차이점이었고요.

아무리 공격이 빨라 봤자 이미 대비하고 있는 사람보단 느리다고 했잖아요? 그리고 물론 노야차도 제 성급한 공격에 대비하고 있었을 거예요. 하지만 저는 그 대비조차 대비하고 있었어요.

저는 감정적으로 덤벼드는 것처럼 위장한 제 단순한 선공을 맞받아치는 노야차의 역공을 노리고 있었어요. 처음 공격이 빗나가자마자 역공을 피해 몸을 낮추며 팔꿈치를 노야차의 명치에 박아 넣었어요. 공격이 먹혔다 싶었는데 어느새 노야차는 주먹을 기묘하게 움직여 제 뒷덜미를 잡아챘어요. 그 억센 손아귀에 잡힌 옷을 급히 벗어 던지려고 했지만, 제 몸은 다시 단단한 대리석 바닥에 내려꽂혔어요.

무공을 익힌 뒤로 한 번도 느껴 보지 못했던 고통에 숨이 턱 막혀 왔어요. 목구멍에서 비릿한 쇳가루 냄새가 풍겨 왔고요. 하지만 잠깐 숨을 돌릴 틈도 없이 몸을 굴려야만 했어요. 노야차의 발이 좀 전까지 제가 누워 있던 곳에 커다란 구멍을 뚫어 버렸거든요.

"형편없는 주먹질 솜씨와 달리 바닥을 기는 솜씨는 제법이구나. 그딴 천박한 재주를 호비에게 가르쳐 본 기억은 없으니 권별, 네 고유의 재주가 분명하겠구나!"

노야차가 코웃음을 쳤어요. 저는 벌겋게 달아오른 얼굴로 이를 악물고 땅을 박차며 다시 공격을 이어 가려 했어요.

― 별아, 진정해! 너 혼자서는 승산이 없어.

그제야 왜 노야차의 공격이 이어지지 않았는지 알 수 있었어요. 어느샌가 일어난 무명과 대치 중이었거든요.

― 네 대사부를 해치우려 하는 거야? 아니면……

― 해치우면 안 되지! 그냥……

― 내가 기회를 만들어 줄게. 그 기회를 어떻게 쓸지는 뜻대로 해.

무명이 몸을 날렸어요. 저나 노야차의 직선적인 움직임과
는 달랐어요. 정면으로 덤벼드는 듯하더니 어느새 옆으로
돌아가 있고, 공격하려는 듯하더니 다시 물러나 있고, 물러
나는 듯하더니 발차기를 날리는 모습이 꼭 수십, 수백 명의
무명이 노야차를 둘러싼 것처럼 보였어요.

"오만가지 사술을 다 배웠군. 도저히 너를 살려 두어 세상
에 해악을 끼치게 둘 수는 없겠구나!"

현란한 움직임을 보이고는 있지만 무명의 얼굴은 점점 굳
어져 갔어요. 반면 노야차는 여전히 여유가 넘쳐 보였고요.
노야차는 무명보다 느려 보였지만, 공격을 날릴 때마다 무
수히 많아 보이던 분신의 숫자가 분명히 줄어들었어요.

그리고 결국 무명의 속도마저 노야차에게 따라잡히는 순
간이 왔고요. 노야차가 무명을 확실히 해치울 일격을 날릴
수 있는 그 순간이 바로 무명이 제게 준 기회의 순간이었어
요. 무공을 익힌 사람이라면 1000명 중 단 한 명도 맞지 않
을 거라고 했던가요, 그 공격을.

이번엔 힘을 빼거나 머뭇거리지 않았어요. 노야차가 그
정도 공격에 당할 리는 없다는 확신이 있었거든요. 눈빛을
짧게 교환한 뒤 무명은 몸을 날렸어요. 무명을 쫓아가는 노
야차의 몸은 제 공격에 그대로 노출되었어요.

저는 내공을 쏘았어요. 요란한 굉음도, 떨리는 공기도 없

었어요. 다만 원래 서 있던 곳에서 몇 걸음 밀려나 두 팔을 단단히 교차한 채 우뚝 선 노야차의 모습만이 제 공격이 적중했음을 증명해 주고 있었죠.

"도대체……."

노야차가 억눌렸던 숨을 내뱉는 모습에 온몸의 긴장이 풀렸어요. 짧은 시간에 온 힘을 다 쏟아서 금방이라도 쓰러질 것만 같았어요. 하지만 곧, 언제 또 노야차의 공격이 이어질지 몰라 경계심을 늦추지는 않았어요. 그런 절 보고 노야차가 긴 한숨을 내쉬었어요. 그러고는 짧게 팔을 휘둘렀어요. 언젠가 옥상에서 저의…… 필살기를 보고 선생님이 했던 것처럼요.

하지만 그 결과는 확연히 달랐어요. 노야차가 팔을 휘두른 방향은 거인의 손톱이 할퀴고 지나간 듯 벽까지 뜯겨 패이고 무너져 버렸거든요.

아직 남아서 대결을 흥미롭게 지켜보던 사람들의 입에서 질렸다는 듯, 탄복했다는 듯 알 수 없는 탄성들이 터져 나왔어요.

"왜 산중노괴의 괴물과 어울리는 것이냐, 권별."

"무명은 더 이상 그 사람을 따르지 않아요. 우리 둘의 목적이 일치하기도 하고요. 무엇보다 우리 둘은 친구예요."

노야차는 한동안 말없이 내 대답을 곱씹고 있었어요. 그러더니 아주 작게 '제 스승과 똑같은 소리를 하는구나.'라고 중얼거리더군요.

"하……. 그럼 통영의 별 볼 일도 의리도 없는 시러베 형제자매 여러분들. 당신들이 그리 두려워하고 염려하던 나 노모는 정당한 자기 권리를 행사하고자 하는 비의문의 차기 문주 권별의 뜻을 받들어 이 순간부터 이곳에서 벌어지는 일에서 손을 떼고 물러나오니 부디 안심하시고 돌아들 가서서 그 비루하고 구차한 목숨을 연명들 하시길 바랍니다."

빈정거리는 노야차의 말에 대꾸하는 사람은 아무도 없었어요. 저 역시 다리의 힘이 풀려 쓰러질 것만 같아 아무런 말도 못 하고 멍하니 노야차를 바라만 보고 있었거든요.

— 권별. 정녕 네 뜻이 확실하다면 서둘러라. 호비의 복수를 하려는 자가 너와 나뿐만은 아니다.

노야차는 뜻 모를 전음을 남기고는 바닥에 꽂아 둔 창을 뽑아 들고 회관을 떠나갔어요. 그 앞을 막아서는 사람은 없었고요.

— 별아, 우리도 일단 이곳을 벗어나자.

무명과 저를 바라보는 사람들의 모습이 심상찮게 느껴졌어요. 일단은 자리를 피해야 할 시간이었지요. 시청에서 한참 떨어진 곳까지 벗어나니 이 고생을 하고도 아무런 소득을 얻지 못했다는 생각이 들었어요.

"모임 주최자랑은 어떻게 알게 된 사이야?"

"우연히? 경찰서에서 곽빈 경위 찾고 있는데 접근했거든."

"아무래도 수상해."

자기 실력을 감추고 있는 것도 그랬고, 무명과 쓰는 보법이 대단히 비슷한 것도 그랬어요. 그런데도 우리가 은자를 찾는 걸 계속 도와주려고 했던 건 왜일까요? 무명과 그 점에 대해서 논의하려고 하는데, 갑자기 문자가 왔어요.

'은자의 위치를 발견했습니다. 서둘러 숙소로 오시지요.'

지배인 아저씨였어요. 숙박부에 적어 둔 제 번호를 보고 연락했던 걸까요? 무명에게 문자를 보여 줬어요.

"운이 좋네. 자세한 건 숙소 돌아가서 이야기하자."

무명도 한결 풀어진 표정으로 고개를 끄덕였어요.

"봉황련주의 정보라면 믿을 만하지."

웃음이 터져 나오더라고요. 모임에서 애를 썼는데 아무 소득이 없던 건 아쉬웠지만, 그래도 결과적으로 잘되었으니 그거면 된 거죠. 경공으로 갈까 했더니 손끝 하나 꼼짝도 못 할 것 같다는 무명의 너스레에 택시를 타는 내내 웃음을 멈추지 못했어요. 제 웃음에 전염된 듯이 무명도 마주 웃었고요.

드디어 긴 추적의 끝이 보였어요.

둘이 함께 노야차와의 싸움에서 승기를 잡았다는 사실이

주는 고양감도 컸어요. 우리 둘이 함께라면 두려울 게 없다. 상대가 은자든 뭐든 함께라면, 아무런 문제가 없을 것이다.

우리는 서로 어깨를 마주하고 얼굴을 기댔어요. 그렇게 잠깐, 잠이 들었던 모양이에요.

16.

"위험해!"

온몸의 잔털이 일어서고 등줄기로 얼음물이 흘러내리는 듯한 감각에 깨어났어요. 눈을 떠 보니 익숙한 골프장 로비가 보였어요.

뒤이어 동시에 몇 개나 되는 정보가 머릿속에서 위험을 외쳐댔죠.

커다란 괴물의 이빨 같은 트럭의 앞 범퍼가 택시 유리창을 가득 메우며 덮쳐 오고 있었고,

공포에 질린 택시 기사가 눈을 감고 몸을 움츠린 채 브레이크를 힘껏 밟고 있었고,

도로와 타이어가 마찰하며 비명 같은 소음을 내지르고 있었고,

무명이 외마디 경고를 외치며 두 자루의 검을 휘둘러 뒷

문을 베어 열고 있었어요.

뒤를 따르려는데 얼어붙은 기사 아저씨를 도저히 내버려 둘 수 없었어요.

기사 아저씨를 묶고 있는 벨트를 잡아 뜯은 다음, 아저씨를 뒷문 밖으로 집어 던졌어요. 바로 뒤따라서 택시 밖으로 몸을 내던졌지만, 택시를 종잇장처럼 구겨 접으며 밀고 들어온 쇳덩이가 제 갈비뼈까지 치고 들어왔죠.

바닥에 착지해 짧게 숨을 내쉬는데 가슴 안쪽을 송곳으로 후비는 듯한 통증이 느껴졌어요. 비명이 터져 나오는 걸 참으며 주변을 둘러봤어요.

수많은 얼굴이 저와 무명을 포위하고 있었어요.

낯익은 얼굴들도 많지요. 쇠구슬을 손가락 사이에 끼우고 있는 비도 심우와 말만 참 많았던 신산객 아저씨, 그들과의 대결 장소였던 이마트 창고로 우릴 안내해 줬던 언니 같은 사람들이요. 그리고 물론 정치인 아저씨, 이은성도 있었고요. 여태껏 봤던 모습과는 완전히 달라진 인상이었지만. 특유의 사람 좋은 미소와 여유 있는 태도는 여전해 금방 알아볼 수 있겠더라고요.

우리를 포위한 수많은 사람 사이에서, 어두운 표정으로 서 있는 지배인 아저씨가 눈에 들어왔어요. 입을 꽉 다물고, 차마 저와 눈을 마주치지도 못한 채로 땅만을 바라보고 있는 그 사람을요. 배신당했다는 것 말고는 다른 생각을 할 수도, 다른 감정이 들지도 않았어요. 몸이 부들부들 떨려 왔어요.

"보아라! 결국엔 모든 게 다 내 계산대로 진행되지 않았느 냐. 은자."

신산객 아저씨가 으스대며 말했어요.

"그래, 그래. 정말 대단하네. 네 조언이 돈값을 해서 참 다 행이야."

— 일단 피하는 게 최선이야. 내가 어떡하든 상황을 만들고 신호 를 줄게.

하지만 무명의 전음이 좀처럼 마음에 와닿지 않았어요.

"그렇게 화난 눈으로 노려볼 필요 없어. 봉황련주 남궁민 은 내게 진 빚을 갚기 위해서 어쩔 수 없이 너희들을 배신 한 거거든. 아마 개인적인 감정은 전혀 없을걸? 이런 변명을 애들한테 하고 싶었던 거지? 민?"

"내 이름을 함부로 입에 올리지 마라."

지배인 아저씨의 얼굴에는 분노가 가득했어요.

그 순간 이은성 아저씨가 저와의 간격을 확 줄이며 다가 왔어요.

"민! 내 후배님은 네가 처치해라. 그걸로 두 번째 빚도 청산 해 주지. 니들도 내 말 들었지? 진짜로 나한테 빚진 게 있어서 하고 싶지도 않은데 저러는 거야. 정말 고지식하지 않아?"

"살인은 하지 않는다고 말했다."

"죽이는 건 내가 하면 돼. 그게 내 전공 영역이잖아? 내가 비의문의 차기 문주와 볼일을 보는 동안 묶어만 두면 돼. 그 정도는 충분히 할 수 있잖아?"

이은성 아저씨의 말이 끝나기도 전에 무명은 뽑아 든 검으로 지배인 아저씨를 겨누었어요. 지배인 아저씨도 어느 틈에 장검을 뽑아 들고 무명과의 간격을 좁혀 들어갔고요. 거리가 좁혀 들자 둘은 서로 대치하며 멈추어 섰어요.

"지금 이 간격 안으로 들어오지도, 밖으로 벗어나지도 말아라. 그럼 아무 일……."

지배인 아저씨의 경고가 끝나기도 전에 무명이 몸을 낮추며 뛰어 들어갔어요. 세 가닥의 섬광이 맞부딪힌다 싶었는데 '챙!' 하는 날카로운 소리와 함께 무명의 검 하나가 부러져 땅바닥에 꽂혔어요. 둘은 아까와 똑같은 모습의 대치 상태로 돌아갔어요.

달라진 건 무명의 손에는 한 자루의 검만 들려 있다는 것과 얇게 베인 이마에서 피가 흘러내리고 있었다는 것뿐이었지요.

순간 도와줘야 한다는 생각에 무명의 곁으로 몸을 날렸지만 정치인 아저씨의 발차기가 저를 가로막듯 날아왔어요.

"거참, 둘 다 성질도 급하지."

말까지 하는 여유를 부렸다고는 믿기지 않을 정도의 위력이었어요. 마치 다시 노야차의 창을 마주하는 기분까지 들었어요. 팔을 세워 막으려는데 이은성은 아무 일도 없었다는 듯 발차기를 거두어들이더군요.

"권별, 너 생각보다 형편없구나? 악명 자자한 후배님도 기대보다는 별로고. 아님, 민 네가 너무 강한 건가?"

키득거리는 이은성…… 아니, 은자를 노려보았지만 먼저 공격할 엄두는 나지 않았어요.

"그래도 민, 조심하는 게 좋을 거야. '이름 없는 이'를 자처하던 그 노인네가 맨날 가르치는 게 그런 거야. '최대한 우습게 보여라! 상대를 방심하게 만들어라!' 늘 내가 사람들 대하는 방식 봐서 잘 알고 있지? 우리 후배님도 그거 전문일걸?"

무명과 지배인 아저씨는 은자의 말은 무시한 채 서로를 노려보고만 있었어요. 흥미를 잃은 은자가 다시 제게 시선을 돌렸어요.

"쟤도 너한테 그랬지? 한 수 아래처럼 보이고 제대로 싸우면 충분히 이길 수 있을 것 같아 보이지 않았어? 생각해 보면 이상하잖아? 세상 모든 사람을 내가 죽일 수 있는 사람과 죽여야만 하는 사람으로 분류하는 애가 왜 너랑 어울려

다니는 건지. 친구 따위를 왜 만들겠어? 언젠가 너를 죽일 날이 오면 써먹으려고 너를 관찰하고, 분석하고, 방심하게 만드는 거 아니었겠냐고?"

"아니야! 나는 절대 별이한테 거짓말을⋯⋯!"

외마디 비명처럼 터져 나온 무명의 말은 지배인 아저씨가 휘두른 장검에 가로막혔어요.

"저자의 말에 휘둘리지 마라."

은자의 유치한 도발도, 거기에 휘둘리는 무명을 진심으로 걱정하는 듯한 지배인 아저씨의 말투도 도저히 참을 수 없었어요.

— 무명성 님. 무명 님에게도 전해 놓았습니다. 이대로 조금만 시간을 끌어 주세요. 몸을 피하실 수 있는 상황을 만들어 드리겠습니다.

그 순간, 지배인 아저씨가 전음을 전해 왔어요.

— 날! 우리를 배신할 때는 언제고 이제 와서⋯⋯ 당신 말 따위 듣고 싶지 않아.

"뭐야? 언제까지 그렇게 노려만 보고 있을 거야? 비의문에서는 눈빛으로 사람을 공격할 수 있는 무술도 가르쳐 주나 보지? 그런 게 있었으면 민은 진작 죽었겠는데? 권별 네 스승도 나한테 그렇게 일방적으로 당하지도 않았을 것이고."

"뭐? 우리 선생님⋯⋯."

"그 명성 자자한 장호비 대협의 실력도 영 별 볼 일 없더라고……라고 말해 주고 싶은데. 사실 겨뤄 보지도 않아서 실력이 어떤지는 전혀 모르겠네? 말했잖아? 우린 항상 상대방을 방심하게 만든다고. 그러니 장호비 대협도 속 편하게 내 사무실까지 찾아와서 내가 주는 음료수도 받아먹고 한 거 아니었겠어? 아니 도대체 나에 대해 뭘 안다고 주는 걸 덥석덥석 받아먹지? 사람이 좋은 건가? 아니며 내가 지난날의 악행에 반성하며 사는 평범한 일상이 우리 후배님에 의해 깨질게 두렵다고 말한 걸 곧이곧대로 믿을 정도로 바보였던 건가? 그래도 고통 없이 곱게는 죽었으려나? 산중노인 비방의 마취 수면 약이 장호비 대협 같은 고수한테도 온전히 통했을지 아닐지 누가 알겠어? 그냥 몸만 꼼짝 못 하는 채로 고통은 다 느끼면서……."

제 주먹이 은자의 머리를 꿰뚫어 가고 있었어요. 뒤따른 건 저 나불거리는 입을 뭉개 버리겠다는 결정이었고요. 그 뒤에서야 은자를 죽이겠다 결심했어요.

선생님의 공격과 정반대의 순서로 이루어진 공격이었어요. '뜻을 세우고, 결정을 내리고, 움직인다'고 가르치셨던가요. 하지만 그 덕분에 여태껏, 그리고 그 이후로도 한 번도 도달해 보지 못한 속도와 위력을 낼 수 있었어요. 설령 노야차라고 하더라도 그걸 막을 수는 없었을 거예요.

하지만 아무리 빠른 공격도 대비하고 있던 자의 대응보다는 빠를 수가 없는 법이었고, 은자는 자신의 혀로 이끌어낸 제 공격을 이미 대비하고 있었어요.

은자는 찰나의 순간에 주먹의 궤적 안으로 몸을 날리며 뱀처럼 팔을 얽매어 왔어요. 그 반격을 전 무시했어요. 오른팔을 내주고 은자의 심장을 꿰뚫으려 했죠. 제 계산대로라면 그렇게 되었을 거예요.

은자의 가슴에 제 주먹이 제대로 꽂히는 그 순간, 은자의 몸이 터져 나갔어야 하는 그 순간, 제 오른팔의 관절이 기괴하게 뒤틀리며 팔 끝에서부터 벼락에 맞은 듯 섬뜩한 감각이 온몸을 타고 흘러 퍼졌어요. 제 주먹을 맨몸으로 받아낸 은자가 너무 멀쩡하다는 것에 놀라 고통이 느껴지지도 않았어요.

"장호비 대협의 권술은 신권이라 불린다더니만, 그 제자의 권술은 겨우 이 정도였어?"

은자는 여유롭게 이죽거리며 제 팔을 붙들어 관절을 뽑으려고 들었어요. 벗어나려고 했지만, 은자는 오히려 제 행동에 힘을 보태며 불안정해진 다리를 향해 발길질했어요.

균형을 잃고 넘어지는 제 명치에 은자의 무릎이 둔탁하게 꽂혔어요. 갈비뼈가 모두 부러질 거라고 생각했죠. 하지만 통증은, 정수리 쪽에서 왔어요. 머리에서 폭탄이 터지는 듯

한 소리가 들리더니 온몸의 내공이 머리 위로 새어 나가는 감각이 느껴졌어요.

이제껏 경험해 본 적이 없는 내공의 흐름이었어요. 온몸의 감각이 헝클어져 어디가 하늘인지 어디가 땅인지조차 분간이 안 갔어요. 분명 멀쩡하게 서 있다고 생각했는데 골프장 잔디가 뺨을 찔러 대고 있었어요.

"저런……. 단전이 깨져 버렸구나. 네 선생님한테 미안해서라도 곱게 죽여 주려 했는데 엄청 고통스럽겠는데? 그래도 기왕 이렇게 된 거 죽기 전에 몇 가지 대답이나 해 주라. 비의문은 내 정체에 대해서 어디까지 알고 있는 거지? 권별 네가 내게 접근한 건 어떤 의도였던 거야? 애초에 진짜로 내 정체를 몰랐던 거니? 아니면 다른 꿍꿍이가 있었던 거니? 노야차는 도대체 왜 그랜드볼룸에서 너를 공격한 거지? 거기서 둘이 나누었다던 대화의 뜻은 또 뭐고? 도대체 너희 비의문 놈들은 뭐 하는 놈들이길래……."

끝도 없이 주절거리는 은자의 질문이 좀처럼 머릿속에 들어오지 않았어요. 다른 광경이 저를 홀렸거든요. 쓰러진 저를 향해 외마디 비명을 지르며 몸을 날리는 무명, 그 뒤에 길게 드리워진 검광, 그 궤적을 따라 흩뿌려진 피 보라.

"여기까지다. 이걸로 네게 진 두 번째 빚도 갚았다."

혐오스러운 표정으로 은자를 바라보며 지배인 아저씨가

묻은 피를 털어 내고 검집에 검을 집어넣었어요.

"그래그래. 민, 이 고지식한 녀석아. 이제 딱 하나 남았네. 그런데 고작 이 정도 수준이라? 도움 따윈 필요 없었겠는데? 그 아까운 걸 이렇게 써 버리다니……. 그냥 나 혼자 상대했어도 충분했겠어. 도대체 애들이 노야차를 어떻게 이겼다는 거지?"

지배인 아저씨는 대꾸하지 않고 몸을 돌려 사라졌어요. 은자는 관심도 없다는 듯 고통스러운 신음을 내뱉는 무명에게 걸어갔고요. 무명을 도와줘야 한다는 생각에 몸을 일으키려 했지만 살면서 한 번도 일어서 본 적이 없는 갓난아기처럼 몸을 움직일 수가 없더군요.

"산중노인의 제자가 적 앞에서 등을 보이다니. 심지어 다른 이를 도우려다가……. 너는 도대체 무슨 해괴한 잡종인 거니?"

은자가 몸을 낮추어 무명의 턱을 잡으며 말을 이어 갔어요. 아무런 감정도 없는 얼굴로 무명은 은자의 눈을 마주 바라보았고요.

"그러게 왜 잘 살고 있는 나를 찾아 나선 거야? 네가 망할 놈의 노친네를 죽였다며? 그러면 나처럼 평범하게 숨어 살 것이지 왜 나댔냐고, 괜히 왜. 노친네가 뭐라고 말했길래? 세상엔 죽어 마땅한 놈들이 있는데 그게 우리래? 그리고 보니 너 눈이 멀쩡하구나? 너도 나처럼 노친네 말을 따르기 싫었던 거야? 그래서 죽인 거구나? 노친네 다리 하나 망가뜨린 나보다 더 대담하네?"

무기력해 보였던 무명의 양손이 별안간 신발 쪽으로 움직였어요. 그러더니 어느새 뽑아 든 두 자루의 단검으로 무방비한 은자를 찔렀어요.

이제 온 세상이 흐릿하게 보이는 제 눈으로는 도저히 쫓을 수 없는 속도의 공격이었어요. 하지만 은자 역시 무명과 똑같은 수법으로 뽑아 든 단검으로 여유롭게 공격을 막아 냈어요.

"그러니까 말이야……. 네가 배운 건 나도 다 배웠다니까? 수가 뻔히 보인다고."

무명과 은자는 거울을 바라보며 춤을 추는 한 쌍의 무용수처럼 완벽한 대칭을 이루며 단검과 발차기를 서로에게 날려 대었어요. 쇠붙이가 부딪히는 소리와 발차기의 파공음이 만들어 낸 음악이 곁들여진 짧은 무용은 은자의 단검에 왼쪽 눈을 찔린 무명의 비명과 함께 끝이 났어요.

"진즉에 마무리했어야 했던 일을 대신해 줬다고 그 노친네가 지옥에서 고마워하겠는데?"

은자의 웃음소리와 무명의 비명과 분노에 찬 내 고함이 기괴한 화음을 만들어 내었어요.

— 눈과 귀를 막고 모든 감각을 다 차단하십시오.

지배인 아저씨의 전음과 함께 둔탁한 금속이 잔디 위에 떨어지는 소리가 들려왔어요. 뒤이어 모든 소리를 압도하는 엄청난 굉음과 눈을 태울 듯 터져 나오는 섬광이 따라왔고 요. 내공의 힘으로 모든 감각이 극도로 예민해진 사람들에 게는 섬광과 굉음이 몇 배나 증폭되어 작용했을 거예요.

그곳에서 그 뒤에 일어나는 일을 멀쩡히 지켜본 건 감각 이 다 뒤틀려 있던 저뿐이었어요.

지배인 아저씨의 전음을 들었는지 무명은 눈을 감고 귀를 막고 있었어요. 하지만 은자를 비롯한 다른 사람들은 고통 스러운 신음을 흘리며 몸을 휘청이고 있었고요.

커다란 승합차가 그중 몇 명을 치어 버리며 멈추어 섰어 요. 어딘가 익숙한 아저씨 한 명이 운전석에서 손짓하며 뭐 라고 고함을 지르더군요. 누군지 알 수 없는 손길이 택시 기 사 아저씨와 저를 부축해 승합차 안으로 밀어 넣었어요. 비 틀거리면서도 제 가방과 자기 가방을 챙겨 든 채 뒤를 따라 온 무명이 쓰러지듯 몸을 실었고요.

아직 눈도 제대로 뜨지 못한 은자가 엉뚱한 방향을 가리 키며 고래고래 소리를 질러 댔어요.

"어서 뒤쫓아! 쓸모도 없고 돈값도 못 하는 것들 같으니 라고."

다른 사람들도 상태가 다 안 좋은데 왜 저리 화를 낸담? 그리고 자기가 직접 하지 왜 시키는 거야? 그런 와중에도 머릿속에선 한가로운 의문만 떠올랐어요. 꼭 제가 출연하는 영화를 먼 곳에서 바라보는 기분이랄까요?

승합차 안에는 방탄복을 입은 채로 긴장한 듯 손에는 산탄총을 꼭 쥔 경찰들이 있었어요. 운전석에는 초췌한 얼굴의 곽빈 경위가 앉아 있었고요.

우리를 태운 승합차가 골프장의 구불구불한 도로를 쥐어뜯듯이 달려 내려갔어요. 뒤흔들리는 차 안에서 몸이 이곳저곳으로 쏠리자 터무니없을 정도로 커다란 고통이 제 피부와 맞닿는 모든 곳에서 느껴졌어요. 의식하지도 못한 채로 저는 울고 있었어요.

"곧 추격이 뒤따를 겁니다. 이 차의 속도로는 따돌릴 수가 없습니다. 흩어져 몸을 숨기는 게 우선입니다. 곽빈 경위의 안전가옥으로 가십시오. 거기에서 통영을 떠날 방법을……."

"배신자. 자기 합리화나 하는 나쁜 놈."

내 입에서 흘러나온 말들이 꼭 제 얼굴을 한 배우가 내뱉는 대사처럼 들렸어요. 지배인 아저씨는 대꾸하지 않았어요. 저와 눈을 마주치려 하지도 않았고요. 대신 무명에게 이렇게 말했죠.

"내 말 알아들었지? 은성…… 은자에게는 아직 빛이 남아 있어 대신 싸울 수는 없지만 추격자를 따돌려 주마. 그래도 몇은 남을 것이니 절대 목적지를 들키지 마라."

눈과 등에서 흘러나온 피로 상의가 온통 다 젖은 무명이 가쁜 숨을 몰아쉬며 고개를 끄덕였어요. 그와 동시에 지배인 아저씨가 여전히 정신을 못 차리고 있는 택시 기사 아저씨의 뒷덜미를 잡은 채 폭주하듯 달리는 승합차에서 사뿐히 도로에 내려섰고요.

운전석에 있던 곽빈 경위를 보니 묻지 않을 수가 없었어요.

"은자를 무서워하지 않았어요? 갑자기 왜?"

여전히 제 입이 움직이고 있다는 사실이, 거기서 말이 흘러나온다는 사실이 낯설었어요. 곽빈 경위는 운전대를 꽉 쥐며 길게 한숨을 내쉬었어요.

"무섭지, 너무 무서워 죽을 것 같아. 내가 분명히 노야차와 비의문 사람들을 다 데리고 오라고 했잖아."

"그 노야차, 저희 둘이서 이겼어요. 노야차는 더 이상 이 일에 개입하지 않겠다고 했고요."

곽빈 경위의 표정이 어두워졌어요. 절망감 때문이었을 거예요.

"하지만 만약 제가…… 은자를 처리하지 못하면 노야차를 찾아가 지켜 달라 하세요. 말은 그렇게 하셨어도 통영을

293

떠나지는 않으셨을 거예요."

"넌 이런 상황에서도 여전히 복수를 포기하지 않았구나?"

의외의 말에 저는 말을 삼켰어요. 초조하고 심란한 표정
으로 오랫동안 말이 없던 곽빈 경위가 승합차의 룸미러를
가리켰어요. 사람 크기의 물체가 먼 거리에서 뒤를 따르는
모습이 아른대듯 보였어요.

"봉황련주도 모두 막진 못했나 보군. 다음 코너에서 내려
주마. 시야가 잠시 가려질 테니 그 틈에 너희는 산길을 따
라가."

"그럼 아저씨들 추격할 거예요. 모두 무사하지 못할 거라
고요! 우리가 어떻게든 막을 테니……."

"그만해, 권별. 이게 진작 내가 했어야 할 일이야. 더는 후
회할 짓 하고 싶지 않아."

단호하게 말했지만 곽빈 경위의 목소리는 떨리고 있었
어요.

"아저씨들이 무슨 힘이 있어서……."

승합차 안의 경찰관 아저씨 한 명이 과장스럽게 웃으며
소리쳤어요.

"누군가를 돕고 보호하는 일은 너희 같은 사람들만이 할
수 있는 거 아니야. 힘이 있든, 없든, 해야만 하는 일이고 그
러니까 하는 거지."

"그냥 도망가라고! 상대도 안 되면서! 잡히면 어떻게 될지 아시잖아요!"

내 울음 섞인 고함은 무시한 채로 곽빈 경위는 무명을 향해 고개를 돌렸어요.

"너, 왕십리 경찰서 사건의 용의자 맞지? 지금 놔주는 거 아니니까 기다려라. 언제라도 다시 찾아갈 거니까. 그전에 이 말 안 듣는 애 좀 챙겨 가."

무명이 가방 두 개와 함께 제 몸을 안아 들었어요. 몸부림 치고 싶었지만, 조금의 힘도 들어가지 않았어요.

"일이 끝나면 내가 먼저 찾아가도록 하지."

어떤 감정도 실려 있지 않은 짧은 말 한마디를 곽빈 경위에게 남긴 무명은 절 안고 달리는 승합차에서 뛰어내렸어요. 그러고는 속도를 조금도 죽이지 않은 채 산길로 달려 올라간 후에야 무명은 나무숲 사이에 절 조심스럽게 내려놨어요.

부드러운 흙이었지만 무수히 많은 자갈 위에 내려앉은 느낌이었어요. 무명은 몸을 숨기고 도로 방향을 한참 동안 바라보고 있었어요.

"모두 셋. 이제 지나갔다. 저 속도라면 차를 따라잡는 데 최소 10분은 더 걸릴 거야."

"내가…… 도대체 뭘 어떻게 해야 했던 걸까."

무명은 울음 섞인 제 질문에 눈을 맞추었어요. 그러는 무명의 온몸도 피로 젖어 있었어요.

"별아. 일단은 몸을 피하는 게 우선이야. 하지만 무턱대고 움직일 수는 없거든? 네가 해 줘야 할 일이 하나 있어."

말을 마친 무명이 가방 속에서 붕대를 꺼내어 왼쪽 눈을 감쌌어요. 하얗던 붕대가 순식간에 붉은색으로 물들었어요.

"너 눈! 그리고 아까 등도 다쳤잖아! 괜찮은 거야?"

"상처는 깊지 않아. 그 사람. 날 두 동강으로 베어 버릴 수도 있었는데 손에 사정을 두더라. 어지간히 우습게 보였나 보지."

무명의 표정은 무척이나 화가 나 보였어요.

"피가 떨어져 흔적을 남기면 곤란하니 등의 상처도 치료해야겠다. 좀 도와줄래?"

커다란 연고를 내게 건넨 후 무명은 윗옷을 걷어 올렸어요. 무명의 하얀 등에는 무수히 많은 상처가 남아 있었어요, 길게 베인 선, 찔린 듯 깊게 파인 자국, 어떤 곳은 불로 지지기라도 한 듯 피부가 죽어 있었어요.

오래된 상처들 사이에서 지배인이 새로 새겨 넣은 상흔을 찾아 연고를 바르는데 손이 제멋대로 떨리며 말을 듣지 않았어요. 힘겹게 상처에 연고를 바르는 동안 무명은 말없이 기다리고만 있었고요.

"미안해. 아까부터 몸이 너무 이상해."

"괜찮아. 이제 움직이자. 별이 넌 내가 안아 들고 갈게."

무명은 제 대답을 기다리지 않고 다시 나를 안아 들었어요.

"그리고 이거."

산을 등진 채 저를 안아 들고 아무런 상표가 붙어 있지 않은 스프레이를 건네주더군요.

"뒷걸음질로 발자국을 남기지 않고 천천히 산속으로 들어갈 거야. 별아, 내 상태가 좋진 않지만 그래도 이건 정말 중요한 거니 꼭 해 줘야만 해. 널 안은 채로 내가 할 수는 없거든."

알겠다고 하니 우리가 지나간 길에 핏방울이 떨어지면 그곳에 스프레이를 뿌려 냄새와 자국을 지워 달라 했어요.

마치 이런 일을 날마다 해 오기라도 한 듯 무명은 익숙해 보였어요. 천천히, 보통 사람들이 좀 빠르게 걷는 듯한 속도로 무명은 뒷걸음쳐 산 위로 올라갔어요. 저는 정신을 붙잡으려 애쓰며 지나온 길들을 노려보았고요.

저를 안아 든 채로 습기가 가득한 흙길을 움직이는 무명의 발자국은 조금도 남지 않았어요. 가끔 무명의 왼쪽 눈을 타고 흘러내린 핏방울들이 절 안아 든 손끝에 맺혀 흙 위에 떨어지면 소리쳐 알렸어요. 그리고 무명이 잠깐 발걸음을 멈추면 그 위에 스프레이를 뿌렸고요.

느낌상 한참을 움직인 것 같았는데 여전히 우리가 뛰어내렸던 도로에서 멀지 않은 곳이었어요. 하지만 재촉할 수는 없었어요.

핏방울이 떨어지지 않도록 조심스럽게 움직이는 무명에게서는 고단한 날숨이 묻어 나왔어요. 한참 뒤에야 무명은 이제껏 지나온 길을 돌아보았어요.

"이제 달려갈 거야. 지금 네 몸 상태로는 힘들겠지만 조금만 참아 줘."

고개를 끄덕이자 무명은 절 잡은 손에 힘을 주고 산을 바라보며 달리기 시작했어요. 마음의 준비는 하고 있었지만 무방비하게 비명이 터져 나오고 말았어요.

죽은 나뭇가지와 차가운 공기가 우리를 스쳐 지나갔어요. 무엇보다 견딜 수 없는 건 피부를 베어 버릴 듯 날카로운 공기의 흐름이었어요. 수많은 칼날이 몸을 저미는 듯한 감각에 기절할 것만 같았어요.

"괜찮아, 별아. 조금만 더 견뎌 줘."

무명은 계속 제게 주문을 걸듯 위로를 건넸지만. 점점 더 확장되고 증폭되는 통각에 머릿속이 새하얗게 비었어요.

산 너머로 넘어가는 해가 무명의 흩날리는 머리카락에 산란해 눈이 부셨어요. 힘겹게 고개를 들어 올려다보니 베일 듯 날카로운 턱을 굳게 다물고 앞만 바라보는 무명의 피에 젖은 얼굴이 보였어요. 살면서 그렇게 아름다운 것은 한 번도 본 적이 없었다는 생각이 들었어요.

제가 뜻 모를 신음을 흘리면 무명은 거기에 화답하듯 위로하는 말을 건네었어요. 산 너머에 걸쳐 무명의 얼굴을 황금색으로 물들이던 해는 순식간에 넘어갔어요. 어둠이 내리깔리자 이상하게 안심이 되었어요.

"그래도 결국엔 은자를 찾은 거잖아?"

"그래, 우리가 찾았어."

불쑥 튀어나온 제 말에 무명은 담담히 대꾸했어요.

"은자를 해치우면 이제 더는 사람을 죽일 필요가 없지? 곽빈 경위 찾아가는 것도 서두를 거 없는 일이잖아? 언제까지 가겠다고 약속한 것도 아니고. 그러니까 둘이서 미용실부터 가자. 네가 해 준 머리가 맘에 안 드는 건 아닌데 아무래도 나한테는 안 어울리는 거 같아. 그리고 백화점도 가자. 솔직히 여기서 산 옷들 다 좀 마음에 안 들었어. 우리 집 바로 근처에 큰 백화점 있거든? 아직 방학이라 괜찮아. 주말에 갈래? 그때는 사람이 너무 많으려나?"

제멋대로 날뛰는 통증을 잊어 보려 의식하지도 못하는 사이에 뜻 모를 말들이 흘러나왔어요. 무명은 저를 안고 달리는 와중에도 꼬박꼬박 대꾸를 해 주었고요.

한참을 그렇게 안긴 채 주변으로 흘러가는 풍경을 지켜보

다 저는 결국 고통에 굴복해 잠깐 정신을 잃었어요. 일어나
보니 커다랗고 딱딱한 나뭇등걸에 몸을 기대고 있었어요.
몸을 숙여 물끄러미 절 바라보는 무명의 등 뒤로 은은하게
달빛이 어른거렸어요.

"여기서부턴 너 혼자 가야 해. 똑바로 내려가기만 하면 돼."

갑작스레 이별을 선포하는 무명의 표정은 담담하기만 했
어요. 조금은 웃고 있는 것처럼 보이기도 했고요.

"뭐? 그럼 너는……."

"추격자들이 우릴 거의 따라잡았어."

별일 아니라는 듯 평온하게 말을 하고 있었지만, 무명의
상태 역시 좋아 보이지 않았어요. 피는 무명의 얼굴을 감싼
붕대를 모두 적시고 아래로 배어 나오고 있었고요.

"그냥 같이 도망가! 아니면 여기 숨어 있자!"

입 밖을 떠난 제 목소리가 웅웅거리며 귀를 괴롭혔어요.
가슴에 커다란 돌이라도 올려놓은 것처럼 먹먹했어요.

"고작 셋이야. 익숙한 상대도 한 명 있어. 창고에서 봤던
사람 기억나지? 한 번 겨뤄 보고 싶었는데 마침 잘 됐어."

무명은 가방 속을 뒤적여 이제 한 자루만 남은 짧은 검과
조그만 단검들을 흙바닥 위에 늘어놓았어요.

"걱정할 필요 없어. 추적자들만 처리하고 금방 갈게."

"꼭 올 거지?"

"그래. 꼭 갈게. 너랑 미용실도 가고. 백화점도 가고……
둘이서 할 게 많으니 꼭 갈게."

머리로는 이미 이곳에 남아 봐야 짐만 될 거란 걸 알고 있
었어요. 그저…… 그걸 받아들이고 싶지 않았나 봐요. 눈물
을 보이기 싫어 땅만 바라보았어요. 뭐라도 더 해야 할 것
같지만 떠오르지 않았어요. 그런 날 무명은 힘주어 끌어안
았어요. 얼굴을 새기기라도 하듯 한참 내 눈을 바라보다 날
놓아주고 제게 등을 돌린 후 무기를 챙겨 넣었어요. 이제 진
짜 헤어져야 할 시간이 된 거죠.

"별아. 넌 계속 은자를 뒤쫓을 거지? 복수를 포기하지 않
았지?"

등을 돌린 채 절 바라보지도 않고 무명이 물었어요.

"그래. 선생님이…… 내가, 우리가 살아만 있다면, 포기
하지만 않는다면 그건 패배한 게 아니라고 하셨어. 그래
서…… 우리는…… 나는 도망가는 게 아냐. 이겨 나가는 중
인 거야."

"좋은 말이구나. 이제 어서 가."

약한 모습을 보여서 무명을 걱정시키고 싶지 않았어요.
가방을 들쳐 메고 기운차게 일어나려 했지만, 여전히 몸이
말을 듣지 않더군요. 하지만 무명은 휘청이며 꼴사납게 바
닥을 뒹구는 절 바라보지 않았어요. 추적자들이 오는 쪽으

로만 시선을 고정한 채 깊은숨을 들이쉴 뿐.

걷는 내내 언제라도 등 뒤에서 무명의 비명이 터져 나올 것 같았지만 아무런 소리도 들려오지 않았어요. 염려할 필요 없다고 계속 되뇌었어요. 몇 분도 안 걸려서 무명이 웃으면서 절 따라잡을 거예요. 전 꾸준히 걸어가기만 하면 되는 거죠. 함께 다음 계획을 세울 거고요. 계속 나아가기만 하면요.

그런 희망을 품고 계속 발을 움직였지만, 그런 일은 일어나지 않았어요. 모든 기억이 희미해졌어요. 얼마나 걸었을까요? 몇 분, 몇십 분, 몇 시간, 어쩌면 며칠? 도저히 견딜 수 없을 정도로 감각이 뒤틀리며 고통이 밀려와 몇 번이나 정신을 잃고 기절하기도 했어요.

누군가 어깨를 흔드는 감각에 화들짝 놀랐어요. 추격자들인가? 짧고 꼴사나운 내 도피가 이렇게 마무리되나? 그러나 주변엔 아무도 없었어요. 어느새 내리기 시작한 빗줄기에 떨어진 나뭇가지가 제 어깨를 때린 거였죠.

비를 머금고 진탕이 된 산길은 제 발을 단단히 붙들었어요. 저는 결국 두 팔과 두 다리로 짐승처럼 기어가기 시작했죠. 온통 진흙 범벅이 된 몸으로 진창을 구르고 있자니 알 수 없이 웃음이 터져 나오더군요.

'계속 나아간다'와 '무명이 곧 나를 따라올 거다'라는 두

가지 생각이 지배하고 있던 머릿속에 다른 하나가 떠올랐어요. '왜 은자는 직접 우릴 추격하지 않는 거지?'

알 수 없는 일이죠? 본인이 직접 나서는 게 가장 확실한 상황이잖아요? 제 주먹을 맞고도 은자는 멀쩡해 보였지만, 사실은 멀쩡한 척한 게 아닐까요? 사람들을 방심하게 만드는 것이 은자와 무명의 특기라고 했었잖아요?

당장 답을 낼 수 없는 의문을 품은 채 나아가며 정신을 잃고, 소스라치며 깨어나고, 뒤를 돌아 무명을 찾기를 몇 번이나 반복했지만 언제나 주변엔 아무도 없었어요. 해가 떠오를 즈음에야 낯익은 장소가 눈에 들어왔어요.

안전가옥의 문은 잠겨 있지 않았어요. 비닐하우스 속의 포근한 공기에 둘러싸이자, 잠시 잊고 있던 고통이 다시 힘을 합쳐 몸을 공격해 오기 시작했어요.

그저 침대에 몸을 누이고 싶다는 생각, 그리고 무명이 아직도 나를 따라잡지 못했단 생각밖에 나지 않았어요. 비닐하우스 한편에 놓인 침대 위로 몸을 던졌어요. 어처구니없었던 게 그 와중에도 온몸이 진흙투성이라서 침대가 더러워질 거란 걱정을 하면서요. 딱딱한 침대 매트가 저를 늪처럼 빨아들였어요.

하지만 바로 온몸의 모든 혈관이 터질 듯 제멋대로 꿈틀거리기 시작했어요. 내공들이 저를 갈기갈기 찢어 버릴 듯

요동치는 거였어요.

사나운 말 한 마리가 혈관을 거꾸로 따라가며 날뛰는 듯했어요. 은자가 저더러 단전이 깨어졌다고 했던가요? 고통스럽게 죽어 갈 거라고도. 으레 하는 도발인 줄 알았는데 사실이었나 봐요.

감당할 수 없는 고통과 그 고통을 몇십 몇백 배로 증폭시키는 감각의 뒤틀림에 누구에게 퍼붓는지도 모를 저주가 터져 나왔어요. 무공을 가르쳐 주고 죽어 버린 호비 선생님? 선생님을 살해하고 나에게 고통을 준 은자? 혼자 떠나가 버린 무명? 아니면, 무명을 버리고 혼자 도망쳐 와 죽어 가는 나 자신?

이를 악물고 날뛰는 내공을 억지로 가라앉혀 보려 했지만 소용없는 시도였지요. 고통에 겨워 엎드린 채로 마구 침대에 주먹을 날렸어요. 조금의 힘도, 내공도 실리지 않은 제 주먹질은 침대의 둔탁한 매트리스에 무기력하게 튕겨져 나왔어요.

결국 모든 것을 포기하고 고통을 받아들이기로 했어요. 제가 결국 패배해 버렸다는 것을, 허름한 이 비닐하우스의 더러운 침대가 제 관이 될 것이라는 사실도요. 그저 어서 숨이 멎어 더 이상 고통스럽지 않기만을 바랐어요. 하지만 마지막으로 한 번 더 무명의 얼굴을 보고 싶다고, 무명이 무

사했으면 좋겠다는 생각이 희미해져 가는 의식 너머로 끼어
들었어요.

17.

뭐…… 그런데 당연히 죽지 않고 멀쩡하게 다시 눈을 뜨긴 했죠. 그때 제가 진짜 죽었으면 이런 이야기도 못 하고 있을 거잖아요? 침대에 몸을 던지고 잠든 게 막 해가 뜰 무렵이었는데 그새 몇 시간이 지났는지 해가 또다시 넘어가려 하고 있더라고요.

절 지독히 괴롭히던 통증은 더는 느껴지지 않았어요. 놀라울 정도로 몸이 멀쩡했지요. 하지만 전혀 기쁘지 않았어요. 제 몸이 너무 낯설게 느껴졌거든요.

그러니까…… 제 안의 내공이 거의 느껴지지 않았어요. 정말 아주 미약한 흐름만이 느껴졌죠.

몇 년 만에 처음으로, 내공 없이 그저 육신의 힘만으로 움직인다는 것이 생경했어요. 수년 동안 발 딛고 서 있던 영역에서 추락해 평범한 사람의 육신에 갇힌 듯한 느낌도 들었지만 긍정적으로 생각하기로 했어요. 죽음을 생각하던 몇 시간 전보다 훨씬 나아진 거잖아요?

날뛰던 감각들이 진정되니 다쳤던 갈비뼈와 오른팔이 욱신거리기 시작했어요. 그래도 이제까지 저를 괴롭히던 고통에 비하면 충분히 참을 만했죠.

훨씬 둔해지긴 했어도 감각이 제 기능을 되찾아, 저를 깨운 게 무엇인지 알 수 있었어요. 요란하게 울리는 전화기 소리였어요. 비닐하우스를 둘러보자, 옛날 배경의 드라마에나 나왔을 법하게 생긴 커다란 유선 전화기가 눈에 들어왔어요.

"좀 더 기다려 드리고 싶었습니다만 다시 움직여야만 할 시간입니다."

지배인 아저씨가 내가 여기 도착해서 쉬고 있다는 걸 어떻게 알았나 싶었지만 뭐 길게 생각할 것도 없더라고요. 비닐하우스의 중앙축을 따라 둥그런 CCTV들이 붉은빛을 반짝이고 있었거든요.

"곽빈 경위님이랑 경찰 아저씨들은요? 아저씨 일당들이 추적하는 거 따돌리겠다고 가셨는데 무사하신 건가요?"

일부러 지배인 아저씨의 마음에 걸릴 만한 표현을 골라서 내뱉었어요. 딱히 미안한 맘이 들지도 않았고요.

"그들은 제 일당이 아닙니다. 곽빈 경위의 안전은 제가 챙길 수 있으니 그보다……."

"나머지 경찰 아저씨들은요? 곽빈 경위님 안전은 챙기실 수 있는데 무명이나 제 안전은 못 챙기시는 건가요? 아저씨 친구 은자가 곽빈 경위를 죽이라고 하면요? 그게 마지막 부탁이라고 꼭 들어달라고 하면 어쩔 건데요?"

"저는 오직 은원에 의해서만 움직입니다. 그리고……제가 빚을 갚는 데에도 나름의 규칙은 있습니다. 그러니 그런 부탁을 들어줄 일은 없습니다."

"저보고 친구라더니 배신을 하는 정도의 규칙이라면 곽빈 경위님도 위험한 거 아닌가요?"

"제 가치관과 삶의 방식에 대해 길게 논할 시간이 없어 아쉽군요. 추격자들이 곧 들이닥칠 겁니다. 안가 서쪽에 미륵도라는 섬이 있습니다. 해안 길을 따라 남서쪽 끝단에 도달하면 작은 선착장이 있습니다. 그곳에 제 배를 준비해 두겠습니다."

"무명이랑 헤어진 다음에 연락이 안 되는데 저 혼자서만 갈 수는 없어요. 그리고 전 안 도망칠 거예요. 은자에게 받아 내야 할 빚이 있거든요."

"쓸데없는 고집입니다. 이미 은성…… 은자와 겨루어 보시지 않으셨습니까? 나이를 감안하면 권별 님의 성취는 유례를 찾기 힘들 정도로 뛰어납니다. 안전한 곳으로 돌아가 후

일을 도모하십시오. 뜻하는 바를 이룰 시기가 올 것입니다."

"아저씨도 고집을 피우고 있잖아요? 은자가 시킨 일을 하고 싶지 않으신 거잖아요? 그런데도 은자의 부탁을 들어주는 게 맞다고 생각해서 그걸 하는 거죠? 저도 마찬가지예요."

"……."

수화기 너머에선 한동안 정적만이 맴돌았어요.

"그래도 일단은 가라고 하는 곳으로 갈게요. 아저씨가 말한 곳에 가 보면 또 어떻게든 되겠죠. 여기 가만히 남아서 당할 마음은 없어요."

"……준비해 두겠습니다."

지배인 아저씨가 깊게 숨을 들이마시며 대답했어요. 전별다른 말없이 전화를 끊었고요.

쉴 틈 없이 바로 핸드폰을 꺼내 무명에게 전화를 걸었어요. 한참이나 이어지는 통화 대기음이 불길하게 제 귀를 간지럽혔어요. 전화를 받을 수 없는 상황인 건가? 어딘가에 핸드폰을 잃어버리기라도 한 건가?

포기하고 끊으려 하는 그때, 비로소 통화가 연결되었어요. 안도감에 긴 한숨이 터져 나오더군요.

"정말 다행이다! 무사한 거지? 난 무사히 도착했지만, 다시 추적자들이 붙어서 바로 이동해야 해. 몸은 이제 괜찮아졌어. 어디로 가는지……."

"미안하다, 권별. 이제 더는 함께할 수 없을 것 같아."

무명의 목소리는 꾸며 낸 듯 어색했어요. 마치 무명을 흉내 내는 다른 누군가가 말을 하는 것 같았어요.

"그게 무슨 소리야? 어디 다치기라도 한 거야? 내가 거기로 갈게. 조금만……."

"망가졌다고 하는 게 맞겠다. 왼쪽 눈이 멀어서 거리감이 없어졌어. 난 부러진 검이야. 너와 함께한다고 하더라도 짐만 될 뿐이야."

"그럼! 더 같이 있어야 하는 거잖아! 내가 도와줄게! 제발 어딘지 말해 줘!"

"계속 움직여. 혼자서, 끝까지. 더는 네 검이 되어 주지 못해서…… 도와줄 수 없어서 미안해. 끊을게. 추적당할 거야. 이제부터는 핸드폰도 꺼 놔."

흘러내리는 눈물 때문에 앞이 제대로 보이지 않았어요.

"별아……. 넌 계속 은자를 뒤쫓을 거지? 포기하지 않을 거지?"

마지막으로 함께했었을 때, 영원처럼 아득하게 느껴지는 몇 시간 전 물었던 질문을 무명은 다시 한번 물었어요.

"그래. 우리 선생님이……."

전 꼴사납게 꺽꺽거리고 흐느끼며 그때의 대답을 반복했

어요.

"난 날 가르쳤던 사람에게서 다른 걸 배웠어. 계속 움직여."

일방적인 통보와 함께 끊어진 전화에, 잠들기 전까지 저를 죽일 듯이 괴롭히던 고통보다 더한 고통이 밀려오는 듯했어요. 바로 다시 무명에게 전화를 하려 하는데 핸드폰이 요란하게 떨려 왔어요. 엄마로부터 걸려 온 전화였지요.

그제야 엄마한테 오랫동안 전화를 걸지 않았다는 게 생각이 났어요. 부재중 전화 목록을 보니 이미 수십 통도 넘게 와 있었어요.

"어. 엄마······. 진짜 미안해. 별일······."

이를 꽉 깨물고 울음을 삼키려 애썼지만, 마지막엔 떨리는 목소리를 감추지 못해 말을 삼켜야만 했어요.

"권별. 엄마······. 엄마 아빠 도움이 필요한 거야? 그런 상황인 거야?"

엄마의 목소리는 제 생각과 달리 차분했어요. 하지만 그래서 오히려 더 마음이 무너질 것 같았어요. 목에 힘을 주고, 무명이 그랬던 것처럼 일방적으로 제 할 말을 빠르게 내뱉었어요.

"아냐, 엄마. 아무 일도 없어. 도와주는 사람들도 친구도 함께 있고. 볼일이 아직 남아서. 다 하고 전화할게."

전화를 끊자마자 저는 무너지듯 흐느꼈어요. 하지만 이제 다시 움직여야 할 시간이라는 걸 알고 있었어요.

요동치는 감정을 가라앉히기 위해서 비닐하우스 한쪽에 설치된 간이 화장실로 달려가 물을 틀었어요. 뜨거운 물로 샤워를 하고 싶다는 유혹을 애써 떨치고 얼굴을 닦고, 몸에 묻은 흙을 대충 털어 냈죠. 그 순간 이제껏 잊고 있던 감각이 느껴졌어요. 단전에서 뻗쳐 나왔다가 온몸을 한 바퀴 돌고 정수리에 모인 후 다시 단전으로 흘러들어오는 미약한 기운이. 내공이라고 부르기도 민망할 정도의 양이었지만 그게 제 몸 안에서 움직이고 있는 게 그 정도로 뚜렷하게 느껴진 건 그때가 처음이었어요.

별생각 없이 손끝에 내공이 지나갈 때 물을 잠그려 했어요. 제 힘을 못 견디고 세면대가 부서지며 수전이 뽑혀 나오더군요. 망가진 세면대에서 쉴 새 없이 뜨거운 물이 뿜어 흘러나오는 걸 바라보다 문득 한가지 생각이 떠올랐어요

추격자들을 피하는 것도 피하는 거지만 그 생각이 맞는지를 먼저 확인해 보고 싶었어요. 물로 엉망이 된 내부를 수습할 새도 없이 안전가옥 이곳저곳을 살폈어요. 한쪽 벽에 늘어선 캐비닛이 눈에 들어왔어요. 잠겨 있었지만 아까 세면대를 뜯어냈듯이 손끝에 내공이 흘러 들어갈 때를 노리자 힘들이지 않고 캐비닛을 뜯어서 열 수 있었어요.

캐비닛 안의 여러 장비들을 둘러보았어요. 개중 눈에 띄는 건 세 가지였어요. 하지만 방탄조끼가 맨몸으로 사람을 찢어 버릴 수도 있는 사람한테서 날 지켜 줄 수 있을까요? 게임에서밖에 총을 쏴 본 적 없는 제가 눈에 보이지도 않을 속도로 움직이는 추격자들을 맞힐 수 있을까요? 그 둘은 포기했죠.

제가 선택한 건 '섬광 폭음탄'이었어요. 골프장에서 지배인 아저씨가 썼던 바로 그 물건 같았죠. 한 번도 써 본 적 없었지만 그냥 안전핀 뽑아서 던지면 되는 건데 뭐가 어렵겠어요?

혹시나 해서 경찰들이 쓰던 귀마개도 바지 주머니에 쑤셔넣고 냉장고 안을 털어 아무거나 입에 욱여넣었어요. 남는 건 좀 더 챙겼고요. 그리고 다시 실험을 이어 나갔어요.

내공의 흐름에 집중하다가 다리 쪽에 힘이 모였을 때 땅을 박차고 나갔어요. 튕기듯 쏘아진 몸이 주체가 안 돼 산길을 뒹굴었지만, 화가 나지는 않았어요. 실험 결과는 우선 성공적이었고, 처음 해 보는 건데 한 번에 잘할 수 없는 건 당연하니까요. 연습을 해야죠.

수십 번 흙길에서 나뒹굴고 나니 이 반쪽짜리 경공에도 익숙해지더라고요. 이전에 내던 속도와는 비교도 할 수 없게 느렸지만, 경공이 약한 추적자들을 따돌릴 수 있을 만했어요. 적어도 시간은 조금이라도 벌어 주겠죠.

잘만 하면 무공이 약한 추적자를 처치할 수 있을지도 모르겠단 생각까지 들었어요.

핸드폰으로 지도를 확인하고 싶은 유혹을 애써 눌러 참으며, 무명이 말한 대로 핸드폰 전원을 끄고 해가 넘어가는 방향 쪽으로 달려갔어요. 무명 생각에 가슴 한쪽이 또 아려 왔어요. 위험한 상황에 부닥친 건 아닌지, 무슨 일인지, 왜 그러는지 알고 싶었어요. 만나서 우리는 함께해야 한다고 어떻게든 설득하고 싶었어요.

하지만 추격자를 따돌리는 게 우선이었어요. 추격자들의 위치를 생각하다 보니 자연스럽게 내공의 흐름이 머리 쪽으로 옮겨가길래, 귀와 눈에 모든 신경을 집중했어요.

그…… 만화 같은 데 보면 다른 사람의 위치를 기(氣)로 감지하곤 하는 장면이 나오잖아요? 한참 전의 일이긴 하지만 내공이 멀쩡했을 때 저도 그런 걸 시도해 본 적이 있었거든요. 당연히 실패했고요.

그런데 그때는 멀리서 안전가옥을 중심으로 원형으로 저를 둘러싼 채 거리를 좁혀 오는 몇 명의 존재가 뚜렷이 머릿속에 그려졌어요.

제 상상인가 했지만 귀에도 또렷이 소리가 들려왔어요. 거칠어진 숨소리, 서툰 경공술로 내딛는 발걸음에 부서지는 나뭇가지, 먹처럼 시커먼 악의, 그리고 보이지도 않는 바닷가에서 밀려드는 파도 소리까지…… 모든 게 한꺼번에 제 머리로 밀려 들어왔어요. 조금 과하다 싶을 정도로요.

이제껏 느껴 보지 못한 감각들의 세례에 온몸이 짓눌려 버릴 것 같았어요. 화들짝 놀라 내공을 돌려 감각을 차단하고서야 다시 몸을 움직일 수 있었고요.

자유로워진 몸을 이리저리 움직이며 긴 숨을 내쉬었어요. 이대로 움직여 봐야 포위망에 따라 잡힐 게 분명해 보였어요. 그때의 제 속도로는 포위망을 벗어나 도망치는 건 절대 무리였어요.

경공술이 서툰 추격자가 가장 가까운 곳에 있었다는 사실이 떠올랐어요. 포위망의 가장 약한 고리를 부순다면? 이 상태로 무공을 쓰는 사람을 상대할 수 있을지 걱정이 들었지만, 그래도 뭔가 해 보긴 해야 하잖아요.

저는 목표를 향해 바로 달려 나갔어요. 좁고 구불구불한 시골길들 사이에 버려진 집들 몇 채가 절 스쳐 지나갔어요. 바닷가가 가까워지는 건지 바람에 실려 오는 소금기도 한결 진하게 느껴졌고요. 앞에 경사가 가파른 작은 산이 나타났지만, 내공을 실은 발놀림을 가로막을 정도는 아니었어요.

이 정도 속도라면 산 정상에서 목표와 만날 것 같았어요. 그리고 제 예상은 놀라울 정도로 정확히 들어맞았고요.

저는 주머니에서 섬광 폭음탄 하나를 꺼내곤, 귀마개로 귀를 틀어막고 몸을 풀며 정상 근처에서 추격자를 기다렸어요.

인기척에 고개를 들어 보니 시청 회관에서 만났던 규형이가 저를 내려다보고 있었어요. 손님들 무기 받아서 들던 애 말이에요. 규형이가 노야차를 상대할 때 썼던, 막대기를 꺼내 들었어요. 처음 막대기를 조립하는 걸 봤을 땐 되게 꾸물거린다 싶었는데 내공이 실리지 않은 평범한 눈엔 뭐가 어떻게 되었는지 눈치채지도 못할 정도로 순식간에 기다란 막대기가 다시 둥그런 모양으로 바뀌었어요.

"그거 부서진 거 고쳤나 보네? 아니면 똑같은 걸 몇 개씩 가지고 있는 거야?"

"……나한테 말 걸지 마."

귀마개에 가로막혀 규형이의 목소리가 물속에서 듣는 듯 먹먹하게 들려왔어요.

"넌 별호나 문파, 이름 말하는 그런 거 안 해? 이제부터 나 죽일 거잖아? 그전에 그 정도는 말해 줄 수 있는 거 아냐?"

아무리 규형이의 무공 수준이 떨어진다고 해도 그때의 제가 대적할 만한 상대는 아니었어요. 아무리 간신히라고 해도 노야차의 창을 막아 냈잖아요. 어떡하든 빈틈을 만들어야만 했어요. 말로 정신을 사납게 하면서 기회를 엿보려 했죠.

"……내 이름 들어서 알고 있잖아."

"다른 것들은? 알려 주기 싫어? 내가 뭘 했다고 이러는 건데?"

"그만해! 의원님한테 네가 통영에서 어떤 짓 저지르고 다녔는지 다 들었어. 널 죽일 생각은 없어. 제압만 해서 의원님한테 데려갈 거야. 이제 쓸데없는 말 그만해."

"의원님? 아, 은자? 의원님이 너한텐 자기 정체 안 말해 줬나 봐? 그 의원님이 내 단전을 깨트려서 지금 똑바로 서 있기도 힘들어. 네가 와서 뭔 짓을 해도 난 아무것도 할 수 없어."

당황한 듯한 표정으로 규형이가 조심스레 걸음을 옮겨놓았어요. 전 보란 듯이 바위를 등지고 바닥에 주저앉았고요.

"봐봐. 진짜 서 있을 힘도 없어. 그냥 와서 그 홀라후……칼로 날 찔러 죽이면 돼."

"죽일 생각 없다니깐!"

규형이가 얼굴을 험악하게 굳혔어요. 내게 다가오려고 걸음을 떼는 순간 등 뒤에서 섬광 폭음탄을 꺼내 안전핀을 뽑아 던지고 눈을 꼭 감았어요.

감긴 눈꺼풀 너머로도 섬광이 느껴졌어요. 저는 빛이 가라앉기 전에 재빨리 눈을 떴어요. 규형이와 저 사이의 거리는 세 걸음 정도 떨어져 있었어요. 주먹으로 모든 내공을 흘려보내고 평범한 다리로 규형이에게 달려갔어요. 몇 초도 되지 않는 시간이 영원처럼 길게 느껴졌어요. 무공을 익힌 사람이라면 제 공격 따위는 우습게 피할 수 있는 시간이었거든요.

다행히 규형이는 아직 섬광과 폭음의 여파에 휩쓸려 있었어요. 무기를 들어 올려 가슴을 막은 채 비틀거리고만 있더군요. 천천히 칼날이 만든 원 가운데의 빈틈으로 오른손을 뻗어 내공이 실린 주먹을 규형이의 노출된 가슴에 꽂아 넣었어요.

내지른 주먹의 반동을 견디지 못해 꼴사납게 뒤로 나가떨어졌지만 규형이는 저보다 더 우스꽝스러운 몰골로 쓰러졌어요. 순간 죽은 게 아닐까 하는 걱정이 들었어요.

바닥에 쓰러진 규형이의 입에서 가쁜 숨이 새어 나오는 걸 확인하니 안도의 한숨이 터져 나왔어요.

"괜찮지? 아프긴 해도 죽을 정도는 아닐 거야. 그리고 그 의원님은 네가 생각하는 그런 사람 아냐. 나도 네가 들었던 것처럼 나쁜 애만은 아니고. 난 간다. 너무 아프면 누구한테든 전화해서 도움을 청해."

여전히 몸을 못 가누는 규형이에게 보란 듯이 여태껏 달려온 방향으로 되돌아갔어요. 포위망의 가운데로 돌아가는 셈이지만 제가 향하는 방향을 속여야만 했어요. 규형이가 보이지 않는 위치까지 산에서 내려가고 나서야 다시 서쪽으로 방향을 틀었어요. 한참을 달리는데 몸속에 미약하게나마 남아 있던 내공의 흐름이 더 약해졌다는 게 느껴지더군요. 달리는 속도도 이전보다 확연히 느려졌고요.

그 한 번의 공격에 그나마 남아 있던 내공을 상당히 소진해 버렸던 거죠. 낙담하지는 않았어요. 내공이 다 떨어진 건 아니고, 섬광 폭음탄도 세 발이나 남아 있었어요. 규형이보다 강한 상대에게도 같은 방법이 통할까는 의심스러웠지만 해 봐야 아는 거니까요.

흙길을 벗어나 논밭이 나타날 때쯤 멈추어 서서 추적자들의 위치를 찾았어요. 한번 해 봤다고 벌써 익숙해진 건지 아까보다는 수월했죠. 머릿속 파도 소리는 아까보다 커졌지만 그것도 견딜 만했고요.

그런데 이상했어요.

추적자들의 수가 전보다 훨씬 적게 느껴졌어요.

내공이 줄어들어서 그런 걸 수도 있고, 위치가 달라져서 그런 걸 수도 있다는 생각에 조금 더 움직여 보고 다시 걸음을 멈추어 섰어요. 마치 게임에서 미니맵을 이리저리 둘러보는 것처럼요.

그런데 아까보다 오히려 더 줄었어요. 그뿐만이 아니었어요. 추적자들의 위치가 마구잡이로 흐트러져 있었죠. 원형을 유지하던 포위망이 군데군데 구멍이 나 있었어요.

이제껏 감지하지 못했던 새로운 기운이 움직이고 있었어요. 차갑고 단호하고 쉬지 않는 기운. 그리고 그 기운은 추적자들의 기운을 삭제하고 있었어요.

자기들끼리 싸움이 났나? 누가 날 도와주고 있나? 지배인 아저씨? 머리가 복잡했지만 태연하게 멈춰 서서 한눈팔 상황은 아니었어요. 어쨌든 상황이 저에게 유리하게 돌아가고 있으니 그 기회를 놓쳐서는 안 됐죠.

그때부터 한 번도 멈추지 않고 계속 달려갔어요. 심장이 가슴을 뚫고 나오듯 빠르게 뛰며 숨결에서는 쇠 비린내가 풍겼지만 멈추지 않았어요.

구불구불한 국도를 따라 완만한 경사를 한참이나 올라가니 차 한 대가 간신히 지나갈 수 있을 정도로 좁은 오솔길이 나타났어요. 그 아래쪽에 지배인 아저씨가 말한 작은 선착장이 보이더라고요. 어느새 어둠이 짙게 깔리고 있었어요.

저는 몸을 낮추고 선착장을 관찰했어요. 선착장 옆 허름한 식당에서 새어 나오는 불빛이 주변을 밝히고 있었고, 그 안에서는 아무런 움직임도 보이지 않았어요.

다시 한번 주변의 기를 탐색하니 불과 몇십 미터도 떨어지지 않은 곳에서 커다란 세 개의 기운이 제게 달려오고 있었어요. 다른 추적자들의 기를 지우고 있는 차가운 기운도 맹렬한 속도로 다가오고 있었지만 한참이나 떨어진 위치였고요.

망설임 없이 섬광 폭음탄 하나를 꺼내 등 뒤로 던지고 남은 모든 내공을 다리에 흘려보낸 후 오솔길을 따라 내달렸어요. 금방이라도 뒤에서 알 수 없는 무언가가 날아올 것만 같았어요. 다리는 잘 버텨 줬어요. 투박한 발놀림을 견뎌 내지 못한 신발이 문제였지요.

평소대로라면 신발의 밑창까지 내공으로 둘러싸고 달려서 큰 문제가 없었을 거예요. 하지만 그때는 간신히 두 다리를 움직일 내공밖에 남아 있지 않았으니까요. 엄청난 속도의 발놀림에 혹사당한 신발 밑창이 뜯어져 나갔어요. 결국 저는 거칠게 포장된 오솔길 위를 나뒹굴어야 했고요.

원래대로라면 제 머리가 있었을 허공을 둔탁한 물체가 귀마개 너머로도 들릴 정도로 섬뜩한 소리를 내며 뚫고 지나갔어요. 가파른 오솔길을 굴러 내려가며 아스팔트 바닥에 옷과 피부가 찢어져 나가는 와중에도 남아 있는 섬광 폭음탄 하나를 더 꺼내 무기가 날아온 방향으로 던졌어요.

서두르다 바보같이 눈 감는 걸 깜빡한 게 문제였어요. 바로 앞에서 수많은 폭죽이 터진 듯 한동안 멍하더라고요. 그다음엔 모든 사물이 이중 삼중으로 겹쳐 보였고요. 다급히 눈을 비비며 되찾은 시선 끝에서 둥그런 쇠공이 제 머리로 날아오는 게 보였어요.

그런 게 가능할 거라곤 상상도 못 했는데 위기에 처한 몸이 본능적으로 반응했나 봐요. 의식하지도 못한 사이에 남아 있던 모든 내공이 쇠공이 노리는 이마로 흘러간다 싶었는데 둔탁한 소리와 함께 목이 뒤로 확 젖혀졌어요.

분명히 이마가 뚫렸을 거라 생각했어요. 뚫린 이마에서 피나 더 끔찍한 무언가가 쏟아질 것만 같았고요. 덜덜 떨리는 손을 들어 이마를 만져 보았어요. 벌겋게 부어오르긴 했어도 멀쩡하긴 하더라고요. 기괴할 정도의 각도로 젖혀진 목은 욱신거리고 머릿속엔 벌집이라도 들어와 앉은 듯 윙윙대고 이마의 뼈들이 부서지기라도 한 듯 아팠지만, 구멍이 뚫리는 거에 비하면 한참 멀쩡한 거 맞긴 하잖아요?

몸을 일으켜 세우려는데 다리가 흐느적거리며 힘이 들어가지 않았어요. 머리를 중심으로 세상이 기묘하게 회전하고 있었어요. 꼭 바다 한가운데서 흔들리는 배 위에 서 있는 것처럼요.

"무공을 다 잃었다면서? 그럼 내 공격에 머리가 터져서 날아갔어야지? 그런데 멀쩡해 보이는데?"

얼굴 한가득 불쾌한 미소를 띤 비도 심우가 언제나처럼 땀을 뻘뻘 흘리며 오솔길을 내려오고 있었어요. 그 쌀쌀한 밤에 도대체 어떻게 하면 땀을 흘릴 수 있는 건지 신기할 정도더라고요. 그 옆에선 회관에서 규형이와 나란히 있던 진영이가 화가 잔뜩 난 표정으로 심우에게 뭐라고 소리를 지르고 있었고요. 그 둘을 뒤따르는 신산객은 신기하다는 듯한 표정으로 저를 빤히 보고 있었지요.

규형이와는 비교하기도 힘든 고수들과 고수인지 하수인지 분간하기 힘든 이상한 사람 하나가 저를 가로막았는데 몸 안에선 그나마 미약하게라도 남아 있던 내공의 흐름이 거의 느껴지지 않았어요. 섬광 폭음탄은 단 한 발뿐이었고요.

18.

"어째 구호성, 아니 신산객 당신의 '계산'이 연달아 맞을 때가 다 있네?"

"내 계산은 항상 정확하다, 심우. 무명성이 도망쳐 온 방향을 고려하면 이들의 은신처 역시 내 예측대로 국가 소유 산림 내에 있었을 것이다. 또 봉황련주는 대형 요트를 가지고 있지. 그 홀수를 감당할 수심의 근해로 접선할 수 있는 선착장을 고려해 보면 그가 무명성을 어디로 안내했을지는 뻔한 일이다. 한 가지 모르겠는 점은 왜 포위망을 구축하고 있던 이들과 연락이 되지 않느냐는 것인데……."

다른 추적자들을 해치우고 있는 누군가가 있다는 게 저만의 망상이었던 건 절대 아니었던 모양이에요.

"급하게 불러 모은 어중이떠중이들이라 여기 땅바닥에 개처럼 구르고 있는 이분처럼 산길에서 발이 꼬이기라도 한 모양이지. 뭐, 애를 족쳐 보면 답이 나오지 않겠어?"

기대가 한껏 담긴 미소를 띠며 비도 심우가 몇 개의 쇠구슬을 꺼내어 들었어요.

"그만하세요. 부상당해 몸도 제대로 가누지 못하는 사람입니다. 그런 짓까지 할 필요는 없어요!"

"그런 짓? 그런 짓이 뭐지? 아, 이런 짓?"

어둠에 반쯤 가려진 심우의 손에서 쇠구슬이 튀어나오는 걸 전 보지 못했어요. 사실 환한 대낮이었다고 해도 그때의 제가 그걸 보고 피하는 건 불가능하기도 했고요. 차가운 쇳덩이가 어깻죽지를 찢고 지나가며 살점이 떨어져 나가는 감각에 비명이 터져 나왔어요. 다행히 뼈나 근육은 멀쩡해 보였어요. 심우가 절 봐줘서 그런 건 아니고 살점만 찢어 천천히 오랫동안 고통을 주려는 속셈이었을 테죠.

"그만하라고 했지."

말투가 돌변한 진영이가 이를 꽉 깨물며 심우에게로 걸어갔어요.

"왜 그래? 너도 쟤한테 원한이 있어서 합류한 거잖아? 나도 쟤 친구한테 받아낼 게 있어. 왜 말리는 거야?"

원한? 무슨 원한? 무명에 대한 복수를 저한테 하겠다는 비도 심우의 행동은 좀스럽긴 하지만 이해할 수 있어요. 그런데 말 한마디 제대로 나눠 보지 못한 진영이에게 언제 제가 원한을 품을 만한 일을 했다는 거죠?

"왜 피하지 않았지?"

신산객이 의아한 눈초리로 던진 질문에 전 울컥했어요.

"당신들이 말했잖아! 무공을 다 잃어버렸다고! 죽이려거든 제발 곱게 좀 죽여! 이렇게 모욕······악!"

악을 지르는 제 입을 넓적다리에 꽂힌 쇠공이 준 충격이 틀어막았어요. 일부러 힘을 죽여서 퍼렇게 멍만 들었지만 고통은 그대로였어요. 누가 보든 말든 바닥에 몸을 웅크리며 새어 나오는 비명을 억지로 눌러 참으려 했지만 좀처럼 쉽지 않더라고요.

"멈춰라, 심우. 지금부터 조금이라도 움직이면 나를 공격하려는 것으로 간주하겠다."

어느새 진영이는 짧은 단검 두 자루를 뽑아 들고 심우를 겨누었어요. 묘하게 익숙한 모습이라는 생각이 들었지요.

"허? 네가 감히 은자의 명을 거역해? 왜? 예쁜 애 보니깐 네 형들 원한이고 뭐고 그냥 잘 보이고 싶은 마음뿐이야?"

"나를, 유선문을 너와 같은 은자의 개로 생각하지 말아라, 심우. 유선문은 이런 불의를 용납하지 않는다."

기가 찬다는 듯 길게 혀를 차며 심우가 쇠공을 가득 끼운 양손을 들어 올렸어요.

"하여간 그 양반 이놈 저놈 이용해 먹는 거 좋아하는 것도 어지간해야지. 어쩌자고 이런 협객 행세하는 천둥벌거숭이까지 끌어들여서."

둘 중 먼저 움직인 게 누구인지는 모르겠어요. 당시의 저로서는 움직임을 도저히 쫓을 수 없었거든요. 그저 쇠끼리 부딪치는 소리가 연달아 들리더니 짧게 번적이는 섬광이 난무하는 것처럼만 보였어요. 둘의 대결은 10초도 지나지 않아서 끝났어요.

파랗게 질린 얼굴을 한 비도 심우가 양어깨와 양 허벅지의 찔린 자국에서 피를 흘리며 무너져 내렸어요. 상대적으로 진영이는 멀쩡해 보였어요. 숨을 좀 헐떡이고, 평소에 되게 멋 내서 세워 두던 머리가 다 헝클어진 정도였죠.

"죽이지는 않겠다. 걸어갈 수 있도록 두 다리도 남겨 두었다. 연락할 수단을 내려놓고 여길 떠나라. 이후에 또 얼씬거리는 게 보이면 살려 두지 않겠다."

음……. 인정하긴 싫었는데 솔직히 조금 멋있어 보였어요. 저 말도 외워 두었다 나중에 써먹어 봐야지…… 뭐 이런 생각도 좀 했고요.

비도 심우는 한참 동안 진영이를 노려만 보았어요. 휘청이며 입에서 왈칵 피를 토해 내고선 주머니를 뒤적여 핸드폰 두 개를 꺼내어 진영이의 발치에 던지고 비척거리며 오솔길을 올라갔어요.

"이건…… 진짜 예상외인데."

신산객이 흥미롭다는 듯 말을 내뱉었어요. 그제야 진영이가 고개를 돌려 신산객을 바라보더군요.

"당신은 어떻게 하실 겁니까? 심우처럼 부상당한 무명성 권별을 공격하실 겁니까? 그렇다면……."

신산객이 고개를 천천히 가로저었어요.

"유선문의 유진영. 유선문 형제 중 가장 실력이 뒤처진다 들었었는데 잘못된 소문이었나 보군. 형제들의 혈채(血債)를 받아 내는 건 자네의 정당한 권리이니 내가 간섭해서는 안 되겠지. 예전의 무명성 권별이었다면 그래도 계산을 제법 따져 볼 만했을 텐데 지금은 결과가 너무 뻔해서 도무지 흥미가 생기지 않는다는 게 안타까울 뿐이야."

신산객의 말을 들은 진영이의 입에서 긴 한숨이 터져 나왔어요.

"몸을 세워서 나 유선문의 유진영을 마주 대해라, 무명성 권별!"

평소였다면 나한테 명령질하지 말라고 했겠지만, 그때는 진영이의 말을 따르고 싶었어요. 모든 힘을 다해서 되도록 멀쩡하게 몸을 일으켰어요. 조금 비틀거렸지만요. 귀마개도 뽑아서 던졌어요. 진영이가 하는 말을 제대로 들어야겠다는 생각이었어요.

온통 진흙 범벅에 군데군데 피가 흘러내리고 신발 한쪽은 찢어져 꼴사납게 양말 신은 발을 드러낸 제 몰골이 마음에 안 들었는지 절 보는 진영이의 얼굴이 일그러지더군요.

"규형이는 죽일 수도 있는데 살려 줬다며. 그런데 왜 내 형님들에게는 손속에 자비가 없었던 거지?"

기억을 아무리 되짚어 봐도 진영이의 형님들이 누구인지 도무지 떠오르지 않았어요.

"네가 나한테 아무 이유도 없이 이럴 애는 절대 아니란 건 알겠어. 그런데 아무리 떠올려 봐도 네 형님들이 누구인지 모르겠어. 진짜…… 미안……."

대답하면서도 분명 규형이가 화를 낼 거라 생각했어요. 하지만 규형이의 표정은 너무 담담했어요.

"큰형은 작은형의 복수를 위해 여기 있는 신산객과 비도 심우와 함께 너희를 공격했었다. 정당한 대결의 결과였으니 너희에게 당한 것에 큰 원한이 있는 건 아니야. 하지만 작은 형은 무공을 익혔더라도 평범하게 식당을 운영하는 사람이었어. 무공을 익히는 것보다 새로운 친구를 사귀기 좋아하는 착한 사람. 그런데……."

그제야 모든 걸 알 것 같았어요. 진영이가 절 대하는 태도가 왜 그렇게 이상했는지도요. 진영이의 형들에게 벌어진 일은 모두 무명이 저지른 거지만 저라고 책임이 없는 건 아니었으니까요. 아니, 무명과 저는 항상 같이 움직였으니 그건 우리가 함께 저지른 일이죠.

"그래. 이제 기억났어. 네 작은형이 심하게 다친 건 모두 내 잘못 때문이야. 내게 좋은 대접을 해 주려 하셨는데 다른 목적이 있어서 하면 안 되는 행동을 했어. 그럴 수 있다면 찾아뵙고 사과할게. 진영이 네가 나한테 복수를 하려는 것도 이해해."

제 말을 묵묵히 듣던 진영이의 얼굴이 일그러졌어요.

"복수……. 내가 원하는 건! 정당한 대결을 통해 형제들의 명예를…… 문파의 명예를 바로잡는 거다. 그런데 네가……."

"나도 좀 더 멀쩡한 상태에서 너와 대결할 수 있었으면 좋았을 거 같아. 그래도 언제나 모두가 다 완벽하게 공평하게 좋은 상황에서 대결해야만 한다는 법은 없잖아? 원망하거나 억울해하지 않을 거야. 망설일 필요 없어."

억지로 팔을 들어 올려 싸울 자세를 취했어요. 네가 아까 날 도와준 것만으로도 유선문의 명예는 충분히 드높아졌다고도 말해 주고 싶었지만 어쩐지 입 밖으로 내긴 부끄러워서 그냥 속으로만 삼켰지요.

진영이와 저 사이의 말 없는 대치는 한동안 이어졌어요. 먼저 입을 연 것은 진영이었어요.

"꼭 지금일 필요는 없겠지. 나중에라도 널 찾아갈 거다. 무명성 권별."

진영이의 말에 화답하듯 신산객의 박수 소리가 터져 나왔어요.

"'군자의 복수는 10년이 걸려도 늦지 않다'. 현명한 판단이다. 유선문의 유진영."

신산객의 말투에는 조금의 빈정거림도 실려 있지 않았어요.

"진짜…… 듣기 싫어. 권별…… 어떻게 하든 살아남아라. 그리고……."

"그래. 꼭 살아남을게. 그리고 날 찾으려면 반포고등학교로 오면 돼. 이제 3학년 올라가니깐 1년은 더 거기 있을 거야."

제 말에 놀란 듯 가뜩이나 큰 진영이의 눈이 한참이나 더 커졌어요. 그리고 말없이 고개만 끄덕이며 오솔길 위로 몸을 날려 사라졌어요.

"자, 그럼 이제 내 차례인가? 아직 몸을 가누는 게 힘든가, 무명성? 충분히 회복하길 기다려 주고 싶지만. 곧 추격자가 붙을 테니 그 전에 마무리를 지어야겠지? 시간이 그리 길지 않다는 게 안타까울 뿐이야."

"아까 자기 입으로 진영이와의 대결 결과가 뻔하다고 해 놓고선……. 사라져 버린 무공이 그렇게 빨리 회복될 리가 없잖아!"

"그게 무슨 말이지? 오해가 있었나 본데. 유선문의 유진영은 지금의 네 상대가 전혀 되지 못한다는 뜻이었어. 지금 너 정도의 예기(銳氣)라면 유진영은 3초, 아니, 1초도 네 공격을 받아낼 수 없을 게 뻔하거든."

대체 뭔 소리를 하는 건가 싶었어요. 무공을 잃었다고 몇 번이고 말했잖아요? 지금 제 몰골이 안 보인대요? 예기는 또 뭐고요?

"마음대로 해. 난 당신과는 절대 싸우지 않을 거니깐."

그러고선 신산객의 대답을 기다리지 않고 몸을 돌려 오솔길을 걸어 내려갔어요.

뒤에서 갑자기 공격하거나 할 사람이 아니라는 건 알고 있었지만, 신산객의 반응은 정말 예상외였어요.

제 옆에서 보폭을 맞춰 나란히 걸으면서 절 설득하더라니까요?

"제발 좀 들어 봐! 처음 너와 조우했을 때 나는 아주 작은 격차로 네게 뒤져 있었다. 하지만 지금의 너는 날카로운 예기가 더해졌지만, 심하게 부상당하고 내공의 흐름을 제어하지 못한다는 점이 그걸 상쇄하지. 즉, 너와 나는 더할 나위 없이 완벽히 동등한 수준이라는 계산이다! 지금의 너는 내가 이제껏 살면서 처음 마주친 가장 이상적인 적수란 이야기지!"

이상한 사람이라는 건 처음 봤을 때부터 알고 있었거든요? 그런데 새삼 뭐 이런 사람이 다 있나 싶더라고요.

"글쎄! 내공의 흐름을 제어하고 못 하고도 아니라…… 아무것도 남아 있는 게 없다니까요? 걷고, 말하는 것만도 벅차다고!"

"내 판단이! 내 계산이 틀렸다는 것이냐! 그럴 리가 없다! 나는 한 번도……."

"아저씨가 말한…… 그 예기니 뭐니가 살아 있다고 해도 제대로 못 싸운다고요. 제 말 듣고 있긴 하죠? 아저씨가 뭘 어쩌든 전 꼼짝도 못 해요. 아저씨 계산은 틀렸어요. 아저씨가 이길 거예요. 그게 정확한 계산이고요. 알겠어요?"

신산객은 말하는 법을 잊은 듯 한동안 입만 뻐끔거리며 저를 바라보았어요.

"아니……. 아니…… 그렇게 되진 않을 거다. 좋아, 좋아……. 그럼 내가 먼저 공격하겠다! 최초의 일격은 네 얼굴을 노릴 터이나 그건 힘이 실리지 않은 허초다. 횡으로 회피하고 내게 바로 반격을 가하면 된다!"

말을 마치며 내뻗어 오는 신산객의 공격에 저는 전혀 반응하지 않았어요. 반응할 수도 없었고요. 무언가 섬뜩하게 차가운 것이 얼굴 옆을 스치고 지나갔다는 것만 느껴지더라고요.

"왜? 왜 반격하지 않지? 왜 가만히 있는 것이냐?"

"아, 좀! 제발 남의 말을 들으라고!"

버럭 소리를 내지르자 심산객의 몸이 놀란 듯 움츠러들었어요. 조금은 측은해 보이기까지 하더군요. 애써 무시하고 선착장까지 걸어가자, 두껍고 짧은 쇠기둥에 묶여 있는 고무보트가 저를 맞아 줬어요.

설마 이런 걸 요트라고 한 건가?

"봉황련주의 배는 그리 멀지 않은 곳에 있을 것이다. 연안에서 벗어나면…… 저기 건물의 불빛을 기준으로 삼도록. 불빛이 흐려지는 위치에서 봉황련주에게 연락해라. 그쯤 떨어진 해상이라면 삼각측량에 기반한 위치 추적 방식으로 추적할 수 없다."

이제부터 무얼 어찌해야 할지 몰라 한참을 고민하고 있는데 체념한 듯 울적한 신산객의 목소리가 들려왔어요. 뜻밖의 도움에 그냥 고개만 끄덕였죠. 떨리는 손으로 보트를 묶어 둔 밧줄을 푸는데 쉽지는 않았어요.

"내가 도와주지."

신산객은 짧은 칼을 꺼내어 들고 기둥에 묶인 밧줄을 끊었어요. 그러더니 보트를 선착장으로 바짝 끌어온 후에 짧게 말아 감은 밧줄을 그 위로 던져 놓았어요. 다시 한번 고개를 끄덕여 신산객에게 감사를 표하고 보트에 올라탔죠.

"그런데 저 왜 도와주는 거예요? 은자가 이걸 알면……."

"은자와의 계산은 모두 치렀다."

신산객도 봉황련주처럼 자신만의 법칙을 가지고 있는 사람인가 보다 싶었어요.

"다음이라면…… 네 부상이 나은 뒤라면…… 그때라면 지금과 같은 동수의 대결이 이루어질 수 있을까? 지금처럼 결과를 계산할 수 없는 이상적인 대결이……."

배 양옆에 꽂힌 노를 뽑아 들다가 문득 궁금해졌어요.

"혹시 남들과 진짜로 대결해 본 적 있어요?"

"그게 무슨 뜻이냐?"

"그러니깐 그런 동수? 이상적인 대결? 그런 것만 하고 다니셨냐고요? 아까 그런 상대는 한 번도 마주쳐 보지 못했다고 하셨잖아요? 자기보다 세 보이는 상대, 도저히 꺾을 수 없는 그런 상대에 맞서 싸워 본 적 있냐고요? 아니면 그냥 나보다 너무 약해서 시시하게 느껴지는 상대라도요."

생각만 해도 혐오스럽다는 듯이 신산객은 얼굴을 일그러트렸어요.

"내가 폭력을 싫어한다고 말하지 않았던가? 나보다 약한 이를 공격해 쓰러트리는 건 무의미한 폭력일 뿐이다. 사람이

335

라면 저질러선 안 되는 불의한 행동이지. 반대로 내가 대적할 수 없는 이에게 덤벼드는 건 필부의 용맹에 휘둘리는 어리석은 행동이다. 나같이 뛰어난 지성인이 택할 길이 아니지. 그럴 때는 몸을 피하는 게 현인의 길이라 할 수 있다. 왜 내가 바로 지금 너와의 대결을 이토록 갈망하는지 이해가 되느냐?"

참을 새도 없이 커다란 웃음이 터져 나왔어요. 며칠간 그렇게 크게 웃어 본 건 그때가 처음이었죠. 하도 웃어서 눈물까지 찔끔 흘러나오더라고요.

"다음…… 다음에는 어떻게 될지 모를 일이잖아요? 아저씨도 내가 어느 학교 다니는지 들었죠? 아저씨가 찾아온다면 피하지 않을 거예요. 그럼 갈게요."

서투르게 노를 휘적거리며 조금씩 선착장을 벗어나는 나를 신산객은 그저 바라만 보고 있었어요. 내공이 조금도 실리지 않은 양팔로 노를 젓는 건 보통 일은 아니었어요. 한번 노를 저을 때마다 심우의 쇠구슬에 찢긴 어깨도, 은자에게 꺾인 오른팔도, 트럭에 들이받친 갈비뼈도 합창하듯 함께 통증을 퍼부어 대었고요.

하지만 그것도 결국엔 익숙해졌어요. 처음보다 확연히 빨라진 속도로 선착장을 벗어날 수 있었죠. 선착장 옆 조그만 식당이 내던 불빛은 어느새 희미해졌고요. 신산객 아저씨의 조언을 떠올리며 전화기를 켜 봤어요. 엄마의 부재중 전화 몇 통이 남아 있었어요.

'난 괜찮아, 엄마. 곧 집에 갈게.'

엄마에게 전화를 걸고 싶은 마음을 애써 눌러 참으며 짧게 문자를 보내고 지배인 아저씨에게 바다 위라고 문자를 보냈어요. 그리 오래지 않아 준비해 뒀다는 답변과 함께, 저 너머 바다에 내리깔린 어둠을 걷어 내며 불빛이 들어왔어요.

그리 멀지 않았지만 제 서툰 노 젓기 실력을 감안하면 시간이 꽤 걸릴 게 분명했죠. 다시 전화기를 끄려다 무명에게 전화를 걸었어요. 저한테는 전화기를 꺼 두라고 했으면서 자기 전화기는 켜 두고 있더라고요. 하지만 무명은 제 전화를 받지 않았어요. 몇 번을 해도, 절대로. 감정에 내몰려 메신저로 몇 줄을 남겨 놨어요.

'무척이나 걱정된다', '네가 필요하다', '괜찮다면 제발 답장이라도 해 달라' 뭐 그런 말들을 두서없이 보냈지요. 읽었다는 표시는 한참이나 기다려도 뜨지 않았어요.

허기가 밀려와 좀처럼 팔에 힘이 들어가지 않았어요. 주머니 속 찌그러진 빵으로 배를 채우고 나니 피곤이 밀려와 보트 위에 길게 몸을 누였어요. 밤하늘을 빈틈 하나 없이 가득 메운 별들에 매료되어서 한동안 멍하니 바라만 보았어요.

문득 내가 뭐 하고 있는 건지 모르겠다는 생각이 들었어요.

왜 나는 이런 상황에서도 은자에 대적하려고 하는 거지? 왜 나는 선생님의 복수를 직접 하겠다고 이 먼 곳까지 내려온 거지? 왜 나는 비행기를 타면 태평양도 건너갈 수 있고 차를 타면 어디든 빠르게 갈 수 있는 시절에 맨몸으로 그런 속도를 내 보겠다고 무공을 배운 거지? 왜 엄마는 아직 고등학생밖에 되지 않은 내가 선생님의 복수를 하겠다고 나서는데도 말리지를 않은 거지? 비의문주님은? 왜 곽빈 경위님과 경찰 아저씨들은 어떤 결말이 날지 뻔히 알면서 감당하지 못할 일을 저지른 거지? 왜 신산객은 말로만 싸우려 드는 거지? 왜 진영이는 자기 형들의 복수를 할 수 있는 기회를 그리 쉽게 포기해 버린 거지? 왜 그렇게 무공이 뛰어난 지배인 아저씨는 은자 같은 사람의 부탁을 거절하지 못하는 거지? 왜 노야차는 무명과 나를 봐준 거지? 왜 그렇게 흉흉하게 나오다 갑자기 마음을 바꾼 거지? 왜 무명은 아무렇지도 않게 사람을 죽이는 거지? 왜 자기를 검이라 부르는 거지? 왜 극단적으로 날 멀리하려 하는 거지?

동시에 밀려오는 온갖 질문들의 답을 알 것 같기도, 영영 알 수 없을 것만 같기도 해 보였어요. 대답할 수 없는 의문들과 그 답들에 사로잡혀 가는 와중에도 내공을 일으키려는 시도는 멈추지 않았어요.

얼마 전까지만 해도 저를 괴롭히던 머릿속 파도 소리가 다시 들려오기 시작했어요. 저 멀리서 들려오는 진짜 파도 소리와는 확연히 구분되었지요. 파도 소리는 이전처럼 절 괴롭히지는 않았어요. 머릿속에서부터 흘러나와 제 온몸을 부드럽게 감싼 채로 모든 신경의 끝까지 흘러가다 은은하게 사라졌거든요.

의식하지도 않았는데 저 멀리 배 위에서 절 기다리고 있는 지배인 아저씨가 느껴졌어요. 죄책감과 후회에 사로잡혀 괴로워하고 있었지요. 육지 어딘가에서 누군가에게 화를 내고 있는 은자의 존재도 느껴졌어요. 초조함과 불안감이 은자의 분노를 더 거세게 몰아가고 있었어요.

갑자기 떠오른 의식은 점점 더 넓게 확장되어 갔어요. 통영 전체 사람들 한 명 한 명의 존재와 감정이 뚜렷하게 느껴졌어요.

정체를 알 수도 없는 거대한 무언가에 잡아먹힐 것 같았어요. 밀려오는 감정들을 저항할 수도 거부할 수도 없어서 그대로 모든 것을 내맡긴 채 거대한 밤하늘과 빛나는 별들을 바라만 보았던 거 같아요. 제게 입을 벌린 밤하늘의 시커먼 암흑과, 이미 오래전에 사라져 버린 별이 마지막으로 환하게 타오르며 내뿜었던 빛과, 아직 태어나지 않은 별이 먼

훗날에 환하게 빛나며 내뿜을 빛이 한데 섞여 저를 덮쳤거든요.

그대로 눈을 뜬 채로 꿈을 꾸었어요. 그걸 꿈이라 할 수 있을지 모르겠지만요. 먼 미래의 내가 나를 보고 있었어요. 이대로 노를 저어 지배인 아저씨의 요트를 타고 통영을 떠난 먼 미래의 나는 불행해 보이거나 하지는 않았어요. 조금은 더 나이가 들었지만, 지금의 나와 다를 바 없었어요.

지배인 아저씨 말처럼 '돌아가 안전한 곳에서 힘을 길러 조금 나중에 뜻하는 바를 이룬' 현명한 선택을 한 저였어요. 비의문 사람들, 어쩌면 엄마의 도움을 받았을지도 모를 일이죠. 그 선택을 후회하는 것처럼 보이지도 않았어요.

하지만 그게 정말 나일까요? 무명을, 곽빈 경위를 내버려 둔 채 혼자 통영을 떠난 나를 나라고 할 수 있을까요? 아니 내가 원하는 미래의 내가 그런 나일까요?

선생님은 '오직 내 의지와 뜻을 따라 자유롭게 행동하려고' 무공을 배우는 거라고 하셨어요. 저도 거기에 동의했기에 선생님을 따른 거고요. 통영에 내려온 이후로도 제 의지와 뜻은 한 번도 변하지 않았어요. 무명을 만나고 은자의 정체를 알게 된 후에는 더욱 확고해졌고요.

'이것도 내 의지와 뜻에 따른 선택의 결과야.'

꿈속의 내가 말했어요.

'비난하는 게 아니야. 넌 그냥 나랑 다른 선택을 한 거고 다른 결과를 맞이한 것뿐이야.'

저는 언제 잠이 들었는지도 모를 만큼 멀쩡하게 깨어 있었어요. 다시 한번 핸드폰을 꺼내서 전원을 켜고 지배인 아저씨에게 문자를 보냈어요.

'난 도망치지 않을 거예요.'

그리고 지배인 아저씨 요트의 불빛이 위치한 곳과는 다른 방향, 더 먼 거리에 있는 이름 모를 섬의 불빛을 향해 노를 저어 나갔어요.

19.

양팔이 얼얼해지도록 노를 저어도 이름 모를 섬은 좀처럼 가까워지지 않았어요. 그나마 바다는 잠잠했지만 가끔 거친 파도가 보트 안으로 덮쳐 들어왔어요. 몸이 깨끗해진다는 건 좋았지만, 파도에 쓸려 가방을 잃어버렸어요. 가장 중요한 엄마 카드와 핸드폰이 재킷 안주머니에 들어 있었다는 게 그나마 다행이었죠. 게다가 옷도 흠뻑 젖어 점점 추위가 밀려왔어요. 열을 올리려고 억지로 노를 저어 나가다 보니 영원히 가까워질 것 같지 않던 불빛이 어느새 바로 눈앞에 있더군요.

조그마한 방파제에 작은 배들이 여럿 묶여 있었어요. 불빛은 방파제를 따라 낚싯대를 세워 두고 펼쳐진 조그마한 텐트 몇 개에서 흘러나오고 있었고요. 그 먼 거리에서 그렇게 미약한 불빛이 어떻게 보였는지 신기할 정도더라고요. 낚시꾼들은 텐트 안에서 잠이 든 건지 아무도 보이지 않았어요. 방파제 너머 몇 채의 집들이 산등선을 타고 옹기종기 모여 있는 조그마한 마을은 어둠에 잠겨 있었고요.

어디든 들어가서 잠깐이라도 눕고 싶었어요. 섬 가운데에 야트막하게 솟은 산으로 일단 걸어가는데, 내내 바다 위에서 들었던 은은한 파도 소리가 끊임없이 들려왔어요. 머릿속에서만 들리는 소리지만 그래도 위안이 되긴 했어요.

하지만 절 잡아먹을 듯한 추위가 몰아닥쳤어요. 그저 몸을 움츠리고 양팔로 어깨를 감싸며, 조금도 느껴지지 않는 내공을 계속 돌리려고 애썼어요. 산으로 이어지는 골목길 사이사이에 있는 방범등을 쫓아 느리게 걷다 보니, 어느새 투박하게 포장된 골목길이 끝나 있었어요.

골목길 끝에는 조그마한 학교가 있었고요. 정문은 활짝 열려 있었는데 기묘한 각도로 기울어져 있더군요. 마을에 아이들이 부족해 버려진 학교 같았어요.

운동장 입구에서 잠시 멈추어서 올라온 곳을 내려다보았어요. 산등성이에 펼쳐진 마을과 배를 타고 들어온 방파제 그리고 그 옆으로 조금 커다란 선착장이 보였어요. 추적자들이 따라오면 저 선착장으로 들어올 것이고, 학교에서 그곳이 내려다보인다는 점이 마음에 들었어요.

두 팔로 계속 어깨를 쓸어내리며 달리듯이 유리문을 젖

히고 학교 안으로 들어갔어요.

눈앞에 보이는 '컴퓨터실' 문을 열고 들어가니 텅 빈 공간만 덩그러니 남아 있었어요. 문을 닫고 최대한 구석으로 가 몸을 벽에 맞추듯 기대었어요. 몸을 좀 기대니 한결 편하더라고요. 뭐, 추위는 여전했지만요. 이빨까지 딱딱거릴 정도로 덜덜 떨려 오더라고요. 지배인 아저씨의 요트를 탔더라면…… 거기는 난방도 나왔을 텐데…… 뜨거운 물로 씻을 수도 있었을 텐데…….

울컥 화가 치밀어 올랐어요. 잘났다는 듯이 도망치지 않겠다고 한 지가 얼마나 지났다고……. 저는 벽에서 등을 떼고 몸을 바르게 세워 앉은 후 최대한 천천히 그리고 신중하게 내공을 순환시키려 해 봤어요.

여전히 그 어떤 흐름도 느껴지지 않았어요. 그냥 파도 소리만 들려왔죠. 지독한 추위도 여전했고요.

하지만 제가 선택한 길로 계속 나아가려면 어떻게든 잃어버린 내공을 되찾아야만 했어요. 제가 아는 유일한 내공 단련법은 하나밖에 없었으니 그게 효과가 있든 없든 계속 매달려 봐야만 했고요.

몸 안에서 계속 내공을 움직여 보려, 그 흐름을 느껴 보려 애썼어요. 여전히 내공의 흐름은 조금도 느껴지지 않고 머릿속 파도 소리만 점점 더 커져갔어요. 파도 소리가 커지니 왜인지 모르게 추위도 점점 심해져 갔고요. 몇 시간이나 추위와 싸우며 머릿속에서 울리는 파도 소리를 듣고 있었는지도 모르겠어요. 어느새 컴퓨터실 창문이 서서히 밝아지더니 아침 햇살이 몸 위로 드리워졌어요.

아무리 추운 날이라고 해도 해가 뜨면 그 온기가 조금이라도 느껴지기 마련이거든요? 그런데 떠오르는 햇살이 제 몸 바로 위로 내리쬐고 있는데도 약간의 온기도 느껴지지 않았어요. 아니, 오히려 추위는 더 심해져 갔지요.

문득 '들릴 일 없는 머릿속 파도 소리처럼 이 추위도 내 몸이, 내 머리가 만들어 내는 게 아닐까?' 하는 생각이 들었어요. 곰곰이 생각할수록 추위는 실재하는 게 아니라는 확신이 들었죠. 눈을 뜨고 몸 이곳저곳을 둘러보았어요. 제 가설을 증명하듯 입은 옷에는 조금의 물기도 남아 있지 않았어요.

심지어 뜨거운 불을 바로 앞에서 쬐기라도 한 듯 버석거리는 옷 위에 바싹 마른 허연 소금과 건조해진 진흙들이 묻어 있었어요. 그것들을 툭툭 털어 내니 옷가지들이 금세 깨끗해졌어요. 팔 부분을 걷어 올려 은자가 잡아 꺾었던 부위를 들여다보았어요. 시커멓게 죽어 있던 피부가 멀끔해져 있더라고요. 쇠공에 맞아 찢어진 어깨의 상처도 어디에 있었는지 찾을 수 없었고요.

제 몸에서 알 수 없는 무언가가 일어나고는 있는 게 분명했어요. 그런 깨달음 끝에 결국 추위도 사라졌다고 말할 수 있었으면 좋았을 텐데…… 추위만큼은 오히려 제가 내공을 움직여 보려 시도할수록 더 심해지는 것만 같았어요. 손끝 발끝이 동상이라도 걸린 듯 간지러워 오더군요.

그래도 전 멈추지 않았어요. 그거밖에 할 수 있는 게 없었거든요.

어느새 숨결에도 차가운 입김이 서렸어요. 파도 소리는 거친 바닷가 바로 앞에서 듣는 듯 쉴 새 없이 머릿속을 괴롭혔고요.

"아, 깜짝이야! 누구예요?"

갑자기 열리는 교실 문소리와 뒤따라온 비명에 묻혀 파도 소리가 사라졌어요. 묘하게 추위도 조금은 나아지는 것 같았고요. 눈을 뜨니 한 여덟 살 정도 되어 보이는 여자애가 가슴에 손을 얹고 저를 빤히 보고 있더라고요.

"아. 언니 때문에 놀랐니? 난…… 할 일이 좀 있어서 온 사람인데. 그런데 넌 여기 학생이니?"

"아뇨? 여기 다니는 애들 없어요. 전 배 타고 육지에 있는 학교 다니는데요?"

"그렇구나. 그런데 여긴 뭐하러 온 거야?"

"그냥 방학인데…… 심심해서 온 건데요? 그러는 언니는 여기서 뭐 하는 건데요?"

"좀 쉬고 있었어. 너무…… 추워서……."

"추워요? 오늘은 날이 겨울 같지 않게 따뜻하다고 할머니가 그랬는데? 나 패딩도 안 입었잖아요. 핫팩 줄까요?"

"주면 고맙지."

경계하던 아이의 태도가 거짓말처럼 사라지고 신기한 장난감이라도 발견한 듯 호기심 가득한 얼굴을 한 채로 제게 다가왔어요. 주머니에서 되게 귀여운 곰돌이가 프린트된 손바닥만 한 핫팩을 꺼내서 건넸는데 조금의 온기도 느껴지지 않더라고요. 양손을 열심히 비벼 대 봤지만 꼭 차가운 돌덩이에 손을 문지르는 느낌이었어요.

"아직도 추워요? 우리 집 갈래요? 어제 아빠가 사 온 케이크도 남아 있는데."

케이크란 소리를 들으니 의식하지도 못한 사이에 배에서 꼬르륵 소리가 나더라고요.

"그건 좀 그렇지. 집에 모르는 사람 데려가면 어른들한테 혼날 거야. 그런데 지금 몇 시니?"

아이가 자랑하듯 헬로 키티가 윙크를 하는 분홍색 케이스가 씌워진 핸드폰을 내게 들이밀었어요. 그걸 보자 무명생각이 나서 또 가슴 한쪽이 답답해졌어요.

"아직 9시도 안 되었네? 혹시 섬에 배 들어오는 시간이 몇 시인지 아니?"

"이미 한 척 들어왔어요. 배 들어오는 거 보다 여기 온 건데요?"

"혹시 거기서 낯선 사람 내리는 거 못 봤니?"

"아무도 안 내렸는데요?"

"음. 그럼 다음 배는 몇 시쯤에 와?"

"10시요! 그다음엔 11시 반! 그다음엔 1시! 그다음엔……"

저는 배 도착 시간을 줄줄이 늘어놓는 아이의 말을 묵묵히 듣고만 있었어요. 배는 한 시간 반 간격으로 선착장에 들어왔어요. 마지막 배 시간은 오후 5시 반이었고요.

아이에게 배 들어오는 걸 지켜보다 낯선 사람이 들어오면 알려 달라 부탁할까 싶었어요. 하지만 나 하나 살자고 핫팩도 건네주고 케이크도 나누어 주려는 아이를 위험에 처하게 할 수는 없는 거잖아요?

"오늘은 어디 딴 데서 놀고 선착장 쪽으론 가지 마."

"왜요? 나쁜 사람들 또 와요? 낚시꾼들이죠? 낚시꾼들 와서 맨날 쓰레기 버린다고 할머니가 엄청 화냈는데."

제 얼굴을 바라보며 질문을 던지는 아이의 호기심 가득한 눈을 보니 일이 제대로 꼬였구나 싶었어요.

"아냐. 낚시꾼들 아냐. 그냥…… 넌 신경 안 써도 돼. 집에만 있으면 괜찮을 거야."

"낚시꾼들보다 더 나쁜 사람? 아빠한테 전화할까요? 우리 아빠 경찰인데? 아빠한테 지켜 달라고 하면 안 돼요?"

곽빈 경위와 헤어질 때의 광경이 떠올라 아이의 질문에 뭐라 대답해야 할지 알 수가 없었어요.

"경찰도 못 지켜요? 그럼 누가 지켜주는데요?"

'……그러게…….'

낯선 곳에서 처음 만난 이름 모를 아이의 질문에 대한 대꾸를 속으로 삼키며 전 한참을 아무런 말도 하지 못했어요.

"아냐. 언니가 말 잘못 한 거야. 나쁜 사람들 안 와."

"아까는 올 거라면서요? 그거 지켜봐 달라면서요?"

"아니. 안 오는데……. 와도 걱정하지 마. 언니가 지켜 줄게!"

"언니가 어떻게요?"

"비밀인데. 내가 마술 같은 걸 좀 할 줄 알거든?"

"마술이요. 보여줘요!"

"지금은 못 해. 다시 하려면 연습해야 하거든. 그러니깐 지금부턴 내가 좀 바빠서……."

다행히 아이의 질문은 이어지지 않았어요. 방해하지 않으려고 그러는지 저를 물끄러미 바라만 보더군요. 아이의 시선을 의식하지 않으려 다시 자세를 고쳐 앉고 눈을 감았어요.

주변의 기온이 확 내려간 것처럼 느껴졌어요. 그때 파도 소리에 섞인 미묘한 잡음이 들렸어요. 단단하게 언 얼음에

금이 가는 듯한 소리였는데 귀가 멀어 버릴 것 같이 요란한 파도 소리 속에서도 작지만 너무 뚜렷하게 들리더라고요. 또 뭐지? 싶었지만 그냥 내공을 순환시키는 데 집중했어요. 나중에는 제 몸에 흐르는 핏줄이 얼어 가는 느낌까지 들었어요. 얼음 조각들이 혈관을 타고 몸속을 흘러 다니며 제 몸 안에 흐르는 세세한 핏줄기들 하나하나를 다 확인해 주는 듯했어요.

결국엔 눈을 뜨고 긴 한숨을 토해 냈어요. 차가운 날숨이 닿은 교실 벽에 작은 물방울이 맺혀 흘러내렸어요.

지켜보기 지루했던지 아이는 사라지고 없었어요. 생각보다 더 많은 시간이 지나 있었던 모양이에요. 앞에는 포장을 뜯지 않은 핫팩 여섯 개가 가지런히 놓여 있었어요. 그 옆에는 꽃무늬가 새겨진 하얀 접시 위에 앙증맞은 포크와 케이크 한 조각이 올려져 있었고요. 그릇 아래 놓인 종이에는 삐뚤삐뚤한 글씨로 '머꼬 파란색 지붕 집에 그릇 노꼬 가요'라는 글귀가 적혀 있더군요.

웃음이 터져 나오는 와중에 눈시울이 붉어졌어요. 조심스럽게 양 손등으로 눈을 비비는데 얼어서 딱딱해진 눈썹 몇 가닥이 바스러져 묻어 나왔어요.

핫팩의 포장을 모두 뜯고 맹렬히 흔든 후에 몸에 닿는 바지와 재킷 안주머니들에 몽땅 다 집어넣었어요. 추위는 조금도 가시지 않았어요. 털어 넣듯 배 속으로 집어넣은 케이크가 주는 미묘한 만족감이 오히려 이 실재하는 가상의 추위를 조금이나마 몰아내 주는 것 같았어요.

이걸 계속하는 게 맞나 싶었지요. 여전히 어떤 내공의 흔적도 느껴지지 않았거든요. 다치고 찢어진 몸이 멀쩡해진 거나, 더러워졌던 옷들이 저절로 깨끗해진 건 신기하긴 했지만요.

"마을 회관입니다!"

느닷없이 들려오는 목소리에 놀라 정신이 멍해졌어요. 운동장에 달린 스피커에서 마을 방송이 흘러나오는 거였어요.

"오늘 입도하신 분 중에 무명 님, 곽빈 님, 양진영 님 가족분 계시면 바로 관계자한테 연락 좀 달라고 하시네요. 급한 일이랍니다. 지금 빨리 연락하지 않으시면……."

목소리에는 왜인지 모를 공포가 묻어 있었어요. 은자가 무고한 사람의 입을 빌려 제게 전하는 협박이었죠. 화가 치밀어 올랐어요. 은자가 내가 여기 있는 걸 어떻게 알았을까, 하는 간단한 의문도 품지 못할 정도로. 전화기를 켜고 은자에게로 전화를 걸었어요. 명함을 받은 적이 있어서 저장해 뒀거든요. 바로 전화를 받더군요.

"세상에! 이런 말도 안 되는 게 진짜 먹힐지는 상상도 못했는데? 지금 몇 시지? 시간 보니 곤리도에 있구나."

351

그제야 은자에게 당했다는 걸 알 수 있었어요. 은자는 근처 섬마다 부하를 보내 서로 시간을 달리하게 해서 방송하게 시켰던 거죠. 제가 언제 응답하는지 보고 어느 섬에 숨어 있는지 알아맞힌 거고요.

"무명은…… 다른 사람들은 건드리지 마. 원하는 건 나잖……."

"걱정할 필요 없어. 아직 못 건드리니까. 일단 너부터 잡고 나면 다른 사람들은 급할 게 없지. 그런데 단전이 깨졌을 텐데 어떻게 아직도 살아 있는 거지? 참 너희 비의문은 소문대로 신비로운 구석이 많다니까? 아무튼 서로 번거롭게 괜히 숨지 말고. 좁은 섬이잖아? 금방 찾는다고."

은자의 명령을 받은 누군가가 아직 이름도 모를 아이가 놀고 있을 집에 들이닥친다고 생각하니 몸이 굳는 기분이었어요.

"……그럴 필요 없어. 마을 끝에 있는 폐교에 있다. 숨지 않고 기다리고 있을 테니 찾아와."

저는 은자의 대답을 기다리지 않고 전화를 끊어 버렸어요. 은자 본인이 직접 오지는 않을 거란 걸 알고 있었어요. 하지만 이런 몸 상태로 그 누가 온다 한들, 제가 상대할 수 있을까요? 뭐…… 해 보기 전까지는 알 수 없는 일이죠.

여전히 내공은 느껴지지 않았어요. 제가 그걸 견디고 있다는 게 신기할 정도로 지독한 추위 말고는 아무것도요. 뜯고 남은 핫팩의 포장을 안주머니에 다 쑤셔 넣고 접시를 집어 들어 컴퓨터실 문턱 위에 기대 올려 두었어요.

제가 아무런 의미도 없어 보이는 일에 시간과 체력을 소비하는 와중에 은자의 추적자가 폐교 운동장에 도착했어요. 며칠 전 이마트에서 만났던 그 언니였어요. 그때와 달리 딱 붙는 바지에 가죽 재킷을 입고 있었어요. 저는 추위에 몸을 떨지 않으려 엄청나게 애쓰며 밖으로 나갔지요.

"오랜만이네."

언니는 딱딱한 표정으로 저를 보고 있더군요. 그때와 달라진 건 옷차림뿐만이 아니었어요. 왼쪽 뺨에 길게 베인 흉터가 남아 있더라고요.

"이거? 네 친구가 선물해 준 자국이야."

제 시선을 의식했는지 손가락으로 흉터를 가리키며 이죽거리더라고요.

"무명은…… 어떻게 된 거야……."

"왜? 걱정돼?"

조롱하듯 던진 질문에 대꾸하지 않으려 했는데 고개가 제멋대로 끄덕이더라고요.

"뭐, 좋아. 대단한 비밀도 아니고. 그냥 말해 줄게. 네 친구 진짜 대단하더라. 그 몸으로 나를 몇 시간이나 묶어 두었거든. 애초에 같이 쫓아갔던 두 명은 상대도 되지 못했고. 다른 사람들까지 다 자기한테 끌어들인 다음에 도망쳤는데 그걸 아무도 막을 수 없었어. 바로 도망칠 수 있었을 텐데도 계속 시간을 끈 건 다친 네가 도망칠 시간을 벌어 주려고 그런 거겠지? 무공을 다 잃었다며?"

적의 입에서 전해 듣는 소식이었지만 알 수 없는 안도의 한숨이 입 밖으로 새어 나오더군요.

"고맙지? 순순히 말해 줘서."

그러고 싶지 않았는데 또다시 고개를 끄덕이게 되더라고요. 뭐, 고맙긴 진짜 고마웠거든요.

"그럼 나 좀 봐주라. 괜히 반항하거나 하지 말고 곱게 따라와 줄래? 어차피 반항할 힘도 없을 거 아냐? 그리고 미안한데 얼굴에 상처는 좀 내 줘야겠다. 우리 의원님 성격이 원체 더러운 양반이시라 눈치 좀 봐야 하거든."

"그럴 생각 없는데? 얼굴 상처는 직접 내 보든가."

최대한 아무렇지 않은 척 공격 자세를 잡아보려 했지만, 추위 때문에 한계가 있었어요. 꼴사납게 몸을 떠는 저를 보며 언니는 기가 찬 듯 코웃음을 쳤고요.

"너 진짜 안 좋아 보이는 거 알아? 그냥 뺨 몇 대 좀 때려서 멍만 좀 만들고 데려가려 한 건데……. 뭐, 좋아."

사실 말은 그럴듯하게 내뱉었지만 특별한 작전이 있다거

나 한 것은 아니었어요.

머릿속에서 쉴 새 없이 울리는 파도 소리와 얼음이 깨지는 소리를 들으며 공격 시점과 반응 방법을 가늠해 보고 있는데 이마트 언니는 좀처럼 움직이지 않았어요. 새하얗게 질린 표정으로 하늘을 올려다보고만 있더라고요.

뭐 싸우는 와중에 뻔한 수작을 부리는 사람이 꽤 있긴 있단 말이죠? 근데 그때 그 언니의 얼굴에 드러난 공포와 경악의 표정은 절대 꾸며 낸 게 아니었어요.

이마트 언니가 좀처럼 하늘에서 시선을 떼지 못하고 있으니 호기심을 이기지 못하고 제 시선도 따라 올라갔지요. 새파란 겨울 하늘을 물들이고 있는 새빨간 햇살을 뚫고 무언가 내려온다고 느껴지는 순간, 작은 땅울림이 전신으로 퍼져 갔어요.

하늘에서부터 운동장으로 떨어진 건 노야차였어요.

선생님이 해 주었던 이야기 속 노야차가 등장하던 장면이 떠올랐어요. 솔직히 처음 들었을 때는 선생님이 좀 과장을 심하게 했다고 생각했거든요? 그런데 그 이야기가 완전 허황된 이야기는 아닐지 모르겠다는 생각이 들더라고요.

노야차의 모습을 본 언니가 뒷걸음질하며 입을 달싹거리더군요. 꼭 도망치고 싶어 하는 사람처럼 보였지요.

멍하니 자기만 바라보고 있는 우리 둘 쪽은 쳐다도 보지 않고 노야차는 등에 멘 창을 운동장 바닥에 꽂아 넣었어요.
등에 잔뜩 메고 있던 짐들도 놓고 커다란 천으로 자리를 잡
는데, 텐트를 치려는 걸로밖엔 보이지 않았어요.

"뭣들 해? 난 신경 쓰지 말고 하던 일들 계속들 해."

20.

"오랜만에 봬요. 노야차 님⋯⋯. 한 5년 만인 것 같네요."

"그래. 5년 만에 다시 보는데도 이소은이 넌 내가 전혀 반갑지 않은가 보구나?"

"그거야⋯⋯ 노야차 님이 그때 분명 다시 한번 더 눈에 띄면 가만두지 않을 거라 하셔서⋯⋯."

뜬금없는 노야차의 등장에 당황스럽기도 했지만 둘이 대체 무슨 사이인지 궁금해지더라고요.

"그래. 분명 그랬지. 기억하고 있으니 다행이구나. 그런데 내가 여기 내려왔다는 소식을 분명히 들었을 텐데도 여기서 패악질을 부리고 다녔단 말이지?"

"에이, 노야차 님 제가 감히 어떻게⋯⋯. 여기 일에서 손 떼고 물러나신다고 말씀하셨다 들었어요. 그래서 이제쯤이면 떠나셨겠거니 했죠."

이소은이라고 불린 언니의 말투에는 다시 웃음기가 돌아와 있었지만, 찌푸린 얼굴은 당혹스러운 기색을 감추지 못하고 있었지요. 이마트 언니와 말을 주고받으면서도 노야차는 손을 쉬지 않았어요. 어느새 완성된 텐트는 세 명이 편하게 몸을 누일 수 있을 정도의 크기였어요.

그러고는 두툼한 매트를 집어 들고 바닥에 깔더니 정말 어마무시하게 따듯해 보이는 침낭을 텐트 안으로 던져 넣더라고요. 와…… 어찌나 두툼하고 따듯해 보이던지……. 경황이 없는 와중에도 자꾸 침낭 쪽으로 돌아가는 시선을 막을 수가 없었어요.

"기왕 이 먼 곳까지 온 김에 관광 좀 하고 가려고 했지. 나도 살날이 그리 많지는 않으니 즐길 수 있을 때 즐겨 봐야 하지 않겠어?"

"에이, 말씀도……. 아직도 한참 정정하시잖아요. 오래오래 사셔야죠."

"내가 오래오래 살면 이소은이 넌 오래오래 괴로울 텐데? 당장 네 눈앞에서 내가 죽어 주는 게 너한테는 좋은 일 아니냐?"

"그럴 리가 있나요. 제가 노야차 님을 얼마나 좋아하고 존경하는지 아시면서."

언니의 노골적인 아부를 듣고 있자니 어처구니가 없었어

요. 노야차도 같은 기분인지 코웃음을 쳤고요.

"그래 이소은이 네가 존경하고 좋아하는 내가 편하게 통영 관광 좀 하려 하는데 말이지. 지금 네 상사 놈이 부리는 잡배 놈들이 불붙은 숲에서 도망치는 개미 새끼들 모양새로 쏟아져 나와 이곳저곳 몰려다니고 있더란 말이지?"

"아, 그래서 그 많은 사람 앞에서 해 놓은 말이 있으신데도 결국 못 참고 여기 일에 개입하기로 하신 거군요? 말씀은 그렇게 하셨어도 대제자가 엄청 걱정되셨나 봐요. 하긴 저 어린 나이에 저 정도의 실력을 갖춘 대제자님이니 얼마나 귀엽고 마음에 드셨겠어요."

이건 뭐 완전 대놓고 빈정거리는 말투잖아요? 그런데 노야차의 반응도 그렇고 대답이 궁금하긴 했어요. 그때는 그렇게 살벌하게 나를 몰아붙이고선 일방적으로 손을 떼겠다고 선언하더니 인제 와서야?

대꾸 없이 노야차는 운동장 바닥에 꽂아 둔 창을 더 깊숙이 박아 넣었어요. 다시 한번 쿵 하는 소리와 함께 땅울림이 퍼져 나갔고요. 센 척해 놓고선 후회가 되는지 이마트 언니는 노야차의 행동 하나하나를 긴장한 표정으로 바라만 보고 있었어요.

"귀엽고 마음에 들기는 개뿔. 제 스승이 힘을 제약한 것도 모르고 대련에서 봐준다고 깝죽대질 않나. 그 스승의 원수를 갚겠다면서 흉수의 동문과 함께 어울려 다니지 않나. 아주 제멋대로 날뛰는 망나니가 내 마음에 드는 구석이 어디 있다고."

노야차는 인상을 잔뜩 찌푸린 채 저를 노려보며 말을 이어 갔어요. 그런데 호비 선생님이 스스로 힘을 제약하고 있었다고요? 이건 또 무슨 소리인가 싶었지요.

마음속으로 비의문에서 벌어졌던 선생님과의 대련을 되짚고 있는데 쿵쿵 소리가 조그맣게 들려왔어요. 노야차가 바닥에 늘어놓은 장비에서 장작 한 무더기를 집어 들고는 세워 둔 창을 기둥 삼아 둥그렇게 세우고 있더군요.

순간적으로 내공으로 불도 피우시려나 싶었죠. 노야차라면 충분히 그런 게 가능할 것처럼도 보였거든요? 그런데 평범하게 가스 토치를 사용하시더군요. 에…… 뭐…… 조금은 실망스러웠어요.

"그래도 걱정되긴 하신 거잖아요? 그러니 무공을 잃은 대제자를 지켜 주시려……."

"무공을 잃었다고? 어떤 제대로 볼 줄도 멍청한 놈들이 그런 소리를 해?"

"아무튼…… 대제자분이 저한테 죽을까 봐 걱정하신 거 아니에요?"

"네 손에 권별이 죽으면 나야 속 편한 일이지. 네 말대로 내 입으로 해 놓은 말이 있으니 권별이 멀쩡한 동안에는 내가 여기 일에 나설 수는 없잖아? 그런데 권별이가 죽기라도 한다? 비의문 차기 장문 후보와 전 장문 후보의 복수를 한 몫에 깔끔히 해치우고 홀가분하게 돌아갈 수 있는 건데 내가 아쉬울 게 뭐가 있겠어?"

"하하. 노야차 님 농담도. 그거 지금 협박하시는 거죠? 대제자분 건드리면 가만두지 않겠다고."

"이소은이 넌 도대체 뭘 들은 거야? 어째 볼 때마다 넌 더 멍청해지는 거 같구나. 별호값은 해야지. 그래도 네가 자칭⋯⋯."

"에이, 에이! 노야차 님! 제가 철없던 시절에 그러고 다닌 건데⋯⋯ 제가 두 번 다신 그 이름 안 쓰겠다고 약속드렸잖아요!"

그때까지는 둘의 대화가 좀처럼 귀에 들어오지 않았어요. 노야차가 피운 모닥불에 모든 시선과 관심을 뺏기고 있었거든요. 눈치채지도 못한 사이에 제 몸은 조금씩 모닥불로 쏠리고 있었고요. 그런데 이제까지와는 완전히 다른 말투로 얼굴을 벌겋게 물들인 채 노야차에게 소리치는 언니를 보고 있으니 도저히 호기심을 억누를 수 없더라고요.

"저 언니 별호가 뭔데요?"

"궁금하냐?"

느닷없는 저의 질문에 노야차가 짓궂은 웃음을 지으며 대답했어요. 언니의 얼굴엔 이제껏 보지 못한 살기가 서렸고요. 언니의 손이 가슴팍으로 올라간다 싶었는데 어느새 노야차가 언니와 저 사이에 서 있었어요. 아무리 제 감각이 둔해졌다 해도 노야차가 언제 움직였는지, 움직이긴 한 것인지 알 수가 없더라고요.

"이 이소은이가 지금처럼 저한테 불리하다 싶음 사람을 해치려는 성정은 있어도 근본까지는 썩은 애는 아니었단다."

노야차를 마주하는 언니의 이마에는 식은땀이 흘러내리고 있었어요. 잠깐 망설이는 듯하더니 잔뜩 굳힌 어깨의 힘을 풀고 양손을 들어 올려 보였어요.

"죽이려는 건 아니었어요. 그냥 잠깐 기절만 시키려고 그런 거예요. 제발 믿어 주세요."

"글쎄, 네가 권별이를 죽이든 말든 나는 상관 안 한다니까?"

좀 전의 그건 뭐였죠? 분명 저를 도와주려고 개입한 거 아니었나요?

진짜로 따져 보고 싶은 마음이 굴뚝같았지만 애써 눌러 참았어요. 울상이 되어서 얼굴이 시뻘겋게 변한 걸 보니 그 언니의 별호가 뭔지 꼭 알아야겠다는 생각뿐이었거든요.

"이소은이가 제법 큰 명성을 얻고 패거리들을 모았을 때 한번 얼굴이라도 봐야겠다고 생각했었지."

노야차가 말을 이어 가는 틈을 타 저는 조금씩 불가로 다가갔어요. 여전히 온기는 느껴지지 않았지만 일렁이는 불에 가까이 서 있기만 해도 몸이 풀리는 것 같았거든요.

"꽤 수고를 들여야 혼쭐을 낼 수 있을 거라 생각했는데 내가 자기 패거리들을 때려잡는 걸 지켜본 이 이소은이가 내게 뭐라 했는지 아느냐?"

저는 귀 아래까지 벌겋게 달아올라서 고개를 처박고 땅만 바라보는 언니를 보아서라도 기꺼이 장단을 맞추어 주었지요.

"뭐라고 했는데요?"

"무릎까지 꿇으며 '노야차 님! 저를 제자로 삼아 주십시오!'라고 하더구나."

저런······.

"어, 그럼······. 저 언니가 노야차 님 제자가 되었으면 호비 선생님 동생? 그······ 사제가 되는 거였겠네요. 그럼 내가 뭐라고 불렀어야 되는 거지?"

이마트 언니는 빈정거리며 말을 늘어놓는 저를 노려보다가 긴 한숨을 내쉬고 아예 눈을 감아 버렸어요.

"비의문에서 제자를 거두어들인다는 것은 그리 간단히 결정될 일이 아니다. 너도 호비가 너를 왜 제자로 삼았는지 그 의미를 잘 되새겨 두어라, 권별."

"네네. 알겠어요. 그래서요?"

"결국 제자로 들이지는 못하였지만 난 이소은이에게 몇 가지 공부를 가르쳐 주었다. 멍청한 것치고는 자질이 제법 뛰어난 아이였기에 금방 잘 따라오더구나. 그때는 지금처럼 그릇된 길을 걷지도 않았지. 말투나 행동을 흉내 내고 내 행적을 따라다니는 것도 그때는 귀엽게 보였단다. 나와의 관계를 과시하기라도 하려는 듯 스스로를 '소야차'라고 말하고 다녔던 건 꽤 거슬렸지만 말이야."

와……. 완전 무슨 노야차의 광팬이었단 이야기잖아요?

"풉……. 소야차요? 그거 작은 야차라는 뜻인 거죠? 암만 그래도 소야차는 꼭 짝퉁 가수 이름 같지 않아요?"

노야차가 껄껄 웃었어요.

"그래. 네 말대로 형편없는 작명이지. 나라면 절대 별호를 그런 식으로 짓지는 않았을 거다. 그리고 기왕 존경하는 이의 이름을 기리기 위해 지은 별호라면 그 이름을 더럽히는 길을 택하지도 않았을 것이고."

노야차의 표정이 굳어졌어요.

"소은아. 내가 왜 다른 잡배 놈들을 버려 두고 너를 뒤따라 왔는지 아느냐."

"모르겠어요……."

'소야차' 언니는 눈을 떠 노야차를 바라보며 조그마한 목소리로 대답했어요.

"네 행적이 권별에 닿을지 안 닿을지는 몰라도 그 끝에 네가 선택한 길의 목적지가 어디인지 확인해 보고 싶었다. 그리고 간만에 네 얼굴을 보아서 반가운 마음이 들었다는 것도 큰 이유 중 하나였지."

고개를 들어 노야차를 바라보는 소야차 언니의 얼굴에는 수많은 감정이 맺혀 있었어요. 부끄러운 것처럼도, 화난 것처럼도, 슬픈 것처럼도 보였어요.

"우연의 산물처럼 느껴지는 이 만남도 결국 너와 내가 택한 무수한 선택들과 연이 빚어낸 결과인 셈이지. 말했듯이 난 너와 권별의 일에 개입하지 않을 것이다. 넌 네가 옳다고 느끼고 해야 한다 생각하는 선택을 하도록 해라."

노야차는 더는 관심이 없다는 듯 커다란 캠핑 의자를 꺼내 거기에 몸을 뉘었어요.

"제길. 이미 한참 잘못 와 버린 걸 뭐 어떻게 하라고 그러세요……."

꼭 노야차가 아니라 자신에게 내뱉는 말 같았어요. 긴 한숨을 내쉬고 소야차 언니는 예전처럼 무표정한 얼굴로 돌아왔어요.

"뭐……. 거지 같은 새끼 밑에서 푼돈 받으면서 일하는 것도 지겹지. 너, 나중에 그 새끼한테는 잡히면 꼭 내가 널 죽이려다가 실패했다고 말해라. 좆도 신경 안 쓰고 나 잡아 죽이려 할 새끼지만. 난 간다."

뭐라고 한두 마디 더 놀리고 싶었지만, 유혹을 참고 고개만 끄덕여 주었어요.

"노야차 님, 전 이제 마지막 배 타고 떠나요. 이번엔 홍콩에라도 가 있을 테니까 제발 그쪽 오실 일 있음 꼭 먼저 연락해 주세요. 미리 피해 있게요."

"그래. 가게 될 일 있음 꼭 연락하도록 하지."

소야차 언니는 노야차에게 고개를 깊숙이 숙여 보이고 해가 떨어지고 있는 선착장으로 떠나갔어요.

소야차 언니가 사라지자 저는 아무렇지 않은 척하는 건 포기하고 노야차가 피워 둔 불에 다가갔어요. 노야차는 긴 쇠막대기로 모닥불을 뒤적이며 타오르는 불꽃을 빤히 바라만 보고 있었고요.

정적이 한참이나 이어지니 숨이 막힐 것 같더라고요. 뭐라도 말을 해야 한다 생각했죠.

"저기…… 고맙습니다. 저 뒤쫓는 사람들 처리해 주시고…… 저 언니도 쫓아 주셔서. 제 일에 개입하지 않는다고 하셨……."

"누굴 처리했다고? 무슨 소리를 하는 거냐. 나는 여태껏 네게 조금의 도움도 준 것이 없다. 이소은이가 물러선 건 스스로의 결정이었을 뿐이고."

　노야차는 제 말이 진심으로 무슨 소린지 모르겠다는 표정이었어요. 그렇다면 안전가옥에서부터 날 쫓아오던 추적자들을 해치운 게 누구란 말이지?

"그럼 왜 여기까지 오신 건데요? 도와주실 마음이 없으셨다면⋯⋯."

"네가 일을 마무리 짓기 전에 건네주어야 할 것들이 있다. 네 스승인 호비가 너에게 전해 주었어야 할 것들 말이다."

　의자에서 몸을 일으킨 노야차는 타오르는 모닥불 안으로 손을 집어넣어 장작들을 지탱하고 있던 창을 뽑아 들었어요. 한참을 모닥불 안에 들어 있었는데도 창날의 색은 조금도 변하지 않았어요. 심지어 창 자루를 둘러싼 가죽 같은 것도 멀쩡하더라고요.

"이 창의 이름은 낙성비연(落星飛燕)이다. 받아라. 이제 네 것이다."

　한참이나 창을 바라보던 노야차가 제게 창을 내밀었어요. 양손으로 창을 받아들었는데, 예상보다 훨씬 무거웠어요. 당시의 제 힘으로는 도저히 감당할 수 없을 정도로요. 비틀거리다 결국 창과 함께 운동장 바닥에 쓰러졌죠. 신기한 건, 불길 속에 뜨겁게 달구어진 창을 쥐었는데도 아무런 열기도 느껴지지 않았어요.

"호비에게 창술을 조금도 배우지 못했느냐?"

"가르쳐 주신 적 없어요."

가르쳐 주셨어도 배울 생각도 없었지만요.

노야차는 말없이 다가와 손을 내밀었어요. 어지간히 제 꼬락서니가 마음에 안 들었나 싶었죠. 처음부터 딱히 창 같은 거 받고 싶은 마음도 없었어서 그냥 순순히 노야차에게 창을 돌려주었어요.

"창술은 찌르고, 베고, 걸고, 당겨서 거두어들이는 네 가지 동작으로 이루어진다. 너라면 이 원리를 새기고 있는 것만으로도 금방 이치를 터득할 수 있을 것이다. 지금 내가 보여 주고자 하는 것은 그중에서 네게 가장 익숙한 찌르기다. 이 동작 하나만을 완벽히 익히기만 해도 천하에 네 상대를 찾기 힘들 것이니 잘 보도록 하여라."

노야차는 오른손으로는 창의 끝을, 왼손으로는 자루의 가운데를 쥐었어요. 회관에서 했듯이 등 뒤로 창을 가볍게 돌려 넘기더니 어느새 짙게 내리깔린 밤하늘에 빛나는 별들을 노려보더군요.

뭘 보여 주려는 것이든 내공을 모두 잃어버린 제 눈에는 보이지는 않을 거라 생각했죠. 하지만 노야차의 시선의 끝에 목표한 별과 내지르는 창끝 사이에 기다란 선이 이어지는 게 똑똑히 보였어요. 밤하늘에 미세한 균열이 생기고 길게 찢겨 나간 대기에서 터져 나온 비명과도 같은 소리도 들려왔어요. 한참 뒤에서야 나뭇가지에 앉아 있던 산새들이 떼지어 날아오르더군요.

"이게 호비가 애써 천박한 주먹질로 다듬어 네게 가르친 것의 원형이다. 이해했느냐?"

잊지 못할 광경을 보았지만, 그때는 되새길 겨를도 없이 머릿속을 가득 메운 의문을 그저 풀기에 바빴어요.

"호비 선생님께 가르쳐 주신 게 원래 창술이라고요? 그런데 그걸 호비 선생님이 주먹질로 바꾼 거고요? 그러고 보니 아까 호비 선생님이 노야차 님의 공부를 거부하고 힘을 제약했다 하셨잖아요? 그거랑 상관있는 이야긴가요?"

노야차는 긴 한숨을 내쉬었어요. 그전까지의 자신만만한 표정은 사라지고 대신 피곤함이 찌푸린 얼굴에 깃들었어요.

노야차는 다시 말없이 창을 건넸어요. 이번에는 제대로 받아 보려고 했지만 다시 한번 땅에 주저앉는 꼴이 됐어요. 그래도 창을 꼭 잡고 있으니 팔 끝에서부터 추위가 조금은 물러나는 것 같았어요.

"지금 네 속에서 부는 바람과 타오르는 불길은 스스로 가라앉혀야 한다. 그래도 그걸 다스리는 데 이 창이 조금의 도움은 될 것이다. 창을 들고 불 앞에 앉도록 해라."

그럴듯한 말 같기는 했는데, 지금의 제 상황하고는 완전

반대였어요. 파도 소리에 귀가 멀 거 같고 얼어 죽을 것 같
이 추운데 무슨 바람하고 불길이요? 그래도 불 앞에 앉으라
는 소리는 반가워서 힘겹게 창을 질질 끌면서 모닥불로 향
했죠.

"호비가 또 무엇을 가르쳤느냐?"

"뭐……. 내공 쌓는 법이랑 경공 정도요? 전음술 쓰는 법
도 가르쳐 주셨고요. 그냥 제가 적당히 훔쳐서 배운 것들도
몇 개 있긴 한데……."

"그래도 가장 중요한 것은 빼놓지 않고 가르쳐 주었구나."

"그럼 권술은 중요한 게 아니에요?"

"권술은, 주먹질은 무기를 다룰 줄도 모르고 다룰 용기도
없는 시정잡배들의 드잡이질에 지나지 않는다."

알 수 없는 반발심이 치밀어 올랐어요.

"선생님은 주먹은 올곧고 정직하다고 하셨어요. 누군가를
지키기에도, 누군가를 심하게 해하지 않기에도 적당하다고
도 하셨고요."

"지극히 호비다운 말이구나."

화를 낼 거라 생각했는데 노야차는 고개만 끄덕였어요.

"왜 선생님은 저한테 다른 것들을 가르쳐 주시지 않을 걸
까요? 그때 섬에서 말씀하신 불의한 행동 어쩌고 하는 이야
기랑 상관있는 거예요?"

긴 한숨이 노야차의 입에서 터져 나왔어요.

"장례식장에서 호비의 부인 유성검을 만났다고 들었다."

"네. 문주님이 그분 때문에 호비 선생님이 죄책감을 느낀다 하셨어요."

"그게 호비 같은 선한 이들이 사이한 무리에 매료되었을 때 맞닥뜨리게 되는 결말이다. 네가 친구라 착각하는 산중노괴가 빚어낸 괴물이나 호비의 부인 유성검 같은 무리 말이다."

"무명은…… 그런 애가 아니에요. 저한테 가장 소중한 사람이라고요."

"그래? 그렇게 소중한 네 친구는 지금 어디에 있느냐? 그 어떤 순간보다 소중한 이가 가장 필요한 지금, 네 친구는 도대체 어디에 있냔 말이다? 너나 호비 같은 선한 이들은 모른다. 세상엔 자신을 바쳐 남들을 돕는 데서 기쁨을 느끼는 이와 반대로 자신이 가진 힘을 남을 억압하고 짓밟고 괴롭히는 데에만 쓰는 이들도 있다는 사실을 말이다."

무명이 그런 사람인가요? 아무렇지 않게 사람을 죽이고, 진영이의 형을, 수많은 이들을 괴롭히긴 했어요. 하지만 동시에 저를 위해 희생하고 모든 걸 해 주려고도 했고요. 선생님의 부인도 마찬가지지 않을까요? 정말 노야차의 말과 같은 사람이었다면 선생님은 왜 그분을 사랑한 걸까요?

"소야차 언니한테 그러셨잖아요? 그냥 선택지가 없어서, 잘못된 길을 걷고 있는 걸 수도 있는 거잖아요? 장례식장에서 비의문주님이 저한테 그러셨어요. 목적지에 도착해 보지 않으면 그게 잘못된 길인지 아닌지 알 수가 없다고. 잠깐 잘못된 길을 걷고 있더라도 결국 제대로 된 목적지에 도착한다면 되는 거잖아요?"

노야차는 대꾸 없이 한참이나 모닥불을 뒤적이기만 했어요.

"사형이 유성검에게 당했을 때. 그 복수를 하겠다고 나선 호비는 꼭 지금의 너 같았다. 호비의 공부가 충분하지 못하다고 느꼈었지만 말리지 않았다. 그게 호비의 선택이었기 때문에. 호비가 돌아오지 않는 것이 최악의 결과일 거라고만 생각했다. 내가 한참이나 어리석었지. 돌아온 호비는 울면서 나와 사형에게 사죄했다. 해야 할 일을, 복수를 할 수가 없었다고. 유성검을 사랑하게 되었다고."

"그래서 불의한 행동을 했다고, 자기는 자격이 없다고 말씀하셨던 거군요."

선생님 성격이라면, 아니 그게 누구였다고 해도 죄책감을 느낄 만한 선택이잖아요? 씁쓸한 표정으로 노야차는 고개를 내저었어요.

"비의문의 누구도 호비를 비난하지 않았다. 호비의 선택이고 결정이었으니 그 판단의 정당성을 아무도 의심하지 않았다. 나는 호비에게 말했다. 설령 유성검이 잠시 잘못된 길을 걸었었다 한들 네 판단을 믿는다고. 그녀를 올바른 길로 인도할 수 있다면 그건 전혀 비난받을 일이 아니라고."

저는 고개를 끄덕였어요.

"호비는 울면서 말했다. 죄송하다고. 유성검을 바꿀 수 없고, 바꾸지도 않을 거라고. 있는 그대로의 유성검의 모습을 사랑하기에 그녀의 모든 악덕을 짊어지겠다고. 유성검이 한 명의 생명을 빼앗으면 자기는 열 명을 살리겠다고. 권별, 너는 네 친구를 위해 그런 길을 걸을 각오가 되어 있느냐?"

머릿속이 복잡해, 그저 멍하니 모닥불만 바라보았어요.

"실망하셨던 건가요? 호비 선생님이 노야차가 원하는 그런 선택을 하지 않으셔서?"

노야차는 대답하지 않았어요.

"무명은 호비 선생님의 부인이 아니에요. 저도 호비 선생님이 아니고요. 아까 그 언니를 왜 그냥 보내 주신 거죠? 예전에 다시 만나면 가만두지 않겠다고 하셨다면서요? 여전히 바뀔 수 있다고, 나아질 수 있다고 기대하셔서 그런 거잖아요."

대답 없이 노야차는 무언가를 곱씹으며 한참 동안 의자에 몸을 기대고만 앉아 있었어요.

"밤이 늦었구나. 난 이만 뭍으로 돌아갈 생각이다."

"배도 끊겼다고 하는데 어떻게 가시려고요?"

"왜, 내가 날아가기라도 할 것 같으냐? 친분이 있는 선장
에게 미리 연락해 두었다. 애써 세워 둔 것이 아까우니 텐트
는 네가 쓰도록 해라. 다 쓰고 나서 부둣가의 '미성횟집'에
맡겨 놓아라."

몸을 일으키는 노야차를 따라 저도 창에 기대어 일어섰
어요. 꼭 해야만 할 말이 있었거든요.

"부탁드릴 게 있어요. 내일 은자와 결판 지을 거예요. 그때
노야차 님의 뜻이 어떻든 제 선택의 결말을 기다려 주셨으
면 좋겠어요."

"호비가 귀에 딱지가 내려앉도록 네 칭찬을 할 만한 이유
가 있었구나. 지금 널 보면 호비는 무척이나 자랑스러워할
거다."

"어……. 화내시거나, 이런 몸 상태로 계속 복수를 하는
건 허락할 수 없다고 하시거나, 바보 같은 고집 부린다고 말
리시거나, 그런 건 다 낫고 나중에 하라거나, 뭐 그런 말은
안 하시네요……?"

"시시하기 짝이 없는 세속의 이치와 도리를 따르거나 남
들의 비위를 맞추기 위해 무공을 익히는 게 아니다. 선택에
따라오는 것을 네가 스스로 짊어지겠다는데 그걸 누가 말

릴 수 있단 말이냐."

나중에 되돌아봐도 답답하기 짝이 없는 쓸데없는 고집, 예견된 죽음으로 기꺼이 몸을 던지는 제 멍청한 선택에 대한 존중과 인정을 마지막으로 노야차는 운동장을 떠나갔어요. 저는 꾸벅 묵례하고선 텐트 안으로 들어가, 침낭 안에 몸을 던져 넣었어요. 텐트 입구를 막고 침낭의 지퍼를 목 위까지 끌어올리는데 노야차로부터 전음이 왔어요.

— 권별. 세상엔 잃고 싶어도 잃을 수 없는 것이 있다. 네 안에 쌓아 올린 것은 절대 사라지지 않는다.

21.

　학교 뒤편의 숲에서 들려오는 요란한 소리의 향연에 깨어
보니 막 해가 떠오르고 있었어요. 그토록 저를 괴롭혔던 추
위는 거짓말처럼 사라졌어요. 파도 소리도 함께요. 그리고
그 어떤 작은 것도 제 안에서 느껴지지 않았어요. 쌓여 있
기를 기대했던 것과 사라지기를 바랐던 것 그 어떤 것도요.
나 자신이 텅 빈 그릇 같다는 생각이 들었어요.

　기분은 놀라울 정도로 차분했어요. 화장실에서 아직 물
이 나오길래 최대한 깨끗이 씻고 난 후 감추어 두었던 꽃무
늬 접시를 챙겨 나왔어요.

　불을 끄고 뒷정리를 하던 중 텐트 바닥에 놓여 있는 기다
란 천이 눈에 띄었어요.

　'落星飛燕'이라고 쓰여 있었어요. 노야차가 시민회관에
올 때 창을 둘러메었던 것 같았어요. 운동장에 나뒹구는

창을 간신히 천 안으로 집어넣고 입구까지 단단히 조여 매었어요.

그 뒤 정리한 텐트와 의자, 매트, 침낭을 한꺼번에 등에 멨어요. 아무리 겨울이라고 해도 그 정도로 움직였으면 땀이 좀 날 법도 한데 제 몸은 불어오는 산들바람을 쐬고 있기라도 한 듯 너무 평온했어요. 입 밖으론 거친 숨 한번 새어 나오지 않더군요.

꽃무늬 접시를 입에 물고 양손으로 창을 바닥에서 들어 올렸어요. 정말이지 끔찍하게 무거웠어요. 그리고 양손으로 단단히 붙잡은 창을 지팡이 삼아서 한 발 한 발 골목길을 걸어서 내려갔어요.

그 애가 말했던 파란색 지붕 집이 여럿 있을 줄 알았는데 쓸데없는 걱정이었어요. 선착장과 폐교 사이 딱 중간쯤 되는 곳까지 내려왔을 때 낮은 돌담에 둘러싸인, 오래되었지만 깔끔하게 정리된 파란색 지붕 집이 보이더군요. 애초부터 출입문 같은 건 없는 듯이 환히 열려 있는 마당으로 걸어 들어갔어요.

접시만 두고 갈 생각이었는데 집에서 나온 아이와 딱 마주쳤죠. 온갖 동물들이 새겨진 내복만을 입은 채로 잠이 덜 깬 듯 눈을 비비고 있는 아이를 보니 웃음이 터져 나올 것 같았어요. 고개를 위아래로 흔들어 입에 물고 있는 접시를 가져가라고 신호를 보냈어요.

"언니 왔네요? 학교에서 자고 왔어요? 이제 가는 거예요?
나쁜 사람들은 안 왔어요?"

고개를 몇 번 끄덕이고 마지막엔 좌우로 흔들어서 대꾸
해 줬어요. 아이는 그제야 제 입에서 접시를 뽑아 가더라
고요.

"잘 있어. 케이크 진짜 맛있더라. 핫팩도 엄청 따듯했고.
정말 고마워. 나중에……."

별생각 없이 말을 이어나가다 문득 '내게 나중이라는 게
있을까?' 하는 의문이 들었어요.

"이제 가요? 근데 여기 또 놀러 온다고요?"

"……그래, 나중에. 언니 대학 가면 또 놀러 올게."

"그럼 그때는 마술 보여 줄 수 있어요?"

"그래, 마술 보여 줄게. 가르쳐 주기도 할게. 잘 있어, 난 간
다."

그대로 아이와 헤어지려는데 문득 모든 배움을 잃은 내
가 은자를 이길 수 있을까? 하는 걱정이 들었어요. 사실 바
보 같은 생각이죠. 이대로 가다 떨어지는 운석에 맞아 죽을
수도 있는 거고, 차에 치일 수도 있는 건데 왜 다가오지도
않은 미래에 대해서 미리 걱정을 하는 거죠?

"너 연락처 가르쳐 줄래?"

아이는 고개를 끄덕이더니 신이 나서 집 안으로 달려들어 갔어요. 핸드폰을 가지고 온 아이에게 연락처를 알려 주고, 전화를 하라고 했죠.

"여보세요? 잘 들려요?"

바로 제 앞에서 핸드폰을 잡고 심각한 표정으로 통화를 시도하는 아이를 보니 또다시 웃음이 나왔어요.

"그래, 잘 들려. 이제 네 이름 알려 줘. 언니 이름은 권별이야."

"난 장롄이에요."

"장권?"

"아뇨! 장구엔."

제대로 알아들었는지 확신이 서지 않아 연락처에 쓴 아이의 이름을 보여 주자, 아이가 고개를 끄덕이더군요.

아이에게 작별을 고하고 창끝으로 골목길을 쿵쿵 찍어가며 선착장으로 내려갔어요. 미성횟집은 선착장에 몰려 있는 몇 개의 음식점 사이에 있더군요. 이른 시간이라 영업을 하지 않는지 불이 꺼져 있었어요. 노크하고 힘을 주어 뻑뻑한 미닫이문을 열어 보았더니 잠겨 있지 않았어요.

등에 멘 짐 들을 바닥에 내려놓는데 가게 안의 불이 켜지고 할아버지 한 분이 걸어 나오셨어요. 비의문주보다도 한참이나 나이가 많아 보였는데 두 눈을 감고 계시더라고요.

"아, 죄송합니다. 노야차 님이 짐을 여기 두고 가면 된다고 하셔서……."

"이거. 죽기 전에 명성 자자한 차기 장문인을 다 뵙고……. 나는 참 운도 좋지. 그런데 차기 장문이 그 꼴로 돌아다니시려고?"

뭐라 대꾸를 해야 할지 모르겠더라고요. 우물쭈물거리고 있는데 할아버지가 몸을 돌려 가게로 들어갔어요. 부스럭거리는 소리가 들려오더니 되게 튼튼해 보이는 등산화를 들고 나오셨어요.

"우리 아들이 나 신으라고 사 준 거야. 차기 장문인께서 신도록 해. 그깟 신발 때문에 하체가 불안정해서야 되나."

신고 있는 다 찢어지고 해어져 너덜거리는 신발을 내려보니 사양의 말이 나오지 않더라고요. 감사하다고 웅얼거리며 신발을 갈아 신었어요. 할아버지가 체구가 작으신 편도 아니었는데 신발이 제 발에 딱 맞더라고요. 좀 이상했어요.

"감사합니다. 저 신발 이거 얼마 정도……. 저 엄마 카드 있거든요."

할아버지는 고개를 흔들며, 주머니에 손을 넣더니 그 안에서 무언가를 제게 튕겼어요. 얼결에 받아보니 비의문의 동전이었어요. 가방 안에 있었던 것이었죠. 바닷속에 빠졌을 텐데?

"차기 비의문주에게 내가 요구할 대가는 다음부터는 이걸 내버리지 말아 달라는 것뿐이야."

"이게 여기에 왜? 어떻게?"

"세상에는 버리고 싶어도 버릴 수 없는 것들도 있는 법이거든."

제가 일부러 버린 것은 아니었지만 굳이 해명할 필요는 없었어요. 몸을 돌려 가려다 문득 떠오르는 게 있었어요.

"불쑥 와서 도움만 받고 짐만 놓고 가서 죄송해요. 저 약속이 있어서 2년 뒤에 여기 다시 올 거예요. 그때 다시 찾아뵐게요."

"나보고 2년이나 더 살아 있으라고? 뭐, 그것도 좋지. 차기 장문인이 오를 경지를 기대하며 삶을 연명해 보지."

할아버지는 어서 가라는 듯 제게 손짓을 해 보이셨어요.

횟집을 나서는데 때마침 선착장에 배가 들어오더라고요. 무거운 창에 비틀거리면서 배에 올라탔어요. 핸드폰을 꺼내드니 이제 배터리가 고작 20% 정도만 남아 있더라고요. '나중'에 서울 가면 엄마한테 꼭 새 핸드폰 사 달라고 해야지 결심했어요.

저는 통화 기록이나 문자 수신함을 확인하지도 않고 지배인 아저씨한테 전화를 걸었어요.

"안녕하세요. 부탁드릴 게 있어요. 제 부탁 들어주실 거라는 것도 알고 있고요. 오늘 은자를 찾아갈 거예요. 은자에게도 전해 주세요. 다른 사람들 괴롭힐 필요 없다고. 적당한 장소를 잡아 주세요. 은자가 미리 준비해 둔 곳은 어디든 가고 싶지 않아요. 장소가 어디일지 모르니 정확한 시간은 모르겠어요. 어찌 되었든 오늘 중으로는 무조건 갈 거예요."

"소귀 이소은을 무찔렀다고 들었습니다. 하지만 그 못지않은 고수들이 은자와 함께 무명성 님을 대적할 것입니다."

"알고 있어요."

"······은성은 내게도 무명성 님을 막아서게 할 겁니다."

"알고 있어요."

"그 모든 상대를 동시에 맞서야 할 수도 있을 겁니다."

"그것도 알고 있어요."

"설령 무공을 되찾았다 하시더라도 무명성 님 혼자는 무리입니다."

"혼자가 아녜요. 제겐 친구가 있어요."

"······."

수화기 너머로 긴 침묵이 이어졌어요. 뭐라도 말을 해야 하나 싶은 순간에 준비하고 다시 연락 주겠다는 대답이 돌아왔어요. 전 말없이 통화를 끊었고요.

간판이 흔들거린다 싶더니 배가 선착장을 떠나고 있었어요.

정말 얼마 남지 않은 핸드폰의 배터리를 보면서 무명에게 전화를 걸었어요. 여전히 받지 않더군요.

'은자에게 가고 있어. 네 도움이 필요해.'

문자를 남기자 수신 확인이 되었는데도 대답은 돌아오지 않았어요. 전화를 걸어 보았지만, 연결은 되지 않았어요. 나쁜 말을 쏘아 보내려다가 마음을 가라앉혔어요. 원망하고 미워하느라 그 시간을 보내고 싶진 않았어요.

배는 어느새 바다 한가운데를 나아가고 있었어요. 혼자 노를 저어올 때는 그렇게나 멀게 느껴졌는데 통영은 섬 바로 앞바다에서도 눈에 보일 정도로 가깝더라고요.

기분을 풀어 보려 갑판 위를 천천히 걸어 다녔어요. 익숙해진 것인지 새 신발 때문인지 창의 무게가 더 이상 부담이 되지 않았어요. 등 뒤에서 창을 내려 손으로 잡아 보자, 마음이 차분했어요. 마침 문자 진동이 왔어요. 지배인 아저씨로부터 온 문자였어요. 통영CC 골프 홀들 사이 어딘가가 약속 장소더군요. 배는 통영 선착장에 다다르고 있었어요. 그때까지 안주머니에 넣어 두고 있었던 마지막 섬광 폭음탄을 바다에 던져 버렸어요.

핸드폰을 꺼내 마지막으로 무명에게 길고 긴 문자를 남겼어요. 음……. 지배인 아저씨가 알려 준 장소도 남기고 별의별 소리도 다 써 놨었는데 요약하자면 그런 거였어요. '오늘이 내 마지막 날이 될지도 모른다. 이기적으로 들릴지는

모르겠지만 내 마지막 순간엔 네가 내 옆에 있어 줬으면 좋겠다.'

대답을 기대하지는 않았어요. 문자 앱에서 한참이나 사라지지 않는 숫자를 멍하니 바라보다가 다시 등 뒤에 창을 메고 선착장으로 걸어 내려갔어요. 선착장을 나와 택시를 잡고 은자와의 약속 장소에 도착하는 그 순간까지도 무명으로부터의 대답은 돌아오지 않았어요.

지배인 아저씨가 알려 주었던 위치는 무명과 처음 만났던, 호수 아래쪽에 있는 산자락을 따라 지어진 커다란 집이었어요.

저는 제 키보다 훨씬 높은 담장과 철제문 앞에서 잠깐 당황하다 초인종을 눌렀어요. 웅 하는 위압적인 소리와 함께 철제문이 담장 안으로 밀려 들어가며 저절로 열리더군요.

단이 낮은 나무 계단이 정원에서부터 시작되어 대나무숲 안으로 쭉 이어져 있었어요.

대나무 숲 가운데에 조그만 공터가 보였어요. 거기에서 지배인 아저씨가 검을 들고 서서 저를 내려다보고 있었고요.

문뜩 이것도 은자의 함정일 거란 생각이 떠올랐어요. 지배인 아저씨가 그런 술수를 쓸 것 같지는 않았지만, 은자라면 충분히 가능한 일이잖아요? 예전처럼 머리로 내공을 돌려 주변의 기를 감지하고 싶었어요. 애초에 그런 일이 가능했다는 게 믿기지 않을 정도로 아무런 일도 벌어지지 않았고요.

위험해 보였지만 제게 선택권이 없었어요.

그때까지도 망설이고 있는 자신에게 화가 났어요. 전 무공도 친구도 잃은 채였어요. 계단 위에서 절 기다리고 있는 게 은자의 함정이든 아니든 제가 감당할 수 있는 일은 아니었죠. 그걸 뻔히 알면서도 은자와 맞서겠다고 선택한 거고요. 조금은 빠르게 몇 계단을 더 올라갔어요. 숲이 요동치며 대나무가 길게 눕더군요.

바람이 분 거였겠죠? 문득 노야차가 '내 마음속의 바람과 불'에 대해 말했던 게 떠올랐어요. 그럼 바람은 어디서 불어오는 걸까요? 파도는 혼자서 치는 걸까요? 내 머릿속에 파도를 치게 만든 건 무엇이었죠?

그 순간 머릿속을 가득 메운 의문은 '그 지독했던 파도 소리와 추위가 어디로 사라진 것일까?' 하는 거였어요. 사라지긴 한 걸까요? 애써 걷고 숨 쉬는 법을 떠올리려 하지 않듯 애써 제가 그걸 의식하지 않게 된 건 아닐까요?

이런 상황에서도 수수께끼 풀이에 정신을 빼앗기는 게 어이가 없을 수도 있지만, 그게 저라는 사람인걸요. 의식을 해서 의문이 생기는 게 아니에요. 스스로 알지 못하는 사이에 저절로 묻고 저절로 답이 나오는 거고요. 의식하지 못하고,

그러지 않더라도 걷고 숨을 쉬듯이요.

애써 답을 구하려고 하지 않고 의문에 나를 내맡긴 채 계단을 올라갔어요. 생각에 잠겨 제가 걸어온 길, 나무 계단마다 발자국이 깊게 남겨진 걸 보지 못했어요. 겉옷이 팽창할 듯 부풀어 오른 것도요. 알 수 없는 고양감에 등 뒤로는 소름이 돋아 올랐어요. 문득 안전가옥에서부터 추적자들을 처치해 준 사람이 누구인지 알 것 같더라고요. 어쩌면 전 처음부터 알고 있었을 거예요. 감정에 사로잡혀 믿지 않으려, 인정하지 않으려 해서 몰랐을 수도 있을 거고요.

예견된 죽음으로 가는 여정이었지만 주체할 수 없이 몸이 달아올랐어요. 이제껏 한 번도 느껴 보지 못했던 뜨거운 불이 속에서 타오르고 있었어요. 몸을 가누기도 힘들 정도로 휘몰아치는 세찬 바람에 제 안의 불꽃은 점점 커져만 갔고요. 제 속에서, 제 마음속에서 불고 있는 바람에 어떻게 몸이 휘청이는 거죠?

저를 중심으로 서 있던 대나무들이 부러지며 쓰러지는 소리가 들려왔어요.

놀랍지도, 무섭지도 않았어요. 원래부터 제 안에서 항상 불어오고 타오르고 있었던 거라는 걸, 느끼지 못했을 뿐 단 한 번도 사라졌던 적도 없었다는 걸 그때는 알았으니까요. 지배인 아저씨가 몸을 날려 검으로 제 머리를 베어 왔지만 전 피하지 않았어요. 예리한 검날이 제 눈 바로 앞에서 멈추어 섰어요.

"대성을 이루신 걸 축하드립니다. 두어 걸음만 더 내딛으셨다면 제가 도저히 무명성 님을 감당할 수 없을 것 같았기에, 그 성장의 행보를 막아선 걸 이해해 주십시오."

타오르는 불꽃도, 바람도, 파도도, 추위도 모두 사라졌어요. 잃었다고 생각했기에 느끼지 못하고 있었던 그 모든 것들은 그대로 있었고요.

"은자가 아저씨를 왜 혼자 보낸 거죠? 둘이 같이 제게 덤비는 건 아무래도 좀 그랬다고 생각했나 봐요?"

지배인 아저씨는 작게 웃으면서 제게 겨누었던 검을 거두어들였어요.

"그럴 리가 있나요. 그저 이제 제 가치가 다했다고 생각했을 겁니다. 그래도 무명성 님의 힘을 빼 놓을 만하다고 생각해서 저를 보낸 것이지요. 마지막 빚을 쓰는 셈으로요. 제가 무명성 님에게 당하더라도 은성에겐 그리 나쁜 일은 아닐 테고요."

"진짜…… 대단한 친구를 두셨네요."

"제가 곽빈 경위를 보호하고 권별님을 도왔을 때부터 은성은 더 이상 저를 친구라 생각하지 않았을 겁니다. 자기를 기만하고 있다고 생각했겠지요. 그게 사실이기도 했고요."

"그런데 친구도 아닌 사람 부탁을 이렇게 열심히 들어준대요? 둘 사이도 안 좋아 보이던데."

"친구였었죠. 적이기도 하고. 하지만 이제 그건 중요한 게 아닌 것 같습니다. 원한과 마찬가지로 진 빚 역시 반드시 갚아야만 한다는 게 중요한 것이지요."

"친구라 불렀던 저를 배신하면서까지요? 어떻게 보면 그 때문에 저한테도 빚을 지신 거 아녜요?"

지배인 아저씨는 그리 길게 생각하지도 않고 슬픈 표정으로 고개를 끄덕였어요.

"은자에게는 세 개의 빚을 졌다 하셨잖아요? 그럼 저한테는 몇 개의 빚을 지신 건데요?"

"아주…… 큰 빚을 졌지요."

"그럼 그거 바로 갚을 기회를 드릴게요. 이대로 은자 부탁을 들어주지 말고 돌아가세요. 은자한테 진 자잘한 빚 하나를 갚을 기회로 저한테 진 큰 빚을 갚을 수 있다면 이득이 잖아요?"

뭐 대단한 발상도 아닌데 지배인 아저씨는 놀란 듯 저를 한참 보더라고요. 정말 그렇게 고민할 거리인가 싶을 정도로 오래 생각했어요. 그러더니.

"그건 안 될 것 같습니다. 무명성 님의 발길을 더는 지체시킬 수 없을 것 같군요. 320명 고수들의 연합체인 봉황련의 연주, 저 남궁민이 비의문의 차기 장문인 무명성 권별님에게 가르침을 청하고자 합니다. 먼저 손을 쓰는 걸 양해해 주시길!"

정중하게 고개를 숙여 보인 지배인 아저씨의 눈빛이 돌변했어요. 순간 쉽게 몸을 움직일 수가 없었어요. 보폭을 넓히고 오른손에 힘을 주어 검을 쥔 채로 나를 내려다보는 모습을 올려다보니 마친 거대한 벽을 마주한 것만 같았거든요. 잠시나마 노야차를 다시 마주 대하고 있는 듯한 기분까지 느껴졌어요. 지배인 아저씨가 생각보다 훨씬 더 강했기 때문만은 아니었어요. 고지를 선점하고 있다는 지배인 아저씨의 지리적 이점 때문이었죠. 또 몸을 움직여 아저씨를 뚫고 지나가야만 하는 저와 달리 어떤 방식으로든 저를 멈추어 세울 수 있다면 성공한 것인 상황적인 이점도 가지고 있었죠. 마냥 그렇게 대치만 하고 있더라도 지배인 아저씨로서는 나쁠 게 없잖아요?

하지만 저 역시 꼭 불리한 것만은 아니었어요. 지배인 아저씨는 제가 무기를 가지고 다니는 모습을 처음 보았기에 계속 제 등 뒤에 걸린 창을 의식하고 있을 것이었거든요. 또 하나 제가 가진 이점은 지배인 아저씨가 노리고 있는 것을 너무 명확하게 알고 있었다는 거였어요. 저를 어떻게든 막아선다는 목적이요. 상황이 정리되자 제 몸이 앞으로 쏘아져 나갔어요. 뚜렷한 계획 없이 그저 지배인 아저씨를 뚫고 지나가겠다는 뜻만이 세워졌는데 저절로 이루어진 동작이었어요.

지배인 아저씨가 노린 건 제 두 다리였어요. 저를 최소한의 피해로 제압해 돌려보낼 생각을 하고 있었던 거죠. 하지만 지배인 아저씨는 검을 휘두를 기회조차 잡지 못했어요.

제 생각, 제 의지의 속도를 까마득하게 뛰어넘은 속도로 저는 둘 사이 간격을 확 좁혔어요. 검을 쥔 지배인 아저씨의 손목은 제 왼손에, 검을 휘두르는 축이 될 어깨는 제 오른손에 제압당해 있었고요.

경악한 것인지 지배인 아저씨는 이제껏 한 번도 본 적 없는 표정으로 저를 바라보았어요. 하지만 지배인 아저씨보다 제가 더 놀랐을지도 몰라요. 제가 내었던 속도에 저 자신이 압도당할 것 같았거든요.

"패배를 인정해요! 더 싸우려 들면 팔을 부러트릴 거예요!"

"졌습니다. 대단하군요…… 권별님의 성취가 이 정도일 줄이야. 적어도 동수의 대결은 할 수 있을 거라 생각했는데 터무니없는 착각이었군요."

지배인 아저씨가 허탈한 표정으로 검을 쥔 손에 힘을 풀며 말했어요.

"여전히 절 말리실 건가요? 아직도 제가 은자의 상대가 되지 않을 거라 생각해요?"

"은성은…… 절대 혼자서 무명성 님과 맞서지 않을 겁니다……."

문득 지배인 아저씨가 저한테 큰 빚을 졌다고 말했던 게 떠올랐어요. 만약 내가 지배인 아저씨에게 도움을 청한다면? 절대 혼자서 나를 상대하지 않을 은자와의 싸움에 큰 도움이 될 거잖아요? 만약 제가 부탁했다면 지배인 아저씨는 거절하지 않았을 거예요. 솔직히 좀 고민이 되긴 했었죠. 하지만 저는 그러지 않았어요.

"걱정해 주셔서 감사해요. 이제 가 볼게요."

지배인 아저씨는 못 박힌 듯 멈춰서서 작별 인사를 마치고 나무 계단 위를 달려가는 저를 한참 동안 바라보았어요.

대나무 숲을 벗어나니 드넓은 잔디밭 위에 커다란 집이 세워져 있었어요. 한 면이 다 유리로 뒤덮여 있는 호화스러운 2층 집이었어요.

잔디밭 위에는 편안해 보이는 의자가 해 가리개 아래 놓여 있었고 은자는 거기에 앉아 날 바라보고 있었어요. 얼굴에는 언제나처럼 사람 좋은 미소가 맴돌고 있었어요. 주변을 둘러보니 은자가 앉은 의자 뒤편 집 벽에 기대 서 있는 여덟 명의 사람들이 보였어요. 신산객 구호성이 반갑다는 듯 고개를 숙여 인사했지만 딱히 받아 줄 마음이 들지는 않았어요.

잔디밭의 한쪽 끝에는 커다란 호수가 펼쳐져 있었어요. 그제야 무명과 처음 만났던 골프장이 호수의 반대편에 있다는 걸 눈치챌 수 있었지요.

"거지꼴을 하고는 있어도 너무 멀쩡하잖아? 민 녀석은 결국 약속을 깨고 날 배신했나 보네? 맨날 맹세는 꼭 지키네, 빚은 꼭 갚네 해 놓고선……."

"지배인 아저씨……. 봉황련주 남궁민은 은자 당신과의 약속을 지켰다. 정정당당히 나와 대결해 패배했다."

"네가? 너 따위가 민을 이겼다고? 그 물러 터진 녀석이 적당히 봐줬겠지."

"은자 당신의 셈이 틀렸을 것이다. 무명성의 발전 속도가 가공할 만하다고 했지? 내 유일한 호적수였던 무명성이 이제 까마득히 나를 넘어서 셈을 따져 볼 수 없는 영역으로 건너가 버렸다는 것이 안타깝군."

갑작스럽게 대화에 끼어들어 천연덕스럽게 해설을 늘어놓는 신산객 아저씨를 은자가 노려보았어요. 아니, 그런데 제가 언제부터 신산객의 호적수였다는 거죠? 진짜 어이가 없어서…….

"어차피 민 녀석에게는 기대가 없었어. 신산객, 너는 이번에도 싸우지 않을 거지? 상관없어. 숫자는 충분하니까. 은우, 선호, 윤성…… 아니 너희 모두 나와 동시에 권별을 공격하도록 해."

전 의자에서 몸을 일으키며 주절주절 말을 늘어놓는 은자를 바라보고 있지 않았어요. 하늘 한가운데 높이 뜬 해가 눈부시게 빛나고 있는 호수 위를 누군가 달려오고 있었거든요.

저와 처음 만났을 때와 똑같은 옷을 입고 왼쪽 눈에 검은 안대를 낀 채로 호수 위를 달려오고 있는 무명이었어요.

22.

엄청난 속도로 무명이 달려오고 있는 잔잔한 수면에는 조그마한 파장도 일어나지 않았어요. 무명의 놀라운 경공에 시선을 빼앗긴 건 저뿐만이 아니었어요. 신산객도, 은자의 부하들도, 심지어 은자까지도 모두 무명만을 바라보고 있었거든요.

"이거…… 셈을 처음부터 다시 해 봐아겠는데?"

흥미롭다는 듯 신산객이 말을 내뱉었어요.

"뭘 구경만 하고 있어! 어서 권별을 공격해!"

은자가 제게 몸을 날렸어요. 나머지 일곱 명의 부하들과 함께요. 예상했던 바라 쉽게 몸을 피하며, 은자의 일당은 무시하고 무명이 오고 있는 호숫가로 달려갔어요.

"와 주었구나! 무명!"

— 미안해, 별아. 속여서 정말 미안해……. 난 처음부터 떠난 적이

없었어. 하지만 널 돕기 위해 저들을 기만하는 게 우선이었어. 선착장에서 너를 놓쳐서…….

말했듯이 처음부터 무명은 절 떠난 적이 없었어요. 은자가 우리의 통화를 엿들으라는 걸 알고, 추격자들을 처리하기 위해 제게 거짓말을 한 거죠. 산중노인이 늘 무명에게 했던 말 기억나시죠? '항상 얕잡아 보여라.'

아주 조금은 무명이 나조차 속였다는 게 원망스럽기도 했어요. 하지만 무명은 저완 다른 선생님으로부터 다른 걸 배워 왔잖아요? 그 가르침에 충실한 게 바로 제가 좋아하고 사랑하는 무명이란 사람인 거고요.

입을 열어 괜찮다고 말해 주고 싶었는데 감정이 북받쳐서 그냥 고개만 내저었어요.

"다시 만났잖아……. 난 그거면…….""

"그래, 자세한 이야기는 나중에 하자. 할 일이 있잖아."

"팔자 좋은 어린애들처럼 뭘 그리 재잘재잘 떠드는 거야? 우리 숫자를……."

은자가 저와 무명을 노려보며 말하고 은자의 부하들이 각자 무기를 꺼내 드는 그 순간 무명의 몸이 움직였어요. 무명은 예전의 저였다면 제대로 파악할 수도 없었을 속도로 등에 멘 배낭에서 검을 꺼내고, 배낭을 잔디 위에 던진 뒤 은자의 부하 두 명을 동시에 찔렀어요. 어깨와 가슴을 무명의 검에 관통당한 은자의 부하 둘이 신음을 삼키며 쓰러졌어요. 죽일 수도 있었는데 분명 절 봐서 사정을 봐준 것이었죠.

"이제부터는 봐주지 않아. 권별과 은자의 일에 간섭하려는 자는 내 손에 죽는다."

나머지 다섯 명은 뱀을 마주 대한 개구리 떼처럼 몸이 굳어 무명을 바라보고만 있었어요. 저는 고개를 끄덕여 보이고선 몸을 돌려 은자를 마주 대했고요.

"신산객. 계산을 다시 한다고 했었죠? 결과는 나왔나요?"

웃으며 던진 제 질문을 듣고 신산객 아저씨는 고개를 끄덕였어요.

"예상치 못한 변수가 발생하였지만, 권별 너는 여전히 은자의 상대가 되지 못한다. 나였다면 친구의 도움을 받아 몸을 피하는 선택을 할 것이다."

왜인지 웃음이 계속 나왔어요. 신산객 아저씨는 나름 자기 방식대로 저를 걱정해 주고 있었던 거였거든요.

"이번에도 아저씨 계산이 틀렸어요. 지켜봐요. 그리고! 내 앞에 서서 나를 똑바로 마주 대해라. 은자!"

내 호통을 들은 은자가 나를 노려보았어요.

"정말. 지긋지긋해. 그 미치광이 노인네는 어쩌자고 저런 괴물을 키워서 세상에 풀어 놓은 거고⋯⋯. 네놈들, 비의문 놈들은 늘 하던 대로 얌전히 신비주의나 고수할 것이지 왜 여기까지 와서 통영이 자기 집 앞마당이나 되는 양 의기양양하게 들쑤시고 다녀서 얌전히 숨어 지내는 나를 끄집어 내려 하는 거고. 장호비…… 네 스승이 여기 와서 날 괴롭히지만 않았어도……."

"호비 선생님이 널 괴롭혔다고? 넌 큰 착각을 하고 있다, 은자! 호비 선생님은 당신을 도와주려고, 무명으로부터 지켜 주려고 당신을 찾아간 거야! 이 모든 일을 자초한 건 선생님의 호의를 악의로 갚은 당신이다! 그러니 누군가를 원망하려거든 나약한 겁쟁이인 스스로를 탓해!"

그때까지도 유지하고 있던 사람 좋은 미소가 은자의 얼굴에서 사라졌어요.

"진짜 나불나불……. 권별. 너는 정말이지 처음부터 끝까지 마음에 드는 구석이 없었지. 일단 너부터 죽이고, 그다음에 내 후배님을 죽이고, 곽빈 경위도 찾아 죽일 거다. 형의 복수를 할 수 있게 판을 깔아 줬는데 날 뒤통수친 진영이 놈도 죽여야겠지. 그리고 민…… 민 녀석은 절대 용서할 수가 없지. 또 다른 데로 옮겨 가서 신분을 바꿔야 할 텐데 그 녀석이 있음 결국 내 정체가 밝혀질 테니. 정말 짜증 나는 군. 국가와 지역 사회를 위해 봉사하는 삶도 제법 재미있었는데. 이 얼굴도 마음에 들었고."

은자는 저를 보고 있지 않았어요. 누구라고 특정할 수도 없이 알고 있는 모두에게 원망을 퍼붓고 있었지요.

혐오스럽고 경멸스러웠지만 동시에 측은하기도 하더군요. 깊게 숨을 들이마시고 등에 메고 있던 창을 내려 잔디밭에 깊숙이 꽂아 넣었어요. 쿵 하는 소리와 진동이 울려 퍼지자 은자가 몸을 세워 저를 똑바로 노려보았어요.

은자를 마주 보며 제 최대한의 정중함을 담아 몸을 바로 세운 후 왼손으로 주먹을 쥔 오른손을 감싸 쥐어 명치로 가져갔어요. 그리고……

"은자! 나는 비의문의 차기 장문인이었던 당산협 장호비의 제자이자 이름 없는 이 무명의 친구 무명성 권별이다! 이제 내가 강호 무림의 이치와 도리를 따라, 네게 살해당한 내 스승 장호비 선생의 뜻을 따라 네 악행을 만류하고자 한다. 내 가르침을 받고 죄를 참회하든가…… 아니면 그냥 내 주먹에 맞아 돼지시든가 선택을 하도록 해라!"

……뭔가 터져 나갈 것 같은 기분에 저런 소릴 했던 거 같아요. 지금도 때때로 그때가 떠올라서 괜히 얼굴이 달아오를 때가 있어요. 후회나 부끄러움 때문에 그러는 건 아녜요. 정확히 반대의 이유 때문이죠.

은자는 대꾸하지 않았어요. 충혈된 눈으로 저를 노려만 보고 있었죠. 그리고 어느 순간 저와 은자와의 싸움이 시작되었어요.

음······. 그런데 은자와 저의 싸움을 자세히 묘사할 필요가 있나 싶네요. 신산객의 말대로 결과가 뻔한 싸움이었거든요. 물론 은자의 무공은 생각했던 것보다도 훨씬 대단했어요.

은자가 휘둘렀던 두 자루의 검의 날카로움은 호수도 베어 가를 정도의 위력이었어요. 제 심장과 머리를 간신히 비껴 간 발차기의 위력은 그렇게 단단해 보였던 커다란 집의 기둥을 무너트릴 정도였고요.

은자의 모든 공격 하나하나에는 나를 죽이고야 말겠다는 의지가 담겨 있었어요. 그 뻔한 의도를 읽었기에 전 그 공격 모두를 막고 피할 수 있었어요.

대결의 결론이 쉽게 나지 않았던 건 단순히 제게 남은 망설임 때문이었죠. 선생님의 원수를 갚기 위해서 은자를 죽여야만 하는가? 과연 내가 살인을 할 수 있을까? 선생님이 살아 계셨다면 정말 그걸 원하셨을까?

저는 결정을 내려야만 했어요

은자가 두 자루의 검으로 제 목과 허리를 향해 동시에 베어 왔어요. 전 피하지 않았어요. 뜻이 정해지고, 결심이 섰기에 두 자루의 검이 베어 오는 궤적 사이에 있는 작은 빈틈으로 파고들며 주먹을 날렸어요. 디디고 서 있던 잔디밭이 제 도약의 힘을 견디지 못하고 무너졌고, 절대 막을 수 없는 제 주먹의 목적지를 깨달은 은자의 눈엔 공포가 서렸어요. 주먹의 기세를 감당하지 못한 은자의 검날이 바스러져 흩날렸어요.

제 주먹은 은자의 심장을 관통하지 않았어요. 은자가 입고 있는 옷 바로 앞에 멈춰 세운 후 거두어들였어요. 은자를 무너트린 건 제가 내쏘고 거둔 의지의 작은 여파였어요.

주먹을 거두고 몸을 바로 한 채로 저는 입과 눈에서 피를 토하며 무너지는 은자를 가만히 바라보았어요.

"은자! 내 가르침을 되새겨 볼 한 번의 기회를 더 주겠다. 세 번째는 없을 거야. 그런데 당신한테 내가 준 기회를 살릴 시간이 주어질지는 모르겠네……."

바닥에서 헐떡이는 은자에게 시선을 거두고 무명을 바라보았어요.

"난…… 해야 할 일을 다 했어. 이제 네 차례야."

은자의 패배가 믿기지 않는 듯 그의 부하들은 나를 바라보고만 있었어요. 그런 은자의 부하들을 내버려 두고 무명이 제게 다가왔어요. 그러고는 말없이 고개를 끄덕이더니 힘겹게 몸을 일으킨 은자에게 검을 겨누었어요.

"은자. 산중노인이 당신에게 베풀었던 것을 거두어들이려 한다. 산중노인의 공부로 내게 대적할 것인가?"

"제기랄! 너도 이제는 알 거 아냐! 그 노친네가 뭐라고 말했던 다 널 이용하기 위해서 한 말이라고! 세상에 죽어 마땅한 놈이 있네 뭐네 하는 소리를 정말로 믿어? 그걸 왜 그 노인네가 정하는 건데……."

"내가 정한 거다. 은자. 넌 죽어 마땅한 자다."

"아니……. 빌어먹을! 나 다친 거 안 보여? 이런 몸으로 어떻게 너랑 대적하란 말이냐고! 정정당당하지 못하게 둘이서 돌아가며 나를 상대하다니 부끄럽지도 않아? 적어도 내가 회복할 시간은 줘야……."

"당신은 도대체 뭘 배운 거지? 산중노인이 목표의 사정을 봐주라고 했었던가?"

냉랭한 무명의 말에 은자는 당황한 듯 손을 내저었어요.

"잠깐만! 그 노친네가 왜 네게 무명의 이름을 건넨 건지 궁금하지 않아? 이름 없는 이를 자처한다는 것이, 북두진군(北斗眞君)의 뜻을 행한다는 것이 어떤 의미인지 궁금하지 않냐고?"

"알 게 뭐야."

짧은 대답과 함께 무명의 검이 가로로 긴 선을 만들었어요. 검이 그려 낸 선을 따라 잘린 은자의 머리가 목 위에서 굴러떨어졌고요.

"당신들은?"

무명이 은자의 부하들을 돌아보며 질문을 던졌어요. 그

사람들은 아무 말 없이 고개를 가로젓더니 뿔뿔이 흩어져 떠나가더군요. 신산객 아저씨가 뭐라고 또 끝없이 말을 늘어놓을 것 같았는데 대신 언젠가 본 것처럼 우스꽝스럽게 두 손가락으로 자기 이마를 톡톡 치더니 저와 무명에게 고개를 숙여 작별을 고했어요.

텅 빈 잔디밭 위에 은자의 시체와 함께 둘만 남아 있으니 알 수 없는 감정에 몸이 떨려왔어요.

"이제 뭐 해야 하지……."

"일단 나는 회사에 연락해서 여기 일 수습할게."

무명이 핸드폰을 들고 어디론가 연락을 하는 걸 보니 저도 뭘 해야 하는지 떠올랐어요. 어서 전화하고 싶지만 동시에 전화하고 싶지 않은 마음을 억누르며 엄마에게 전화를 걸었어요. 분명 받자마자 엄청나게 화를 내실 거라고, 어쩌면 숨 막히는 긴 침묵으로 제게 느낀 실망을 표현하실지도 모를 거라고 생각했죠. 통화 대기음을 듣고 있는 짧은 순간 동안 너무 무서워서 죽을 것만 같았어요.

엄마는 화를 내지 않았어요. 너무나 담담하게 아무 일도 없었다는 듯이 전화를 받으셨죠. 왜인지 엄마가 그리 멀지 않은 곳에 있을 거라는 생각이 들더라고요. '통영에서 할 일 다 했다'는 머뭇거림이 가득한 내 짧은 보고에 엄마는 '그럼 어서 집에 오라'고만 대답했어요.

길었다고도 너무 짧았다고도 할 수 있는 여행을 끝마치고 집으로 가야 할 시간이었어요.

"다 끝났어. 회사 사람들이 여기 알아서 정리해 줄 거야."

"그래…… 근데 넌 이제 어떡할 거야? 난 일단 집에 가야 할 거 같아."

말을 꺼내 놓고도 무명과 잠깐이라도 헤어져야 할 시간이 다가왔다는 사실이 떠올라 가슴이 답답해졌어요. 잠시 떨어져 있었던 시간도 있었지만, 통영에서 우린 늘 함께했잖아요?

"우리가 하기로 했던 일들 많잖아? 그거나 천천히 준비해 봐야지."

무명의 대답에 기분이 한결 나아졌어요.

"그럼. 여기 계속 있을 거야? 아니면……"

"딱히 어디든 상관없는데. 별이 너 따라서 서울에 당분간 있어 볼까?"

"그래, 그러자. 아무래도 그게 편하겠다. 그런데 어디에서 지내게?"

"지낼 곳은 많아. 나중에 천천히 알려 줄게."

웃으면서 대답하는 무명을 보니 전 여전히 무명에 대해 모르고 있는 게 많다는 생각이 들었어요.

"그럼, 고속버스 타러 가자. 터미널이 우리 집 바로 근처라 그게 편할 거 같아. 아, 그 전에 좀 씻고 싶다……."

며칠간 씻지도 않아서 몰골이 말이 아니라는 게 갑자기 떠올랐어요. 무명은 이런 와중에도 도대체 어떻게 그렇게 깔끔하게 있는 건지 신기하기도 했고요. 똑같은 옷을 몇 벌씩 사는 것도 그 비법 중 하나였을까요?

지배인 아저씨가 우리가 지내던 방을 쓰게 해 주셨어요. 제 연락을 받고 클럽 로비에서 만난 지배인 아저씨는 왜인지 조금 슬퍼 보였어요. 뭔가 제게 할 말도 많아 보였는데 애써 눌러 참는 눈치더라고요. 이제 거의 남아 있지 않은 짐들을 챙겨서 통영터미널로 갔어요. 엄마에게 도착 시간을 문자로 보내고 고속버스 화물칸에 짐을 집어넣고 올라타 보니 손님이라곤 우리 둘밖에 없더라고요.

서울로 올라가는 버스 안에서 무명과 저는 그 짧은 이별의 시간 동안 서로 어떻게 지냈는지 이야기를 나누었어요. 무명이 했던 일은 대부분 제가 예상했던 것과 크게 다르지 않았어요. 추적자들을 처치하고 미륵도 선착장에서 절 놓치고 나서부터의 일은 처음 들었지만요. 그냥 제게 연락해서 다시 만날 약속을 잡을까도 생각했었대요. 하지만 제가 은자와 대적하는 걸 절대 멈추지 않을 거라고 생각해서 꾹 눌러 참았다고 하더라고요.

은자가 여전히 무명이 저와 함께한다는 걸 알게 되면 더 많은 사람을 불러 모을 거라고도 생각했었고요.

나지막하게 이야기하는 무명의 목소리를 듣고 있으니 피곤이 몰려왔어요. 점점 쓰러지는 머리를 무명에게 기댄 채로 이야기를 들었죠. 문득 떠오르는 게 있어 무명의 어깨에 머리를 댄 채로 올려다보았어요.

잠시 잊고 있었던 무명의 안대를 보니 가슴이 아프더라고요.

"그런데 눈은…… 정말 이제 보이지 않는 거야……?"

무명은 웃으면서 안대를 걷어 올렸어요. 붉게 변하긴 했지만, 무명의 눈은 멀쩡해 보이더라고요.

"낫고 있어. 처음에는 거리감이 없어져서 당황했는데 오히려 그게 알 수 없는 인식의 확장을 가져다주기도 하더라고. 내 간격이 이전보다 몇 배는 더 늘어났거든."

저와 마찬가지로 무명도 그 짧은 시간 동안 비약적으로 무공이 늘었던 거죠.

"다행이다. 정말 다행이다."

더는 그런 이야기들을 하기 싫었어요. 무명도 비슷한 생각을 했는지 화제는 앞으로 우리가 할 일들에 대한 계획으로 넘어갔고요. 반쯤은 조는 상태로 이야기하다 무명의 목을 끌어안고 짧은 입맞춤을 했어요. 무명은 눈을 감으며 제게 웃어 주었고요.

둘이서 머리를 맞대고 잠들었나 봐요. 덜컹거리는 버스의 움직임에 잠에서 깨 창밖을 보니 익숙한 터미널이 보였어요. 머뭇거리며 좀처럼 떨어지지 않는 발걸음으로 버스에서 내리고 화물칸에서 창을 꺼냈어요.

나란히 하차장을 벗어나 상가 건물들을 지나서 밖으로 나왔어요. 도시에 짙게 내리깔린 어둠을 수많은 불빛이 몰아내고 있더군요. 모든 게 너무 생소하게 느껴져서 꽉 막힌 길에 멈추어 선 차들을 잠시 멍하니 바라만 보고 있었어요. 좀처럼 입을 떼기가 어렵더라고요.

"이제…… 난…… 걸어서 집까지 한 10분이면 가거든……. 이제 갈게. 가서 전화할게."

"그래. 그럼 잘 가. 나중에 보자."

무명의 입에서 나온 '나중'이라는 단어가 가슴을 때리는 것 같았어요.

"그래, 나중에 보자."

억지로 몸을 돌려 걸어가다가 발걸음을 멈추고 뒤를 돌아보았어요. 무명의 모습은 보이지 않더군요. 꽤 늦은 시간이었는데도 수많은 사람이 인도 한가운데에 멍하니 서 있는 저를 스쳐 지나가고 있었어요.

알 수 없는 감정이 밀려와서 몸을 움직일 수가 없었어요. 처음에는 작은 떨림으로 시작된 흐느낌이 큰 울음으로 바꿰었어요. 당황한 듯 길을 오가는 사람들이 절 보며 수군거리는 소리가 들려왔지만 울음은 좀처럼 멈추지 않았어요.

이제 두 번 다시 만날 수 없는 것들을 어딘가에 버려두고 왔다는 사실이, 이 이후에는 제가 절대로 이전과는 똑같은 사람일 수 없을 거라는 사실이, 그리고 언제 시작되었는지도 몰랐던 것이 이제는 끝났다는 생각에 서글퍼서 그랬을 거예요.

에필로그

웃기게도 이 이야기는 내 자기소개서였다. 경찰대 지원하려고 쓰기 시작한 거였는데 나, 권별이라는 사람을 소개하려면 무명을 빼놓을 수는 없다고 생각해서 시작하게 된 이야기다. 물론 이걸 자기소개서로 낸 건 당연히 아니지만…….

내가 의대 대신 경찰대를 지원한 것 때문에 엄마는 엄청 화가 났었다. 그럴 거라곤 상상도 못했는데 아빠가 내 편을 들어 줘서 간신히 엄마를 설득할 수 있었다. 곽빈 경위님이나 왕십리 경찰서 형사님들의 추천장도 엄마가 마음을 돌리는 데 도움이 되었을지도 모르겠다.

경찰대에 지원한 건 여러 이유 때문이었다. 내가 통영에서 겪었던 일들도 큰 영향을 주었을 것이고, 경찰이 여전히 무명을 추적하고 있다는 것도, 그 사이에서 내가 무언가를 해야만 한다는 생각도 한몫했을 것 같다.

그 이후로도 통영에는 자주 놀러 갔던 것 같다. 어떨 때는 혼자서, 어떨 때는 무명과 함께. 약속대로 '장구엔'에게 무술도 가르쳐 줘야만 했고. 노야차는 내가 생각 없이 함부로 제자를 거둔다고 엄청나게 화내셨지만 난 구엔이를 '제자'라고 생각하지 않았다. 일종의 무보수 과외 같은 느낌이랄까? 요즘 같은 시절에 무슨 제자 스승 타령이람…… 정말이지…….

노야차는 틈만 나면 내게 이것저것 새로운 무공을 가르쳐 주려고 했다. 별로 흥미도 없고 호비 선생님께 배운 것들 말고 굳이 새로운 걸 더 배워야 할 필요도 느끼지 못해 창술 정도만 열심히 배웠던 것 같다.

집에서 엄마 아빠랑 살았을 때는 창을 방에다 아무렇게나 세워 둔다고 엄마가 엄청 짜증을 내셨는데 기숙사에 들어가고 졸업 후 원룸에서 혼자 살다 보니 그 이유를 알 것도 같다. 공간도 만만치 않게 차지하는 데다 어딘가 걸어 두거나 세워 두기도 애매하고 말이지…….

그놈의 창은…… 새로 이름을 지어 주려고 했는데 마땅한 게 떠오르지 않아서 도무지 정이 안 간다. 두세 개 정도 후보가 있기는 한데 둘 다 괜찮은 듯하면서도 이상하다. 무명은 칠성창(七星槍)이라는 이름을 주장하긴 했지만 난 듣자

마자 기각해 버렸다. 세상에! 도대체 그 무슨 이상한 이름이람. 난 애당초 이 사람들…… 무림인들이 이름을 지을 때 왜한자를 그리 고집하는지도 모르겠다. 뭐, 어차피 내 창이다. 내가 이걸 '지옥에서 벼린 10강 창'이라고 이름 짓는다 한들누가 뭐라 할 일인가?

미성횟집에서 만났던 할아버지는 내가 다시 통영에 가기전에 돌아가셨다. 비의문 사람들이 소식을 전해 주었다. 죽기 전에 나를 만나셨던 걸 무척이나 다행이라 생각하셨다고 한다.

내겐 무척 다행스러운 건 비의문주님이 아직 정정하시다는 거다. 당분간은 내가 장문인 자리를 물려받아야 할 일이없다는 게 어쩌나 좋은지! 사실 그래야 하는 순간이 온다고하더라도 그 자리를 받을지는 여전히 확신이 안 선다.

지배인 아저씨, 봉황련주는 서울로 거처를 옮기셨다. 몇번 뵙기는 했는데 날 만나는 걸 그리 반가워하지 않는 눈치다. 그 아저씨 성격에 그럴 만도 하지. 나한테 갚아야 할 '큰빚'이 아직 멀쩡하게 남아 있는걸? 어쩌면 무명이…… 우리가 은자를 죽인 걸 원망하고 계신 건 아닐까 하는 생각도든다. 가끔 은자와 봉황련주 남궁민 아저씨가 어떤 사이였던 걸까 궁금하기도 하다. 극과 극으로 다른 둘이 어떻게 어울리고 빚을 지고 했다는 건지……. 뭐 노야차의 말대로 '사람과 사람의 관계'를 타인인 내가 이해하고 말고 할 일은 아니다.

그동안 내가 걷는 길…… 으…… 강호에서 새로운 친구도 많이 사귀었다. 그만큼 적도 많이 생겼지만. 약속대로 유선문의 양진영과의 대결도 치렀다. 그 이후에 진영이의 실력이 많이 늘긴 했는데…… 그래도 굳이 승패를 밝힐 필요도 없는 일이지? 한때는 내 마음속에서 '잘생긴 진영이'였는데 이제는 '고지식한 진영이'가 되어 버렸다. 만날 때마다 '나이도 어린 내가 자꾸 반말한다'고 무지 짜증을 내고 자기가 선생님이라도 되는 듯 '문파의 장문인 후보이자 경찰인 네 위치와 신분을 생각하라'느니 '이것도 저것도 불의한 행동이니 하면 안 된다'는 식으로 훈계를 늘어놓는데 정말이지…….

한참 나중의 일이지만 신산객 아저씨는 무림인들을 대상으로 한 블로그를 개설했다. '자신이 직접 만나고 전해 들은 걸 기반'으로 현존 무림인들의 무공 순위를 50위까지 정리해 놓은 사이트다. 깨알같이 '순수하게 자신의 주관적인 계산으로 측정한 순위이지만 실제 무림인들의 강함과 차이는 거의 없다고 보아도 무방하다'라고 적어 놓은 게 웃음 포인트였고.

그런데 그 순위표가 좀 개판으로 작성되어서 신산객 아저씨는 댓글 테러를 엄청나게 받았다. 나도 장문의 댓글로 신산객 아저씨와 '키배'를 뜨기도 했었고.

아니 신산객 자신을 50위에 올려놓은 것부터가 어처구니 없지 않은가? 단 한 번도 그 누구와도 싸워 본 적이 없는 사람이 뻔뻔스럽게…… . 더 화가 나는 건 내 순위가 14위, 봉황련주 남궁민 아저씨가 12위라는 것이다. 결정적으로 나를 '내공의 고강함은 당대에 상대를 찾아보기 힘들 정도이나 그 운용이 여전히 서투르다'고 평가해 둔 게 정말이지…… . 그 옆에 '발전의 속도가 엄청나 곧 10위권으로 올라설 가능성이 크다'라고 사족을 달아 놓기도 했지만. 그리고 난 봉황련주를 압도적인 차이로 이겼던 사람이라고! 그런데 내가 왜 그 아저씨보다 순위가 낮다는 거지? 이제는 나와의 격차가 크게 나지 않는 노야차가 3위라는 것도 이해할 수 없다. 그 순위에서 모두가 순순히 인정했던 것은 1위에 선정된 사람뿐이다.

나 역시 직접 만나도 보았고 겨루어 보기도 해서 인정한다. 둘 사이의 격차가 그리 크다고는 생각하지 않지만. 그게 누구냐고? 설명하다 보면 엄청나게 길어질 것 같으니 인도네시아에 사는 '실랏'의 고수라고만 말하겠다.

참고로 비의문주님은 논외 항목인 '명예로운 언급' 목록에 이름을 올리셨다. 진영이는 순위에도 못 들었고. 장호비 선생님의 부인 유성검은 6위, 소귀 이소은의 순위는 43위였다. 사실 정말 궁금했던 건 무명의 순위였는데 '이름을 올리면 죽여 버리겠다'는 협박이 무서웠던 건지 신산객은 무명의 이름을 목록에 올리지 않았다.

무명과 나는 하기로 했던 일을 모두 다 하지는 못했다. 아직 오토바이로 세계 여행을 떠나지도 못했고. 그래도 우리 둘은 꾸준히 함께했고 지금도 함께이고 앞으로도 함께일 것이다. 물론 중간중간 다투거나 한 적도 많았지만.

둘의 이야기를 다 하자니 너무 길고 복잡해 당장은 정리하기 힘들 것 같다. 언젠가 시간이 나면 마저 이야기할 수 있을 것이다.

〈끝〉

무명의 별

1판 1쇄 찍음 2025년 1월 16일
1판 1쇄 찍음 2025년 1월 23일

지은이 | 이시우
발행인 | 박근섭
편집인 | 김준혁
책임편집 | 정미리
펴낸곳 | 황금가지

출판등록 | 2009. 10. 8 (제2009-000273호)
주소 | 06027 서울 강남구 도산대로 1길 62 강남출판문화센터 5층
전화 | 영업부 515-2000 **편집부** 3446-8774 **팩시밀리** 515-2007
홈페이지 | www.goldenbough.co.kr

도서 파본 등의 이유로 반송이 필요할 경우에는 구매처에서 교환하시고
출판사 교환이 필요할 경우에는 아래 주소로 반송 사유를 적어 도서와 함께 보내주세요.
06027 서울 강남구 도산대로 1길 62 강남출판문화센터 6층 민음인 마케팅부

©이시우, 2025. Printed in Seoul, Korea
ISBN 979-11-7052-543-1 03810

㈜민음인은 민음사 출판 그룹의 자회사입니다.
황금가지는 ㈜민음인의 픽션 전문 출간 브랜드입니다.